BASTEI
LÜBBE
TASCHENBUCH

Weitere Titel der Autorin:

Die rubinrote Kammer
Das Geheimnis des Rosenzimmers
Das Zedernhaus

Über die Autorin:

Pauline Peters, geboren 1966, ist Journalistin. Ihre Leidenschaft gilt der britischen Lebensart. Sie liebt Landhäuser und Parks sowie den Afternoon Tea. In ihren mitreißenden Schmökern entführt sie die Leser in eine Welt voll englischen Flairs, angesiedelt in den nebligen Straßen Londons und auf den prachtvollen Landsitzen der Aristokratie. *Das verborgene Cottage* spielt außerdem zu großen Teilen in Irland. Pauline Peters lebt in Deutschland. Sie arbeitet zurzeit an ihrem nächsten großen Roman.

PAULINE
PETERS

DAS VERBORGENE COTTAGE

ROMAN

BASTEI
LÜBBE
TASCHENBUCH

BASTEI LÜBBE TASCHENBUCH
Band 17849

Dieser Titel ist auch als E-Book erschienen

MIX
Papier aus verantwortungsvollen Quellen
FSC
www.fsc.org
FSC® C083411

Originalausgabe

Dieses Werk wurde vermittelt durch
die Literarische Agentur Thomas Schlück GmbH, 30827 Garbsen.

Innenillustrationen: Tina Dreher, Alfeld / Leine
Umschlaggestaltung: Manuela Städele-Monverde
Unter Verwendung von Motiven von © shutterstock:
Honza Krej | Anelina und © Lee Avison / Arcangel
Satz: Dörlemann Satz, Lemförde
Gesetzt aus der Garamond
Druck und Verarbeitung: CPI books GmbH, Leck – Germany
ISBN 978-3-404-17849-0

5 4 3 2 1

Sie finden uns im Internet unter www.luebbe.de
Bitte beachten Sie auch: www.lesejury.de

PROLOG

Schritte erklangen auf dem Korridor. Die junge Frau hielt den Atem an. War ihr das Schicksal gnädig, und der Schließer würde vorbeigehen, würde nicht *sie* holen? Ihre Lippen formten ein stummes Gebet.

Heilige Jungfrau, Gnadenmutter, lass ihn an der Kammer vorbeigehen … Bitte, bitte, beschütze mich …

Doch ihr Flehen war vergebens. Ein Schlüssel wurde ins Schloss gesteckt und die Tür aufgestoßen. Ein massiger Mann betrat den engen Raum.

»Steh auf, und lass dich ansehen!«, herrschte er sie an.

»Ja, Herr …« Sie erhob sich von ihrem Bett und versuchte, nicht zu zittern.

Der Schließer, so hieß er bei den Mädchen und jungen Frauen, wegen des Schlüsselbunds, der stets an seinem Gürtel hing, befahl ihr, sich zu drehen. Er begutachtete das rote Seidenkleid und ihre Fingernägel, zog dann ihre Lippen auseinander und prüfte, ob ihre Zähne sauber waren.

»Ein teureres Kleid wäre besser. Aber das muss genügen. Es würde zu lange dauern, bis du dich umgekleidet hast.« Er zog eine Goldkette und dazu passende Ohrringe aus einer Tasche seiner Jacke und reichte sie ihr. »Leg die an!«

Nun begann sie doch zu zittern. Die Kette und die Ohrringe bedeuteten, dass man sie zu *ihm* bringen würde. Auch bei den beiden Malen zuvor hatte sie den Schmuck tragen müssen. Er wollte nur beste Ware. Ein Ohrring glitt ihr aus der Hand und fiel auf den Bretterboden.

»Kannst du nicht aufpassen?« Der Schlag des Schließers traf ihren Hinterkopf, als sie ihn aufhob. Sie wimmerte. »Reiß dich zusammen.« Mit groben Handgriffen legte er ihr den Schmuck an. Dann reichte er ihr eine kleine Metallflasche. »Trink das. Vielleicht beruhigt es dich ja.« Wusste er, was sie gleich erwartete? Wahrscheinlich ja. Ihn anzuflehen, sie nicht zu ihm zu bringen, hätte nur weitere Schläge nach sich gezogen. Gehorsam trank sie einige Schluck von dem billigen Brandy.

Nachdem ihr der Schließer einen Mantel umgehängt hatte, zog er sie hinter sich her aus der Kammer. Benommen folgte sie ihm durch den langen Korridor und dann die Treppe hinunter. Vor dem Haus wartete eine Kutsche. Kalter Nebel schlug ihr entgegen. Er war so dicht, dass der Schein der Gaslaternen auf der anderen Straßenseite nur schemenhaft zu erkennen war. Schon öffnete der Schließer den Wagenschlag und schob sie hinein. Dann ließ er sich mit einem Grunzen neben ihr auf die ledergepolsterte Bank fallen, und die Kutsche setzte sich in Bewegung.

Ihr war übel von dem Brandy, die Furcht hatte der Alkohol nicht gedämpft. Sie wusste nicht mehr, wie lange sie schon gefangen gehalten wurde. Mit Schlägen und Essensentzug hatte man sie gefügig gemacht. Nachdem sie den ersten Freiern zu Diensten gewesen war, hatte sie geglaubt, nichts mehr empfinden zu können. Gleichgültig, als wäre ihr Körper der einer Puppe, hatte sie alles über sich ergehen lassen.

Doch mit *ihm*, dem Mann, zu dem der Schließer sie jetzt brachte, war es anders. Das, was er und seine Kumpane mit ihr taten, das, wozu sie sie zwangen, hatte den Kokon, in den sie sich eingeschlossen hatte, zerrissen. Schon der bloße Gedanke daran, was sie in dem palastartigen Gebäude erwartete, erfüllte sie mit blankem Entsetzen. Wieder wurde sie von einem krampfhaften Zittern erfasst. Unter dem weiten Mantel schlang sie die Arme um sich, versuchte, es den Schließer nicht merken zu lassen.

Sie wünschte sich, tot zu sein. Aber sich selbst das Leben zu nehmen war eine grauenhafte Sünde und würde sie in die Hölle bringen. Also war ihr dieser Ausweg versperrt.

Heilige Jungfrau …

Sie sah eine Kirche in einem Dorf am Meer vor sich, umgeben von weiten Feldern, und ein aus grauen Feldsteinen erbautes Haus mit einem Strohdach. Dort war sie glücklich gewesen. Oder hatte sie davon nur geträumt?

Die Kutsche hielt an. Schlagartig kehrte sie in die Gegenwart zurück. Hatten sie etwa schon ihr Ziel erreicht? Sie griff sich an die Brust, wo sie früher das schlichte Holzkreuz getragen hatte, suchte nach Trost und nach Halt. Aber das Kreuz hatten sie ihr, wie all ihre anderen Habseligkeiten, weggenommen und verbrannt. Eine Woge aus Angst schlug über ihr zusammen.

Nichts denken, nichts fühlen …

Sie erwartete, dass der Schließer ihren Arm packen und sie aus der Kutsche ziehen würde. Doch er öffnete das Fenster. »Was ist denn los? Warum geht's nicht weiter?«, rief er ungeduldig.

»Die Straße ist blockiert. Weiter vorne scheint es einen Unfall gegeben zu haben, soweit ich das bei dem Nebel erkennen kann«, antwortete der Kutscher gleichmütig.

»Dann drehen Sie um!«, befahl der Schließer barsch.

»Wird gemacht.« Der Kutscher schnalzte mit der Zunge und ließ die Peitsche knallen.

Lauf!, hörte sie plötzlich eine Stimme in ihrem Inneren. *Spring aus der Kutsche, und lauf weg.*

Mit einem Ruck fuhr die Kutsche an. Sie verharrte wie gelähmt.

Der Schließer zog eine Taschenuhr aus seiner Weste, sah auf das Ziffernblatt mit den matt schimmernden Zahlen und brummte gereizt: »Es wird dem Herrn gar nicht gefallen, wenn ich dich so spät abliefere.«

Würde er noch Grausameres mit ihr anstellen? Ein einziges Mal nur hatte sie sein Gesicht gesehen, bar jeglichen menschlichen Gefühls. Sie würde es nie vergessen.

Lauf!

Sie tastete nach dem Türgriff, bekam ihn zu fassen. Der Wagenschlag schwang auf. Im nächsten Moment sprang sie.

»He, verdammtes Ding, was fällt dir ein?« Der Schließer setzte ihr nach und bekam ihren Arm zu fassen. »Du wirst mich kennenlernen.«

Seine Augen waren schmal vor Wut. Er holte aus, wollte sie schlagen. Doch auf dem feuchten Pflaster verloren seine Füße den Halt, er strauchelte und stürzte zu Boden. Aufschluchzend riss sie sich los und rannte wie blind durch die in dichten Nebel gehüllte Gasse davon.

ERSTES KAPITEL

England in den Cotswolds, 1908

Die Zeiger der Standuhr standen auf zwanzig Minuten vor vier. Victoria Bredon-Ryder war nun doch aufgeregt. Nur noch kurze Zeit, dann würde das Fest beginnen. Sie und Jeremy hatten im Sommer in Indien geheiratet. Nach einigen aufwühlenden und verstörenden Erlebnissen, die Jeremy fast das Leben gekostet hätten, hatten sie die Hochzeit nicht bis zu ihrer Rückkehr nach England aufschieben wollen. Doch es war ihnen wichtig, ihren Bund mit den Menschen zu feiern, die sie liebten. Deshalb hatten sie ihre Verwandten und Freunde in den alten Gasthof in den Cotswolds eingeladen.

Glücklicherweise war das Wetter auf ihrer Seite. Für Mitte Oktober war es sehr warm. Der Himmel präsentierte sich in strahlendem Blau, sodass die Tische im Garten hatten aufgestellt werden können. Nur das bunt verfärbte Laub an den Bäumen deutete auf den Herbst hin. Victoria wandte sich vom Fenster ab, als sich die Tür öffnete und ihre Freundin Lady Constance Hogarth in das Zimmer mit den dunklen Eichenbalken an der Decke schlüpfte. Auch wenn es keine richtige Hochzeitsfeier war, würde Victoria Jeremy erst unten in der Halle treffen.

»Ich bin so aufgeregt. Dabei sind Jeremy und ich ja

schon seit ein paar Wochen verheiratet.« Victoria seufzte, nur um die Freundin gleich darauf strahlend anzulächeln. »Aber irgendwie kommt es mir plötzlich so vor, als ob Jeremy und ich erst nach dieser Feier wirklich ein Paar würden.«

»Das kann ich verstehen. Jedenfalls siehst du sehr hübsch aus.«

Constance drückte ihre Hand. Sie war etwas älter als Victoria und sehr apart. Wegen ihrer amerikanischen Herkunft sprach sie mit einem starken Akzent.

Victoria betrachtete sich prüfend in dem frei stehenden Spiegel. Das Oberteil ihres zartgrünen Kleides war mit einer Vielzahl an kleinen Glasperlen bestickt. Die Ärmel reichten bis über die Ellbogen, unterhalb der Brust war es in Falten gelegt. Die Farbe des Seidenstoffes hob das Grün ihrer Augen hervor und brachte ihr rotes Haar zum Leuchten. Victoria hatte sich bewusst für ein Kleid ohne Spitze und aufwendige Stickereien entschieden. Denn wie auch an ihrem eigentlichen Hochzeitstag schmückte das dreireihige Perlencollier mit dem Saphir ihren Hals, das Jeremy ihr geschenkt hatte. So kam es am besten zur Geltung. Sie fand es wunderschön. Immer noch nervös ließ sie sich neben der Freundin auf dem Samtsofa nieder.

»Sieht man mir eigentlich an, dass ich schon ziemlich lange schwanger bin?«

»Nein«, Constance schüttelte den Kopf, »du bist noch sehr schlank, und der siebte Monat beginnt ja auch gerade erst. Weshalb fragst du?«

»Ach, Großtante Hermione hat es sich ja leider nicht nehmen lassen zu kommen …«

»Ich habe Lady Glenmorag bereits in der Halle getroffen. Sie hat sich sehr indigniert umgesehen. Man könnte auch sagen, sie hat ihre aristokratische Nase gerümpft.« Constance lachte.

»Sie wollte doch unbedingt, dass Jeremy und ich einen Empfang im Ritz oder im Savoy geben. ›Erstklassige Häuser wie diese, meine Liebe‹«, Victoria ahmte die Stimme ihrer Großtante nach, »›sind nun einmal die einer Enkelin des achten Duke of St. Aldwyn angemessenen Orte für Feierlichkeiten.‹«

Sie verdrehte die Augen. Ihr verstorbener Vater, Lord Bernard Bredon, war ein berühmter Gerichtsmediziner und das schwarze Schaf der hochadligen Familie gewesen. Sie hatte ihn sehr geliebt, aber seine Verwandten waren ein steter Stachel in Victorias Leben.

»Nun ja, spätestens bei der Geburt des Kindes dürfte klar werden, dass die Dauer der Schwangerschaft sehr kurz war.« Auf Constance' Wangen bildeten sich Grübchen, als sie lächelte.

»Großtante Hermione wird dann von einer ›bedauerlichen Frühgeburt‹ sprechen. Aber ich möchte mir heute keine spitzen Bemerkungen von ihr anhören. Ich will mich einfach nur freuen und glücklich sein.«

Victoria strich über ihren Leib, und ihr Gesicht hellte sich auf. Es erschien ihr immer noch wie ein Wunder, dass Jeremys und ihr Kind in ihr wuchs und dass es all die Strapazen und Gefahren in Indien überstanden hatte.

»Man sieht es dir wirklich nicht an, wie weit die Schwangerschaft schon fortgeschritten ist.« Constance drückte wieder ihre Hand. »Weshalb ist deine Großtante eigentlich zu der Feier gekommen, wo sie doch strikt gegen den Gasthof war?«

»Wahrscheinlich, weil sie demonstrieren will, dass in der Familie des Duke of St. Aldwyn alles zum Besten steht.

Und außerdem hat sie dann etwas, worüber sie mit ihren adligen Freundinnen tratschen kann. *Meine Liebe, stellen Sie sich vor, die Tische waren tatsächlich im Garten gedeckt. Und wen meine Großnichte und ihr Gatte alles zu ihren Gästen zählten … Journalisten und Suffragetten …*« Victoria schüttelte lachend den Kopf. »Gott sei Dank ist Jeremys Familie ganz anders als die meines Vaters. Alle sind so nett und herzlich.«

»Das finde ich auch. Vorhin habe ich seine Eltern kennengelernt.«

Jeremys Eltern hatten Victoria mit offenen Armen in der Familie aufgenommen. Bei ihren Besuchen in dem behaglichen Heim nahe der walisischen Grenze, in dem zwei große Mischlingshunde und eine Katze herumstromerten und überall Bücher und Zeitungen lagen, hatte sie sich ganz wie zu Hause gefühlt.

Die Standuhr schlug vier Mal.

»Zeit, nach unten zu gehen«, sagte Constance.

Victoria überprüfte noch kurz, ob der schmale Silberreif in ihrem Haar richtig saß, dann verließ sie mit der Freundin das Zimmer. Ihr Herz klopfte heftig. Langsam schritt sie neben Constance die breite Holztreppe hinunter. In der Halle hatten sich die Gäste versammelt. Applaus brandete auf.

Victoria sah Hopkins an – der einstige Butler ihres Vaters und seitdem ihr treu ergebener Diener, stand ihr nahe wie ein Verwandter. Entgegen seiner eigentlichen, durch nichts zu erschütternden Art hatte er Tränen der Rührung in den Augen. Mrs. Dodgson, ihre Zugehfrau, auch sie stand seit Jahren in Diensten der Familie, strahlte sie an. Großtante Hermione lächelte verkniffen. Musterte sie sie etwa prüfend? Neben ihr entdeckte sie ihre Großmutter mütterlicherseits, die Fürstin Leontine von Marssendorff. Sie wirkte größer, als sie eigentlich war, so gerade hielt sie sich. Victoria nahm Kollegen von Jeremy aus der Redaktion des *Spectator* wahr, befreundete Frauenrechtlerinnen, die ihr zuwinkten, und Constance' Mann, den zehnten Earl of Hogarth mit seinem schmalen, sehr englisch anmutenden Gesicht.

Aber all dies trat in den Hintergrund, als sie nun Jeremy neben seinen Eltern am Fuß der Treppe erblickte. Dem Anlass entsprechend hatte er versucht, sein braunes Haar mit Wasser zu glätten und sorgfältig zu scheiteln. Eine Strähne hatte sich indes gelöst, und wie immer wirkte es ein bisschen so, als wäre gerade der Wind hindurchgefahren. Den für ihn untypischen dreiteiligen dunklen Anzug trug er mit einer lässigen Eleganz. Sein Gesicht wirkte ernst – vermutlich war er aufgeregt wie sie selbst –, aber es schien von innen heraus zu leuchten.

Eine Woge aus Glück durchflutete Victoria, als Jeremy ihr den Arm reichte und sie neben ihm an der Spitze der Festgesellschaft durch einen großen Saal hinaus auf die Terrasse hinter dem Gasthof schritt. Hier war ein Büfett mit Kuchen, Sandwiches und Scones aufgebaut. In der Mitte thronte eine dreistöckige, mit üppigen rosafarbenen Rosen aus Buttercreme verzierte Torte, eine Kreation von Hopkins. Kellner standen mit Tabletts voller Champagnergläsern bereit und reichten sie dem Hochzeitspaar und den Gästen.

Victoria drückte Jeremys Arm fester. Sie hätte sich keinen schöneren Ort für die nachgeholte Hochzeitsfeier vorstellen können. Jenseits der Wiese, auf der die festlich gedeckten Tische standen, verlief das Flüsschen Coln. Einige Schwäne schwammen, unbeeindruckt von der Hochzeitsgesellschaft, auf dem Wasser. Eine Amsel flog zwitschernd vom strohgedeckten Dach des Gasthofs auf und ließ sich in den Zweigen einer alten Buche nieder. Das L-förmige Gebäude stammte aus dem 17. Jahrhundert. Mit seinen weiß getünchten, ein wenig schiefen und von Rosen berankten Mauern schien es ganz mit der sanften Hügellandschaft der Cotswolds verwachsen zu sein.

Jeremys Vater trat vor und schlug leicht mit einem Löffel gegen das Champagnerglas in seiner Hand. Die Ähnlichkeit zwischen ihm und seinem Sohn war unverkennbar. Er hatte den gleichen offenen und sympathischen Gesichtsausdruck wie Jeremy, und wie bei diesem kündeten Lachfältchen an den Mundwinkeln von seinem Humor. Nur waren seine Augen grau und nicht braun wie die des Sohnes. Seine Wangen waren ein bisschen gerötet und erinnerten Victoria daran, dass er am Morgen über eine Erkältung geklagt hatte.

»Liebe Festgäste …« Mr. Ryders Stimme war tief und wohltönend und drang wahrscheinlich bis in die hintersten Winkel des Gartens. Als Anwalt war er daran gewöhnt, sich in großen Gerichtssälen Gehör zu verschaffen. »Ich bin mir im Klaren darüber, dass eine Rede zu Beginn einer Feier eher ungewöhnlich ist, aber ich finde, wir sollten den förmlichen Teil möglichst schnell hinter uns bringen. Einige Worte liegen mir dennoch auf dem Herzen, und ich möchte sie auf keinen Fall ungesagt lassen.« Er wandte sich Victoria und Jeremy zu und legte der grauhaarigen, immer noch attraktiven Frau an seiner Seite die Hand auf den Arm. »Jeremy, deine Mutter und ich sind nun bald dreißig Jahre miteinander verheiratet. Davon möchte ich keinen einzigen Tag missen. Diejenigen unter Ihnen, die uns näher kennen, wissen, dass unsere Ehe nicht immer einträchtig und friedlich verlief. Dazu sind wir beide viel zu dickköpfig und zu eigensinnig.«

»Hört, hört ...« Jeremys Mutter lachte und bedachte ihren Mann mit einem liebevollen Blick.

Mr. Ryder lächelte sie einen Moment lang an, ehe er seine Aufmerksamkeit wieder auf Victoria und seinen Sohn richtete. »Aber auch wenn wir unsere Auseinandersetzungen hatten – und haben werden, das Alter hat unser Temperament nicht gedämpft –, wissen wir, dass wir zusammengehören, ja, dass wir beide die große Liebe gefunden haben. Jeremy und Victoria, ihr werdet euch hin und wieder sicher genauso leidenschaftlich streiten wie wir, denn ihr steht uns in puncto Eigensinn und Dickköpfigkeit ganz gewiss in nichts nach. Ich bin kein Freund von hochtrabenden Worten, aber ich glaube, dass ihr füreinander bestimmt seid. Ich hoffe, dass ihr dies niemals vergesst, ja, dass ihr so glücklich werdet, wie wir beide es sind. Und nun schlage ich vor, dass sich das Ehepaar küsst.«

Gelächter brandete auf, und Victoria bemerkte, wie Großtante Hermione entsetzt zusammenzuckte.

Lächelnd umarmte sie Jeremy. *Ich liebe dich*, formten ihre Lippen, ehe sie beide in einem langen und zärtlichen Kuss versanken.

»Ich bin bald wieder hier.« Victoria beugte sich zu Jeremy hinüber, der sich angeregt mit Constance und deren Mann Louis unterhielt.

»Du willst selbst auch fotografieren?« Er lächelte sie an.

»Ja.«

Jeremy kannte sie wirklich gut. Sie fotografierte regelmäßig unter ihrem Namen für den Londoner *Morning*

Star – was ein Grund dafür war, dass sie sich für den Doppelnamen Bredon-Ryder entschieden hatte. Neben der Tatsache, dass sie ihren Vater Lord Bernard Bredon sehr geliebt hatte und stolz auf seine Arbeit als Gerichtsmediziner war. Außerdem konnte sie der Tradition, dass Frauen selbstverständlich den Namen ihres Gatten annahmen, nichts abgewinnen. Dafür war sie viel zu sehr Kämpferin für die Rechte der Frauen.

Victoria hatte einen von Jeremys Kollegen vom *Spectator* gebeten, Aufnahmen mit einer großen Stativkamera zu machen. Einen solchen Apparat aufzubauen war umständlich und zeitaufwendig. Deshalb wollte sie mit ihrer kleinen Kodak schnell einige Eindrücke einfangen. Nachdem sie die Kamera aus ihrem Zimmer geholt hatte, schlenderte sie zum Rand der Wiese. Hier bot sich ihr ein guter Überblick.

Sie hielt fest, wie Großtante Hermione auf dem Weg zum mittlerweile schon ziemlich geplünderten Kuchenbüfett einen großen Bogen um den Tisch machte, an dem ihre Freundinnen, die in der Suffragetten-Bewegung engagiert waren, saßen. Dann bannte Victoria die kümmerlichen Reste der Hochzeitstorte auf den Film. Von dem Prachtstück mit seinen drei Etagen war kaum etwas übrig geblieben. Der in Cassis getränkte Biskuitboden und die mit Johannisbeergelee angereicherte Buttercreme hatten aber auch zu köstlich geschmeckt.

Im Saal des Gasthofs überwachte Hopkins wie ein Feldherr die Aufstellung eines Heeres das Eindecken der langen Tafel zum Dinner. Da es am Abend wahrscheinlich kühl werden würde, hatten sie sich dazu entschlossen, drinnen zu speisen. Hopkins hatte Leinentischwäsche, Porzellan, Silberbesteck und Kristallgläser eigens aus London mitgebracht. Nun rückte er eine Serviette zurecht. Schmunzelnd betätigte Victoria den Auslöser und hoffte, dass das Bild nicht zu dunkel werden würde.

Ihr Blick wanderte zurück zur Wiese. Wie schade, dass der Schwarz-Weiß-Film die Farbenpracht der Gladiolen und Dahlien auf den Tischen nicht festhalten konnte. Trotzdem wollte sie eine Erinnerung an den Tischschmuck haben.

Mrs. Dodgson, die schon als Zugehfrau für Victorias Vater tätig gewesen und aus der Londoner Wohnung nicht mehr wegzudenken war, unterhielt sich angeregt mit Mr. Ryder senior. Sie hatte ihren recht voluminösen Körper in ein graues Seidenkleid gezwängt und strahlte wie immer ein unverwüstliches Selbstbewusstsein aus. Victoria fotografierte auch diese Szene. Jeremy hatte, wie die meisten Männer, das Jackett ausgezogen und den Hemdkragen gelockert. Genau in dem Moment, als Victoria den Sucher der Kamera auf ihn richtete, sah er zu ihr. Seine Miene wurde ganz weich und innig. Ob die Fotografie dies bewahren würde? Wieder durchströmte Victoria ein tiefes Glücksgefühl, und sie atmete unwillkürlich rascher. Sie jedenfalls würde diesen Augenblick nie vergessen.

»Lass uns ein bisschen miteinander plaudern.« Victoria hatte gar nicht bemerkt, dass ihre Großmutter zu ihr getreten war. »Viel Zeit zu einem Gespräch unter vier Augen werden wir heute wahrscheinlich nicht mehr haben.« Die Fürstin wies auf eine Bank unter der Buche.

»Gern …«

Leontine von Marssendorff hakte sich bei ihr ein und stützte sich mit der anderen Hand auf ihren Gehstock. Langsam überquerten sie die Wiese. Victoria war ein bisschen nervös. Es hatte sie sehr überrascht und gefreut, dass die Großmutter zu der Feier gekommen war. Ihr Verhältnis zu ihr war lange sehr schwierig gewesen. Amelie, ihre Tochter und Victorias Mutter, war eine sehr begabte Malerin gewesen und jung gestorben. Die Fürstin hatte es ihr nicht verzeihen können, dass sie mit Lord Bredon durchgebrannt war, und hatte die Ehe der beiden als eine Mesalliance betrachtet. Victoria ihrerseits hatte die strenge alte Dame aus tiefstem Herzen verabscheut. Erst als sie im Sommer des vergangenen Jahres nach Deutschland gereist war, um einer Freundin zu helfen, und in eine politische Intrige geraten war, waren sie und ihre Großmutter sich nähergekommen.

Vorsichtig ließ sich die Fürstin auf der Bank nieder. Victoria vermutete, dass ihr die Hüfte wieder zu schaffen machte. Aber ihre Großmutter war niemand, der gern über sein Gebrechen sprach. Deshalb fragte sie nicht danach.

»Es ist eine sehr schöne Feier.«

»Finden Sie das wirklich?«

»Ja, auch wenn es sich wahrscheinlich nicht vermeiden ließ, mich bei Lady Glenmorag am Tisch zu platzieren. Beim Dinner wird das vermutlich auch so sein.«

Um den Mund der Fürstin zuckte es. Die beiden alten Damen konnten sich nicht ausstehen. Auch wenn sie sich früher oft gegen Victoria verbündet hatten.

»Meine Großtante würde es als einen Affront auffassen, wenn sie nicht bei dem einzigen kontinentalen Gast aus dem Hochadel sitzen könnte.«

Der Blick der Fürstin wanderte zu Jeremy, der sich zu seinen Kollegen gesetzt hatte. »Dein Gatte ist, neben seiner Arbeit als Journalist, immer noch für die Geheimabteilung von Scotland Yard tätig?«

Da auch Jeremy in jene politische Intrige im vergangenen Jahr involviert gewesen war, hatte sich dies vor der Fürstin nicht verbergen lassen. Sie war einer der wenigen Menschen, die von der Geheimabteilung wussten.

»Ja, das ist er. Ich bin nicht sehr glücklich darüber. Aber Jeremy liebt diese Arbeit und die damit verbundene Gefahr, und er glaubt fest, dadurch Schaden von Menschen abzuwehren. Deshalb habe ich es akzeptiert.«

»So wie er dein Engagement bei den Frauenrechtlerinnen anerkennt?« Die Fürstin lächelte, und Victoria erwiderte das Lächeln. »In gewisser Weise.« Jeremy befürwortete das Frauenwahlrecht, er war lediglich gegen die radikalen Methoden der Suffragetten.

»Wie geht es dir denn mit deiner Schwangerschaft?«

Lady Glenmorag hätte sie niemals so direkt auf ihren »delikaten Zustand« angesprochen. Victoria hatte der Großmutter jedoch ein paar Wochen zuvor in einem Brief berichtet, dass sie und Jeremy ein Kind erwarteten. Natürlich hatte sie verschwiegen, wie weit die Schwangerschaft schon fortgeschritten war, denn die Fürstin war sehr katholisch und legte viel Wert auf Sitte und Moral.

»Anders als zu Beginn der Schwangerschaft, auf der …« Victoria hatte sagen wollen, … *auf der Reise nach Indien* …, aber sie bremste sich gerade noch rechtzeitig. Damals waren Jeremy und sie ja noch nicht verheiratet gewesen. Sie räusperte sich. »Anders als zu Beginn der Schwangerschaft geht es mir mittlerweile wirklich gut. Mir ist überhaupt nicht mehr übel.«

»Wie schön.« Die Fürstin veränderte ihre Sitzposition und blickte zu dem flachen Fluss, wo einige Enten zwischen den Steinen nach Futter gründelten. »Deine Freundin, die adlige Dame von amerikanischer Herkunft, ich komme gerade nicht auf ihren Namen, hat mir erzählt, dass du gleich morgen mit Jeremy nach Irland reisen wirst.«

»Sie meinen Lady Constance Hogarth. Und ja, es ist gewissermaßen unsere Hochzeitsreise. Lady Hogarth hat dort einen Landsitz geerbt. Sie ist so freundlich, ihn uns zur Verfügung zu stellen. Er liegt im County Galway am Meer. Ich freue mich schon sehr auf die Reise. Indien und die vergangenen Wochen in England waren ziemlich anstrengend. Und in unserer Wohnung sind noch eine Weile Handwerker beschäftigt. Jeremy und ich lassen dort einiges umgestalten.«

»Das Kind wird im Januar zur Welt kommen?«

»Wahrscheinlich …« Victoria brach ab und starrte ihre Großmutter an. Die alte Dame musterte sie mit unergründlicher Miene. »Woher wissen Sie denn …?« Sah man es ihr etwa doch an, wie weit die Schwangerschaft schon fortgeschritten war?

»Nun ja, es hätte mich gewundert, wenn ihr zwei bis zu eurer Eheschließung *damit* gewartet hättet …« Die Stimme der Fürstin klang spröde. Gleichwohl wurde ihre Miene auf einmal ganz sanft. »Du bist deiner Mutter so ähnlich, genauso leidenschaftlich …« Sie strich Victoria über die Wange. »Ach, Kind, ich wünsche dir und deinem Gatten alles Glück der Welt. Ich bin davon überzeugt, dass du mit ihm eine gute Wahl getroffen hast.«

»Auch wenn er kein Adliger ist?«

Victoria musste dies einfach fragen. Schließlich hätte ihre Großmutter, ebenso wie Lady Glenmorag, früher alles dafür gegeben, dass Victoria einen Aristokraten heiratete.

»Letztlich zählen doch nur das Herz und der Charakter. Und nun geh endlich zu Jeremy. Er blickt schon die ganze Zeit zu dir.« Die feuchten Augen der Fürstin straften ihren barschen Ton Lügen.

Victoria umarmte ihre Großmutter – was früher für sie undenkbar gewesen wäre –, dann lief sie strahlend zu Jeremy.

ZWEITES KAPITEL

Die tief stehende Sonne tauchte das Büro im obersten Stockwerk von Scotland Yard in ein goldgelbes Licht. Durch die offen stehenden Fenster konnte Sir Arthur Stanhope die Dächer von Whitehall sehen – die Herzkammer des britischen Empire. Gedämpft drang der Straßenlärm zu ihm herauf. In das Rollen von Kutschenrädern und Gesprächsfetzen mischte sich gelegentlich das Knattern eines Automobils.

Wie fast immer am Ende eines Arbeitstages widmete sich der Commissioner den bedeutendsten Zeitschriften und Gesellschaftsmagazinen des Landes. Neben seiner offiziellen Funktion als Chef von Scotland Yard leitete er auch eine spezielle Geheimabteilung, von der innerhalb der Polizeibehörde niemand Kenntnis hatte. Deren Aufgabe war es, das Empire vor Feinden im Inneren und von außerhalb des Landes zu schützen.

Die politische Lage in Europa war nur scheinbar ruhig. Alle Großmächte betrieben Spionage, um für den Fall eines Krieges gerüstet zu sein. Deshalb wollte Sir Arthur darüber informiert sein, welcher ausländische Adlige oder hohe staatliche Würdenträger in einem Londoner Stadtpalais oder auf einem der vornehmen Landsitze Englands zu Gast war.

Sir Arthur überflog die Gesellschaftsspalten der *Times* und machte sich einige Notizen. Dann griff er zum *Tatler*, in seinen Augen ein reines Klatschmagazin über Mode und die High Society, aber gerade deswegen nützlich für seine Zwecke. Etliche Artikel verbreiteten sich darüber, was König Edward VII. bei diesem und jenem Anlass getragen hatte. Wie schon während seiner Zeit als Prince of Wales galt der König als Stilikone. Gelangweilt blätterte der Commissioner weiter.

Er hielt inne, als ihm die Worte *Mr. Jeremy Ryder und seine Gemahlin Victoria, die Enkelin des achten Duke of St. Aldwyn und Tochter Lord Bernard Bredons* ins Auge sprangen. Der kurze Artikel berichtete darüber, dass der bekannte Journalist Mr. Ryder und seine bildhübsche rothaarige Gattin ihren schon in Indien geschlossenen Ehebund in England feierlich besiegelt hatten. Zu den Gästen in einem Gasthof in den Cotswolds hatten – wie aus sicherer Quelle zu erfahren sei – Lady Hermione Glenmorag sowie Louis, der zehnte Earl of Hogarth, und dessen Gemahlin Lady Constance gezählt.

Sir Arthur erinnerte sich daran, dass ihm Jeremy Ryder von dem Fest erzählt hatte. Ein Gasthof in den Cotswolds ... Wie er Lady Glenmorag kannte, war sie darüber sicher alles andere als begeistert gewesen! Auch er selbst fand diesen Ort für eine Feier reichlich exzentrisch, aber er passte zu Victoria Bredon-Ryder. Schon allein der Doppelname war typisch für sie. Er hatte die junge Frau früher für eine Plage gehalten, und einmal hatte er sie sogar wegen ihres Engagements bei den Suffragetten festnehmen lassen. Es wäre übertrieben gewesen zu behaupten, dass er sie mittlerweile wirklich mochte. Es hatte ihm jedoch tiefen Respekt abgenötigt, dass sie im Frühjahr auf die Nachricht hin, dass

Jeremy Ryder in Indien verschollen war, beschlossen hatte, dort persönlich nach ihm zu suchen.

Und was Jeremy Ryder betraf … Sir Arthur hielt ihn für einen der besten Mitarbeiter der Geheimabteilung. Allerdings war er unkonventionell wie seine junge Gattin und neigte dazu, seine eigenen Wege zu gehen. Autoritäten beeindruckten ihn nicht. Was das Missfallen einiger mächtiger Männer in Whitehall erregt hatte.

Sir Arthur dachte an den mit einem Siegel versehenen Brief aus schwerem Papier, der in dem Safe hinter dem Gemälde des Kavallerieangriffs aus dem Krimkrieg lag. In wenigen Tagen würde in einem Landsitz in der Nähe von London ein Treffen stattfinden, bei dem gewisse Neuausrichtungen der Geheimabteilung diskutiert werden sollten. Er war überzeugt, dass dabei auch Jeremy Ryders Mitarbeit zur Debatte stehen würde. Sir Arthur war fest entschlossen, alles zu tun, um ihn in der Abteilung zu halten.

Victoria blickte zum Fenster des Gästezimmers hinaus. Die Nacht war sternenklar. Über dem Flüsschen Coln lag ein leichter Nebel. Er reflektierte das Licht aus dem großen Saal, wo Bedienstete nun aufräumten. Es war mittlerweile zwei Uhr morgens. Eben hatten Jeremy und sie die letzten Gäste verabschiedet. Seine Eltern hatten für einige Tage ein kleines Cottage im Dorf gemietet. Constance und Louis waren zu ihrem nur wenige Meilen entfernten Landsitz gefahren. Einige Freunde hatten sich Zimmer in dem Gasthof genommen, andere in Privathäusern. Ein paar Junggesellenfreunde aus Jeremys Studientagen zelteten auf einer Wiese am anderen Ufer des Coln. Und die Fürstin und Großtante Hermione waren schon recht früh in das nahe gelegene

Städtchen Cirencester aufgebrochen, wo sie in – unterschiedlichen – Hotels logierten.

Der Abend war ebenso schön wie der Nachmittag gewesen. Nach dem festlichen Dinner, zum Dessert hatte es eine von Hopkins angefertigte, riesige Eistorte gegeben, hatte eine Kapelle aufgespielt. Victoria schloss die Augen. Sie glaubte wieder, die Musik zu hören und zu fühlen, wie sie und Jeremy sich, aneinandergeschmiegt, im Takt bewegten. Kaum einen Tanz hatten sie ausgelassen. Und am Ende des Festes hatten Freunde von Jeremy ein großes Feuerwerk entzündet. Unter den bewundernden Ausrufen der Gäste waren die Raketen rot, golden und grün im Nachthimmel verglüht. Ja, das Fest war wunderschön gewesen. Und doch …

»Ist etwas nicht in Ordnung?« Jeremy trat hinter sie und legte seine Hände auf ihre Schultern. »Du wirkst auf einmal so in dich gekehrt, ja fast traurig.«

Victoria drehte sich zu ihm um. »Hattest du nicht auch den Eindruck, dass es deinem Vater nicht gut ging?«, wich sie ihm aus. »Auf mich hat er irgendwie fiebrig gewirkt.«

»Ach, er hat eine sehr robuste Konstitution. Um ihn musst du dir keine Gedanken machen.« Jeremy schüttelte den Kopf. »Aber das ist es doch nicht, was dich beschäftigt, oder?«

Manchmal wünschte sich Victoria, Jeremy würde sie weniger schnell durchschauen. »Ich bin sehr glücklich. Nur …«, sie suchte nach Worten für ihre widersprüchlichen Gefühle, »… es gibt so viele Menschen, die unter elenden Bedingungen leben müssen. Unser Glück erscheint mir plötzlich ungerecht. Und wir wissen doch beide, wie das Leben ist. Wie schnell sich alles von einem auf den anderen Augenblick ändern kann. Du wärst in Indien beinahe umgekommen. Meine Mutter ist jung gestorben. Was, wenn uns beiden etwas zustößt? Was wird dann aus unserem Kind? Ich habe Angst, dass wir es nicht beschützen können, bis es selbstständig durchs Leben gehen kann.«

Als hätte das Ungeborene ihre Sorge gespürt, bewegte es sich. Unwillkürlich legte Victoria die Hände auf ihren Bauch.

»Komm mit.« Jeremy führte sie zu der gepolsterten Bank vor dem Kaminfeuer und zog sie neben sich. »Ich hoffe sehr, dass wir dieses Kind und seine künftigen Geschwister werden aufwachsen sehen. Aber falls uns etwas zustoßen sollte, werden sich meine Eltern um sie kümmern. Dann gibt es auch noch Constance und Louis, und bei Hopkins und Mrs. Dodgson wären unsere Kinder auch ganz sicher in guten Händen.«

»Du machst dich über mich lustig«, rief Victoria ärgerlich.

Als sie den so vertrauten, zärtlichen Spott in Jeremys Augen wahrnahm, musste sie jedoch lächeln.

»Nein, das tue ich nicht. Du hast ja recht. Es gibt im Leben keine Garantien. Aber gerade deshalb, finde ich, sollten wir die schönen Momente genießen und sie uns nicht mit Sorgen um die Zukunft verderben.« Jeremy beugte sich zu Victoria hinüber und küsste sie. »Und genau diesen Moment finde ich sehr, sehr schön«, murmelte er in ihr Ohr.

»Nein ...« Lachend schob sie ihn von sich weg.

»Bitte ...« Seine Miene war ernst geworden. »Der Tag war so schön. Lass nicht zu, dass ein Schatten auf ihn fällt.«

Wieder küsste er sie. Schon Jeremys erste Berührung hatte Flammen durch ihren Körper gejagt, und sie hatte ihm nur mit Mühe widerstehen können. Nun waren ihre Sehnsucht und ihr Verlangen stärker als ihre Ängste. Sich küssend, mit längst vertrauten, spielerischen Bewegungen zogen sie sich aus, während das Kaminfeuer ihre Schatten an die Wände warf.

Jeremys Hände verharrten auf ihrem nackten, gerundeten Bauch. Erneut bewegte sich das Ungeborene, und Jeremys Miene wurde ganz innig.

»Wir werden unser Kind beschützen«, flüsterte er. »Wir werden es aufwachsen sehen.«

»Küss mich …«

Victoria schmiegte sich an ihn. Und dann zählte nur noch die Gegenwart.

Ein Klopfen drang in Victorias Schlummer, und sie hörte Jeremy »Herein« rufen. Verschlafen öffnete sie die Augen. Sie lag, in seine Arme gekuschelt, im Bett und war, wie sie nun registrierte, nackt. Morgenlicht sickerte durch die Ritzen in den Fensterläden. Hastig zog sie die Bettdecke bis zum Kinn hoch.

Hopkins betrat den Raum, sein Blick war diskret auf einen imaginären Punkt in einer der Zimmerecken gerichtet. Sicher, sie und Jeremy waren nun verheiratet. Trotzdem machte es sie immer noch ein bisschen verlegen, wenn ihr Butler sie zusammen im Bett vorfand.

»Was ist denn, Hopkins?« Fragend richtete sich Jeremy auf.

»Miss Victoria, Mr. Ryder, bitte verzeihen Sie die Störung.« Hopkins neigte den Kopf. »Aber ein Dienstmädchen Ihrer Eltern, Mr. Ryder, traf soeben im Gasthof ein. Leider überbrachte es eine sehr besorgniserregende Nachricht. Ihr Vater ist während der Nacht an einer schweren Lungenentzündung erkrankt.«

Hopkins' Tonfall war gemessen wie immer. Victoria

kannte ihn allerdings gut genug, um zu wissen, dass auch er erschrocken war.

»Mein Gott ... Ich komme sofort.« Jeremy war schon aus dem Bett gesprungen und begann, sich anzuziehen.

»Ich begleite dich.« Auch wenn Jeremys Vater am Vorabend schon angeschlagen gewirkt hatte, empfand Victoria Hopkins' Worte seltsam unwirklich. Irgendwie konnte das doch nicht real sein.

»Mrs. Ryder hat ausdrücklich betont, dass Sie nicht mit zum Cottage kommen sollen, Miss Victoria.« Hopkins schüttelte den Kopf. »Sie möchte auf keinen Fall, dass Sie sich anstecken.«

»Aber ...«, protestierte sie.

»Meine Mutter hat recht. Bitte, bleib hier. Sobald ich Genaueres weiß, berichte ich dir.« Jeremy küsste sie, dann eilte er aus dem Zimmer. Seine Schritte verklangen auf der Treppe.

»Miss Victoria, wenn Sie nach unten kommen möchten – das Frühstück ist angerichtet.« Hopkins betrachtete Tee und eine nahrhafte Mahlzeit als Heilmittel in allen schwierigen Lebenslagen. »Wir müssen das Beste für Mr. Ryders Vater hoffen.« Für einen Moment schwand der unerschütterliche Ausdruck des würdevollen Butlers von seinem Gesicht, und es zeigte tiefe Sorge und Anteilnahme.

»Ja, ich komme nach unten. Und, nein, es ist nicht nötig, dass Sie mir ein Dienstmädchen schicken, das mir ein Bad einlässt, Hopkins. Ich mache das selbst«, kam sie einer weiteren Frage zuvor.

»Wie Sie wünschen, Miss Victoria.« Mit einem gemessenen Kopfnicken zog sich Hopkins zurück und schloss die Tür leise hinter sich.

Beklommen stand Victoria auf. Sie konnte kaum glauben, dass seit der unbeschwerten Feier noch nicht einmal ein Tag vergangen war.

»Wie schön, dass ihr zu unserer Feier gekommen seid! Wir sehen uns bald in London wieder.«

Victoria winkte den letzten Gästen hinterher, die schwatzend und lachend in Kutschen zum Bahnhof von Cirencester fuhren. Beim Frühstück im großen Saal hatte sie sich bemüht, sich ihre Sorge nicht anmerken zu lassen. Sie hatte nur gesagt, dass Mr. Ryder erkrankt und Jeremy bei seinem Vater sei. Über die lebensbedrohliche Lungenentzündung hatte sie kein Wort verloren, um den Gästen die heitere Stimmung nicht zu verderben.

Nervös biss sich Victoria auf die Lippen. Mittlerweile war es fast elf, die letzte Kutsche abgefahren, und Jeremy war immer noch nicht zum Gasthof zurückgekehrt. Sie verbot sich, an das Schlimmste zu denken. Als sie schon wieder hineingehen wollte, hörte sie Jeremy ihren Namen rufen. Hastig drehte sie sich um. Ihr Mann kam die schmale Dorfstraße zwischen den aus goldgelbem Stein erbauten Cottages entlang. Sein Gesicht war bleich, er wirkte erschöpft.

»Jeremy ...« Erschrocken rannte Victoria ihm entgegen. »Wie geht es deinem Vater?«

Jeremy schüttelte abwehrend den Kopf. »Lass uns im Garten miteinander sprechen.« Als er das Entsetzen auf Victorias Gesicht wahrnahm, legte er ihr den Arm um die Schultern und bemühte sich um ein Lächeln. »Nein, nein, mein Vater ist am Leben.«

Ein »Aber« schwang in seiner Stimme mit, das Victorias Angst nicht wirklich verringerte. Schweigend durchquerten sie die Halle und den großen Saal. Im Garten ließen sie sich auf einer Bank nieder. Erst jetzt nahm Victoria den ihr vertrauten Geruch nach Karbol wahr. Offensichtlich hatte Jeremy beim Verlassen des Cottages seine Hände desinfiziert, wie ihr Vater es nach der Arbeit stets getan hatte. Der Arzt, der Mr. Ryder behandelte, hatte wohl darauf geachtet. Er schien wirklich fähig zu sein.

»Also, was möchtest du mir sagen?« Victoria fasste nach Jeremys Hand.

»Mein Vater hat nach wie vor hohes Fieber, und zeitweise deliriert er.«

»O Gott …«

»Trotzdem ist der Arzt – ein Dr. Barring aus Cirencester – vorsichtig optimistisch. Er meint, mein Vater habe eine sehr starke Konstitution. Wenn es in den nächsten ein, zwei Tagen gelänge, das Fieber zu senken, könne er wieder genesen.«

»Wie sieht denn die Behandlung aus?« Victorias Vater war zwar Gerichtsmediziner gewesen, aber er hatte sich auch für die neuesten Entwicklungen in der Heilkunde interessiert und Victoria davon erzählt. Ihr Verhältnis war sehr vertraut gewesen. Fast drei Jahre waren seit seinem Tod vergangen, und gelegentlich vermisste sie ihn immer noch schmerzlich. Sie konnte gut verstehen, was Jeremy durchmachte.

»Kalte Wickel um Arme und Beine gegen das Fieber. Tee, um den Schleim in der Lunge zu lösen. Und Dr. Barring hat meiner Mutter gezeigt, wie sie die Brust meines Vaters abklopfen soll, damit er abhusten kann und sich seine Atmung stabilisiert.«

»Das hört sich nach einem guten Rat an.« Victoria nickte. »Mein Vater hätte dies sicher auch empfohlen.«

»Dr. Barring hat es in die Wege geleitet, dass eine Krankenschwester meine Mutter unterstützt. Aber ich möchte ihr natürlich auch zur Seite stehen.«

»Selbstverständlich bleiben wir hier, bis dein Vater wieder gesund ist.« Erstaunt sah Victoria Jeremy an. »Das steht doch außer Frage.«

Jeremy schüttelte den Kopf. »Ich möchte, dass du, wie wir es geplant hatten, nach Irland reist. Hopkins wird dich sicher begleiten.«

»Ich lasse dich und deine Mutter auf gar keinen Fall allein!« Victoria war fassungslos. »Wie kannst du nur auf so einen Gedanken kommen.«

»Ich habe das mit meiner Mutter besprochen. Sie möchte auch, dass du die Reise antrittst.«

»Nein ...«

»Bitte, lass mich weiterreden.« Jeremy unterbrach sie. »Ich weiß, wie gern du meinen Vater hast und dass du uns beistehen willst. Aber du bist nun einmal schwanger und kannst uns deshalb nicht helfen. Im Gegenteil, solange mein Vater krank ist, werde ich jedes Mal, wenn wir uns sehen, Angst haben, dass ich dich anstecke.«

»Willst du damit sagen, dass ich dich nur belaste?«

»Wenn du hierbleibst, in gewisser Weise, ja.« Jeremy versuchte seine Worte mit einem Lächeln abzumildern. »Es ist doch Unsinn, dass du im Gasthof ausharrst, wenn wir uns doch nicht treffen können.«

»Das verstehe ich.« Victoria schluckte. Auch wenn es ihr schwerfiel, dies zuzugeben, Jeremy hatte ja recht. Sie durften das Ungeborene nicht gefährden. »Dann reise ich eben nach London. Von dort aus bin ich wenigstens schnell hier, wenn du mich brauchst.«

»Hast du schon vergessen, dass die Wohnung renoviert wird? Wir haben die Handwerker doch extra für die Zeit unserer Hochzeitsreise bestellt.«

»Dann gehe ich eben in ein Hotel.«

»Victoria, bitte, ich möchte wirklich, dass du die Reise antrittst.«

»Aber warum? Ich will nicht Hunderte von Meilen entfernt sein, während dein Vater mit einer lebensbedrohlichen Krankheit ringt.« Sie wurde allmählich ärgerlich. »Wir haben geschworen, uns in guten und in schlechten Zeiten beizustehen. Hast du das schon vergessen?«

»Nein, ich habe das nicht vergessen. Und wenn du nicht unser Kind erwarten würdest, wäre ich sehr froh über deine Unterstützung.« Jeremys Miene war so unglücklich, dass sie sich wieder besänftigen ließ. »Ich werde dich sehr vermissen. Aber wenn du die Reise antrittst, ich weiß, das ist völlig irrational ...«, Jeremy seufzte, »... gibt mir das die Hoffnung, dass mein Vater wieder gesund wird.«

»Oh, Jeremy ...« Victoria wusste, dass er seine Worte ehrlich meinte und nicht zu einer Lüge gegriffen hatte, um sie doch zu der Reise zu bewegen.

»Ich habe mich wirklich immer für einen vernünftigen Menschen gehalten.« Er zuckte hilflos mit den Schultern und lächelte sein schiefes Lächeln, das, trotz all der Sorge um seinen Vater, wie so oft einen ganzen Schwarm Schmetterlinge in Victorias Bauch aufflattern ließ.

»Ich verstehe dich ja. Als mein Vater an Krebs erkrankt war, habe ich mich auch an jeden Strohhalm geklammert.« Sie streichelte seine Hand. »Aber ich weiß nicht, ob es eine gute Idee ist, dass Hopkins mich begleitet. Er soll doch die Handwerker beaufsichtigen.«

»Warum fragen wir ihn nicht selbst?« Jeremy blickte zu der Tür, die aus dem großen Saal in den Garten führte. Hopkins war eben nach draußen gekommen. Er besaß tatsächlich eine Art sechsten Sinn, der ihn spüren ließ, wann er gebraucht wurde.

»Mr. Ryder, ich hoffe, der Zustand Ihres Vaters hat sich gebessert«, wandte er sich an Jeremy.

»Leider nicht. Hopkins, es wäre mir lieb, wenn Sie Miss Victoria nach Irland begleiten könnten, während ich erst einmal bei meiner Mutter bleibe.«

»Sehr gern, Sir. In Anbetracht der Umstände halte ich dies – wenn Sie mir die Bemerkung gestatten – für eine sehr kluge Idee.«

»Und was ist mit den Handwerkern?«, warf Victoria ein.

»Nun, ich bin überzeugt, dass die Überwachung der Renovierungsarbeiten bei Mrs. Dodgson in den besten Händen ist.«

Womit Hopkins unbestreitbar recht hatte. Kein Handwerker würde es wagen, der resoluten Zugehfrau dumm zu kommen.

»Gut, Hopkins, dann brechen wir beide morgen früh nach Irland auf«, gab sich Victoria endgültig geschlagen.

»Nun, Miss Victoria, Ihr großes Reisegepäck ist ja schon gepackt. Wenn uns Lord und Lady Hogarth ihren Daimler zur Verfügung stellen würden, könnten wir heute am späten Abend noch das letzte Fährschiff von Liverpool nach Dublin erreichen. Soll ich einen Dienstboten nach Ivy Manor schicken und diesbezüglich anfragen lassen?« Hopkins blickte von Jeremy zu Victoria.

»Ja, tun Sie das bitte, Hopkins.« Jeremy nickte.

»Sehr wohl, Sir.« Mit einer höflichen Verbeugung verschwand der Butler.

»Es ist doch am besten, wenn du möglichst bald abreist.« Jeremy umarmte Victoria, und sie schmiegte ihren Kopf an seine Brust. Ach, sie wollte sich einfach nicht so bald schon von ihm trennen …

DRITTES KAPITEL

Regen prasselte auf das Dach der Kutsche und strömte an den Fenstern hinunter. Victoria kuschelte sich in eine Ecke. Ein Messingbehälter mit glühenden Kohlen verbreitete ein bisschen Wärme. Hopkins, der ihr gegenübersaß, war in eine Zeitung vertieft. Am Vorabend hatten sie tatsächlich das Fährschiff erreicht. Dank Constance' und Louis' Chauffeur, der den Daimler schnell und sicher über die kurvenreichen Straßen der Cotswolds gesteuert und dann durch das hügelige Mittelengland gefahren hatte, vorbei an den großen Industriestädten mit ihren rauchenden Schloten.

Über der Irischen See hatte dichter Nebel gehangen, der dann an der Küste der sogenannten Grünen Insel in Regen übergegangen war. Tatsächlich hatte sich Irland bis jetzt nur grau und verhangen präsentiert. Auf der Fahrt vom Dubliner Hafen quer durch die Stadt zum Bahnhof Kingsbridge Terminus war von den schönen georgianischen Straßenzügen kaum etwas zu sehen gewesen. Von Dublin aus, das an der Ostküste lag, hatten sie den Zug nach Galway genommen – einmal quer durchs Land zur Westküste. Während Victoria im Restaurant des Bahnhofs etwas gegessen hatte, war Hopkins zum Postamt gegangen, denn Jeremy hatte versprochen, ein Telegramm dorthin zu schicken.

Gott sei Dank war das Fieber seines Vaters nicht weiter gestiegen, und er delirierte nicht mehr. Victoria schöpfte neue Hoffnung.

Die Kleinstadt Clifden war schließlich die letzte Bahnstation ihrer Reise gewesen. Dort hatte sie die Kutsche von Kincraighie House erwartet, um sie zu dem etwa sechs Meilen entfernten Landsitz der Hogarths zu bringen. Hatte der Regen etwas nachgelassen? Victoria beugte sich vor und spähte aus dem Fenster. Ja, tatsächlich. In all dem Grau konnte sie jetzt eine lang gezogene Bergkette ausmachen, deren Gipfel vom Nebel verhangen waren. Sie hatte gewusst, dass die Landschaft im Westen Irlands schroff und wild war. Aber sie hatte nicht damit gerechnet, dass sie so abweisend sein würde, und sie wünschte sich, sie wäre in London geblieben, in Jeremys Nähe.

Durch das lange Sitzen war sie ganz steif und somit froh, dass ihr Ziel wenigstens nicht mehr weit entfernt war. Auch das Kind in ihrem Leib schien die Reise allmählich sattzuhaben, denn es machte sich mit kleinen Tritten gegen ihre Bauchdecke bemerkbar.

Ist ja schon gut. Nicht mehr lange, dann werden wir beide uns hoffentlich ausruhen können.

Beruhigend strich Victoria über die sanfte Wölbung. Sie hatte es sich angewöhnt, in Gedanken mit dem Ungeborenen zu sprechen. Wie es wohl sein würde, mit ihm zu leben? Sie freute sich unbändig darauf. Nur vor der Geburt graute es ihr ein bisschen. Glücklicherweise gab es mittlerweile Chloroform gegen die schlimmsten Schmerzen. Queen Victoria war ja in vielem sehr konservativ und alles andere als eine Kämpferin für die Rechte der Frauen gewesen. Aber sie hatte Prinz Leopold und Prinzessin Beatrice, die letzten beiden ihrer neun Kinder, mithilfe von Chloroform zur Welt gebracht und damit den Widerstand der anglikanischen Kirche gegen das Anästhetikum gebrochen. Die Kleriker waren allen Ernstes der Auffassung gewesen, es sei gottgewollt, dass Frauen unter Schmerzen Kinder gebaren.

Victoria blinzelte. Etwas Goldenes huschte über den Boden der Kutsche. Ein Sonnenstrahl. Ihr verschlug es den Atem. Innerhalb weniger Minuten war die dichte Wolkendecke aufgerissen. Wo eben alles noch grau und düster gewesen war, breitete sich jetzt ein blauer Himmel über der Landschaft aus. Die Berggipfel – sie erinnerte sich, dass der Name des kargen Gebirgszugs Twelve Bens war – waren immer noch von Nebel verhangen. Aber dies wirkte jetzt geheimnisvoll, ja fast mystisch, und nicht mehr bedrohlich. Neben der Straße floss ein Bach zwischen Felsen dahin. Wo sich die Sonne in den Wellen brach, ja, auch überall auf den Wiesen, glitzerte es in allen Regenbogenfarben, als lägen dort Diamanten verstreut. Hopkins hatte die Zeitung sinken lassen und beugte sich ebenfalls zum Fenster hinüber.

»Mein Gott, ist das nicht wunderschön?« Victoria lächelte. »Und wie schnell das Wetter umgeschlagen ist.«

»In der Tat, eine beeindruckende Szenerie.« Hopkins nickte würdevoll.

Die Kutsche fuhr nun um eine Kurve. Dahinter breitete sich ein flaches, weitläufiges Tal aus, eigentlich eher eine Mulde zwischen den Hügeln. Schafe grasten zwischen Felsen und windzerzausten Nadelbäumen. Hinter einer hohen Backsteinmauer am Ende des Tales waren die oberen Stockwerke eines Gebäudes zu sehen. Der Mittelteil wirkte – zumindest aus dieser Perspektive – kompakt und fast quadratisch. Die beiden Seitenflügel waren schmaler und etwas niedriger. Die gewölbten Dächer und die hohen Sprossenfenster gaben dem Landsitz eine barocke Anmutung. Im Sonnenlicht leuchtete die regennasse Fassade von Kincraighie House tiefrot, ja, schien wie mit Feuerzungen überzogen.

Nun hatte die Kutsche die Backsteinmauer erreicht und passierte ein großes Tor. Eine sorgfältig gepflegte, von Blumenrabatten gesäumte Rasenfläche erstreckte sich bis zum Herrenhaus. Victoria erhaschte einen Blick auf hohe Bäume hinter dem Gebäude – vermutlich ein Park. Das Anwesen war anscheinend ausgedehnter, als sie erwartet hatte. Die Kutsche folgte der kreisförmigen Auffahrt und kam vor einer breiten, zweiflügeligen Treppe zum Halten.

Der Kutscher, ein älterer Mann mit wettergegerbtem Gesicht, öffnete ihnen mit einer Verbeugung den Wagenschlag.

Hopkins half ihr hinaus. Gefolgt von ihm stieg sie die Treppe hinauf. Sie hatten das Portal fast erreicht, als sich einer der Türflügel öffnete und eine füllige, grauhaarige Frau herauseilte. Sie trug ein dunkelblaues Baumwollkleid mit einem dezenten Spitzenbesatz am Kragen. Victoria schätzte sie auf Ende fünfzig. Sie hatte ein rundes, freundliches Gesicht und warme braune Augen.

»Mrs. Bredon-Ryder«, rief sie sichtlich erfreut und wandte sich dann dem Butler zu. »Mr. Hopkins, willkommen auf Kincraighie House. Ich hoffe, Ihre Reise war bei dem fürchterlichen Wetter nicht zu beschwerlich. Nein? Wie schön. Jedenfalls haben Sie offensichtlich die Sonne mitgebracht. Wenn das nicht ein gutes Omen für Ihren Aufenthalt ist. Ich bin die Haushälterin, Mrs. Evans.« Ihr Englisch hatte den für die Iren typischen, leicht singenden Einschlag, und ihr Benehmen entbehrte die für englisches Personal übliche Zurückhaltung. »Es werden gleich zwei Diener kommen, die Ihr Gepäck auf Ihre Zimmer bringen.«

Mrs. Evans geleitete sie in die Halle, die sich in der Höhe über zwei Etagen erstreckte. Ein riesiger Kamin nahm fast eine ganze Wand ein, darüber hingen altertümliche Waffen. Die Wände waren mit dunklem Holz verkleidet.

»Ich freue mich sehr, dass ich hier sein kann«, sagte Victoria freundlich. »Und ich hoffe, dass mein Mann bald nachkommen wird.«

»O ja, natürlich. Lady Hogarth hat mich in einem Telegramm von der Krankheit seines Vaters unterrichtet. Ich habe während der Messe für seine Genesung gebetet und eine Kerze für ihn angezündet.«

Auch dies hätte ein englischer Dienstbote kaum gesagt. Victoria vermutete, dass Mrs. Evans katholisch war, und auch wenn ihr diese Religion eher fremd war, war sie berührt von der Geste.

»Möchten Sie gern das Haus sehen, Mrs. Bredon-Ryder? Oder wäre es Ihnen lieber, sich erst einmal auszuruhen?«

»Ich würde mich sehr gern ausruhen. Die Reise hat mich doch angestrengt.«

»Dann begleite ich Sie auf Ihr Zimmer, Madam. Ihren Tee lasse ich heute dort für Sie servieren? Ja?«

»Sehr gern.«

Mrs. Evans wandte sich Hopkins zu. »Mr. Hopkins, für Sie habe ich Mr. Jenkins' Zimmer herrichten lassen. Wie Sie ja wahrscheinlich wissen, ist er der Butler von Lord und Lady Hogarth. Ich hoffe, es ist Ihnen recht, dort untergebracht zu sein.«

»Ich kenne Mr. Jenkins, und ich schätze ihn sehr«, antwortete Hopkins in seinem üblichen gemessenen Tonfall.

»Ich bin überzeugt, dass ich mich in seinem Zimmer sehr wohlfühlen werde.«

»George, einer unserer Diener, wird Sie hinführen. Wir haben hier momentan nicht viel Personal. Mit der Köchin und meiner Wenigkeit sind wir nur zwölf Bedienstete. Lord und Lady Hogarth bringen immer viele Dienstboten aus London mit, so auch Mr. Jenkins.«

»Ich werde selbstverständlich sehr gern dessen Pflichten übernehmen.«

Victoria glaubte wahrzunehmen, dass sich Hopkins' Mundwinkel ein ganz klein wenig hoben, und unterdrückte ein Lächeln. Er war durchaus bereit, die gute Arbeit eines Kollegen anzuerkennen, aber er freute sich bestimmt, wieder einmal in einem großen Haushalt schalten und walten zu können, ohne auf einen anderen Butler Rücksicht nehmen zu müssen. Sie vermutete ohnehin, dass er sich bei ihr zu Hause nicht ausgelastet fühlte.

»Oh, das ist sehr freundlich von Ihnen, Mr. Hopkins.«

Mrs. Evans strahlte. Victoria war gespannt, wie die beiden miteinander auskommen würden. Der Butler und die Haushälterin standen an der Spitze der Dienstbotenhierarchie. Wobei Hopkins ja auch mit Mrs. Dodgson, die ihre Cockney-Herkunft nie verbarg, gut harmonierte.

Zwei junge Männer in der dunklen Livree der Diener trugen nun das Gepäck in die Halle.

»George«, Mrs. Evans winkte einen von ihnen herbei, »bring Mr. Hopkins' Koffer in Mr. Jenkins' Zimmer, bitte. Du wirst ihm für die Dauer seines Aufenthalts zur Hand gehen.«

Hopkins' Blick ruhte auf einem kleinen Fleck auf Georges Jackenärmel. Victoria tat der junge Mann jetzt schon leid. Es war sehr schwer, den hohen Ansprüchen ihres Butlers an das Personal zu genügen. Der junge Diener würde durch eine harte Schule gehen.

Hopkins und George verschwanden in einem Korridor, während Mrs. Evans Victoria die Treppe hinaufgeleitete und der andere Diener noch einmal zur Kutsche ging. »Die Küche und die Wirtschaftsräume befinden sich im Erdgeschoss«, erläuterte die Haushälterin. »Alle Wohnräume hingegen liegen auf der ersten Etage und die Schlafzimmer auf der zweiten. Die Erbauer von Kincraighie House wollten, dass man über den Park und die Mauer hinweg das Meer sehen kann. Die späteren Besitzer haben die Raumaufteilung beibehalten.«

»Und die Schlafräume der Dienstboten?«

»Die befinden sich unter dem Dach und sind von der Hintertreppe neben der Küche aus erreichbar.«

Sie hatten inzwischen das zweite Stockwerk erreicht. Am Anfang eines Korridors öffnete Mrs. Evans nun eine Tür. »Ihr Zimmer, Madam. Ich hoffe, es ist alles zu Ihrer Zufriedenheit.« Victoria fand es manchmal immer noch seltsam, jetzt, da sie verheiratet war, mit *Madam* angesprochen zu werden, und sie benötigte einen Moment, bis sie begriff, dass sie gemeint war.

Im Kamin flackerte ein Feuer. Auf dem Bett lag ein gequilteter Überwurf in Grün und Rot. Die Farben setzten sich im geblümten Stoff des Baldachins, in den Vorhängen sowie der Tapete fort. Neben einem mit Samt bezogenen tiefen Lehnstuhl stand ein Tischchen mit einer Teekanne unter einem gehäkelten Kannenwärmer, einer Porzellantasse, Zucker, Milch sowie einem Teller mit Keksen. Ein hübsches Arrangement, wie Victoria fand.

»Der Tee in der Kanne ist frisch zubereitet. Ich wusste ja ungefähr, wann Sie hier eintreffen würden. Daisy, eines der Zimmermädchen, wird Ihnen später noch den Nachmittagstee servieren«, sagte die Haushälterin rasch, als könnte Victoria annehmen, Kincraighie House hätte keinen üppigeren Afternoon Tea zu bieten. »Ich dachte nur, ein Tässchen heißer Tee würde Ihnen nach der langen Reise bestimmt guttun.«

»Das ist sehr nett von Ihnen«, erwiderte Victoria herzlich. »Ich bin überzeugt, ich werde mich hier sehr wohlfühlen. Das Zimmer ist so gemütlich.«

Mrs. Evans errötete vor Freude. »Dort geht es ins Bad.« Sie wies auf eine schmale Tür. »Lord und Lady Hogarth haben in allen Schlafzimmern Bäder mit fließendem heißen und kalten Wasser einbauen lassen, und eine Zentralheizung und elektrischen Strom gibt es auch. Kincraighie House hat die modernste Technik weit und breit. Das Anwesen verfügt sogar über einen eigenen Generator.« Stolz schwang in ihrer Stimme mit. »Wann soll ich Ihnen denn Daisy mit dem Afternoon Tea schicken, Madam? Passt es Ihnen in einer Stunde?«

»Ja, das passt mir sehr gut.« Victoria nickte.

Nachdem sich die Haushälterin zurückgezogen hatte, ging Victoria in das Bad, um sich Gesicht und Hände zu waschen. Wie angenehm, nicht mit einem Krug heißen Wassers und einer Porzellanschüssel hantieren zu müssen, wie es noch auf vielen Landsitzen üblich war. Constance hatte dies ihr gegenüber gar nicht erwähnt. Vielleicht hatte die Freundin es für selbstverständlich gehalten. Als gebürtige Amerikanerin schätzte sie eine gewisse Behaglichkeit, für die oft nur spartanisch geheizten Häuser der englischen Aristokratie hatte sie kein Verständnis.

Wieder im Zimmer, schenkte sich Victoria eine Tasse Tee ein. Sie wollte sich damit in dem bequemen Lehnstuhl niederlassen. Doch ein Blick auf die großen Fenster ließ sie innehalten. Erst jetzt nahm sie die Aussicht wahr. Unter ihr breitete sich der Park aus. In der Sonne glühte das Laub von Büschen und Bäumen in allen Schattierungen von Rot und Orange und Gelb. Die Anordnung der Pflanzen war meisterlich, wie von einem Maler entworfen. Ein See spiegelte die Farbenpracht. Ihm entsprang ein Wasserlauf, der sich durch den ganzen hinteren Teil des Parks schlängelte. An den Ufern standen hier und dort Statuen zwischen noch spät im Jahr blühenden Blumen.

Hinter der hohen Backsteinmauer erstreckte sich ein breiter Streifen Nadelwald – er sollte den Park wohl, ebenso wie die Mauer, vor den kalten Atlantikwinden schützen. Jenseits der Kiefern breitete sich das Meer aus. Sein Blau war so intensiv, dass es fast schmerzte. Eine ganze Weile stand Victoria nur da und schaute. Erst eine Bewegung des Kindes brachte sie wieder zu sich.

»Ja, du hast ja recht, ich sollte mich endlich ausruhen«, flüsterte sie.

Sie schlug den Überwurf und die Bettdecke zurück und legte sich hin. *Ach, ich muss den Park und die Landschaft unbedingt malen!* Mit diesem Gedanken, die Hand auf ihrem gerundeten Leib, schlief sie gleich darauf ein.

Victoria betrachtete sich noch einmal prüfend im Spiegel. Sie hatte sich zum Dinner umgekleidet, Daisy, ein patentes junges Mädchen, das aus einem Dorf in der Nachbarschaft stammte, hatte ihr geholfen, sich zu frisieren.

Große grüne Augen beherrschten ihr herzförmiges Gesicht. Ihr leuchtend rotes, lockiges Haar hatte sie mit Haarnadeln gebändigt und zu einem Knoten im Nacken zusammengesteckt. Ihre Haut war sehr hell, Sommersprossen sprenkelten ihre Nase. Der Puder verdeckte sie nicht ganz – jedenfalls nicht vor ihrem selbstkritischen Blick. Erst im Laufe des Winters würden sie allmählich verblassen.

Jeremy liebte ihre Sommersprossen. Sie hingegen könnte gut darauf verzichten. Victoria wusste, dass viele Menschen sie für sehr hübsch hielten, und sie mochte ihr Aussehen durchaus. Aber manchmal wünschte sie sich, ihr Gesicht wäre weniger niedlich. Frühere Mitschülerinnen hatten es mit dem einer kostbaren Porzellanpuppe verglichen und das als Kompliment gemeint.

Eigentlich ist es ja Unsinn, sich für das Dinner umzuziehen, überlegte Victoria, während sie die breite Treppe hinunterging. Schließlich kamen keine Gäste. Aber die Bediensteten von Kincraighie House erwarteten dies ganz bestimmt von ihr, von Hopkins ganz zu schweigen. Sich nicht an diese Sitte zu halten bedeutete, ihre Mühen zu missachten. Das Dinner bildete immer noch den unbestreitbaren Höhepunkt im Tagesablauf eines jeden Haushalts der Oberschicht und der Aristokratie.

Jedenfalls hatte sie sich bewusst für ein einfaches Abendkleid aus dunkelbrauner Seide mit einem Übergewand aus Spitze im selben Farbton und für eine schlichte Goldkette sowie kleine Ohrringe entschieden. Trotz des wahrhaft köstlichen Afternoon Tea hatte sie schon wieder Hunger und das Gefühl, dass auch ihr Kind auf die nächste Mahlzeit wartete, denn es bewegte sich lebhaft.

Hoffentlich werde ich nicht am Ende der Schwangerschaft rund wie eine Kugel sein, dachte sie mit einem Lächeln.

Im Speisezimmer erwartete Hopkins sie bereits. Er stand neben der Anrichte und reichte ihr ein kleines Silbertablett, auf dem ein Umschlag lag. »Gerade eben ist ein Telegramm für Sie angekommen, Miss Victoria«, erklärte er gemessen.

»Was? O Gott …«

Bedeutete dies etwa, dass sich der Gesundheitszustand von Jeremys Vater wieder verschlechtert hatte? Hastig öffnete sie das Kuvert, nahm das Telegramm heraus und überflog es. Dann legte sie die Hand auf ihre Brust.

»Miss Victoria?« Besorgt sah Hopkins sie an.

»Jeremy … ich meine, Mr. Ryder … hat telegraphiert, dass das Fieber seines Vaters weiter zurückgegangen ist. Der Arzt ist zuversichtlich, dass damit das Schlimmste überstanden ist.« Tränen der Erleichterung traten ihr in die Augen.

»Eine wirklich überaus erfreuliche Nachricht.« Hopkins gestattete sich ein Lächeln. »Nun, dann ist zu hoffen, dass Mr. Ryder in nicht allzu ferner Zukunft in Kincraighie House eintreffen wird.«

»Das hoffe ich auch. Er will natürlich noch warten, bis der Zustand seines Vaters wirklich stabil ist.«

»Selbstverständlich.« Victoria nahm am Tisch Platz.

Hopkins schöpfte Fleischbrühe aus einer Porzellanterrine in einen tiefen Teller und platzierte ihn vor sie. In Gedanken immer noch bei Jeremy und seinem Vater, aß sie einige Löffel, ehe sie registrierte, dass ihr Butler mit kerzengeradem Rücken neben der Anrichte stand und es kein Gedeck für ihn gab.

»Hopkins, um Himmels willen, Sie wollen mich doch nicht ernsthaft allein speisen lassen?«

»Nun, ich bin als Ihr Butler hier und nicht als Gast.« Hopkins hüstelte. »Es könnte das Personal verwirren, wenn ich mit Ihnen dinieren würde.«

»Ich finde es aber wirklich sehr ungemütlich zu essen, während Sie mir dabei zusehen. Außerdem sind Sie ja nicht der hiesige Butler.« Hopkins zögerte. »Bitte, Hopkins …«, bat sie inständig.

»Nun gut, wenn Sie dies ausdrücklich wünschen, werde ich ein Gedeck für mich holen.« Hopkins verschwand aus dem Speisezimmer.

Victoria lächelte. Ihr Verhältnis zu dem älteren Herrn war sehr besonders. Hopkins war schon in Diensten ihres Großvaters gewesen, und ihr Vater hatte ihn von daher gekannt und geschätzt. Der Butler hatte dann im Laufe der Jahre andere Stellungen angenommen. Nach dem Tod ihrer Mutter hatte ihr Vater Hopkins gefragt, ob er nicht sein Butler werden wolle. Victoria war damals vier Jahre alt gewesen, und Hopkins war schnell zu einer zentralen Person in ihrem Leben geworden. Er hatte sie getröstet, wenn sie traurig war, und er hatte sie gegenüber ihren Gouvernanten gedeckt, wenn sie etwas ausgeheckt hatte.

Hopkins, der Witwer war und seinen einzigen Sohn Richard im Sudan während des Mahdi-Aufstandes verloren hatte, hatte sie und ihren Vater gewissermaßen als seine Familie adoptiert. Zu seinen zahlreichen Interessen gehörte die Kriminalistik. So war er auch der Sekretär von Lord Bredon geworden, hatte Tatorte untersucht und Zeugen befragt. Ihr Vater hatte ihm mehrmals angeboten, ihn »Mr. Hopkins« zu nennen. Was er jedes Mal höflich, aber entschieden abgelehnt hatte. Eine solche Anrede seitens seines Dienstherrn war mit seiner Würde als Butler unvereinbar.

Nun kehrte Hopkins mit einem Tablett in das Speisezimmer zurück, und Victoria sah ihm dabei zu, wie er die diversen Porzellanteller, das Silberbesteck, die Kristallgläser und eine gestärkte, kunstvoll gefaltete Leinenserviette rasch und exakt auf dem Tisch platzierte und sich auch selbst von der Bouillon nahm.

»Wie finden Sie denn das Personal von Kincraighie House?«, fragte sie dann.

»Mrs. Evans ist recht gesprächig, aber sie scheint das Herz auf dem rechten Fleck zu haben. Was die übrigen Bediensteten betrifft ...« Hopkins nahm einen Löffel Fleischbrühe, dann fuhr er fort: »Mein Eindruck ist, dass sie gutwillig sind, es ihnen allerdings noch am letzten Schliff mangelt. Was auch nicht verwunderlich ist. Schließlich fehlt es hier an der steten Aufsicht durch einen Butler. Und die Köchin ... Die Bouillon schmeckt, ich kann es leider nicht anders sagen, doch etwas fad. Außerdem hatte ich Gelegenheit zu beobachten, wie sie das Dinner vorbereitet hat. Ich würde doch sagen, ihre Kochkünste könnten noch verbessert werden.«

Das Kochen war, neben der Kriminalistik, Hopkins' große Leidenschaft. Unter dem Pseudonym »Mrs. Ellingham« hatte er im Vorjahr einen Haushaltsratgeber veröffentlicht, der sich zum Bestseller entwickelt hatte. »Ich nehme an, Sie werden der Köchin in Zukunft unter die Arme greifen«, neckte Victoria ihn.

»Selbstverständlich!«

»Von meinem Zimmer aus habe ich den Park und das Meer gesehen und war ganz gebannt«, wechselte Victoria das Thema. »Wenn das Wetter schön bleibt, werde ich morgen mit meinen Malutensilien die Gegend erkunden.«

»Ja, die Landschaft ist in der Tat beeindruckend. Sie sollten sich jedoch nicht zu viel zumuten, Miss Victoria.«

Ihr war klar, dass Hopkins auf ihre Schwangerschaft anspielte. »Mir geht es wirklich gut«, beteuerte sie.

In den hohen Fenstern spiegelte sich das erleuchtete

Speisezimmer, und in dem Dunkel dahinter war das Meer nur zu erahnen. Doch in der Ferne war das dumpfe Grollen der Brandung zu hören. Ja, sie konnte es kaum erwarten loszugehen. Und bald würde Jeremy sie hoffentlich bei ihren Wanderungen begleiten.

VIERTES KAPITEL

Auf ihren Spazierstock gestützt blieb Victoria stehen. Der Hügel war ihr eigentlich nicht sehr steil vorgekommen. Trotzdem war sie ziemlich außer Atem. Die Aussicht entschädigte sie jedoch völlig für ihre Mühen. Unter ihr brach sich das tiefblaue Meer an einem Sandstrand. Sanft geschwungene Buchten verschwammen in der Ferne mit dem Himmel. Die braune Hügelkette der Twelve Bens kontrastierte mit dem Grün der Wiesen und dem leuchtenden Violett der Erikabüschel zwischen dem Gestein zu ihren Füßen.

Sie setzte sich auf einen Felsblock, holte ihre Malutensilien aus ihrem Lederrucksack und wusste zuerst gar nicht, womit sie beginnen sollte, so überwältigt war sie von der Umgebung. Die Küstenlinie mit raschen Bleistiftstrichen festzuhalten half ihr, ins Zeichnen hineinzufinden. Die schroffen Formen der Berge verlangten nach einem Kohlestift. Victoria zeichnete selbstvergessen, griff bald nach ihrem Aquarellkasten und mischte Farben. Kobalt- und Azurblau, Ultramarin und Preußischblau für das Meer, Grüntöne von Smaragd über Chromoxid und Phthalo für die Wiesen und Büsche, gemischt mit ein wenig Ocker und Umbra. Das Heidekraut forderte Mauve und Violett und ein bisschen Weiß.

Als Victoria schließlich innehielt und auf ihre Armbanduhr blickte, stellte sie fest, dass sie fast zwei Stunden auf dem Hügel verbracht hatte. Plötzlich bemerkte sie, wie hungrig sie war. Vorsorglich hatte ihr Hopkins, neben einer Wanderkarte, eine Thermoskanne mit Tee und Sandwiches mitgegeben. Während sie die Käse- und Schinkensandwiches aß – so köstlich, wie sie schmeckten, hatte ihr Butler selbst sie zubereitet – und Tee trank, konsultierte sie die Karte. Das Wetter war so schön, und sie fühlte sich so gut, dass sie noch keine Lust verspürte umzukehren.

Etwa eine Meile entfernt befand sich die Ruine einer Kirche auf einer Klippe über dem Meer. Bestimmt war dies ein reizvolles Motiv. Für den Weg hin und zurück würde sie weniger als eine Stunde benötigen. Dann war es noch einmal eine gute Stunde nach Kincraighie House. Sie hatte Hopkins versprochen, bis zum Afternoon Tea wieder zurück zu sein. Jetzt war es kurz nach zwölf – das würde sie ohne Mühe schaffen.

Rasch orientierte Victoria sich. Ganz in der Nähe ragte ein altes Steinkreuz aus dem Boden. Laut Karte führte der Weg zu der Ruine daran vorbei. Sie verstaute die Thermoskanne in ihrem Rucksack. Gestärkt und voller Vorfreude brach sie auf. Bald wurde die Landschaft noch wilder. Der Weg, nun nur noch ein Pfad, führte an einem Moor vorbei. Die Erikabüschel zwischen den Felsen wichen struppigem Gras. Von Schilf umgebene Teiche und Tümpel spiegelten den blauen Himmel. Bis auf einen gelegentlichen Vogelruf und das Geräusch der Brandung war es still. In der Ferne sah sie Ponys durchs Moor galoppieren. Doch sie begegnete keinem Menschen.

Allmählich wurde die Küste steiler, und nach einer Weile tauchte eine verfallene Kirche hinter hohem, wild wucherndem Gestrüpp auf. Sie ahnte, dass dies einmal eine Hecke gewesen war. Doch seit Jahrzehnten hatte sie wohl niemand mehr beschnitten und gepflegt. Victoria umrundete das Dickicht. Eine Ansammlung von kleinen Häusern gehörte zu der Kirche, die auf der Karte gar nicht verzeichnet waren. Von den meisten standen nur noch die Fundamente aus grauen Feldsteinen. Auch die Kirche war aus solchem Gestein errichtet. Der Turm und eine Seitenwand waren zusammengestürzt, das Dach war längst Wind und Wetter zum Opfer gefallen.

Victoria spähte durch die Türöffnung. Einige Kiefern wuchsen zwischen Gras und Schutt im früheren Kirchenschiff. Enttäuscht wandte sie sich ab. Nein, diese Ruine war nicht malerisch, und den Blick auf das Meer versperrte zudem Gestrüpp. Sie wollte den ehemaligen Weiler wieder verlassen, als sie, überwuchert von Nesseln und anderem Unkraut, einige seltsame Erhebungen neben der Kirche entdeckte. Neugierig ging sie näher.

Die kleinen Hügel, fünf an der Zahl glaubte sie zu erkennen, waren jeweils sicherlich zehn Meter lang. Was hatte es damit nur auf sich? Normalerweise befand sich bei alten Kirchen ein Friedhof.

Ein Friedhof … Jäh begriff sie. Dies waren Massengräber. Schnell ausgehoben, weil man anders der vielen Toten nicht mehr Herr hatte werden können. Bestimmt lagen hier die Opfer der großen Hungersnot verscharrt. Etwa sechzig Jahre zuvor hatte die Kartoffelfäule auf der Grünen Insel gewütet und vier Jahre hintereinander die Ernten vernichtet. Die Kartoffel war das wichtigste Nahrungsmittel Irlands. Hunderttausende Menschen waren an Hunger gestorben. Die geschwächten Körper der vorerst Überlebenden waren eine leichte Beute für Krankheiten gewesen. Die englische Regierung hatte viel zu spät reagiert und noch Getreide aus dem Land ausgeführt, statt es an die Notleidenden zu verteilen. Insgesamt hatte die Hungersnot über eine Million Menschen das Leben kostet und ganze Landstriche entvölkert. Eine weitere Million Iren waren, im Versuch, dem Elend zu entkommen, in die USA ausgewandert.

Kein einziger Grabstein erinnerte an die Menschen, die einmal in dem Weiler gelebt hatten. All ihre Namen waren längst vergessen. Victoria fühlte sich unsäglich traurig. Ihr wurde auf einmal kalt, als ob der Ort sie frösteln ließe. Doch nun traf tatsächlich ein kalter Windstoß ihren Rücken. Verwundert drehte sie sich um – und erschrak. Eine graue Wolkenwand türmte sich über dem Meer auf, dort, wo der Himmel noch vor wenigen Minuten strahlend blau gewesen war.

Hastig holte sie ihren Regenmantel aus dem Rucksack und schlüpfte hinein. *Um Himmels willen, hoffentlich erreiche ich Kincraighie House, ehe Sturm und Regen über mich hereinbrechen*, dachte sie. Eine Böe wehte ihr die Kapuze in den Nacken. Victoria stülpte sie über ihren Kopf, band sie fest und eilte dann auf dem Pfad, den sie gekommen war, zurück.

Zuerst kam der Wind nur in einzelnen, heftigen Stößen und fuhr peitschend in das Gras zu beiden Seiten des Weges. Doch bald hatte er sich zu einem Sturm ausgewachsen, und Victoria musste sich regelrecht gegen ihn vorankämpfen. Einzelne Regentropfen, kalt und hart wie Hagelkörner, schlugen ihr ins Gesicht.

Ob sie umkehren und in der Ruine der Kirche Schutz suchen sollte? Aber ihr graute es vor dem öden, trostlosen Ort. Mit zusammengebissenen Zähnen mühte sie sich weiter. Plötzlich kam eine Regenwand auf sie zu. Die Tropfen fielen so dicht, dass sie kaum noch etwas erkennen konnte. Beim nächsten Schritt trat ihr Fuß in Morast. Mit einem entsetzten Aufschrei zog Victoria ihn zurück. Nicht ins Moor geraten … Nur nicht ins Moor geraten.

Mit ihrem Spazierstock tastete sie den Boden vor sich ab. Hier war fester Grund. Und hier … Ein Schritt. Den Boden erkunden. Dann der nächste Schritt. Ihr Gesicht und ihre Hände waren ganz taub vor Kälte. Der Wind zerrte an ihr, sie hatte jegliches Gefühl dafür verloren, wie weit sie schon gegangen war, als eine Sturmböe sie mit voller Gewalt traf und taumeln ließ.

Der Boden gab unter ihr nach. Kalter Schlamm umschloss ihre Knöchel, ihre Waden und zog sie tiefer hinunter. Verzweifelt klammerte sie sich an ein Grasbüschel, versuchte mit letzter Kraft, sich daran hochzuziehen. Aber der Sog des Moors war stärker und gab sie nicht frei.

»Hilfe! Hilfe!«, rief sie verzweifelt.

Doch wer sollte sie in dieser Einöde, im Toben des Windes, schon hören? Voller Entsetzen spürte Victoria, dass das Grasbüschel sich lockerte und gleich darauf löste. Dann bekam sie eine Wurzel zu fassen. Bis zur Hüfte steckte sie schon in dem Sumpf, und ihr war entsetzlich kalt. Ihre Zähne schlugen aufeinander, so sehr zitterte sie.

Ihr Kind … Jeremy … Nein, sie würde hier nicht sterben.

»Hilfe, Hilfe …« Victoria schrie und schrie, bis sie halb ohnmächtig war. *Auf keinen Fall darf ich die Wurzel loslassen*, das war der einzige Gedanke, der sie noch beherrschte.

»Hilfe …« Ihre Stimme war nur noch ein heiseres Krächzen. Sie schluchzte auf.

In diesem Moment beugte sich jemand zu ihr herunter. Worte, in einer Sprache, die sie nicht verstand, drangen an ihr Ohr. Sie klangen melodisch und beruhigend. Dann wurde sie unter den Achseln gepackt und hochgezogen, mit einem grässlichen, schmatzenden Laut, den Victoria nie vergessen würde, gab das Moor sie frei.

Sie blinzelte die Tränen und den Regen weg. Ein junger Mann mit sanften braunen Augen hob sie hoch. Dann verlor sie endgültig die Besinnung.

Rauch stieg Victoria in die Nase und brachte sie wieder zu sich. Mit großer Anstrengung hob sie die Lider ein bisschen. Jeder Muskel ihres Körpers schmerzte. Sie fühlte sich zu Tode erschöpft, wollte einfach nur schlafen. Wie durch einen Schleier sah sie ihre Umgebung. Ein Kienspan verbreitete flackerndes Licht. Sie lag, in eine Wolldecke gewickelt, auf einer dicken Schicht Stroh. In einer ummauerten Feuerstelle züngelten Flammen um Torfstücke, davor kniete eine dunkelhaarige Frau und machte sich an einem Kessel zu schaffen.

Jetzt hob die Frau den Kopf. Der Schein der Flammen fiel auf sie. Ihre Haut war sehr hell, was durch ihr dunkles Haar noch betont wurde. Hohe Wangenknochen nahm Victoria wahr und ein zartes Gesicht mit einem schön geschwungenen Mund. Am beeindruckendsten waren jedoch die Augen unter den fein gezeichneten Brauen. Sie waren sehr groß und von einem leuchtenden Blau wie das Meer, schienen in eine andere, ferne Welt zu blicken.

War diese Frau etwa eine Elfe oder ein Feenwesen? Vielleicht war sie, Victoria, ja doch tot und befand sich in einem mystischen Zwischenreich auf der Schwelle von Diesseits und Jenseits. Victoria konnte, so müde sie auch war, ihren Blick nicht von der Frau abwenden, die nun zu einem jungen Mann trat, der in einer Ecke der Hütte auf einem Schemel saß und an einem Holzstück schnitzte.

Der junge Mann … Natürlich … Er hatte sie aus dem Tümpel im Moor gerettet, in dem sie fast ertrunken wäre. Die Frau mit dem Feengesicht berührte ihn an der Schulter, sagte etwas zu ihm in dieser singenden Sprache, die Victoria nicht verstand. Er wandte sich ihr zu, erwiderte etwas. Der Umgang der beiden war vertraut, so als würden sie sich gut kennen. Ob sie Geschwister waren? Unwillkürlich öffnete Victoria die Augen ganz und richtete sich ein bisschen auf. Die Frau schaute zu ihr, erkannte, dass sie wach war. Dann, als dürfte sie nicht von einer Sterblichen gesehen werden, wandte sie sich ab und hastete hinaus.

Der junge Mann stand auf. Er nahm einen Tonbecher von einem Wandbord und schöpfte etwas Flüssiges aus dem Kessel über dem Torffeuer hinein. Dann reichte er Victoria den Becher mit einem schüchternen Lächeln und sagte etwas zu ihr – auf Gälisch, wie sie jetzt begriff. In dem Becher war heißes Wasser. Sie trank es in kleinen Schlucken. Warm rann es ihre Kehle hinunter. Trotz der Decke und dem Torffeuer war ihr immer noch eiskalt.

Ihr Retter hatte sich wieder in seine Ecke zurückgezogen. Er trug eine Weste aus Schaffell und eine Hose aus einem groben Stoff und war noch jünger, als sie zunächst gedacht hatte, allenfalls siebzehn oder achtzehn Jahre alt. Seine Körpergröße und seine breiten Schultern hatten sie getäuscht. Seine Gesichtszüge waren noch weich, ein Jüngling, im Begriff, ein Erwachsener zu werden.

Sie winkte ihn zu sich. »Verstehst du Englisch?«

Er runzelte die Stirn, nickte zögernd. »Ein … wenig …«

Sie ergriff seine Hände. »Danke, vielen Dank, dass du mich gerettet hast.«

Er schien zu verstehen, was sie ihm sagen wollte, denn er lächelte wieder sein schüchternes Lächeln und vollführte eine abwehrende Geste, als wäre das, was er getan hatte, nicht der Rede wert.

»Danke …«, wiederholte Victoria. Ach, dieses Wort war völlig unzureichend für ihre Gefühle.

»Ióseph …« Ihr Retter deutete auf sich. »Joseph«, fügte er in englischer Intonation hinzu, als fürchtete er, Victoria würde ihn nicht verstehen.

»Ich heiße Victoria.« Sie erwiderte sein Lächeln. Plötzlich bemerkte sie, dass der Himmel über dem Rauchabzug im Strohdach ganz dunkel war. Um Gottes willen – Hopkins würde inzwischen vor Sorge ganz außer sich sein! »Ióseph, kennst du Kincraighie House?«, fragte sie. Er nickte. »Kannst du mich dorthin bringen?«

»Ja«, er nickte wieder. »Mit dem Pony …«

»Das ist gut …«, erwiderte sie erleichtert.

Sie bezweifelte, dass sie in ihrem Zustand imstande war, eine so weite Strecke zu laufen. Nachdem Ióseph die Hütte verlassen hatte, stand sie vorsichtig auf. Sie trug, wie sie erst jetzt realisierte, einen Kittel aus ungebleichtem Leinen. Wahrscheinlich gehörte er der Feenfrau, und diese hatte ihr die nassen, schmutzigen Kleider ausgezogen und sie trocken gerieben. Irgendwie konnte sich Victoria nicht vorstellen, dass Ióseph daran beteiligt gewesen war. Doch selbst wenn, es machte ihr nichts aus, er wirkte so unschuldig.

Ihre Kleidung hing über einem Stuhl neben dem Torffeuer. Sie war notdürftig gesäubert, aber noch ganz nass, und Victoria konnte sich nicht überwinden, sie anzuziehen. Lieber wickelte sie sich in die Wolldecke. Ihre Schuhe waren auch noch nass, jedoch warm durch die Flammen, und sie schlüpfte hinein. Die Kleidung und ihren Rucksack schlug sie in ihren Regenmantel ein. Sie hatte eben daraus ein Bündel geschnürt, als Ióseph in die Hütte zurückkam.

»Darf ich mir die Decke leihen?« Fragend blickte sie ihn an.

Sie dachte erst, er hätte sie nicht verstanden, denn er erwiderte nichts und machte sich im Halbdunkel der Hütte zu schaffen. Doch dann kam er mit einem Mantel zurück, den er ihr über die Decke um die Schultern legte und der irgendwie tröstlich nach dem Rauch des Torffeuers und Schafen roch.

»Kommen Sie …« Er deutete zur Tür.

Draußen wartete das Pony, an einen Karren geschirrt. Der Sturm jagte Wolken über den Nachthimmel, doch es hatte aufgehört zu regnen. Ióseph hob sie mühelos hoch und setzte sie dann vorsichtig auf dem mit Stroh ausgepolsterten Boden ab. Victoria ließ sich zurücksinken und rollte sich zusammen.

Auf einen leisen Zuruf Iósephs hin setzte sich das Pony in Bewegung. Er führte es am Halfter und lief neben ihm her. Eine Weile verfolgte Victoria, wie sich die Wolken am Himmel bewegten, wie der sichelförmige Mond und Sterne dahinter auftauchten und wieder verschwanden. Dann schlief sie ein.

Stimmen und flackernder Lichtschein weckten sie auf. Der Karren war zum Halten gekommen. Hastig stemmte sie sich an den Seitenbrettern hoch. Eine Gruppe Männer kam die Straße entlang. Sie liefen neben einer einspännigen Kutsche her und hielten Fackeln in den Händen. An ihrer Spitze ging Hopkins. In einiger Entfernung konnte sie die

Umrisse von Kincraighie House vor dem Nachthimmel erkennen.

»Ich bin gleich wieder bei dir.« Victoria berührte Ióseph, der von den fremden Männern eingeschüchtert schien, an der Schulter. »Hopkins ... Ich bin wohlauf ...« Sie kletterte aus dem Karren und lief den Männern entgegen.

»Miss Victoria, dem Himmel sei Dank!« Hopkins machte eine Bewegung, als wollte er sie in die Arme schließen, hielt sich dann jedoch gerade noch zurück. »Als Sie am Nachmittag nicht nach Kincraighie House zurückkehrten, habe ich sofort Suchtrupps losgeschickt. Der Sturm ließ mich das Schlimmste befürchten. Was ist Ihnen denn zugestoßen?« Er musterte ihren abenteuerlichen Aufzug.

»Ich bin im Moor vom Weg abgekommen und wäre fast ertrunken.« Victoria wunderte sich, dass sie das Erlebte ganz sachlich erzählen konnte.

»Ertrunken? Um Gottes willen! Und wie wurden Sie gerettet?«

»Ióseph hat mich aus dem Tümpel gezogen.«

Victoria wandte sich zu dem jungen Mann um. Aber der hatte schon den Rückweg angetreten und ihr Kleiderbündel am Straßenrand abgelegt. Die Männer machten ihm wohl wirklich Angst, deshalb mochte sie ihn nicht zurückholen. Sie würde ihn in den nächsten Tagen in der Hütte aufsuchen und ihm noch einmal für die Rettung danken. Irgendwie würde sie ihn ausfindig machen. So einsam, wie die Gegend war, kannte ihn vielleicht jemand vom Personal. Oder ganz bestimmt ein Priester in einem der nächstgelegenen Dörfer.

Plötzlich glaubte Victoria wieder zu spüren, wie das Moor sie in die Tiefe zu ziehen versuchte. Sie begann zu zittern, und Tränen schossen ihr in die Augen.

»Sie sind in Sicherheit, Miss Victoria.« Hopkins legte den Arm um ihre Schultern und führte sie zu der Kutsche. »Alles ist gut, das ist nur der Schock.«

Es war so tröstlich, sich an ihn lehnen und hemmungslos weinen zu können.

FÜNFTES KAPITEL

Wind rüttelte an den Fenstern, Regen prasselte dagegen, doch die Läden und die dicken Samtvorhänge sperrten die ungestüme Natur aus. Wofür Victoria in dieser Nacht dankbar war. In Kincraighie House hatte sie ein heißes Bad erwartet – Hopkins hatte einen Knecht mit der Nachricht, dass sie gefunden worden war, vorausgeschickt. Nach dem Bad hatte Mrs. Evans sie mit zwei Wärmflaschen ins Bett genötigt und ihr Hühnerbrühe gebracht. Die Haushälterin hatte auch darauf bestanden, dass sie heiße Milch mit Honig trank – etwas, das Victoria eigentlich hasste. Doch sie war zu müde gewesen, um zu protestieren. Und jetzt erst, unter der dicken Decke, hatte sie das Gefühl, dass ihr ausgekühlter Körper sich von innen heraus erwärmte.

Irgendwann, das wusste sie, musste sie Jeremy beichten, was ihr zugestoßen war, und sie mochte sich lieber nicht vorstellen, wie er darauf reagieren würde. Auch wenn sie sich nach ihm sehnte. Das Kind bewegte sich. *Gott sei Dank*, dachte Victoria, *es hat den Unfall unbeschadet überstanden*. Wieder traten ihr die Tränen in die Augen.

Im Kamin zerbarst ein Holzscheit mit einem Knacken, und hinter dem Funkenschutz aus Metall loderten die Flammen hell auf. Victoria musste an die Frau denken, die vor dem Torffeuer in der Hütte gekauert hatte. Ja, ihr Gesicht war wirklich wie das eines Wesens aus einer anderen Welt gewesen. Sie musste dieses feenhafte Antlitz einfach festhalten.

Rasch stieg sie aus dem Bett und tappte zu dem kleinen Schreibtisch, der vor einem der Fenster stand. Dort lagen Papier und Stifte. Mit halb geschlossenen Augen, um sich möglichst gut zu konzentrieren, skizzierte sie die fremdartigen Gesichtszüge der Frau. Wer sie wohl sein mochte? Ob sie Iósephs Schwester war? Sie hatte ein paar Jahre älter als er gewirkt.

Es dauerte lange, bis Victoria mit dem Ergebnis ihrer Zeichnung zufrieden war. Das Antlitz der Feenfrau begleitete sie kurz darauf in den Schlaf.

Sonnenlicht flutete das Zimmer, als Daisy die schweren Samtvorhänge zur Seite zog. Victoria hatte eben nach dem Dienstmädchen geklingelt. Ihr Wecker zeigte kurz vor eins. So lange hatte sie geschlafen. Die Geschehnisse im Moor erschienen ihr wie ein wirrer Albtraum, der ein unerwartet glückliches Ende genommen hatte.

»Mr. Hopkins lässt fragen, ob Sie das Frühstück im Bett einnehmen möchten, Madam.« Daisy wandte sich ihr zu. »Und, falls ja, bittet er, Ihre diesbezüglichen Wünsche zu erfahren.«

Ihr melodischer irischer Singsang stolperte über das ungewohnte Wort *diesbezüglich*.

Victoria fühlte sich immer noch sehr schwach, sogar ein wenig fiebrig. »Ich werde im Bett frühstücken. Und ich hätte gern nur Tee, Toast und Marmelade, mehr nicht.«

»Sehr wohl, Madam.« Daisy knickste. Sie war ein kräftiges Mädchen mit einer von Sommersprossen übersäten

Haut und hatte ein fröhliches Wesen. »Möchten Sie, dass ich das Feuer im Kamin anschüre, ehe ich zur Küche gehe?«

»Das wäre nett. Und könntest du mir bitte mein Nachtjäckchen geben?« Ihr war ein bisschen kalt.

Daisy half ihr in die bestickte Jacke und ließ sich dann vor dem Kamin nieder. Rasch säuberte sie die Feuerstelle von der Asche. »Wir sind alle so froh, Madam, dass Sie heil nach Kincraighie House zurückgekehrt sind«, begann sie zu plaudern. »Das Moor ist wirklich sehr tückisch. Schon manches Tier und mancher Wanderer ist dort umgekommen. Und Mr. Gordon, er ist der Obergärtner und versteht sich auf das Wetter, hat gesagt, einen so schlimmen Sturm hat es seit vielen Jahren so früh im Herbst nicht mehr gegeben. Noch dazu ist das Unwetter von einer Minute auf die andere aufgezogen. Mr. Gordon wurde davon selbst völlig überrumpelt.«

Dann war es ja nicht nur ihr so ergangen. Victoria graute es bei der Erinnerung an den Sturm und das Moor. »Ein junger Mann namens Ióseph hat mich gerettet. Er lebt in einer Hütte am Rand des Moors. Weißt du vielleicht etwas über ihn?«

»Das muss Ióseph O'Connell gewesen sein. Seine Eltern sind vor einigen Jahren an einem Fieber gestorben. Seitdem lebt er allein auf dem Hof.«

»Dann war er beim Tod seiner Eltern noch ein Kind?«

»Na ja, nicht ganz, er wird vierzehn oder fünfzehn Jahre alt gewesen sein.« Daisy zuckte mit den Schultern, als wäre man damit alt genug, um allein in der Welt zurechtzukommen. »Ióseph war damals schon groß und kräftig. Deshalb hat ihm Mr. Craven, der Gutsherr, erlaubt, den Hof weiterzubewirtschaften. Ich würde meinen, das war besser für ihn, als in ein Waisen- oder ein Armenhaus zu kommen.«

»Damit hast du sicher recht.« Victoria nickte. Die Zustände in diesen Anstalten waren oft sehr erbärmlich. »Die Gegend kam mir so karg vor. Ich kann mir gar nicht vorstellen, dass die Felder genug abwerfen, um davon Menschen zu ernähren.«

Daisy schichtete geschickt Holz und Kohlen in der Feuerstelle auf. »Die Kartoffel wuchs hier gut. Aber seit der Kartoffelfäule wird sie nicht mehr im großen Umfang angebaut«, erklärte sie lakonisch. Victoria musste wieder an die Massengräber bei der Kirchenruine denken. »Ióseph pflanzt Hafer an. Das tun hier viele Kleinpächter. Außerdem hält er ein paar Schafe. Und er ist sehr geschickt darin, wilde Ponys im Moor einzufangen und sie zu zähmen. Damit verdient er sich ein Zubrot. Er ist ein Eigenbrötler. Manche sagen, dass er nicht richtig im Kopf ist. Aber ich glaube, er ist einfach nur sehr schüchtern.«

»Ja, so erschien er mir auch.« Es nahm Victoria noch mehr für Daisy ein, dass sie gegenüber Ióseph keine Vorurteile hatte. »Hat Ióseph eine Schwester?«

»Eine Schwester? Nein.« Daisy schüttelte den Kopf, sodass ihre rotblonden Locken wippten. »Er hatte zwei jüngere Brüder. Die sind allerdings auch an dem Fieber gestorben.«

»Aber ich habe in der Hütte eine Frau gesehen, eine sehr schöne Frau.«

»Ich habe noch nie gehört, dass eine Frau auf dem Hof lebt.« Das runde Gesicht des Dienstmädchens spiegelte Verblüffung wider. »Darüber wäre bestimmt geredet worden.«

»Gestern habe ich aus der Erinnerung das Gesicht der Frau gezeichnet. Das Bild liegt auf dem Schreibtisch. Sieh es dir doch bitte einmal an.«

Daisy betrachtete die Zeichnung eingehend. »Dieser

Frau bin ich noch nie begegnet«, erklärte sie schließlich. »Wenn, dann würde ich mich bestimmt daran erinnern. Sie ist wirklich wunderschön ...«

»Wie fühlen Sie sich, Miss Victoria?«

Hopkins platzierte ein Tabletttischchen mit Geschirr auf ihrem Bett und schenkte Tee in eine Tasse. Das frisch getoastete Brot roch verführerisch und weckte nun doch Victorias Appetit.

»Ein bisschen erschöpft, sonst geht es mir gut, Hopkins.« Victoria war gerührt über den besorgten Blick, mit dem er sie bedachte. »Würden Sie sich bitte einen Moment setzen? Ich möchte etwas mit Ihnen besprechen.«

»Natürlich, wie Sie wünschen.«

Er ließ sich auf der Kante des Polstersessels nieder, wieder ganz der würdevolle Butler. Schon einige Male hatte sie sich, seit sie erwachsen war, an seiner Schulter ausgeweint, was sie beide allerdings nie erwähnten.

»Ich möchte Ióseph in den nächsten Tagen besuchen und mich noch einmal dafür bedanken, dass er mir das Leben gerettet hat. Und ich möchte ihm gern etwas schenken. Meinen Sie, Geld wäre angemessen?«

»Nun, in mancherlei Hinsicht haftet einem Geldgeschenk natürlich etwas Gewöhnliches an.« Hopkins hüstelte. »Aber von den Bediensteten habe ich erfahren, dass Ióseph O'Connell sehr arm ist. Unter diesen Umständen verhält es sich meiner Ansicht nach anders, Geld könnte ihm wirklich helfen und ihm das Leben erleichtern. Vielleicht ließe es sich ja mit etwas Persönlichem verbinden.«

»Ióseph schnitzt. Er würde sich bestimmt über ein gutes Messer freuen.«

»Das klingt nach einer ausgezeichneten Idee. Und Miss Victoria«, Hopkins räusperte sich, »wenn es Ihnen recht ist, würde ich Mr. O'Connell gern mit ein paar Lebensmitteln versorgen. Schinken und gepökeltes Fleisch und eingewecktes Obst dürften nicht häufig auf seinem Speiseplan stehen.«

»Ja, so etwas bekommt ein Kleinpächter nicht oft zu essen.« Victoria nickte. »Begleiten Sie mich doch, wenn ich Ióseph aufsuche.«

»Mit Vergnügen.«

Hopkins gelang es nicht, seine Erleichterung zu verbergen, und Victoria unterdrückte ein Lächeln. Sicher hatte er den Vorschlag auch unterbreitet, damit sie nicht wieder allein ins Moor ging. Wonach ihr ohnehin nicht der Sinn stand.

»Danke, dass ich mich mit Ihnen beraten konnte, Hopkins«, sagte sie herzlich.

»Sehr gern. Wenn Sie mich nicht mehr benötigen, würde ich mich in die Küche zurückbegeben. Die Köchin bedarf etwas Hilfe bei der Zubereitung einer Crème Anglaise.« Hopkins erhob sich. »Ach, eine Sache noch, Miss Victoria. Den Mantel, den Sie gestern Nacht getragen haben, habe ich gesäubert. Er war voller Stroh. Dabei habe ich dies gefunden.« Er förderte aus der Tasche seiner Anzugjacke einen kleinen Zettel zutage und zeigte ihn Victoria. Sie beugte sich interessiert vor.

»Aber … Das ist ja ein Ticket der Londoner U-Bahn«, sagte sie überrascht. »Von der Hampstead Tube.«

»Ich fand es ebenfalls verwunderlich, so etwas hier im Moor in der Tasche eines Mantels zu finden, und dachte, Sie sollten das Ticket sehen.«

Bestimmt gehört der Mantel der feenhaften Frau, ging es Victoria durch den Sinn.

Wie nur das Ticket in ihren Besitz gelangt war? Ob sie einmal in London gewesen war? Vielleicht hatte sie den Mantel auch geschenkt bekommen oder gebraucht bei einem Trödler erworben. Sie war gespannt, ob sie bei ihrem Besuch bei Ióseph mehr über die Frau erfahren würde.

SECHSTES KAPITEL

Victoria lenkte das leichte Gig über die Straße, die quer durch das Moor führte. Hier waren Ióseph und sie auf Hopkins und den Suchtrupp gestoßen. Der Tag war sonnig und warm, und das Moor präsentierte sich von seiner kargen, aber durchaus schönen Seite. Vögel zwitscherten, und da und dort bildeten Erikabüschel bunte Farbtupfer zwischen Gras, Felsen und Tümpeln. Dennoch war sie froh, dass Hopkins neben ihr in der einspännigen, offenen Kutsche mit den beiden großen, charakteristischen Rädern saß. Wahrscheinlich würde es noch eine geraume Weile dauern, bis sie wieder ein Moor unbefangen durchqueren konnte.

Reiten und Kutschieren gehörte zu den wenigen Dingen, die Hopkins nicht beherrschte. Victorias Vater hatte Pferde geliebt, und so hatte sie schon als kleines Kind das Reiten erlernt. Er hatte ihr auch beigebracht, leichte Kutschen wie dieses Gig zu lenken, und obwohl sie das schon seit längerer Zeit nicht mehr getan hatte, ging es ihr erstaunlich gut von der Hand.

Eigentlich hatte Victoria ihren Retter schon am Vortag aufsuchen wollen, es dann jedoch noch einmal aufgeschoben. Sie hatte sich immer noch fiebrig und matt gefühlt und wegen ihrer Schwangerschaft kein Risiko eingehen wollen.

Ob der ganze Landstrich der Familie Craven gehörte, von der Ióseph seinen Hof gepachtet hatte? Gut möglich, dass dem so war.

»Hopkins, die Familie Craven sagt Ihnen doch wahrscheinlich etwas, oder?«

Sie warf ihm einen raschen Blick zu, ehe sie sich wieder auf das Pferd und die schmale Straße konzentrierte. Hopkins kannte den *Debrett's*, das Verzeichnis aller, die im britischen Empire Rang und Namen hatten, nahezu auswendig.

»Ich nehme an, Sie sprechen von der hiesigen Familie Craven, nicht von der gleichen Namens, die in Wiltshire lebt? Nun, die ortsansässige Familie hat ihre Ursprünge im irisch-katholischen Landadel. Kurz bevor Anfang des 18. Jahrhunderts die *Penal Laws*, die Strafgesetze, in Kraft traten, die es Iren katholischen Glaubens fast unmöglich machten, Land zu besitzen, traten die Cravens zum Protestantismus über und retteten so ihre großen Ländereien.«

»Was man klug oder auch opportunistisch nennen mag.« Victoria mochte kein Urteil darüber fällen. Seit dem Mittelalter hatten immer wieder blutige Kriege und Aufstände Irland heimgesucht. Besonders brutal hatte Oliver Cromwell eine Rebellion der mehrheitlich katholischen Iren gegen das protestantische England niedergeschlagen und große Teile der Bevölkerung quasi enteignet. »Wissen Sie, welche Rolle die Cravens während der großen Hungersnot spielten?«

»Nun, die Familie hat, im Gegensatz zu vielen anderen Landbesitzern, wohl zumindest ihre hungernden Pachtbauern nicht von ihren Ländereien vertrieben. Es ist wirklich äußerst bedauerlich, was damals an vielen Orten in Irland geschah.«

Deutliche Missbilligung schwang in Hopkins' Stimme mit. Er befürwortete die Aristokratie und die Klassenunterschiede durchaus. Aber ein Adliger hatte sich, so sah er es, seinem Rang entsprechend großzügig zu verhalten und gut für die Menschen auf seinen Gütern zu sorgen. Außerdem besaß er, versteckt hinter seinem würdevollen Auftreten, ein großes Herz und verabscheute Ungerechtigkeit und Grausamkeit.

»Constance' … ich meine, Lady Hogarth' Großvater ist als ganz junger Mann zu Beginn der großen Hungersnot nach Amerika ausgewandert und hat dort später ein Vermögen erworben. Damit kaufte er unter anderem Kincraighie House, wo er dann lebte, wenn er sich in Irland aufhielt«, sagte Victoria nachdenklich.

»Ja, das ist mir bekannt. Die vorherigen Besitzer waren englische Aristokraten.«

So viel Glück wie Constance' Großvater hatten nur wenige Auswanderer besessen. Viele waren schon auf der neunwöchigen Überfahrt an Unterernährung und Krankheiten gestorben. Laut Constance hatte ihr Großvater die englischen Landbesitzer in Irland zutiefst verabscheut und sie für Parasiten, Menschenschinder und Ausbeuter gehalten. Es hatte ihm eine große Befriedigung bereitet, den Besitz einer jener Familien zu erwerben und sie dann von seinem Grund und Boden zu weisen.

»Dort vorne scheint es einen Unfall gegeben zu haben«, hörte Victoria plötzlich Hopkins in ihre Gedanken sagen.

Nun erst sah sie etwas abseits der Straße neben einem Kiefernwäldchen und großen Felssteinen einen uniformierten Polizisten stehen.

»Um Himmels willen, ist dort etwa jemand während des Sturms ums Leben gekommen?«, flüsterte sie. Ihr wurde ganz übel.

»Sollen wir weiterfahren?« Hopkins sah sie besorgt an.

Sie schüttelte den Kopf. »Nein, ich möchte wissen, was geschehen ist. Sonst verfolgt mich das alles wahrscheinlich erst recht.« Auf Höhe des Polizisten lenkte sie die Kutsche an den Straßenrand. Hopkins half ihr beim Aussteigen. Der Uniformierte, ein junger Constable, eilte auf sie zu. Offensichtlich beabsichtigte er, sie zum Weiterfahren aufzufordern, doch ein stählerner Blick aus Hopkins' blauen Augen ließ ihn zurückweichen.

»Ein Unfall, Constable?«, fragte Hopkins knapp.

»N... Nein, Sir«, stotterte der junge Polizist.

»Was ist dann geschehen?«

»Das ... Das darf ich Ihnen nicht sagen, Sir.«

Von der anderen Seite des Kiefernwäldchens waren Stimmen zu hören. »Kein Unfall? Nun, dann sollten wir uns erst recht einmal dort umsehen«, wandte sich Victoria an Hopkins. Ihr Interesse war nun wirklich geweckt.

»Sir, Madam, ich muss doch sehr bitten ...« Der Constable machte Anstalten, ihnen in den Weg zu treten, wich dann jedoch erneut vor Hopkins' Blick zurück. Hinter dem Wäldchen suchten weitere Polizisten in Uniform das Gelände ab. Ein hagerer Mann in Zivil – wahrscheinlich ein Inspector – erteilte ihnen Anweisungen.

Hopkins schritt zielstrebig auf ihn zu. »Officer, was ist hier vorgefallen?«, verlangte er zu wissen.

Hopkins hatte Haushalte des Hochadels mit mehr als hundert Bediensteten geleitet, und entsprechend autoritär konnte sein Auftreten sein.

»Leider gab es einen Mord, Sir«, gab der Polizeibeamte in Zivil denn auch bereitwillig Auskunft. Er wandte sich Victoria zu. »Aber das ist natürlich kein Thema, das für eine junge Dame geeignet wäre.«

Victoria war versucht, ihm zu sagen, dass ihr Vater Gerichtsmediziner gewesen und das Thema Mord ihr deshalb sehr wohl vertraut sei, doch da entdeckte sie den Leichnam. Eine Blutlache umgab den Kopf wie ein grotesker Heiligenschein. Das Mordopfer war eine Frau. Victorias Herz hämmerte, sie ging näher heran. Etwas an der Toten, an dem langen dunklen, blutgetränkten Haar, kam ihr bekannt vor.

Nein ... Das war einfach nicht möglich ... Sie stieß einen erstickten Schrei aus. Und doch lag dort zwischen den Felsen die feenhafte Frau aus Iósephs Hütte. Ihre blauen, weit aufgerissenen Augen waren gebrochen und starrten leblos in den Himmel. Auf ihrem Hals zeichneten sich deutlich Würgemale ab. Ihre Bluse und ihr Rock waren zerfetzt, die entblößten Schenkel blutverschmiert. Das meiste Blut am Boden stammte jedoch aus einer Wunde am Kopf. Überall auf dem sandigen Boden waren dunkle Flecken zu erkennen, bis aufs Heidekraut war das Blut gespritzt. Victoria wurde schlecht, sie musste würgen.

»Miss Victoria ...« Hopkins trat neben sie und führte sie von der Toten weg.

»Nun, Miss, ich habe Sie gewarnt.« Der Polizeibeamte schüttelte vorwurfsvoll den Kopf.

Victoria schluckte und rang nach Atem. Wer auch immer dies der fremden Frau angetan hatte, musste gefasst und bestraft werden. Sie straffte sich.

»Mein Name ist Bredon-Ryder, *Mrs.* Bredon-Ryder«, sagte sie mit dem hochnäsigsten Oberschichtstonfall, zu dem sie imstande war. »Gibt es schon einen Tatverdächtigen, Officer?«

»Inspector Graham, Madam.« Er wirkte verunsichert, ihr Tonfall hatte also seine Wirkung nicht verfehlt. »Ja, es gibt einen Verdächtigen.«

»Nun, das ist ja äußerst interessant, Inspector«, schaltete

sich Hopkins ein. Er berührte Victoria leicht am Arm und bedeutete ihr, das Gespräch ihm zu überlassen. »Darf man fragen, auf wen Ihr Verdacht gefallen ist?«

Der Inspector zögerte. Aber wieder entfaltete Hopkins' Autorität ihre Wirkung, und er gab sich einen Ruck. »Ich kann es Ihnen ja sagen, Sir, denn nach dem Verdächtigen wird ohnehin offiziell gefahndet. Ein junger Mann, der im Moor lebt. Sein Name ist Joseph O'Connell.«

»Sprechen Sie von Ióseph O'Connell?« Victoria starrte den Inspector fassungslos an.

»Ja, so lautet sein Vorname auf Gälisch.« Der Inspector nickte.

»Aber ... da ... da verdächtigen Sie den Falschen ... Er hat diese Frau nicht umgebracht und ... und ... ihr Gewalt angetan.« Sie konnte die entsetzlichen Worte kaum aussprechen, denn dies ließ das Geschehen endgültig real werden. »Ióseph O'Connell hat mich vor ein paar Tagen im Moor während des Sturms vor dem Ertrinken gerettet und mich zu seiner Hütte gebracht. Dort war auch diese Frau ...«

»Dann hat O'Connell das Opfer also gekannt?«, unterbrach der Inspector sie.

»Ja ...«

»Nun, das war mir bisher nicht bekannt. Wissen Sie, wer die Tote ist?«

»Nein, ich habe sie nur ganz kurz gesehen. Ióseph und diese Frau hatten einen vertrauten Umgang miteinander, wie Geschwister. Er hätte ihr niemals *das* angetan und sie dann umgebracht. Er ist ganz sanft und sehr schüchtern.«

»Ein Bauer hat O'Connell vom Tatort weglaufen sehen«, erwiderte Inspector Graham unbeeindruckt.

»Wahrscheinlich hat er die Tote gefunden und wollte Hilfe holen.«

»Ach ja? Die Polizei verständigt hat er jedenfalls nicht, und in seiner Hütte ist er bislang auch nicht aufgetaucht.«

»Er hat mich aus einem Moortümpel gerettet«, beharrte Victoria. »Er ist ein guter Mensch.«

»Das bestreite ich ja gar nicht, Madam.« Inspector Grahams Miene wurde freundlicher. »Aber viele Menschen haben nun einmal zwei Seiten. Und dieser O'Connell soll, nach allem, was ich bisher über ihn gehört habe, ein Sonderling sein.«

»Das macht ihn noch nicht zum Frauenschänder und zum Mörder!«, protestierte Victoria heftig.

Zwei Männer in dunklen Anzügen, Zylinder auf den Köpfen, kamen nun, eine Bahre zwischen sich tragend, um das Kiefernwäldchen herum – sie waren Bestatter.

»Lassen Sie uns gehen, Miss Victoria«, sagte Hopkins leise, »wir können hier nichts mehr tun.«

An der Straße stand eine schmucklose schwarze Kutsche – kaum mehr als ein Leiterwagen –, darauf ein grob gezimmerter Sarg. Darin würde man die Tote wegbringen und sie wahrscheinlich in dem nächstgelegenen größeren Ort obduzieren. Durch die Arbeit ihres verstorbenen Vaters war Victoria mit gewaltsamen Todesfällen vertraut – er hatte Hopkins und ihr von seinen Fällen erzählt, und sie hatte Fotografien von entstellten Leichen gesehen. Dennoch war sie einem der Opfer nie zu Lebzeiten begegnet. Diese Tote hatte sie gekannt, und ihre Schönheit und ihr geheimnisvolles Wesen hatten sie tief berührt. Sie war so gespannt gewesen, mehr über sie zu erfahren!

Bedrückt und schweigend kutschierte sie das Gig wieder durch das Moor in Richtung Kincraighie House. Hopkins, der neben ihr saß, schien in Gedanken versunken. Schließlich brachte Victoria das Pferd in einer Ausbuchtung am Straßenrand zum Stehen. Ein im Sumpfgras verborgener Vogel piepte leise. Vielleicht war er verletzt. Die Töne erschienen Victoria unsagbar traurig, und unwillkürlich legte sie die Hand auf ihren Leib.

»Der Inspector mag glauben, was er will. Ich bin fest davon überzeugt, dass Ióseph die Frau nicht umgebracht hat«, sagte sie impulsiv.

»Ich weiß, dass Sie ein gutes Urteilsvermögen haben, Miss Victoria. Aber lassen Sie mich dennoch den Advocatus Diaboli spielen.« Hopkins wiegte nachdenklich den Kopf. »Ein Zeuge hat den jungen Mann vom Tatort weglaufen sehen. Er und das Opfer haben sich gekannt. Der Täter ist sehr brutal vorgegangen. Die Würgemale am Hals und wie der armen Frau der Schädel eingeschlagen wurde …« Er brach ab und räusperte sich. »Dies deutet auf andere Beweggründe als eine Vergewaltigung hin, gefolgt von einem Mord, damit das Opfer den Täter nicht benennen kann. Nein, meiner Ansicht nach war der Täter von großer Wut und Leidenschaft getrieben.«

»Ióseph ist freundlich und noch so jung.« Der Vogel hatte aufgehört zu piepen. Ob er verendet war?

»So wie Sie ihn beschrieben haben, steht er auf der Schwelle zum Erwachsenwerden. Und wir wissen doch beide, Miss Victoria, dass auch sehr junge Menschen zu großer Grausamkeit, ja sogar zu einem Mord fähig sein können.« Hopkins seufzte. »Ióseph und diese Frau lebten abgeschieden im Moor. Sogar im Tod war sie noch sehr schön. Es wäre das Normalste der Welt, wenn er sich in sie verliebt hätte. Sie wies ihn ab. Er geriet vor Wut außer sich …« Hopkins vollführte eine resignierte Geste und seufzte wieder.

»Ich verstehe Ihre Argumente, Hopkins. Und wenn ich Ióseph nicht kennen würde, würde ich sie für plausibel halten. Aber ich habe ihn nun einmal kennengelernt.«

»Ióseph hat Sie gerettet, Miss Victoria. Kennen Sie ihn deshalb wirklich?« Hopkins' Stimme klang sanft. »Ich erlaube mir noch kein abschließendes Urteil über Inspector Graham. Aber in einem hat er auf jeden Fall recht – viele Menschen haben zwei Seiten.«

»Betrachten Sie das alles doch einmal von einer anderen Warte.« Victoria hatte oft zugehört, wenn ihr Vater die verschiedenen Seiten eines Falles mit Hopkins und ihr erörtert hatte, und sie war ihm dankbar dafür, dass er sie gelehrt hatte, das scheinbar Offensichtliche zu hinterfragen. »All Ihre Argumente ließen sich auch ins Gegenteil wenden. Wie ich schon zu dem Inspector sagte – vielleicht hat Ióseph ja die Tote gefunden, wollte Hilfe holen und ist deshalb weggerannt. Dann hat er sich versteckt, weil er Angst hatte, dass man ihn verdächtigt und festnimmt. Und ja ... Allem Anschein nach lebte er allein mit der unbekannten Frau im Moor. So zurückhaltend und jung, wie er ist, hat er wahrscheinlich noch keine Erfahrungen mit dem weiblichen Geschlecht. Ich kann mir geradezu vorstellen, wie der Inspector all diese Punkte abhakt ...« Victoria brach ab und schüttelte zornig den Kopf.

»Miss Victoria, regen Sie sich bitte nicht auf«, sagte Hopkins begütigend. »Das ist nicht gut für Sie.«

»Ich will mich aber aufregen.« Sie holte tief Atem. »Ióseph ist geradezu der ideale Tatverdächtige. Finden Sie nicht auch, Hopkins, dass einfach alles zu gut passt? Als Sie mit meinem Vater zusammengearbeitet haben, haben Sie doch auch des Öfteren erlebt, wie Menschen unschuldig einer Tat angeklagt wurden.«

»Wie ich schon sagte, ich wollte nur einmal den Advocatus Diaboli spielen und deshalb anführen, was *gegen* den jungen Mann spricht. Aber Ihr Vater hätte gewiss die gleichen Argumente wie Sie *für* Mr. O'Connell vorgetragen.« Hopkins ließ seinen Blick in die Ferne schweifen. Seine blauen Augen leuchteten auf diese spezielle Weise, die Victoria sehr vertraut war. »Wenn Sie möchten, Miss Victoria, werde ich mich gern unter den Bediensteten nach dem Bauern umhören, der Mr. O'Connell vom Tatort hat weglaufen sehen.«

»Ja, Hopkins, das wäre mir sehr lieb. Außerdem werde ich einen guten Strafverteidiger für den jungen Mann engagieren. Ich werde alles tun, um seine Unschuld zu beweisen«, erklärte sie fest entschlossen.

SIEBTES KAPITEL

Hopkins' Schatten fiel auf Victoria. In eine warme Decke eingepackt, saß sie in einem Liegestuhl an einem sonnigen, windgeschützten Platz auf der Terrasse von Kincraighie House. Die Aussicht auf das Meer war, wie immer bei schönem Wetter, überwältigend, aber an diesem Tag hatte sie keinen Sinn dafür. Ebenso wenig wie für den in allen Farben des Herbstes erstrahlenden Park. Sie war einfach nur erschöpft. Am Vortag, nach der Rückkehr nach Kincraighie House, hatte sie sich wieder so elend und zittrig gefühlt, dass sie den Abend und den heutigen Vormittag im Bett hatte verbringen müssen. Was ihre Stimmung nicht gehoben hatte. Ach, wie sie es hasste, untätig zu sein!

»Und? Wusste jemand von den Dienstboten etwas über den Bauern, der Ióseph angeblich vom Tatort hat fliehen sehen?« Fragend blickte sie Hopkins an.

»Leider nein, Miss Victoria. Inzwischen habe ich auch mit den Gärtnern gesprochen.« Hopkins schüttelte bedauernd den Kopf.

»Daisy hatte ebenfalls keine Ahnung«, erwiderte Victoria bedrückt.

»Ich habe vor, die Köchin nach Clifden zu begleiten – ohnehin wollte ich den Händlern, bei denen sie die Lebensmittel bezieht, auf die Finger schauen.« Hopkins schob ein Stück Decke, das sich gelockert hatte, unter das Polster des Liegestuhls. »Bei der Gelegenheit werde ich versuchen herauszufinden, ob jemand in der Stadt etwas gehört hat. Solche Orte auf dem Land sind in der Regel die reinsten Nachrichtenbörsen.«

»Hoffentlich haben Sie recht, Hopkins. Und, wenn Sie schon in Clifden sind, würden Sie sich bitte nach einem guten Strafverteidiger umhören?«

»Das habe ich sowieso beabsichtigt, Miss Victoria.«

»Danke, Hopkins.« Victoria lächelte. »Und, ehe Sie mich danach fragen: Nein danke, ich benötige nichts.«

»Sehr wohl, Miss Victoria. Ich wünsche Ihnen gute Erholung.« Hopkins entfernte sich mit einer Verbeugung.

Wer mochte die ermordete junge Frau nur gewesen sein? Victoria blickte geistesabwesend einer Formation Wildgänse nach, die über den Park flog. Ihre Flügel schimmerten silbrig im Sonnenlicht. Noch nicht einmal den Namen der Toten kannte sie. Und wo sich Ióseph wohl aufhielt? Bestimmt war er völlig durcheinander und tief verstört. Auch mit einem Tag Abstand zu der furchtbaren Entdeckung hatte Victoria nicht den geringsten Zweifel, dass der junge Mann unschuldig war.

Victoria sann noch eine Weile vor sich hin. Einer Sache würde sie immerhin auf den Grund gehen können, ohne sich körperlich zu viel zuzumuten.

Keine Sorge, ich passe gut auf mich auf, sagte sie in Gedanken zu ihrem Kleinen und schälte sich aus der Decke.

Victoria fand Mrs. Evans in der Küche vor. Die Haushälterin saß an einem langen, blank gescheuerten Eichenholztisch und überprüfte Zahlenreihen in einem Haushaltsbuch. Auf einem wuchtigen gusseisernen Herd, der neben einem einfachen Kochfeld auch eine Vorrichtung für Gasflammen hatte, köchelte ein Fleischfond vor sich hin, in der benachbarten Spülküche schrubbten zwei Hausmädchen Töpfe und Pfannen vom Lunch. Victoria hatte sich einmal, als sie mit Hopkins den Mörder eines hochrangigen Beamten gesucht hatte, in ein Herrenhaus eingeschmuggelt und in einer Spülküche gearbeitet. Seitdem wusste sie, was für eine Plackerei das war, und sie bedauerte die beiden jungen Mädchen zutiefst.

»Mrs. Evans, bitte verzeihen Sie, dass ich Sie störe«, wandte sie sich höflich an die Haushälterin. Die Sphären in einem Herrenhaus waren normalerweise streng geschieden, und die Bediensteten schätzten es nicht besonders, wenn jemand von der Herrschaft plötzlich in ihrem Bereich auftauchte. »Aber ich hätte da eine Frage.«

»Ach, Sie stören mich doch nicht, Madam«, sagte Mrs. Evans freundlich. »Möchten Sie vielleicht eine Tasse Tee?«

»Nur, wenn Sie eine mit mir trinken.«

Mrs. Evans holte zwei geblümte Tassen aus einem Schrank, der fast die ganze Länge der Küche einnahm und vermutlich so alt war wie das Gebäude, und stellte dann einen Teller mit Keksen auf den Tisch. »Mr. Hopkins hat heute Vormittag Schokoladenkekse gebacken«, erklärte sie. »Er ist wirklich so eine große Hilfe. Er war sogar so freundlich, die Köchin nach Clifden zu begleiten, um ihr bei den Einkäufen behilflich zu sein.«

Victoria vermutete, dass Hopkins seine ganz eigenen Vorstellungen davon hatte, welche Lebensmittel eingekauft werden sollten, und dass er dies dezent, aber nachdrücklich durchsetzen würde – neben seiner Absicht, den Händlern auf die Finger zu sehen.

»Also, womit kann ich Ihnen denn helfen, Madam?« Mrs. Evans schenkte Victoria und dann sich selbst Tee ein.

»Sie haben doch sicher auch gehört, dass die Polizei nach Ióseph O'Connell sucht.«

»Ja, eine entsetzliche Sache.« Mrs. Evens ließ den Keks, den sie zum Mund hatte führen wollen, sinken.

»Ich kann nicht glauben, dass er die Tat begangen hat, und ich habe mich gefragt, ob in der Gegend in den letzten Jahren vielleicht noch andere Frauen geschändet und ermordet wurden.«

»Du liebe Güte, Madam.« Mrs. Evans schlug entsetzt die Hände zusammen. »Eine Dame sollte solche Worte nicht benutzen, geschweige denn, sich mit so etwas Schrecklichem befassen. Und schon gar nicht in Ihrem Zustand. Verzeihen Sie, wenn ich das ganz offen sage.«

»Bitte, Mrs. Evans, ich möchte Ióseph helfen.«

»Der letzte Mord in dieser Gegend liegt über zehn Jahre zurück. Und das war eine Messerstecherei in einem Wirtshaus.«

»Und Missbrauch, Notzucht?«

»Darüber ist mir nichts bekannt, Madam«, erwiderte Mrs. Evans schmallippig.

Sie rührte in ihrem Tee und wich Victorias Blick aus. Irgendetwas schien sie zu beschäftigen. Es war sicher nicht nur die Fassungslosigkeit darüber, dass sie diese Dinge so offen ansprach.

»Mrs. Evans, wollen Sie damit sagen, Ihnen ist *offiziell* nichts bekannt?« Die Haushälterin antwortete nicht. »Jemandem in einer leitenden Stellung in einem großen Anwesen kommen doch viele Gerüchte zu Ohren«, versuchte

Victoria, sie aus der Reserve zu locken. »Bitte, es ist sehr wichtig, dass Sie mir sagen, was Sie wissen.«

»Ich möchte niemanden zu Unrecht in ein schlechtes Licht rücken.«

»Vielleicht hilft das, wovon Sie Kenntnis haben, Ióseph vor einer Anklage zu bewahren.«

Mrs. Evans ging noch einen Moment lang mit sich zurate, dann stand sie auf und schloss die Tür zur Spülküche. Wieder am Tisch, umfasste sie nervös ihre Teetasse. »Ich bin mit Mrs. Anstruthers, der Haushälterin von Castle Fota, befreundet. Wir treffen uns hin und wieder auf eine Tasse Tee oder verbringen einen Nachmittag in Clifden zusammen …« Sie brach ab, als hätte sie es sich anders überlegt und wollte sich Victoria doch nicht anvertrauen.

»Ich kann mir vorstellen, dass Sie sich viel zu erzählen haben«, ermutigte Victoria sie behutsam. »In einem großen Landhaus geschieht so einiges.«

»Das kann man wohl sagen. Schönes und nicht so Schönes.« Mrs. Evans trank einen Schluck Tee. »Und … nun ja … Vor ungefähr zwei Jahren hat mir Mrs. Anstruthers unter dem absoluten Siegel der Verschwiegenheit anvertraut, dass der Verwalter von Castle Fota einem Mädchen aus dem Dorf Gewalt angetan haben soll. Sie hatte Gesprächsfetzen zwischen dem Verwalter und dem Besitzer Mr. Craven mitbekommen. Der Vater des Mädchens war anscheinend bei Mr. Craven vorstellig geworden.«

»Castle Fota gehört der Familie Craven?«, fragte Victoria verblüfft.

»Ja, natürlich. Der Verwalter, Mr. Fry, ist ein entfernter Vetter des Besitzers.«

Ióseph war einer von Mr. Cravens Pachtbauern. Was, wenn der Verwalter eines Tages zu Iósephs Hof gekommen war, um nach dem Rechten zu sehen oder irgendetwas zu besprechen, und dort die schöne Frau gesehen hatte? Victoria konnte sich gut vorstellen, dass ein Mann ihr rettungslos verfallen war.

»Danke, Mrs. Evans, Sie haben mir sehr geholfen«, sagte sie nachdenklich.

Ein Feldweg mit tief in den Boden eingegrabenen Fahrrinnen führte zu Kieran O'Learys Bauernhof hinauf. Zwischen den Steinmauern auf beiden Seiten des Weges war gerade genug Platz für einen Karren. Deshalb hatte Hopkins den Kutscher von Kincraighie House gebeten, unten an der Straße auf ihn zu warten.

Hopkins war sehr zufrieden mit sich. Es hatte sich als erfolgreich erwiesen, dass er die Köchin nach Clifden begleitet hatte. Zum einen hatte er festgestellt, dass einige Händler ihr mindere Waren zu einem viel zu hohen Preis verkaufen wollten – was, nachdem er ein ernstes Wort mit ihnen gesprochen hatte, sicher nicht noch einmal vorkommen würde. Und zum anderen hatte er von einem Fischhändler erfahren, dass O'Leary jener Bauer war, der die Tote im Moor gefunden hatte.

Während er weiter den Weg entlang zu dem auf einem Hügel gelegenen Hof ging, ließ er seinen Blick schweifen. Ein wahrhaft idyllischer Ort. Blumen und allerlei andere Pflanzen wucherten zwischen den grauen Mauersteinen, innerhalb der Umfriedung wuchsen Kartoffeln und Gerste. Das Haus mit dem hohen Kamin seitlich des Strohdachs wirkte, als wäre es erst vor Kurzem frisch gekalkt worden, jenseits einer ausgedehnten Schafweide brach sich das Meer an einem Sandstrand – ein Glücksfall der Natur.

Der Hof strahlte einen bescheidenen Wohlstand aus. Gut möglich, dass Mr. O'Leary von den Gesetzen profitiert hatte, die es seit den 1880er-Jahren Bauern ermöglichten, Land von den Grundherren zu einem einigermaßen fairen Preis zu kaufen. Oder dass zumindest seit damals die Pacht erschwinglich war.

Zwei wild kläffende, schwarz-weiße Border Collies kamen auf Hopkins zugestürmt und zerstörten jäh die Idylle.

»Kusch, weg mit euch!«

Die Hunde ignorierten seinen Befehl und sprangen bellend und zähnefletschend um ihn herum. Hopkins versuchte, sie nicht zu beachten. Vor einem Stall entdeckte er nun einen Mann, der Mist mit einer Heugabel wendete, und strebte auf ihn zu.

»Mr. O'Leary?« Der Mann drehte sich zu ihm um. Er trug eine speckige Lederweste und eine lehmverschmierte Hose. Sein faltiges Gesicht unter dem breitkrempigen Hut war vom Wetter gegerbt. Der Blick, mit dem er Hopkins bedachte, war misstrauisch, um nicht zu sagen feindselig. Es war nicht zu übersehen, dass er in seinem grauen Stadtanzug, einen Bowler auf dem Kopf, für ihn den verhassten Engländer verkörperte. »Mr. O'Leary?«, wiederholte Hopkins.

»Kann sein, dass ich das bin.« Eine Ladung Mist landete dicht vor Hopkins' blank polierten Schuhen.

»Mr. O'Leary, man hat mir gesagt, dass Sie gestern die ermordete Frau im Moor fanden.«

»Kann schon sein, dass ich das arme Ding entdeckt hab.« Er zuckte mit den Schultern. Die Zacken der Mistgabel zielten auf den ungebetenen Gast.

»Und dass Sie Ióseph O'Connell vom Tatort weglaufen sahen.« Hopkins hatte nicht vor, sich einschüchtern zu lassen.

»Ich würd auch nicht ausschließen, dass ich den Ióseph gesehen hab.« Eine Ladung Mist klatschte auf Hopkins Schuhe.

»Mr. O'Connell hat Mrs. Bredon-Ryder, meine Dienstherrin, während des Sturms aus dem Moor gerettet. Sie würde ihm gern helfen. Dazu wäre es wichtig, von Ihnen genauere Angaben zu erhalten, wie Sie den jungen Mann am Tatort antrafen.«

»Mrs. Bredon-Ryder? Ist das nicht die Dame, die zu Gast in Kincraighie House ist?«

»Ja, das trifft zu.«

»Kincraighie House …«

Der Bauer spuckte Kautabak auf den Boden. Dann schob er seinen Hut aus der Stirn und stützte sich auf die Mistgabel. Die Hunde pirschten sich näher an Hopkins heran. Überlegte der Mann etwa, wie er ihm die Zinken in den Körper rammen konnte? Hopkins fasste seinen Regenschirm fester. Gut, er war bereit, sich zu verteidigen.

Plötzlich überzog ein breites Grinsen das Gesicht des Bauern. »Weshalb sagen Sie denn nicht gleich, dass Sie zu Gast bei Gerald O'Neills Enkeltochter sind, Sir?« Er klopfte Hopkins auf die Schulter, die Hunde, die eben noch nach seinen Knöcheln geschnappt hatten, wedelten nun freudig mit den Schwänzen. »Kommen Sie doch auf ein Bier mit ins Haus, Sir.«

In der niedrigen Küche bot O'Leary Hopkins einen Platz an, reichte ihm einen mit Bier gefüllten Zinnbecher und ließ sich dann auch an dem Tisch nieder. Er selbst begnügte sich mit einem Becher aus Holz. Die Hunde ließen sich hechelnd zu seinen Füßen nieder.

»Auf Ihr Wohl, Sir.« Er prostete ihm zu und wischte sich dann den Schaum vom Mund. »O'Neills Enkelin ist eine wirklich nette Lady. Gar nicht hochnäsig, obwohl sie so einen englischen Pinkel geheiratet hat. Ich kann Ihnen sagen, Sir, es hat alle in der Gegend gefreut, als O'Neill das Anwesen diesem aristokratischen Widerling abgekauft hat. Binnen von ein paar Tagen musste der es mit seiner Familie räumen. Ist ihm recht geschehen. Während der Hungersnot hat er die Pächter von seinem Grund und Boden vertrieben und sie einfach ihrem Schicksal überlassen. Später dann ist er selbst in Bedrängnis geraten.«

O'Learys Augen waren schmal vor Zorn geworden, und Hopkins fand es besser, so schnell wie möglich zum Anliegen seines Besuchs zu kommen.

»Ihr Bier ist wirklich vorzüglich, Mr. O'Leary«, versuchte er eine höfliche Überleitung, wobei das Kompliment ehrlich gemeint war. Er nahm einen großen Schluck. »Sie sahen also Mr. O'Connell vom Tatort weglaufen …«

»Ja, kalkweiß war der. Die Augen weit aufgerissen, als ob alle Furien des Himmels hinter ihm her wär'n. Mir war gleich klar, dass was wirklich Schlimmes passiert war.«

»Könnte Mr. O'Connell weggeeilt sein, um Hilfe zu holen?«

»Na ja, wenn das so gewesen sein soll, warum hat der Ióseph mich dann nicht um Hilfe gebeten? Fast in mich reingerannt isser. Ich hab ihm noch nachgerufen. Aber er hat überhaupt nich' reagiert.«

Womit sich diese These leider erübrigt hatte. Hopkins trank nachdenklich einen weiteren Schluck Bier. »Haben Sie denn außer Mr. O'Connell noch jemanden im Moor gesehen?«

»Nä …« Mr. O'Leary schüttelte den Kopf. »Der Ióseph

is' 'n bisschen sonderbar. Seine Großmutter war das auch, die hatte das zweite Gesicht. Aber ich hätt' nie gedacht, dass er mal 'nen Mord begehen würd'.«

Dieser Meinung waren wirklich viele Menschen. Allerdings deutete bisweilen unglücklicherweise alles auf ihn als Täter hin.

»Haben Sie die Tote jemals zuvor getroffen?«

»Nä …« Mr. O'Leary schenkte Hopkins und sich noch einmal Bier aus einem Krug nach. »Das wüsste ich. Ich hab sie nur tot gesehen, und selbst da hat man gleich erkannt, dass sie ein bildschönes Ding war.«

Das Bier stieg Hopkins allmählich zu Kopf. Es war an der Zeit zu gehen. Er ließ sich von Mr. O'Leary noch erklären, wie er es braute – vielleicht konnte er das Rezept ja einmal verwenden –, und verabschiedete sich dann.

»War mir wirklich eine Freude, Sie kennenzulernen, Sir.« O'Leary reichte ihm die schwielige Hand. »Und grüßen Sie O'Neills Enkeltochter von mir.«

Hopkins versicherte, dass er Lady Hogarth die Grüße sehr gern übermitteln würde. Begleitet von den schwanzwedelnden Hunden hatte er schon ein Stück des Hofes überquert, als er O'Leary hinter sich rufen hörte: »Warten Sie doch bitte 'nen Moment, Sir.« Der Bauer war hinter ihm hergeeilt. »Mir is' doch noch was eingefallen. Aber ich weiß nich', ob das wichtig is'.«

»Sagen Sie es mir trotzdem, bitte.«

»Ich war gestern im Moor, um Torf zu stechen. Und da hab ich auf der Straße in Richtung Kiefernwäldchen 'nen Reiter gesehen.«

»Wissen Sie ungefähr, wann das war?«

»Dem Sonnenstand nach ungefähr 'ne Stunde, bevor ich Ióseph begegnet bin.«

»Konnten Sie den Reiter erkennen, Mr. O'Leary?«

»Nä, der war zu weit weg. Aber das Pferd, das war 'n Fuchs oder 'n Brauner.«

»Danke, möglichweise ist das, was Sie mir gerade gesagt haben, wirklich wichtig.«

Hopkins beschloss, sich den Tatort noch einmal anzusehen.

Der Tisch im Speisesaal von Kincraighie House war für zwei Personen gedeckt. Kerzenflammen spiegelten sich in den geschliffenen Kristallgläsern und dem Silberbesteck. Eben hatte die Standuhr unten in der Halle achtmal geschlagen. Wo Hopkins nur blieb? Allmählich wurde Victoria unruhig. Es sah ihm überhaupt nicht ähnlich, sich zu verspäten. Sie brannte darauf, ihm zu erzählen, was sie von der Haushälterin erfahren hatte. Und noch etwas wollte sie ihm unbedingt mitteilen. Am Nachmittag war wieder ein Telegramm von Jeremy eingetroffen. Sein Vater war noch sehr schwach, litt jedoch nicht mehr unter Fieber. Jeremy hoffte, in den nächsten Tagen nach Irland reisen zu können.

Victoria blickte zu den hohen Fenstern, hinter denen das Meer zu erahnen war. Wie schön es sein würde, mit ihm die Gegend zu erkunden! Jeremy segelte leidenschaftlich gern. Ein gemeinsamer Ausflug auf einem Boot hatte sich jedoch nie ergeben. Vielleicht würden sie das ja endlich nachholen können. Am Strand gab es ein Bootshaus, das Constance' und Louis' kleine Yacht beherbergte.

Sie stellte sich gerade vor, wie es sein würde, mit Jeremy an einem strahlenden Herbsttag auf dem Meer zu segeln, an Stränden, Felsen und der grünen Küste entlang, als die Tür des Speisesaals geöffnet wurde und Hopkins hereintrat. Er wirkte tatsächlich ein wenig außer Atem. Ein Diener folgte ihm mit einem Tablett, darauf eine Suppenterrine. Zu Victorias Überraschung hielt Hopkins eine Zeitung in den Händen. Wohl eine Abendausgabe.

»Bitte verzeihen Sie meine Verspätung, Miss Victoria. Aber es gab wirklich triftige Gründe.« Hopkins bat den Diener mit einer Geste, die Suppenterrine auf der Anrichte abzustellen. Er wartete, bis dieser den Speisesaal verlassen hatte, dann reichte er ihr die Zeitung.

Moormörder gesteht brutale Tat! Coroner erhebt Anklage gegen Joseph O'Connell, verkündete die Überschrift auf dem Titelblatt in dicken schwarzen Lettern.

»Aber ... Das ist doch unmöglich ...« Victoria schrie entsetzt auf. Rasch überflog sie den Artikel, der sich auf der Innenseite fortsetzte. Polizisten des Royal Police Corps unter der Leitung von Inspector Graham hatten Ióseph in der Nacht in einem Tal in der Nähe von Clifden festgenommen. Sie hatten ihn in einem Unterstand gefunden, der von Wildhütern benutzt wurde. Widerstandslos habe sich Joseph O'Connell – so der Artikel weiter – abführen lassen. Nach einigen Stunden des Verhörs durch Inspector Graham sei er zusammengebrochen und habe die Tat gestanden. *Er war in heftiger Begierde zu der ausnehmend schönen Frau mit Namen Moira entbrannt*, führte der Journalist in verklemmt viktorianischer Diktion aus. *Hütte an Hütte lebte er mit ihr in dem ansonsten verlassenen Weiler. Als Moira Joseph O'Connell zurückwies, verlor er die Beherrschung und tat ihr Gewalt an. Danach tötete er sie aus Furcht und Scham.*
»Bestimmt hat der Inspector das Geständnis erpresst.« Victoria schüttelte aufgebracht den Kopf. »Vielleicht hat er Ióseph körperlich misshandelt oder ihm mit Schlägen gedroht. Möglicherweise stand der Junge auch unter Schock

und hat deshalb alles zugegeben, was man ihm in den Mund gelegt hat.«

»Ich habe mit dem Bauern gesprochen, der Mr. O'Connell am Tatort gesehen hat. Er ist sicher, dass der junge Mann keine Hilfe holen wollte.«

»Aber ...«, protestierte Victoria.

Doch Hopkins hob die Hand. »Entschuldigen Sie, Miss Victoria. Dürfte ich bitte meine Ausführungen beenden? Mr. O'Leary hat etwa eine Stunde, bevor er auf den völlig aufgelösten Mr. O'Connell traf, einen Reiter in der Nähe des Kiefernwäldchens erblickt.«

»Ein Reiter war dort?« Victoria verarbeitete die Information.

»Ja, daraufhin habe ich mir den Tatort noch einmal in Ruhe angesehen. Aus diesem Grund habe ich mich leider auch verspätet.«

»Haben Sie etwa die Abdrücke von Pferdehufen entdeckt?« Victoria war ganz aufgeregt.

»In der Tat, das habe ich. Durch den heftigen Regen während des Sturms war der Boden ja ganz aufgeweicht. Am Tatort hielt sich ein Reiter auf.« Hopkins schenkte Victoria Wasser ein – seit Beginn der Schwangerschaft vertrug sie Alkohol nicht mehr gut – und gönnte sich selbst ein Glas Weißwein.

»Die meisten Bauern hier in der Gegend besitzen ja nur Esel, Ponys oder Maultiere. Aber der Verwalter eines Gutes würde ein Pferd reiten.« Victoria berichtete Hopkins, was sie von Mrs. Evans erfahren hatte.

»Wir sollten über diesen Mr. Fry unbedingt Nachforschungen anstellen. Allerdings wird es besser sein, ihn der Polizei gegenüber vorerst noch nicht zu erwähnen.«

»Das sehe ich genauso.« Victoria nickte.

Der Verwalter eines großen Landguts war eine Respektsperson. Wenn sie ihren Verdacht nicht untermauern konnten, würde die Polizei dies bestimmt als üble Nachrede abtun.

Hopkins' Augen leuchteten. Er war ganz in seinem Element. »Was halten Sie davon, wenn ich der Dame des Hauses – Mrs. Craven – Ihre Karte schicke, Miss Victoria? Sehr rege ist das gesellschaftliche Leben in dieser doch recht einsamen Gegend sicher nicht. Es dürfte nicht schwierig werden, eine Einladung zu erwirken.«

»Ja, tun Sie das, Hopkins. Das ist eine gute Idee.« Victoria hatte für gesellschaftliche Verpflichtungen eigentlich nicht viel übrig und mied sie nach Möglichkeit. Aber jetzt lagen die Dinge anders. »Inspector Graham hat den Hufabdrücken offensichtlich keine Beachtung geschenkt. Ein guter Strafverteidiger wird sie sicher zu Iósephs Gunsten verwenden können.«

»Wie Sie mich gebeten haben, habe ich mich nach einem qualifizierten, auf Strafsachen spezialisierten Anwalt umgehört.« Hopkins schöpfte die Fischsuppe in die tiefen Teller. »Ein Mr. David McEvoy in Galway hat diesbezüglich einen sehr guten Ruf.«

»Wie haben Sie das denn herausgefunden?«

»Ich habe vom Postamt in Clifden aus einige Telefonate geführt und mich nach Referenzen erkundigt.« Hopkins winkte bescheiden ab. »Mr. McEvoy wurde mir von mehreren Seiten als sehr fähig empfohlen.«

Victoria fühlte sich plötzlich viel besser. Sie hoffte inständig, dass Mr. McEvoy bereit war, Iósephs Verteidigung zu übernehmen.

ACHTES KAPITEL

Victoria schlenderte durch die Williamsgate Street von Galway. In einer halben Stunde würde sie sich mit Mr. McEvoy treffen. Hopkins hatte per Telegramm wegen eines Termins angefragt, und die Antwort des Strafverteidigers war binnen weniger Stunden erfolgt. Sie hatte einen recht frühen Zug genommen, da sie die Gelegenheit nutzen und etwas von der Kreisstadt sehen wollte. Sie hoffte, sich so von ihrer Sorge um Ióseph ein bisschen ablenken zu können. Hopkins war nach Clifden gefahren und wollte Inspector Graham von dem Reiter, den Mr. O'Leary in der Nähe des Wäldchens gesehen hatte, berichten. Wobei dies den Inspector höchstwahrscheinlich überhaupt nicht interessieren würde.

»Moira …« Victoria sagte den Namen leise vor sich hin. Wenigstens war die ermordete junge Frau jetzt kein anonymes Opfer mehr.

Doch damit genug des Grübelns! Es tat ihr und dem Kleinen nicht gut. Victoria widmete sich wieder ihrer Umgebung. An einer Straßenecke stand eine Bank. Sie ließ sich darauf nieder und holte ihren Zeichenblock sowie Farbstifte aus ihrer Handtasche. Galway war so ganz anders als die wilde Landschaft ringsum, in der Grün- und Brauntöne dominierten. Bei ihrem Streifzug durch die Stadt war sie durch hübsche Parks voller Blumenbeete geschritten und am University College mit seinem neugotischen Turmbau vorbeigekommen. Studenten in schwarzen akademischen Roben hatten auf den Stufen vor dem Gebäude gestanden und miteinander debattiert oder die milde Herbstsonne genossen.

Besonders angetan hatten es Victoria jedoch die bunten Fassaden überall in der Stadt. Selbst am Hafen waren die Häuser in den unterschiedlichsten Farbtönen gestrichen. In den Geschäftsstraßen verschönerten Steinmetzarbeiten viele Hauseingänge und Läden. Victoria skizzierte ein Ungeheuer mit drohend aufgerissenem Maul und kunstvoll ineinander verschlungenes Blattwerk, ehe sie die Straßenflucht mit schnellen Strichen auf ihrem Zeichenblock festhielt. Dann schlenderte sie langsam weiter.

Aus einem Kolonialwarengeschäft drangen köstliche Gerüche – die Aromen von exotischen Tees mischten sich mit denen von Kaffee, Gewürzen und Schokolade. Sie lächelte vor sich hin. Hopkins würde an diesem Laden seine wahre Freude haben. Ein Blumengeschäft bot hinter einem grünen Sprossenfenster Treibhausrosen und üppige Orchideen an. Im Vorbeigehen musterte Victoria die Auslage einer Modistin – wagenradgroße Hüte, der neuesten Mode entsprechend und mit Schleifen und Seidenblumen verziert.

Das Schaufenster eines Schneiderateliers ließ sie dann nicht mehr los. Ein Kostüm und ein Abendkleid waren hier ausgestellt. Das Kostüm hatte ein kurzes Jäckchen aus dunkelbraunem Samt. Der Kragen war übergroß und asymmetrisch geschnitten und wurde von einer Brosche zusammengehalten. Die Ärmel wurden nach unten hin weiter und endeten etwa eine Handbreit über den Handgelenken. Ein

Schößchen komplettierte den Chic. Der gerade geschnittene Tweed-Rock bildete einen interessanten Kontrast zu der verspielten Jacke. Der Hut war ebenfalls aus dunkelbraunem Samt. Die kleine Krempe über der Stirn verlieh auch ihm etwas Verspieltes und gleichzeitig Keckes. Zu schade, dass sie das Kostüm wegen ihrer Schwangerschaft nicht tragen konnte!

Und erst das Abendkleid! Victoria seufzte sehnsüchtig. Das Oberteil aus cremefarbener Seide war in Falten gelegt und hatte leicht angeschnittene Ärmel. Der Rock bestand aus einem ganz zarten Material – Voile oder Musselin vielleicht –, in das mit Strasssteinchen bestickte Seidenbänder hineingewebt waren. Wegen der hoch geschnittenen Taille würde ihr das Abendkleid vielleicht sogar passen.

Eine Kirchturmuhr schlug nun drei Mal und erinnerte Victoria daran, dass sie ja mit dem Strafverteidiger verabredet war. Wenn das Gespräch mit ihm gut lief, versprach sie sich, würde sie das Schneideratelier aufsuchen.

Glücklicherweise befand sich Mr. McEvoys Kanzlei ganz in der Nähe, am oberen Ende des Eyre Square. Rasch überquerte Victoria die von Beeten voller Herbstblumen und Hecken eingefasste Rasenfläche, in deren Mitte die Statue eines gewissen Lord Dunkellin stand. Streng blickte er auf die Passanten hinunter.

Die Kanzlei war in einem der schönen georgianischen Häuser auf der westlichen Seite des Platzes gelegen. Einige Stufen führten zu der Eingangstür hinauf, die zu Victorias Verwunderung nur angelehnt war. Von drinnen war Hämmern zu hören. Sie betätigte den blank polierten Messingklopfer. Als niemand reagierte, ging sie hinein. Die kleine Eingangshalle war dunkelgrau gestrichen. Die stuckverzierte Decke, die Fußbodenleisten und der Kamin dagegen waren in Weiß gehalten, was einen hübschen Kontrast bildete. Es roch nach frischer Farbe und nach Leinöl. Hinter einer offen stehenden Tür sah sie zwei Handwerker bei der Arbeit. Einer klebte Tapete an eine Wand, der andere erneuerte einen der Innenfensterläden. Hierher rührte auch das Hämmern.

»Ach bitte, wo kann ich Mr. McEvoy finden?«, wandte sie sich an die beiden Männer.

»Mr. McEvoy«, brüllte einer von ihnen. »Eine Dame wünscht Sie zu sprechen.«

Eine Tür in ihrem Rücken wurde aufgerissen, und sie drehte sich um. Sie hatte einen älteren, würdigen Herrn erwartet. Der Mann, der auf sie zutrat und ihr die Hand reichte, war nicht älter als Mitte dreißig. Er war sehr groß, und sie nahm unter seinem schwarzen, dreiteiligen Anzug den athletischen Körperbau eines Sportlers wahr. Oder den eines Seefahrers auf einem Wikingerschiff, wie Victoria unwillkürlich denken musste. Wikinger hatten sich ja, nachdem sie zuerst als Räuber nach Irland gekommen waren, als Siedler hier niedergelassen. Mr. McEvoys schulterlanges Haar war jedoch dunkel, nicht blond wie das der meisten Nordmänner, seine Hände waren überraschend feingliedrig. *Das könnten eher die Hände eines Musikers als die eines Athleten sein*, dachte Victoria. Ähnliche Gegensätze spiegelten sich in seinem Gesicht wider. Es war, auf eine attraktive Weise, kantig, die grauen Augen blickten forschend.

»Mrs. Bredon-Ryder? David McEvoy … Wie schön, Sie kennenzulernen.«

Der Händedruck des Anwalts war kräftig. Er wies sie in sein Büro und nahm rasch einen Stapel Bücher vom Besucherstuhl gegenüber seinem Schreibtisch.

»Bitte verzeihen Sie, wegen der Handwerker ist hier alles in Unordnung«, sagte er entschuldigend. »Mein Büro wird in den nächsten Tagen renoviert. Ich bin gerade dabei auszuräumen.« Er deutete auf die Lücken zwischen den Büchern in den Wandregalen und auf die Kisten in den Ecken.

Victoria musste an Jeremys Wohnzimmer in seinem früheren Heim im Londoner Stadtteil Camden denken, wo ständig Bücher und Papierstapel auf dem Sofa und auf Stühlen gelegen hatten, und die momentane Unordnung in dem Büro nahm sie spontan für Mr. McEvoy ein.

»Ach, das macht doch nichts«, erwiderte sie lächelnd.

»Wie schön, dass Sie das so sehen.« Sein Lächeln setzte sich bis in die Augen fort. »Tee kann ich Ihnen leider nicht anbieten. Die Küche gleicht ebenfalls einer Baustelle. Aber möchten Sie vielleicht ein Glas Wasser?« Mr. McEvoy hatte einen Oxford- oder Cambridge-Akzent, ganz leicht hörte man die irische Sprachmelodie durch.

»Danke, nein.« Sie schüttelte den Kopf.

»Also, Madam«, sein Blick war nun aufmerksam und konzentriert, »was kann ich für Sie tun? In der Nachricht, die Sie mir schickten, schrieben Sie nur, dass Sie mich in meiner Eigenschaft als Strafverteidiger konsultieren möchten. Ich nehme doch an, es geht dabei nicht um Sie selbst?«

Victoria kam sich plötzlich sehr jung vor, und sie errötete ein bisschen. »Nein, ich möchte Sie bitten, Ióseph O'Connell vor Gericht zu vertreten. Sie haben wahrscheinlich von dem Mord im Moor bei Clifden gehört. Ióseph soll einer jungen Frau Gewalt angetan und sie ermordet haben. Ich bin davon überzeugt, dass er unschuldig ist, und möchte deshalb, dass er die bestmögliche Verteidigung erhält. Ich komme für alle Kosten auf.«

»Darf ich fragen, in was für einer Verbindung Sie zu dem

jungen Mann stehen?« McEvoy gab sich keine Mühe, seine Verblüffung zu verbergen.

»Während des Sturms vor ein paar Tagen hat er mich im Moor vor dem Ertrinken gerettet.« Victoria hob abwehrend die Hand. Sie hatte ihre Verlegenheit überwunden. »Sie müssen mich nicht darauf hinweisen, dass Menschen zwei Seiten haben können, wie Dr. Jekyll und Mr. Hyde. Das habe ich schon zur Genüge gehört.«

»Worauf stützt sich dann Ihre Meinung?« McEvoys Frage klang aufrichtig interessiert und nicht von oben herab.

»Ióseph hat ein sanftes Wesen, und ich habe erlebt, wie er und die Frau, die vergewaltigt und ermordet wurde, miteinander umgingen. Nämlich ganz vertraut und geschwisterlich. Außerdem hat der Bauer, der Ióseph vom Tatort weglaufen sah, etwa eine Stunde vorher ganz in der Nähe einen Reiter bemerkt. Tatsächlich gibt es dort Spuren von Hufabdrücken. Ióseph ist noch so jung. Ganz sicher hat ihn die Polizei zu seinem Geständnis gezwungen.« Victoria hatte sich in Eifer geredet.

»Sie hören sich an, als wären Sie mit Kriminalfällen vertraut. Was, mit Verlaub, sehr ungewöhnlich für eine junge Dame ist.« Wieder sah McEvoy sie forschend an.

»Mein verstorbener Vater war der Gerichtsmediziner Lord Bernard Bredon. Er hatte keine Scheu, mir von seinen Fällen zu erzählen.«

»Oh, das erklärt einiges. Ihr Vater muss ein sehr ungewöhnlicher Mann gewesen sein. Ich habe viele seiner Fälle mit großem Interesse verfolgt.«

Wie immer freute sich Victoria, wenn jemand anerkennend von ihrem Vater sprach. »Er wäre in diesem Fall sicherlich auch der Ansicht gewesen, dass ein einfacher junger Mann wie Ióseph der Polizei als willkommener Sündenbock dienen kann, und er hätte sich gleichfalls für ihn eingesetzt«, sagte sie mit Nachdruck. »Kann ich auf Sie zählen, Mr. McEvoy? Werden Sie Ióseph verteidigen?«

»Der Fall scheint komplexer zu sein, als es zuerst den Anschein hatte. Ich bin nicht abgeneigt, die Verteidigung des jungen Mannes zu übernehmen. Allerdings muss ich mit ihm sprechen und mir selbst ein Bild machen, ehe ich Ihnen endgültig zusagen kann, Madam. Ióseph O'Connell muss sich zudem von mir verteidigen lassen wollen. Ohne seine Einwilligung kann ich nichts tun.«

»Natürlich. Oh, da gibt es dummerweise eine Schwierigkeit …«

Victoria brach erschrocken ab. Warum hatte sie nur nicht vorher daran gedacht?

»Und die wäre?«

»Ióseph spricht kaum Englisch.«

»Da ich des Gälischen mächtig bin, dürfte das kein Problem sein.« McEvoy lächelte.

»Sie sprechen Gälisch?«

Nun war Victoria verblüfft. Sie hatte angenommen, dass dies die Sprache der einfachen Landbevölkerung war.

»Gälisch wurde in meiner Familie von Generation zu Generation weitergegeben. Wir haben es, entgegen der englischen Obrigkeit, immer als einen wichtigen Teil der irischen Kultur betrachtet.«

Ob McEvoy auch dafür war, dass Irland von einem Parlament in Dublin und nicht von London aus regiert wurde? Vertrat er vielleicht sogar noch radikalere Ideen und wollte ein unabhängiges Irland, das nicht mehr der englischen Krone unterstand? Diese Ideen wurden seit einigen Jahren hitzig diskutiert. Irgendwie konnte sie sich McEvoy gut als

Freiheitskämpfer vorstellen. Victoria rief sich zur Ordnung. Das hatte sie nicht zu interessieren.

»Vielen Dank, dass Sie sich Zeit für mich genommen haben.« Sie erhob sich.

»Es war mir ein Vergnügen. Ich setze mich schnellstmöglich mit Ióseph O'Connell in Verbindung. Sobald ich meine Entscheidung getroffen habe, werde ich es Sie wissen lassen, Madam.« McEvoy begleitete sie zur Eingangstür, vorbei an den immer noch tätigen Handwerkern, und reichte ihr die Hand. »*Slán*, Mrs. Bredon-Ryder! Auf Wiedersehen.«

Etwas in seinem Lächeln und der herzliche Ton seiner Stimme ließen Victoria hoffen, dass der junge Anwalt tatsächlich Iósephs Verteidigung übernehmen würde. Ihr Lebensretter würde bei ihm bestimmt in guten Händen sein!

Victoria legte sich auf die Ottomane. Regen prasselte gegen die Fenstertüren der Bibliothek von Kincraighie House, aber hier drinnen war es warm und behaglich. Ein Feuer loderte im Kamin. Durch den plötzlichen Wolkenbruch war es in dem Raum mit den deckenhohen alten Regalen aus Kirschbaumholz ganz dunkel geworden. Aber der Widerschein der Flammen brachte die Ledereinbände der Folianten und die Goldschrift auf den Buchrücken zum Schimmern. Eine Lampe mit grünem Glasschirm spendete ihr genügend Licht zum Lesen.

In Galway hatte sie nicht widerstehen können und das cremefarbene Abendkleid erworben. Sie hatte es in dem Schneideratelier anprobiert, und trotz ihrer Schwangerschaft saß es perfekt. Vielleicht würde sie bei einem nächsten Besuch in der Stadt ja auch noch das Kostüm mit dem dunkelbraunen Samtjäckchen und dem dazugehörigen Hut erstehen. Es war einfach zu apart! Zärtlich strich Victoria über ihren Leib. *Nur noch gut zweieinhalb Monate, dann wirst du auf der Welt sein, mein Kleines*, dachte sie. *Und irgendwann werde ich ja hoffentlich wieder schlank sein und in das Kostüm passen.*

Nach dem Einkauf in dem Schneideratelier hatte sie einen Buchladen aufgesucht – er war von Büchern schier übergequollen, selbst auf dem Boden hatten sich Bände gestapelt. Jeremy hätte den Laden ganz bestimmt geliebt. Dort hatte sie ein Buch mit Reiseerzählungen über die Grüne Insel erworben und ein schmales Lyrikbändchen mit Gedichten von William Butler Yeats. Viele beschworen ein mystisches Irland und die Sehnsucht des irischen Volkes nach Freiheit. Beschlossen hatte sie den Aufenthalt in Galway dann in einer kleinen Teestube, wo sie sich Kuchen und Sandwiches hatte schmecken lassen.

Victoria blätterte eine Seite in dem Lyrikbändchen um. Ganz jäh, als hätte eine unsichtbare Macht einen imaginären Lichtschalter betätigt, durchflutete Sonnenschein die Bibliothek, und das herbstlich verfärbte Laub im Park flammte für einen Moment rot und golden auf. Im nächsten war die Sonne wieder hinter den dicken grauen Wolken verschwunden, und es begann erneut zu regnen. Ein jäher Windstoß brachte die Flammen im Kamin zum Flackern.

Ihre Gedanken wanderten zu Mr. McEvoy. Ob er tatsächlich die irische Freiheitsbewegung unterstützte? Ob er Katholik war? Bis 1829 hatten, gemäß der Strafgesetzgebung, Katholiken nicht in das englische Parlament gewählt werden können. Auch den Anwaltsberuf hatten sie nicht ausüben dürfen. Diese Diskriminierungen vergab man sicher nicht so ohne Weiteres innerhalb von zwei oder drei Generationen. Mittlerweile wünschten sich allerdings auch englischstämmige irische Protestanten der Mittel- und Oberschicht, dass das Land von Dublin aus regiert würde. Zu diesen zählte etwa der Dichter Yeats.

Victoria konnte sich jedenfalls gut vorstellen, wie Mr. McEvoy in einem vergangenen Jahrhundert hoch zu Ross, ein Schwert in der Hand, gegen die englischen Invasoren gekämpft hätte. Er hatte durchaus etwas von einem romantischen Helden. Sie lächelte vor sich hin. Jeremy erzählte sie besser nichts von diesen Gedanken. Er würde sie nur damit aufziehen.

»Miss Victoria …« Hopkins' Stimme brachte sie in die Gegenwart zurück. Er war, den Duft von Regen und frischer, kühler Luft mit sich tragend, in die Bibliothek gekommen. »Ich bin eben erst aus Clifden zurückgekehrt und wollte Ihnen kurz über meinen Besuch auf der Polizeiwache Bericht erstatten.«

»Setzen Sie sich doch, Hopkins.« Victoria wies auf den Lehnstuhl am Kamin. »Ich nehme an, Inspector Graham hat sich nicht sehr beeindruckt von dem Reiter im Moor gezeigt?«

Hopkins ließ sich gemessen nieder. »Der Inspector hat die Vorstellung rundweg abgetan, dass jener Reiter etwas mit dem Mord zu tun haben könnte. Auch den Hufabdrücken am Tatort hat er keinerlei Beachtung geschenkt.«

»Das war zu befürchten.« Victoria seufzte.

»Sie waren hoffentlich erfolgreicher?«

»Ich bin recht zuversichtlich, dass Mr. McEvoy Ióseph's Verteidigung übernehmen wird.« Sie nickte. »Ich fand ihn jedenfalls sehr kompetent.«

»Das freut mich zu hören.« Hopkins neigte den Kopf. »Auf dem Rückweg von Clifden ging mir durch den Sinn, ob es sich wohl lohnen würde, die Hütte von Mr. O'Connell und die der bedauernswerten Ermordeten zu durchsuchen. Ich halte es für durchaus möglich, dass Inspector Graham und seine Leute dort etwas übersehen haben.«

»Das ist eine ausgezeichnete Idee, Hopkins.« Victoria lächelte ihren Butler an. »Lassen Sie uns morgen Vormittag zu dem verlassenen Weiler fahren.«

NEUNTES KAPITEL

Dichter Nebel lag über der Gegend, und trotz ihres gefütterten Tweed-Mantels spürte Victoria die Feuchtigkeit bis auf die Haut. Felsen, Bäume und Sträucher bildeten bloße Schemen, und die Welt hatte alle Farben verloren. Das Pferd vor dem Gig trottete mit gesenktem Kopf die Straße entlang. Es schien die klamme Kälte ebenfalls nicht zu mögen. Hopkins dagegen saß stoisch neben ihr, als wäre er immun gegen das unfreundliche Wetter.

Vor einer Weile hatten sie das Kiefernwäldchen passiert, hinter dem der Leichnam gefunden worden war. In der feuchten grauen Luft hatten die Bäume wie Klagegeister gewirkt, und Victoria hatte nur mit Mühe ein Schaudern unterdrücken können. Sie wollte alles tun, damit der Mörder der jungen Frau gefunden und zur Rechenschaft gezogen wurde! Sie war nicht religiös, aber sie hoffte, dass Moira nun an einem besseren Ort war. Sei es in der Anderswelt der irischen Mythologie oder im christlichen Paradies.

Am Rand der schmalen Straße tauchte jetzt zu Victorias Erleichterung ein schiefes Steinkreuz auf, dann sah sie die Hütten. Nur zwei besaßen ein intaktes Strohdach – hier hatten Ióseph und Moira gelebt. Victoria stellten sich die Nackenhaare auf, als plötzlich ein klagender Laut durch den

Nebel drang. Ging etwa Moiras Geist um und bejammerte ihren gewaltsamen, viel zu frühen Tod? Dann begriff sie, dass der Ton aus dem Stall neben der Hütte kam. Iósephs Pony – die Polizisten hatten es dort gelassen. Wahrscheinlich war es inzwischen halb verdurstet und verhungert.

»Ich kümmere mich um das Pony«, sagte sie rasch zu Hopkins. »Sehen Sie sich ruhig schon in den beiden Hütten um.«

»Ganz wie Sie wünschen, Miss Victoria.« Hopkins strebte auf Iósephs Heim zu.

Das Pony schnaubte kläglich, als Victoria den kleinen Stall betrat. Die Futterraufe und die Tränke waren leer. Beruhigend streichelte sie seine Flanke. Wie hatten die Beamten nur so unachtsam sein können! Wasser war jetzt erst einmal das Wichtigste. Irgendwo musste es doch einen Brunnen geben. Tatsächlich fand sie ihn nach kurzem Suchen. Daneben stand ein Eimer aus Holz. Sie betätigte den Pumpenschwängel und füllte ihn mit Wasser. Der Nebel war immer noch sehr dicht, nur das Geräusch der Brandung kündete von dem nahen Meer. Der Schein von Hopkins' Taschenlampe, der aus der Tür von Iósephs Hütte fiel, war weit und breit die einzige Lichtquelle. Der Ort war beinahe unerträglich trostlos.

Sie goss Wasser in die Tränke und achtete darauf, dass das halb verdurstete Pony nicht zu schnell trank. Dann balancierte sie die Leiter zu dem kleinen Heuboden hinauf und warf einige Arm voll Heu nach unten. Später würde sie das Pony an das Gig binden und mit nach Kincraighie House nehmen. Nachdem sie es auch beim Fressen überwacht hatte, suchte sie ebenfalls Iósephs Hütte auf.

Das Strohlager, auf dem sie nach ihrer Rettung aus dem Moor aufgewacht war, war zerwühlt, die Decke zerrissen.

Der Kessel stand neben der Feuerstelle. Der Inhalt einer Truhe – einige Hemden und Hosen aus groben Stoffen – lag verstreut auf dem Boden, dazwischen die Scherben von Tongeschirr. Bei ihrer Durchsuchung waren die Polizisten alles andere als zimperlich vorgegangen. Angesichts der Zerstörung wurde Victoria von Hilflosigkeit und Ärger erfasst. Hopkins ließ den Schein der Taschenlampe langsam über die Steine neben der Feuerstelle wandern, dann drehte er sich zu ihr um und schüttelte den Kopf.

»Bedauerlicherweise konnte ich nichts finden, das uns irgendwie weiterhilft, Miss Victoria.«

»Dann lassen Sie uns zu Moiras Hütte gehen.«

Etwas, das neben dem umgestürzten Schemel lag, erregte ihre Aufmerksamkeit. Dort in der Ecke hatte Ióseph gesessen und geschnitzt. Sie bückte sich und entdeckte ein Pferdchen aus Holz. Es war auf die Grundformen reduziert und strahlte doch eine Unmittelbarkeit aus, die Victoria an steinzeitliche Höhlenmalereien erinnerte. Sie steckte es in ihre Tasche. Vielleicht konnte sie es dem jungen Mann ja irgendwann zukommen lassen, und er würde sich darüber freuen.

Hopkins war bereits vorausgegangen. In der Hütte, die Moira bewohnt hatte, herrschte ein ähnliches Bild der Verwüstung. Ein schwacher Kräuterduft hing in der Luft. Er rührte von Pflanzenbüscheln her, die von der Decke hingen. Anscheinend hatte Moira Kräuter gesammelt und getrocknet. Vielleicht war sie ja heilkundig gewesen. Was, wie Victoria unwillkürlich dachte, zu ihrem wunderschönen Feengesicht passte.

Etwas knirschte unter ihren Füßen. Als sie sich bückte, sah sie Muschelschalen auf dem Boden. Dann entdeckte sie Ketten, die daraus gefertigt waren.

»Moira scheint diesen Schmuck hergestellt zu haben«, ließ sich Hopkins vernehmen. »Möglicherweise hat Mr. O'Connell ihn ja auf einem Markt in der Nähe verkauft.«

»So scheu, wie Moira war, wird sie die Ketten kaum selbst angeboten haben.« Victoria nickte. »Schauen Sie sich doch bitte wieder die Wände an und die Decke, Hopkins. Ich nehme mir die Kleider vor. Vielleicht findet sich ja darin etwas – wie in der Manteltasche.«

»Sehr wohl, Miss Victoria.« Hopkins richtete den Schein der Taschenlampe auf die verwitterten Holzbretter.

Einen Augenblick lang sah sie sich um – es gab eine Feuerstelle und ein Lager aus Decken, jedoch keinerlei Möbel –, dann kniete sie sich auf den Boden und untersuchte die wenigen Kleidungsstücke, die dort lagen. Ein Rock, eine Bluse, Strümpfe, Hemden und ein Umschlagtuch aus grauer Wolle. Sie kehrte das Innere der Strümpfe nach außen. Wie auch zwischen den Hemden – nichts. Enttäuscht biss sie sich auf die Lippen und nahm dann den Rock in Augenschein. Die Taschen waren leer. Ihr Blick fiel auf den sauber umgenähten Saum. Moira schien geschickt gewesen zu sein im Umgang mit Nadel und Faden.

»Autsch, herrjeh …« Ein Blutstropfen rann aus ihrem Zeigefinger. Verwundert besah sie den Rock noch einmal genauer. Aus dem Saum ragte etwas Spitzes. »Hopkins, könnten Sie mir bitte ein Messer geben?«, rief sie.

»Selbstverständlich …«

Hopkins förderte ein Taschenmesser aus seiner Anzugtasche zu Tage. Vorsichtig trennte Victoria ein Stück von der Naht auf. Etwas kullerte aus dem Saum und fiel klackernd zu Boden. Im Schein von Hopkins' Taschenlampe funkelte es.

Behutsam hob Victoria das Ding auf – ein goldener mit

einem Diamanten besetzter Ohrring. »Meine Güte …«, murmelte sie.

Hopkins beugte sich zur ihr herunter. »In der Tat, sehr verwunderlich.«

Nachdenklich drehte Victoria das Schmuckstück zwischen den Fingern. Für eine Frau wie Moira musste der Ohrring ein Vermögen wert gewesen sein. Kein Wunder, dass sie ihn in dem Rocksaum versteckt hatte. Aber wie war das Schmuckstück nur in ihren Besitz gekommen?

Moira wurde immer rätselhafter. Wenn sie doch nur mit Ióseph über sie sprechen könnte!

ZEHNTES KAPITEL

Victoria ließ die Stute nun doch in einen leichten Galopp fallen. Wegen ihrer Schwangerschaft war sie bisher nur im Trab geritten, aber der weite Sandstrand war einfach zu verlockend! Das so wechselhafte Wetter präsentierte sich wieder einmal von seiner besten Seite. Der Nebel des Vortags war strahlendem Sonnenschein gewichen, und die Landschaft in all ihrer wilden Schönheit war atemberaubend. Weiter draußen brach sich das Meer schäumend an einer Reihe von Felsen, die grünen Berghänge am Rand der Bucht schienen direkt aus den Fluten aufzusteigen. In der Ferne kreiste ein Schwarm Vögel über einer zerklüfteten Insel, die Farben der Wellen gingen von einem hellen Türkis in ein tiefes leuchtendes Blau über.

Ach, wie schön es war, hier zu reiten! Victoria lenkte die Stute näher ans Meer, bis die Ausläufer der Wellen ihre Hufe umspielten. Wie meist ritt sie im Herrensattel. Den Damensattel fand sie ohnehin unbequem, und wegen ihrer Schwangerschaft hätte sie sich darin auch nicht mehr sicher gefühlt. Ihre Reithose passte ihr gerade noch, statt des engen Jacketts trug sie einen dicken Wollpullover.

Sie musste wieder an Mr. McEvoy denken. Er hatte noch nichts von sich hören lassen. *Wenn er sich bis morgen nicht bei mir meldet*, überlegte sie, *werde ich ihn noch einmal in Galway aufsuchen*. Notfalls musste sie einen anderen Strafverteidiger für Ióseph finden.

Ihre Gedanken wanderten zu dem kostbaren Ohrring zurück, den sie im Saum von Moiras Rock entdeckt hatte. Das Ticket der Londoner U-Bahn in der Manteltasche mochte Zufall gewesen sein. Vielleicht hatte die junge Frau das Kleidungsstück ja wirklich gebraucht erworben, und der Fahrschein stammte von der Vorbesitzerin. Den Ohrring hingegen musste sie selbst in den Rocksaum eingenäht haben.

Ob Moira ihn irgendwo gestohlen hatte? Vielleicht idealisierte sie die junge Frau ja auch wegen ihrer Schönheit. Aber sie konnte einfach nicht glauben, dass sie eine gemeine Diebin war.

Victoria ließ die Stute wieder in den Trab fallen und wendete sie dann. Es war Zeit, dass sie nach Kincraighie House zurückritt. Sonst würde Hopkins sich Sorgen machen. Auf dem Rückweg passierte sie das Bootshaus am Strand und bog dann in den Weg ein, der durch das Kiefernwäldchen unterhalb des Anwesens führte. Noch einmal blickte Victoria zurück zu dem tiefblauen Meer, ehe es hinter den Nadelbäumen verschwand. *Es wäre so schön, endlich einmal mit Jeremy zu segeln,* dachte sie einmal mehr sehnsüchtig.

Erhitzt und angenehm müde kehrte Victoria von dem Ausritt nach Kincraighie House zurück. Sie hatte kaum die Halle betreten, als Hopkins aus dem Korridor zu den Wirtschaftsräumen auf sie zugelaufen kam.

»Es trafen zwei Briefe für Sie ein, Miss Victoria.« Mit einer Verbeugung präsentierte er die Post auf einem kleinen Silbertablett. Ein Umschlag aus einem soliden, dicken Papier trug als Absender die Adresse von Mr. McEvoys Kanzlei. Wie hatte sich der Strafverteidiger wohl entschieden? Hastig schlitzte Victoria das Kuvert mit dem Brieföffner auf und überflog die Zeilen. Dann ließ sie sich in den Lehnstuhl neben dem Kamin sinken. »Keine gute Nachrichten, Miss Victoria?«, erkundigte sich Hopkins gemessen, wenn auch besorgt.

»Doch, mir ist nur ganz schwach vor Erleichterung.« Sie lächelte ihren Butler an. »Mr. McEvoy hat sich nach Rücksprache mit Ióseph bereit erklärt, dessen Verteidigung zu übernehmen, und fragt an, ob ich mich morgen mit ihm zum Lunch in einem Restaurant namens The Lion in Galway treffen könne.«

»Ich vermute, Sie werden das Treffen wahrnehmen?«

»Natürlich!« Nun erst registrierte Victoria den anderen Umschlag richtig. Er war aus exquisitem cremefarbenem Papier. Castle Fota stand als Absender neben einem Wappen, offenbar war der Brief die Antwort auf ihre Karte an Lady Craven. Gespannt öffnete Victoria auch dieses Kuvert.

»Lady Craven freut sich *›außerordentlich‹* darauf, die *›Freundin ihrer lieben Freundin Lady Hogarth‹* kennenzulernen«, wandte sie sich dann an Hopkins. »Constance hat mir gegenüber von Lady Craven nur als von einer Bekannten gesprochen, aber nun ja, es ist gut, dass die Gutsherrin dies anders sieht …« In Victorias Wangen bildeten sich Grübchen, sie lächelte amüsiert. »Jedenfalls würde sich Lady Craven sehr glücklich schätzen, mich übermorgen als Gast zu einer kleinen Abendgesellschaft begrüßen zu dürfen und mich in Castle Fota zu beherbergen. Das heißt, Sie könnten mich als mein Butler begleiten und sich unter der Dienerschaft nach dem Verwalter umhören.«

»Diese Schlussfolgerung habe ich soeben auch gezogen. Ja, das ist in der Tat äußerst vorteilhaft. Für mich dürfte es leichter sein, den Bediensteten scheinbar beiläufige Fragen zu stellen, als Ihnen.« Hopkins neigte erfreut den Kopf. »Wenn Sie die beiden Briefe gleich beantworten möchten, Miss Victoria, kann ich sie anschließend unverzüglich zum Postamt nach Clifden bringen. So werden sie ganz sicher morgen mit der Frühpost zugestellt.«

»Natürlich schreibe ich die Antworten sofort!«

In der Bibliothek setzte sich Victoria an den Sekretär und griff nach Briefpapier und Feder. Als Erstes sagte sie Mr. McEvoy das Treffen zu. Während sie die Zeilen schrieb, fragte sie sich, was er ihr wohl von Ióseph berichten würde. Sie hoffte so sehr, dass der seelische Zustand des jungen Mannes einigermaßen stabil war und er McEvoy vertraute. Ach, es musste einfach ein gutes Omen sein, dass die beiden Briefe gleichzeitig eingetroffen waren!

Victoria blickte sich suchend um. Das Restaurant The Lion lag ganz in der Nähe der Straßenkreuzung William Street und Eglinton Street, schräg gegenüber von zwei Gebäuden mit abgerundeten Fassaden und großen Schaufenstern. Die Zeiger der Uhr über einem Juweliergeschäft standen auf kurz vor eins. Sie kam also ganz pünktlich.

Im Vorraum des Restaurants brannte ein Torffeuer. Vor dem altertümlichen Kamin standen zwei gepolsterte Lehnstühle. In einem saß ein Mann und las in einer Zeitung. Er wirkte ebenso alt wie das Gebäude. Victoria war dankbar für die Wärme, denn obwohl es sonnig war, wehte ein frischer Wind durch die Straßen.

Eine breite, bogenförmige Türöffnung führte in den

Speisesaal. In der Mitte bildeten Tische, mit Leinen, weißem Porzellan und Silberbesteck gedeckt, lange Reihen. Viele waren besetzt. Auf der Längsseite des Saals befanden sich kleine Kabinette, die zum Gastraum hin offen waren. In einem riesigen Kamin loderten Holzscheite. Darüber hing das Gemälde eines Hafens, in den Schiffe mit geblähten Segeln einliefen. Vom Rauch war es ganz dunkel geworden. Eine Standuhr in einer Ecke schlug nun ein Mal.

»Kann ich Ihnen helfen, Madam?« Ein Kellner hatte sich ihr genähert.

»Ja, ich bin mit Mr. McEvoy verabredet.«

»Wenn Sie mir bitte folgen würden.« Der Keller führte sie zu einem der Kabinette. McEvoy, der dort bereits wartete, verbeugte sich vor ihr. »Wie schön, dass Sie kommen konnten, Mrs. Bredon-Ryder. Ich hoffe, es macht Ihnen nichts aus, dass ich ein Restaurant als Treffpunkt vorgeschlagen habe. Aber in der Kanzlei ist es durch die Bauarbeiten so unkomfortabel.«

Victoria reichte dem Kellner ihren Mantel und ließ sich dann auf der Holzbank gegenüber dem Strafverteidiger nieder.

»Es macht mir überhaupt nichts aus, und ich finde das Lokal sehr gemütlich«, erwiderte Victoria herzlich. Schon der Vorraum hatte ihr auf Anhieb gefallen.

»Das freut mich. Ich dachte, in einem der Kabinette sitzen wir ein bisschen geschützt. Unsere Unterhaltung ist ja nicht für fremde Ohren bestimmt. Und das Essen hier ist bodenständig und tatsächlich sehr gut.« McEvoy lächelte sie an.

Das Kabinett war wirklich eine gute Wahl. Ein separates Zimmer hätte sich für einen Mann und eine Frau, die nicht verheiratet waren, nicht geschickt.

»Können Sie mir ein Gericht empfehlen?«, erkundigte sich Victoria.

»Das Irish Stew und als Nachtisch vielleicht Käse oder ein Stück Apple Pie.«

»Dann nehme ich das Stew und ein Stück Apfelkuchen.«

McEvoy winkte einen Kellner heran und nannte ihm ihre Wünsche. Als Getränk wählte Victoria Wasser und der Strafverteidiger ein Glas Rotwein.

»Ich würde vorschlagen, dass wir erst in Ruhe essen und dann über Ióseph O'Connell sprechen«, sagte McEvoy, nachdem sich der Kellner entfernt hatte. »Ein Mord ist nun einmal ein unerfreuliches Thema.«

»Das können wir gern so halten.« Victoria brannte darauf, mehr über McEvoys Gespräch mit Ióseph zu erfahren. Aber sie konnte verstehen, dass er sich darüber nicht während des Essens unterhalten wollte. »Darf ich denn schon einmal fragen, was Sie dazu bewogen hat, Iósephs Verteidigung zu übernehmen? Worüber ich übrigens sehr erleichtert bin.«

»Meine Intuition sagt mir, dass der Junge den Mord nicht begangen hat.«

»Ich bin so froh, dass Sie das so sehen.« Victoria hatte das Gefühl, dass ihr ein schwerer Stein vom Herzen fiel. »Hat Ióseph Sie denn gleich als seinen Verteidiger akzeptiert?«

»Ja.« McEvoy nickte. »Dazu beigetragen hat sicher auch, dass ich ihm sagte, dass Sie mich engagiert haben. Neben dem Fakt, dass ich Gälisch mit ihm sprach.«

Der Kellner trat an ihren Tisch und stellte zwei tiefe Teller mit dampfendem Stew vor sie beide. Das Gericht aus Lammfleisch, Kartoffeln, Möhren und Petersilie duftete wundervoll. Sie stellte sich vor, wie es in der Küche in einem riesigen Kessel über einem offenen Feuer vor sich hin köchelte. Einen Moment aßen sie schweigend. Victoria hatte am Morgen einen Spaziergang am Strand unternommen, und sie war sehr hungrig, das Stew schmeckte ebenso köstlich, wie es gerochen hatte.

»Haben Sie in Oxford oder Cambridge Jura studiert?«, fragte sie dann. Es interessierte sie wirklich, mehr über den jungen Strafverteidiger zu erfahren.

»Hört man das meinem Akzent an?« McEvoy wirkte amüsiert.

»Ja, ein bisschen.«

»Während der ersten Semester habe ich in Cambridge studiert, wie schon mein Vater. Abgeschlossen habe ich mein Studium am Trinity College in Dublin.«

»In Ihrer Familie gibt es viele Anwälte und Strafverteidiger?«

»Mein Großvater war der erste. Bis vor achtzig Jahren war Katholiken in Irland – neben anderen Berufen – ja auch der des Anwalts verboten.«

»Sie sind also katholisch.«

»Ja, wobei ich mich im Grunde genommen als Agnostiker betrachte. Meine Familie stammt ursprünglich aus dem Landadel. Meine Ahnen lehnten es ab, zum protestantischen Glauben zu konvertieren, und verloren so ihren Landbesitz. Viele schlugen sich dann als Kaufleute durch. Einige meiner Verwandten gingen nach Frankreich und machten dort Karriere in der Armee. Andere emigrierten nach Amerika. Ein paar Priester, die im Verborgenen tätig waren, und Messen in Scheunen und hinter Hecken lasen, gab es in meiner Familie auch.« McEvoy lächelte schwach. »Aber, wie ich schon sagte, Religion ist mir, anders als meinen Vorfahren, ziemlich gleichgültig.«

»Sie wären also zum Protestantismus konvertiert?« Victoria scherzte ein bisschen.

»Nein, und zwar aus purem Trotz gegen die Engländer nicht. Cromwell und seine Truppen haben in Irland grausam gehaust, und ich verabscheue es, wenn Menschen versuchen, anderen ihren Glauben aufzuzwingen.« McEvoys Stimme klang nun ernst.

»Das kann ich verstehen.« Victoria nickte. Der Kellner erschien und trug die leeren Teller ab. »Ich nehme an, Sie sind für die *Home Rule*, also dafür, dass Irland ein eigenes Parlament erhält?«

»Ja, und darüber hinaus ist es mein dringender Wunsch, dass Irland ganz unabhängig von England wird. Auch nicht wenige in Irland geborene Protestanten sind ja dieser Ansicht.« Ein kaum verhohlener, leidenschaftlicher Zorn schwang plötzlich in McEvoys Stimme mit.

»Ja, ich weiß. Mr. Parnell hat ebenso für die *Home Rule* gekämpft.« Charles Stewart Parnell, ein protestantischer Landadliger aus der Gegend von Wicklow im Süd-Osten Irlands, war ein charismatischer, äußerst talentierter Politiker gewesen. Doch als seine langjährige Affäre mit einer verheirateten Frau publik wurde, hatte das einen Skandal ausgelöst, der ihn schließlich zu Fall gebracht hatte. Victoria wünschte sich, dass die öffentliche Moral endlich weniger bigott wäre.

Der Kellner servierte nun Kuchen für sie, McEvoy hatte sich für Käse als Dessert entschieden. Die Tische in der Mitte des Saals waren immer noch gut besetzt, aber auch die anderen Gäste waren allmählich bei der Nachspeise angelangt. Die Düfte von Kaffee und Brandy wehten durch den Raum.

»Sie nehmen es mir hoffentlich nicht übel, dass ich keine

sehr freundschaftlichen Gefühle für England und das britische Empire hege?« McEvoy sah sie fragend an. Victorias Antwort schien ihm wirklich wichtig zu sein. »Meine Abneigung bezieht sich in erster Linie auf die englische Politik und die englischen Großgrundbesitzer in Irland, nicht auf die normalen Bürger des Landes.«

»Nein, überhaupt nicht.« Victoria schüttelte den Kopf. »Wenn ich Irin wäre, ginge mir das bestimmt genauso. Ich war vor ein paar Tagen in einem verlassenen Dorf am Meer. Dort befanden sich Massengräber. Wahrscheinlich aus der Zeit der großen Hungersnot.«

»Ein Gutes, soweit man in diesem Zusammenhang von *gut* sprechen kann, hatte es, dass viele Iren Anfang des 19. Jahrhunderts nach Amerika ausgewandert sind. Amerikanische Zeitungen haben die Berichte von Journalisten über das furchtbare Elend in Irland aufgegriffen. Ohne das große Interesse der Weltöffentlichkeit hätte die englische Regierung wahrscheinlich noch viel weniger getan, um den Hunger zu lindern.« McEvoy schüttelte den Kopf, schien tief in Gedanken versunken. Dann sah er Victoria an und lächelte ein wenig. »Immerhin hat Queen Victoria eine nicht unbeträchtliche Summe aus ihrem Privatvermögen für Lebensmittel in den Hungergebieten gespendet. Sie hatte mehr Herz als die meisten Parlamentarier.«

»Das stimmt.« Victoria schätzte die frühere Queen sonst nicht sehr. In vielen politischen Dingen war sie sehr altmodisch, ja reaktionär gewesen. Aber hier musste sie McEvoy recht geben. Ja, wie gut, dass Journalisten über das Leid der Iren berichtet hatten. Auch Jeremy hätte alles getan, um es der Welt vor Augen zu führen. Davon war sie fest überzeugt. Victoria empfand eine tiefe Sehnsucht nach ihm.

Der Kellner räumte die Dessertteller weg. McEvoy holte

nun einige Papiere aus seiner Aktentasche und legte sie vor sich auf die Tischplatte. »Nun, lassen wir die Politik beiseite und widmen wir uns dem Mordfall, in den Ióseph O'Connell unglücklicherweise geriet. Eine schlechte Nachricht muss ich Ihnen leider vorab mitteilen, Madam. An O'Connells Kleidung wurde menschliches Blut gefunden. Was die Polizei natürlich so deutet, dass er Körperkontakt zu dem Mordopfer hatte.«

»Aber Ióseph hat Moira nicht umgebracht«, protestierte Victoria. »Sie sagten doch auch gerade, dass Sie ihn für unschuldig halten.«

»Das eine hat mit dem anderen nichts zu tun. Das menschliche Blut an seiner Kleidung stützt jedoch die Anklage der Polizei.«

»Ach, warum hat mein Vater nur entscheidend mit dazu beigetragen, dass menschliches von tierischem Blut unterschieden werden kann! Ich hätte nicht gedacht, dass ich das jemals bedauern würde. Dieser Beweis macht die Lage noch schwieriger für Ióseph.«

»Nun, seien Sie nicht so verzweifelt, Madam.« McEvoy beugte sich vor. »Eine gute Nachricht kann ich Ihnen nämlich auch überbringen. Ich konnte O'Connell dazu bewegen, sein Geständnis zu widerrufen.«

»Das ist wirklich eine sehr gute Nachricht.« Victoria atmete vor Erleichterung tief auf. »Glauben Sie denn, dass die Polizei Ióseph misshandelt und so das Geständnis erpresst hat?«

»Ich konnte keine Spuren von Misshandlungen an ihm sehen. Ich nehme an, Inspector Graham hat O'Connell seelisch unter Druck gesetzt. Man muss sich das vorstellen, ein junger Ire, der einsam in einem verlassenen Weiler lebt und fast nur Gälisch spricht, ist auf einmal dem englischen

Polizeiapparat ausgeliefert.« Mitgefühl für Ióseph schwang in McEvoys Stimme mit. »Als ich mich mit ihm unterhielt, stand O'Connell sichtlich unter Schock, er war völlig verstört. Und es waren ja schon einige Tage seit dem Mord vergangen. Ich nehme an, er hat gar nicht richtig begriffen, was er da eigentlich gestanden und mit seiner ungelenken Unterschrift versehen hat.«

»Nein, ganz bestimmt nicht.«

»Ich habe das Geständnis natürlich gelesen. Darin stand, unerwiderte Begierde habe O'Connell zu der Schändung und dem Mord getrieben.«

»Ja, so wurde es auch in der Zeitung zitiert. Ich erinnere mich.« Victoria nickte. Wie angenehm, dass Mr. McEvoy sie offensichtlich für kein zart besaitetes weibliches Wesen hielt und die brutale Tat beim Namen nannte.

»O'Connell sagte mir, er habe Moira geliebt.«

»Was Inspector Graham dann entsprechend umdeutete?«

»Ich bin mir sicher, der Junge meinte mit *Liebe* eigentlich Verehrung. Ganz rein und keusch. Vergleichbar etwa damit, wie ein Mönch oder Priester die Heilige Jungfrau anbetet.«

Das deckte sich mit dem, wie Victoria Ióseph und Moira in der Hütte wahrgenommen hatte. »Hat Ihnen Ióseph erzählt, wie es dazu kam, dass er von der Toten weggelaufen ist?«, fragte sie gespannt.

»Moira wollte an jenem Tag Kräuter im Moor sammeln. O'Connell verkaufte die Heilpflanzen auf dem Wochenmarkt in Clifden, zusammen mit Ketten aus Muscheln, die die junge Frau anfertigte.«

»Ich habe Kräuterbündel und solche Ketten in Moiras Hütte gesehen.«

»Moira ging am Morgen fort, so sagte es mir O'Connell.« McEvoy konsultierte seine Notizen. »Normalerweise blieb sie nie sehr lange weg. Als sie nach Mittag immer noch nicht zurückgekehrt war, machte sich O'Connell Sorgen um sie und begann, sie zu suchen. Er kannte die Plätze, wo die Kräuter wuchsen. So fand er sie schließlich schwer verletzt und sterbend hinter dem Kiefernwäldchen und nahm sie in die Arme.« McEvoy seufzte.

»Was das Blut an seiner Kleidung erklärt.«

McEvoy nickte.

Victoria mochte sich die schrecklichen Momente gar nicht vorstellen. Unwillkürlich zitterte sie. McEvoy schwieg, schien ihr die Gelegenheit geben zu wollen, sich wieder zu fassen. Plötzlich war von der Straße her die Melodie eines Geigenspielers zu hören. Die Klänge erschienen Victoria sehr traurig.

»O'Connell blieb bei der jungen Frau, bis sie verschied«, sprach McEvoy schließlich weiter. »Dann rannte er wie von Sinnen vor Trauer und Schmerz davon. Den Bauern, der ihn sah, nahm er – so erzählte er mir – überhaupt nicht wahr. Er verkroch sich irgendwo am Rand des Moors wie ein waidwundes Tier, wo ihn die Polizei dann fand.«

»Was die Beamten als Fluchtversuch und als weiteren Beweis seiner Schuld deuteten«, sagte Victoria bitter. »Hat Ihnen Ióseph irgendetwas darüber mitgeteilt, wann und warum Moira in den verlassenen Weiler kam?«

»Er hat sie im Laufe des Frühlings, Ende April oder Anfang Mai, so genau wusste er das nicht mehr, in einer der Hütten gefunden. Sie hatte hohes Fieber. Er hat sie gesundgepflegt. Sie fasste anscheinend Vertrauen zu ihm und entschied sich, bei ihm zu bleiben.«

»Und woher kam Moira? Und wie heißt sie mit Nachnamen?«

»Ihren Nachnamen kannte O'Connell nicht. Ich denke, für ihn war das auch nicht wichtig. Mir von Moiras Tod zu erzählen hat ihn sehr aufgewühlt. Er hat gezittert und geweint und war nicht mehr imstande weiterzusprechen. Mehr konnte ich bislang nicht von ihm erfahren.« McEvoy vollführte eine bedauernde Geste.

»In Moiras Mantel, den mir Ióseph lieh, fand sich ein Ticket der Londoner U-Bahn und eingenäht in den Saum ihres Rockes ein kostbarer Ohrring. Hopkins, mein Butler, und ich haben gestern ihre Hütte durchsucht«, fügte Victoria erklärend hinzu. »Moira hat irgendeine geheimnisvolle Vergangenheit, und es würde mich nicht wundern, wenn sie in Verbindung zu ihrem Tod stünde.«

»Ein U-Bahn-Ticket und ein wertvoller Ohrring in der Kleidung einer offensichtlich armen Frau, das hört sich in der Tat mysteriös an.« McEvoy wiegte zustimmend den Kopf.

Eine Uhr an der Wand des Speisesaals schlug drei Mal, und Victoria nahm erstaunt wahr, dass sie und McEvoy sich schon seit zwei Stunden unterhielten.

»Sie haben sich so viel Zeit für mich genommen«, sagte sie rasch. »Ich möchte Sie nicht länger aufhalten.«

»Sie haben mich überhaupt nicht aufgehalten.«

McEvoy schüttelte den Kopf. Etwas in seiner Stimme und in seinem offenen Blick sagte ihr, dass er seine Worte ehrlich und nicht nur höflich meinte.

»Meinen Sie, ich könnte Ióseph im Gefängnis besuchen?« Victoria stand auf, und auch McEvoy erhob sich. »Ich möchte ihn gern sehen und ihm sagen, dass ich für ihn da bin. Und ich möchte ihn so viel zu Moira fragen. Ich weiß, Sie können ihm meine Fragen natürlich auch stellen, aber Moira und der Mord an ihr beschäftigen mich sehr.«

»Ich verstehe gut, dass Sie diese Fragen selbst an den jungen Mann richten möchten.« McEvoy nickte. »Ich glaube, O'Connell vertraut mir, aber er ist auch sehr zurückhaltend. Vielleicht ist er Ihnen gegenüber offener. Ich werde mich an den Richter wenden. Nur er kann die Erlaubnis erteilen.«

»Ich bin Ihnen sehr dankbar.«

»Ich bin darauf angewiesen, dass O'Connell möglichst mitteilsam ist. Nur so kann ich meine Verteidigung wirksam aufbauen. Außerdem wäre es mir eine Freude, Sie wiederzusehen.« McEvoy verbeugte sich leicht. »Haben Sie vor, den nächsten Zug nach Clifden zu nehmen, Madam?«

»Ja, den gegen halb vier müsste ich noch erreichen. Der Kutscher wird ab fünf Uhr am Bahnhof in Clifden auf mich warten. Deshalb passt das gut.«

»Dürfte ich Sie zur Station begleiten?«

»Natürlich, sehr gern.«

Victoria lächelte. Ja, Ióseph war bei McEvoy in guten Händen. Was für ein Segen, dass er sich entschieden hatte, ihn zu verteidigen.

Im Bahnhof von Galway löste McEvoy eine Bahnsteigkarte. Das Gebäude war schlicht, die einzige Besonderheit stellte eine breite Glasfläche inmitten des gewölbten Daches dar. Auf dem Weg hatten sie über Kunstausstellungen und Theateraufführungen in Dublin geplaudert – Victoria wollte mit Jeremy unbedingt ein paar Tage in der Hauptstadt Irlands verbringen –, und die Zeit war wie im Fluge vergangen. Sie freute sich, mit McEvoy auch noch die Minuten bis zur Ankunft ihres Zuges verbringen zu können.

Am Gleis hatte sich schon eine bunte Menschenmenge

versammelt. Einige Frauen transportierten schnatternde Hühner und Gänse in Käfigen. Andere Passagiere waren mit Körben voller Kartoffeln und Gemüse bepackt. Ein alter Bauer hielt gar ein Ferkel unter dem Arm, ein anderer führte eine Ziege am Strick hinter sich her. Dazwischen versuchten Gepäckträger, sich ihren Weg zu bahnen. In die Kakophonie aus Tierlauten und Gesprächsfetzen drang jetzt die Durchsage, dass der verspätete Fernzug aus Dublin in Kürze in den Bahnhof einfahren würde.

»Das ist das ländliche Irland«, sagte McEvoy lächelnd.

»Nun, in bäuerlichen Gegenden Englands geht es nicht viel anders zu«, erwiderte Victoria amüsiert. Auf der Straße ratterte ein Automobil vorbei. Das Motorengeräusch ließ das Federvieh noch wilder schnattern. Das Ferkel quiekte, und die Ziege stieß ein durchdringendes Mäh aus. McEvoy sah dem Fahrzeug mit leuchtenden Augen hinterher. Er erinnerte Victoria an einen kleinen Jungen, der mit seinem Lieblingsspielzeug beschäftigt ist. Bisher hatte sie ihn als klug, tatkräftig und charmant erlebt. Dass er auch so eine kindliche und begeisterungsfähige Seite besaß, hätte sie nicht gedacht, und es nahm sie noch mehr für ihn ein. »Sie lieben Automobile, nicht wahr?«, fragte sie.

»Ja, und ich gönne mir auch den Luxus, eines zu besitzen. Für mich gibt es nichts Schöneres, als in einem Automobil die Straßen entlangzufahren. Ich vergesse dann alles um mich herum.«

»Ich stelle mir das so ähnlich vor, wie mit einem Pferd über die Felder zu galoppieren.« Victoria nickte. »Aber ich würde auch gern eine Fahrerlaubnis erwerben. Bisher muss ich mich immer chauffieren lassen.«

»Sie wären bestimmt eine gute Fahrerin.«

»Wie meinen Sie das?«

»Nun, Sie sind mutig und entschlussfreudig und bereit, etwas zu riskieren.«

»Und das alles sehen Sie in mir, obwohl wir uns doch erst seit Kurzem kennen?«, fragte sie belustigt.

»Nun, ich finde es bewundernswert, wie Sie sich für O'Connell einsetzen.«

Der Fernzug aus Dublin fuhr nun, begleitet von einer Wolke aus Rauch und Dampf, in den Bahnhof ein. Victoria wartete, bis Lokomotive und Wagen zum Halten gekommen waren und der Lärm aus zischenden Kolben und quietschenden Bremsen sich gelegt hatte.

»Ióseph hat mich vor dem Ertrinken gerettet«, sagte sie dann. »Jeder würde so handeln wie ich.« Im Hintergrund wurden Türen geöffnet und zugeschlagen. Reisende riefen nach Gepäckträgern.

»Nein, nicht jeder würde handeln wie Sie.« McEvoy schüttelte den Kopf. Er sah sie so eindringlich und voller Wärme an, dass sie unwillkürlich ein bisschen errötete. »Glauben Sie mir, nicht wenigen Menschen wäre der junge Mann völlig gleichgültig.«

»Da irren Sie sich bestimmt.«

»Ich bin Strafverteidiger, in diesem Beruf lernt man die menschlichen Abgründe kennen.« McEvoy wich einem Bauern aus, der einen Korb voller Holz auf dem Rücken trug. Sein Körper streifte den Victorias. Hastig trat er zurück. »Verzeihen Sie …«

»Sie müssen sich nicht ent…«

»Victoria!«

Eine sehr vertraute Stimme ließ sie abrupt abbrechen. Sie wirbelte herum. Aus der Wolke aus Dampf und Rauch, die immer noch über den Gleisen hing, trat Jeremy auf sie zu. Victoria war so perplex, dass sie im ersten Moment glaubte, sie bildete es sich nur ein, ihn zu sehen. Aber dann lächelte er sie auf die ihr so vertraute, selbstironische Weise an. Ihr Herz schlug schneller, und ein Gefühl reinen Glücks durchströmte sie.

»Jeremy!« Sie lief auf ihn zu, fiel ihm um den Hals und umarmte ihn. Am liebsten hätte sie ihn geküsst, aber das hätte für großes Aufsehen gesorgt. Schon jetzt drehten sich Reisende neugierig zu ihnen um. Sogar Umarmungen waren in der Öffentlichkeit unüblich. »Warum hast du denn nicht angekündigt, dass du kommst?« Sie hakte ihn unter, immer noch ganz aufgewühlt vor Freude, und zog ihn zu McEvoy. »Jeremy, darf ich dir Mr. McEvoy vorstellen? Mr. McEvoy, mein Gatte Mr. Ryder«, sprudelte Victoria hervor. »Mr. McEvoy war so freundlich, mich zum Bahnhof zu begleiten. Ich warte auf den Zug nach Clifden.«

»Sehr erfreut.« McEvoy zog den Hut und verbeugte sich vor Jeremy.

»Ganz meinerseits.«

Täuschte Victoria sich, oder klang Jeremys Stimme, bei aller Höflichkeit, doch auch etwas distanziert?

Auf dem gegenüberliegenden Gleis fuhr nun ein weiterer Zug ein, und die Stimme des Stationsvorstehers verkündete, dass dies die Regionalbahn nach Clifden sei.

»Wir müssen einsteigen.« Jeremy berührte Victorias Arm und drehte sich dann zu seinem Gepäckträger um.

»Ich melde mich bei Ihnen, sobald ich Nachricht von dem Richter habe.« McEvoy verbeugte sich leicht.

»Ach, ich hoffe so sehr, dass ich Ióseph sehen darf.« Sie reichte ihm zum Abschied die Hand.

Der Gepäckträger hatte schon die Tür eines Abteils der ersten Klasse geöffnet und Jeremys Schrankkoffer hineingewuchtet.

»Mr. McEvoy …« Jeremy nickte dem Strafverteidiger noch einmal zu, ehe er Victoria die Stufen ins Abteil hinaufhalf.

Gleich darauf fuhr der Zug los, und McEvoy und die Passagiere auf dem Bahnsteig verschwanden hinter einer weiteren Qualmwolke. Victoria schmiegte sich an Jeremy.

»Wie du plötzlich aus dem Rauch aufgetaucht bist, hätte ich dich im ersten Moment fast für einen Geist gehalten.« Noch immer konnte sie es kaum glauben, dass sie neben ihrem Liebsten im Zug saß.

»Doch, ich bin es wirklich.« Sein Lächeln vertiefte sich, während er sie an sich zog. Die Berührung seiner Lippen war so vertraut, und der lange, innige Kuss tatsächlich real. »Ich habe dich so vermisst«, flüsterte er nach einer Weile.

»Du wolltest ja unbedingt, dass ich vorausreise«, neckte Victoria ihn. »Und du hast mir immer noch nicht gesagt, warum du dein Kommen nicht angekündigt hast.«

»Mein Vater hat gestern darauf bestanden, nach Hause zu reisen, obwohl der Arzt wollte, dass er noch ein paar Tage das Bett hütete. Du kennst meinen Vater ja inzwischen. Wenn er sich etwas in den Kopf gesetzt hat, ist er nicht mehr davon abzubringen. Notfalls wäre er allein mit dem Zug gereist.« Jeremy seufzte und schüttelte den Kopf.

»Ach ja? Ich kenne jemanden, der auch immer genau das tut, was er sich in den Kopf gesetzt hat«, frotzelte Victoria.

»Tatsächlich?« Jeremy grinste. »Sprichst du von dir? Ich habe ein Automobil gemietet und ihn und Mutter nach Hereford gefahren. Als wir zu Hause waren, meinte meine Mutter, sie käme allein mit Vater zurecht, und ich solle um Himmels willen endlich meine Hochzeitsreise antreten.

Mich um sich zu haben würde Vater noch unleidlicher machen. Er hasst es, sich abhängig zu fühlen, und er hatte sowieso schon ein schlechtes Gewissen, weil er gefürchtet hat, uns mit seiner Krankheit die Flitterwochen verdorben zu haben. Also habe ich den nächsten Zug nach Liverpool genommen. Es war eine spontane Entscheidung, und ich wollte dich überraschen.«

»Das ist dir gelungen.« Victoria strahlte.

»Na ja, du hast mich auch überrascht. Ich hätte nicht damit gerechnet, dir am Bahnhof von Galway zu begegnen.« Jeremy legte den Arm um sie. Am Fenster des Zuges glitten die Twelve Bens vorbei, braun und grün und majestätisch anmutend vor dem sonnigen Himmel. »Und wer ist dieser McEvoy, den du mir vorgestellt hast?«

»Ein Strafverteidiger, ich ...«

»Das ist *dieser* McEvoy?« Jeremy runzelte die Stirn und richtete sich unvermittelt auf. »Ich kann mir nicht denken, dass es zwei Strafverteidiger gleichen Namens in Galway gibt.«

»Was meinst du damit? Kennst du ihn?« Victoria war verblüfft.

»Nicht persönlich, ich habe über meine Arbeit für die Geheimabteilung von Scotland Yard von ihm gehört. Er hat vor ein paar Jahren einen Angehörigen der Irischen Republikanischen Bruderschaft verteidigt, der im Verdacht stand, einen englischen Polizisten ermordet zu haben. McEvoy erwirkte einen Freispruch für den Mann.«

»Du klingst so aufgebracht. McEvoy hat einfach seine Arbeit gemacht.«

»Alles deutete darauf hin, dass der Mann die Tat begangen hat. Ich habe nichts übrig für Strafverteidiger, die dafür sorgen, dass Schuldige frei aus einem Gerichtssaal spazieren. Außerdem deutet einiges darauf hin, dass McEvoy ebenfalls Mitglied in dieser terroristischen Vereinigung ist oder zumindest mit ihr sympathisiert.«

»Das weißt du doch nicht mit Sicherheit, oder?«, erwiderte Victoria hitzig. McEvoy mochte für die Freiheit Irlands kämpfen, aber einen Mord hieß er sicher nicht gut.

»Nein«, gab Jeremy widerstrebend zu. »Ich habe dafür keine Beweise.«

»Wenn die englische Regierung sich während der großen Hungersnot nicht völlig mitleidlos und inkompetent verhalten hätte, hätte sich diese Vereinigung wahrscheinlich überhaupt nicht gegründet. Und dass sich Parlament und Oberhaus seit Jahren in der Frage der *Home Rule* gegenseitig blockieren und Irland somit kein eigenes Parlament zugestanden wird, hat der Irischen Republikanischen Bruderschaft sicher auch viel Zulauf verschafft.«

»Dass zwei dieser mörderischen Wirrköpfe 1882 den Minister für Irland, Lord Cavendish, und seinen Staatssekretär im Phönix Park in Dublin erschossen haben, *das* hat das Parlament gegen eine irische Regierung aufgebracht. Ohne diesen idiotischen Anschlag hätte Irland vielleicht schon sein Parlament.«

»Das glaube ich nicht. Die englischen Großgrundbesitzer haben viel zu viel Angst, ihre Privilegien in Irland zu verlieren, und torpedieren deshalb das Gesetz!«

Aufgebracht sahen sie sich an.

»Ich fasse es nicht.« Schließlich griff Jeremy nach Victorias Hand und seufzte. »Endlich sehen wir uns wieder, und schon streiten wir uns über irische Politik. Irgendwie schaffst du es immer, mit irgendwelchen Revolutionären in Kontakt zu kommen.«

»Das ist nicht wahr!«

»Wie hast du McEvoy eigentlich kennengelernt? Bei einem gesellschaftlichen Anlass?«

»Nein …«

Der Zug hielt an einem Dorfbahnhof. Ein dicker älterer Herr und eine ebenso voluminöse Dame quetschten sich kurz darauf schnaufend zusammen mit einem riesigen Hund in das Abteil.

»Ich erzähle dir alles, wenn wir unter uns sind«, flüsterte Victoria in Jeremys Ohr.

»In Ordnung …«

Sein besorgter Gesichtsausdruck verriet ihr, dass ihm nichts Gutes schwante.

ELFTES KAPITEL

»Oh, Sie waren tatsächlich als Journalist im Buckingham Palace und haben den König und die Königin gesehen!«

Mrs. Evans beugte sich entzückt zu Jeremy hinüber. Anscheinend war sie eine ebenso große Verehrerin der Königsfamilie wie Mrs. Dodgson, Victorias Zugehfrau. Am Bahnhof von Clifden hatte, wie verabredet, die Kutsche von Kincraighie House gewartet, und im Zentrum der Kleinstadt hatten sie dann Mrs. Evans eingesammelt, die einige Besorgungen getätigt hatte. Victoria war dankbar, dass sie so ihre Beichte noch etwas hinauszögern konnte.

Die Kutsche fuhr durch das Tal, an dessen Ende Kincraighie House lag. Einige Schafe auf den sattgrünen Wiesen hoben kurz die Köpfe und blickten dem Gefährt hinterher, ehe sie sich wieder dem Graszupfen widmeten.

»Ich lasse gleich die Dienstmädchen Ihr Schlafzimmer richten, Mr. Ryder«, bemerkte Mrs. Evans nun. »Ein wirklich schöner Raum und direkt neben dem Ihrer lieben Gattin gelegen.«

»Das ist sehr nett von Ihnen«, erwiderte Jeremy ernst, nahm Victorias Hand und drückte sie.

Ein Prickeln jagte durch ihren Körper. Ehepaare der Oberschicht und Aristokratie hatten häufig separate Schlafzimmer. Sie beide hielten das anders, und auch in Kincraighie House würden sie auf jeden Fall in einem Zimmer übernachten.

Gleich darauf hatte die Kutsche das Tor passiert und hielt vor der zweiflügeligen Treppe, die zum Portal hinaufführte.

»Ich wünsche Ihnen, Mr. Ryder, und Ihnen, Madam, eine wunderschöne Zeit in Kincraighie House. Jetzt können Ihre Flitterwochen ja so richtig beginnen.« Mrs. Evans strahlte sie beide an, ehe sie aus dem Wagen stieg und in Richtung Hintereingang marschierte.

Victoria hätte es begrüßt, wenn sie das Haus mit ihnen durch das Portal betreten hätte. Aber Mrs. Evans hätte sich bestimmt unwohl dabei gefühlt. Deshalb unterließ sie es, sie dazu aufzufordern.

Ja, jetzt konnten sie ihre Flitterwochen hoffentlich endlich genießen! Victoria tauschte einen innigen Blick mit Jeremy, während sie Hand in Hand die Freitreppe hinaufstiegen. Das Portal öffnete sich wie durch Zauberhand, kaum dass sie den obersten Absatz erreichten, und Hopkins trat heraus.

»Mir war doch, als hätte ich die Kutsche gehört. Oh, Mr. Ryder, welch eine freudige Überraschung, Sie begrüßen zu dürfen!« Er verneigte sich vor Jeremy, eine Spur weniger gemessen und zurückhaltend als sonst.

»Ich freue mich auch, Sie zu sehen, Hopkins.« Jeremy schenkte ihm ein breites Lächeln und reichte ihm die Hand. »Ich hoffe, Sie langweilen sich nicht während Ihres Urlaubs.«

»Ich weiß mich durchaus zu beschäftigen, Sir.« Hopkins hob eine Augenbraue. »Würden es Ihnen passen, wenn ich den Tee in etwa zwanzig Minuten im Wohnzimmer serviere?«

»Ach, es ist mir völlig egal, wo.« Jeremy schüttelte den Kopf. »Hauptsache Tee. Und wie ich Sie kenne, gibt es sicherlich ein paar köstliche Scones dazu. Ich sterbe nämlich vor Hunger. Seit dem Frühstück in Dublin habe ich nichts mehr gegessen.«

Im Wohnzimmer war Victoria bislang noch nicht oft gewesen, obwohl sie den Raum mochte – es hatte sich einfach nicht ergeben. Es war behaglich eingerichtet wie das ganze Haus. Mit cremefarbenem Chintz bezogene tiefe Sofas und Sessel luden zum Sitzen ein. An den Wänden hingen in lichten Farben gehaltene Landschaftsgemälde aus dem 18. Jahrhundert. Überall lagen Bücher und Zeitschriften auf Tischen aus glänzend poliertem Holz. Ein üppiges Gesteck aus spät blühenden Rosen und Dahlien in einer Schale aus geschliffenem Kristall holte mit seinen orangenen und roten Farbtönen den herbstlich bunten Park ins Haus.

Auch hier gaben die Fenstertüren einen ausgedehnten Blick über die Gartenanlage und das Meer frei. Der sonnige Himmel verlieh den Wellen wieder jenes fast schmerzlich intensive Blau, changierend zwischen Türkis in der Nähe des Ufers und Ultramarin weiter draußen.

»Was für eine atemberaubende Aussicht!« Jeremy schlenderte zu einer der Fenstertüren.

»Ja, ich kann mich auch nicht daran sattsehen.«

Victoria ging zu ihm und schob ihren Arm unter seinen. Es war immer wieder beglückend, wie sie Dinge gleich empfanden. Einige Augenblicke standen sie einfach nur da und genossen es, wieder zusammen zu sein.

»Ich habe dir eine Kleinigkeit mitgebracht.« Jeremy machte sich behutsam von ihr los und holte eine in marmoriertes Papier eingeschlagene, schmale Schachtel aus seiner Ledertasche. »Ich hatte heute Morgen in Dublin noch ein bisschen Zeit, ehe ich zum Bahnhof aufbrechen musste.«

Neugierig öffnete Victoria das kleine Päckchen. Ein Metallbehältnis mit Aquarellstiften von feinster Qualität kam zum Vorschein. »Oh, Jeremy, das ist so lieb von dir!« Sie umarmte ihn stürmisch. »Meine Blau- und Grüntöne gehen allmählich zur Neige.«

»Schön, dann habe ich ja anscheinend ins Schwarze getroffen!« Er lächelte sie an, sein Blick war ganz warm und zärtlich. »Aber jetzt möchte ich doch endlich wissen, wie du Mr. McEvoy kennengelernt hast. Ich hoffe, du hast nicht in Irland im Kampf für das Frauenwahlrecht Schaufensterscheiben eingeworfen und ihn deshalb als Strafverteidiger engagiert.« Jeremy zog sie neben sich auf ein Sofa.

Victoria schluckte. »Ich habe Mr. McEvoy tatsächlich als Strafverteidiger engagiert, nur nicht für mich.«

»Du hast ... was?« Jeremys Miene spiegelte Verblüffung wider.

»Das ist eine komplizierte Geschichte.«

»Nun, ich bin gespannt, sie zu hören.« Er lehnte sich zurück.

»Am Tag, nachdem Hopkins und ich in Kincraighie House angekommen sind, habe ich einen ausgedehnten Spaziergang unternommen und gemalt und gezeichnet.« Victoria seufzte. »Um es kurz machen ... Auf dem Nachhauseweg wurde ich von einem fürchterlichen Unwetter überrascht. Ich bin vom Weg abgekommen und im Moor eingesunken. Ich wäre beinahe ertrunken. Ein junger Mann – Ióseph –, der in einem verlassenen Weiler am Rand des Moors lebt, hat mich gerettet.«

Bedrückt hatte Victoria verfolgt, wie Jeremys Mienenspiel von Verblüffung zu Fassungslosigkeit gewechselt war. »Ich glaube es nicht ... Du wärst fast ums Leben gekommen und hast mir das nicht mitgeteilt?«, herrschte er sie nun an.

»Mein Gott, dein Vater war schwer krank. Hätte ich dich auch noch mit einem Unfall belasten sollen? Es ist ja gut ausgegangen.«

»Ich hätte dennoch gern davon erfahren. Wie konntest du nur so verantwortungslos sein! Du musst doch wissen, wie schnell das Wetter hier umschlägt.« Jeremys Augen waren ganz dunkel vor Empörung. »Und durch ein Moor während eines Unwetters zu gehen ist ja wirklich bodenloser Leichtsinn.«

»Das Wetter ist an jenem Tag extrem schnell umgeschlagen. Das wird dir jeder hier in der Gegend bestätigen.« Auch sie wurde nun ungehalten. »Außerdem bin ich nicht durch das Moor gelaufen. Ich bin daran entlanggewandert und habe im peitschenden Regen die Sicht verloren. Ja, als das Unwetter aufzog, hätte ich in der Ruine der Kirche bleiben sollen, die ich malen wollte. Das habe ich mir später oft gesagt. Aber hast du noch nie einen Fehler begangen?«

»Natürlich habe ich schon Fehler begangen. Allerdings bin ich nicht mit unserem Kind schwanger.«

»Ich bin mir sehr wohl darüber bewusst, dass ich unser Kind in mir trage«, fuhr sie Jeremy an, mit ihrer Geduld am Ende. »Wahrscheinlich hat mir nur das die Kraft gegeben, mich in dem eiskalten Tümpel an einer Wurzel festzuklammern, nicht aufzugeben und immer weiter um Hilfe zu rufen.«

Aufgebracht sahen sie sich an. Dann schüttelte Jeremy den Kopf. »Es tut mir leid«, flüsterte er, »das muss schrecklich gewesen sein.« Er legte den Arm um sie und zog sie an sich.

»Ja, das war es.« Victoria lehnte sich an ihn. Sie war ein bisschen besänftigt.

»Aber ich verstehe nicht, was das alles mit McEvoy zu tun hat …«

»Ióseph, der junge Mann, der mich gerettet hat, brachte mich zu seiner Hütte in einem verlassenen Weiler. Dort war eine junge Frau, Moira. Zwei Tage später wurde sie im Moor vergewaltigt und ermordet und Ióseph als der Täter festgenommen. Aber ich bin davon überzeugt, dass er nicht der Mörder ist.«

»Und deshalb hast du McEvoy als Strafverteidiger engagiert …« Jeremy nickte. Er schien sie zu verstehen.

»Ja, das ist schließlich das mindeste, was ich Ióseph schuldig bin. Außerdem hat sich die Polizei vorschnell auf ihn als Mörder festgelegt und wichtige Spuren nicht verfolgt.«

»Woher weißt du das?« Jeremy nahm den Arm von ihrer Schulter. Eine gewisse Schärfe schwang wieder in seiner Stimme mit.

»Jetzt wirf nicht *mir* vor, dass die Polizei nachlässig gearbeitet hat.«

»Das heißt also, dass du wieder einmal zusammen mit Hopkins ermittelt hast.« Jeremy schüttelte entgeistert den Kopf. Er sprang auf und lief in dem Wohnzimmer auf und ab. »Herr im Himmel, bei solchen Ermittlungen hast du dich schon einige Male in Lebensgefahr gebracht. Ich begreife dich einfach nicht.«

»Ióseph hat mir das Leben gerettet. Meinst du, ich lege die Hände in den Schoß und sehe tatenlos zu, wie er für ein Verbrechen verurteilt wird, das er nicht begangen hat?«

Jeremy trat an eine der Fenstertüren und starrte hinaus. Sollte sie zu ihm gehen? Nein, das würde sie nicht. Er war mit seinen Vorwürfen im Unrecht. Schließlich kehrte er zu ihr zurück. Er fasste nach ihrer linken Hand und fuhr behutsam über die Narbe einer Brandwunde auf der Innenseite.

»Ein Mörder hätte dich einmal beinahe bei lebendigem Leib verbrennen lassen. Hast du das vergessen?«

Victoria wollte ihm die Hand entziehen, doch er hielt sie fest. »Das ist nicht fair! Du wärst in Indien auch beinahe ums Leben gekommen.«

»Das hat mir gezeigt, wie kostbar das Leben ist und was für ein großes Glück es ist, dass wir ein Kind erwarten dürfen. Bitte, wirf das nicht einfach gedankenlos weg!«

»Das tue ich nicht. Ich überlasse Ióseph dennoch auf gar keinen Fall untätig seinem Schicksal«, beharrte Victoria.

»Das verlange ich ja gar nicht.« Jeremy sah sie eindringlich an. »Ich werde dem jungen Mann auch immer dankbar sein, dass er dich gerettet hat. Du solltest dich allerdings aus den Ermittlungen heraushalten.«

»Das werde ich nicht. Moira, die junge Frau, die so brutal umgebracht wurde, umgab etwas Geheimnisvolles. Und es kann gut sein, dass dies mit dem Mord im Zusammenhang steht.«

Victoria erzählte Jeremy von dem U-Bahn-Ticket in der Manteltasche und dem kostbaren Ohrring, den sie und Hopkins gefunden hatten. Sie war froh, dass er ihr zumindest aufmerksam zuhörte und ihre Vermutung nicht gleich als Hirngespinst abtat.

»Hast du der Polizei von dem Ticket und dem Ohrring berichtet?«

»Nein, der leitende Ermittler Inspector Graham hat es ja auch für völlig irrelevant gehalten, dass Spuren von Pferdehufen am Tatort gefunden wurden und dass ein Bauer etwa eine Stunde, bevor er die Tote entdeckte, einen Reiter im Moor gesehen hat.« Nur davon zu erzählen brachte sie schon wieder auf.

Jeremy sann einen Moment vor sich hin. »Ich werde Sir Arthur Stanhope einschalten, als Commissioner von Scotland Yard verfügt er ja über einigen Einfluss. Die übergeordnete Dienststelle sollte diesem Inspector Graham auf die Finger schauen«, sagte er dann. »Und ich bin auch bereit, einen Detektiv zu engagieren, der Moiras Spur in der Vergangenheit nachgeht. Aber bitte, versprich mir, dass du in dem Fall nichts mehr unternimmst.«

Victoria zögerte. Sie war berührt von Jeremys Sorge, und gerade jetzt, als würde es auf seine Stimme reagieren, bewegte sich das Kind heftig. Der heiße Wunsch, es zu beschützen, durchflutete sie. Sie würde es sich nie verzeihen, wenn ihm etwas zustieße. Doch da war auch Ióseph, der ganz auf sich allein gestellt war. Auch für ihn fühlte sie sich verantwortlich. War es richtig, die Nachforschungen jemand anderem zu überlassen? Jemandem, der nur für Geld seine Arbeit machte?

Ein Klopfen an der Tür enthob sie fürs Erste einer Antwort. Hopkins betrat das Wohnzimmer. Er schob einen Servierwagen vor sich her, auf dem Teegeschirr und eine Etagere voller Sandwiches, Scones und kleiner köstlicher Kuchen stand.

»Mr. Ryder, Miss Victoria ...« Hopkins platzierte einen Tisch vor ihnen und arrangierte das Teegeschirr aus hauchdünnem, mit blau-weißen und goldenen Blumen verziertem chinesischen Porzellan darauf. Victoria war davon überzeugt, dass er die atmosphärischen Störungen zwischen ihr und Jeremy bemerkt hatte, aber wie immer ließ er sich nichts anmerken. »Ich möchte fragen, Miss Victoria, ob

Sie weiterhin beabsichtigen, morgen Abend am Dinner in Castle Fota teilzunehmen? Soll ich Lady Craven darüber benachrichtigen, dass Sie und Mr. Ryder gemeinsam kommen werden?«

»Eine Dinnereinladung, morgen?« Jeremy nahm sich ein Schinkensandwich. Er hörte sich alles andere als begeistert an. »Ich hatte mich eigentlich darauf gefreut, die nächsten Tage allein mit dir zu verbringen.«

Victoria senkte ihren Blick. Sie musste Jeremy gestehen, dass sie die Einladung angenommen hatte, weil der Verwalter von Castle Fota vor einigen Jahren ein junges Mädchen vergewaltigt haben sollte, und sie und Hopkins überprüfen wollten, ob er möglicherweise als Täter für den Mord an Moira infrage kam. Was ihren Streit ganz sicher wieder entfachen würde. Musste sie die Einladung absagen? Aber sie konnte diese Gelegenheit doch nicht einfach ungenutzt verstreichen lassen. Sie traf eine Entscheidung.

»Lady Craven ist eine gute Freundin von Constance.« Victoria vermied es weiter, ihren Mann anzusehen, und bediente sich von der Etagere. »Ich würde wirklich sehr gern mit dir an dem Dinner teilnehmen. Wir haben ja den heutigen Abend für uns und noch viele andere.«

»Natürlich, wenn dir so viel daran liegt.«

Jeremy nickte. Er klang dennoch verletzt. Victoria fühlte sich schuldbewusst. Normalerweise legte sie auf solche gesellschaftlichen Treffen nicht den geringsten Wert, wie Jeremy sehr wohl wusste. Wahrscheinlich nahm er an, dass sie auf dem Dinner bestand, weil sie ärgerlich auf ihn war.

»Sehr wohl, Mr. Ryder, Miss Victoria, dann werde ich Lady Craven benachrichtigen, dass Sie beide morgen bei ihr zu Gast sein werden.«

Hopkins rückte das Zuckerschälchen einen Millimeter nach rechts. Victoria glaubte, ein erleichtertes Aufleuchten in seinen blauen Augen wahrzunehmen. Nun ja, wenigstens vermutete Jeremy nicht, dass sie Castle Fota wegen des Mordes an Moira aufsuchen wollte.

Sir Arthur Stanhope hatte erwartet, ein halbes Dutzend Männer in dem Arbeitszimmer auf Bellegrove Manor in der Grafschaft Kent anzutreffen. Doch nur der Innenminister Lord Justin Villiers saß hinter seinem Schreibtisch. Ein schlanker blonder Mann Ende vierzig, Angehöriger eines alten Adelsgeschlechts, der die nervöse Ausstrahlung eines hochgezüchteten Rennpferds hatte. Nun erhob er sich und kam lächelnd und mit ausgestreckter Hand auf ihn zu.

»Sir Arthur, ich hoffe, Sie hatten eine angenehme Reise, trotz des Regenwetters. Wie wäre es mit einem wärmenden Brandy?« Der Innenminister dirigierte ihn zu einem Ledersessel. Dann trat er an einen Tisch, auf dem einige Flaschen und Karaffen standen, und füllte zwei Gläser. Eines reichte er ihm, mit dem anderen prostete er ihm zu. »Auf Ihre gute Arbeit während der vergangenen Jahre und Ihre zukünftige Tätigkeit!«

»Sir, bin ich zu früh zu dem Treffen gekommen?« Der Commissioner fühlte sich unbehaglich. »Es sollten doch mehrere hochrangige Beamte daran teilnehmen.«

»Nein, nein, lieber Commissioner, es hat alles seine Richtigkeit.« Der Innenminister schüttelte den Kopf. »Seit etwa zwei Jahren leiten Sie jetzt Scotland Yard und – inoffiziell – die Geheimabteilung, nicht wahr?«

»Ja, Sir.«

Was sollte diese Frage? Er versuchte, sich seine Irritation

nicht anmerken zu lassen. Lord Villiers wusste das doch ganz genau.

»Und auch vorher haben Sie viele Jahre lang pflichtbewusst und erfolgreich England als Offizier gedient.« Lord Villiers nickte versonnen. »Ich nehme an, Sie mögen das südliche Europa?«

»Wie bitte?« Der plötzliche Themenwechsel verwirrte ihn vollends. »Nun, in der Regel verbringe ich jedes Jahr im Sommer einige Wochen an der Riviera. Hauptsächlich meiner Gattin zuliebe ...«

»Ja, ja, die werten Damen ... Für meine Gattin ist die Zeit in Nizza auch ein Muss, samt Ausflügen nach Venedig und Florenz.« Das nachsichtige Lächeln Lord Villiers zeigte, dass er darauf gut verzichten könnte. »Schätzt Ihre Gattin Griechenland ebenfalls, Sir Arthur?«

»Dorthin sind wir noch nie gereist.« Er war nun gänzlich ratlos, was sein Gegenüber mit diesem Gespräch bezweckte. »Aber ja, ich denke, Griechenland könnte meiner Gattin gefallen.«

»Das hoffe ich doch sehr.« Lord Villiers Lächeln vertiefte sich. »Denn zu Beginn des neuen Jahres werden Sie der neue englische Botschafter in Athen werden, Sir Arthur. Vorausgesetzt natürlich, Sie willigen ein, den Posten zu übernehmen.«

»Ich, der englische Botschafter in Griechenland? Sie scherzen, Sir.«

»Es ist mein voller Ernst, Commissioner.«

»Was für eine Ehre ... Aber ...« Es fiel ihm schwer, seine Gedanken zu ordnen. Er fühlte sich, als hätte ihm eine mächtige Woge die Beine unter dem Leib weggerissen und er triebe nun hilflos in einer starken Strömung. »Was ist mit der Geheimabteilung? Es gibt noch so viel zu planen und zu überdenken. Ich möchte die Leitung zu diesem Zeitpunkt nur höchst ungern abgeben.«

»Die neue Ausrichtung der Geheimabteilung werden andere für Sie übernehmen, Sir Arthur. Vertrauen Sie mir, sie wird in den besten Händen sein.«

Es war gerade diese Versicherung, die Sir Arthur begreifen ließ, dass man ihn ganz bewusst der Leitungsposition enthob. Er wurde weggelobt. Ein beklemmender Verdacht regte sich in ihm. Sollte er etwa einem willfährigeren Mann Platz machen?

»Sie haben die richtige Entscheidung getroffen, Sir Arthur.« Lord Villiers hatte ihn bis zum Portal begleitet und reichte ihm die Hand zum Abschied. »Denken Sie daran, sich rechtzeitig leichte Anzüge in ausreichend großer Zahl anfertigen zu lassen. Die Sommer in Griechenland sind sehr heiß.«

»Ich werde Ihren Rat beherzigen, Sir.«

Er verbeugte sich zum Abschied. Ein letztes huldvolles Zunicken des Innenministers, dann eilte ein Diener herbei und riss den Wagenschlag der Kutsche auf. Schwerfällig ließ er sich auf die gepolsterte Sitzbank sinken. Englischer Botschafter in Griechenland zu werden war ihm, Sir Arthur Stanhope, eine große Ehre. Es war viel mehr als das, was er sich als Sohn eines Baronets und von niederem Adel jemals hätte erträumen lassen. Positionen wie diese waren normalerweise Earls und Marquess' sowie den Söhnen von Herzögen vorbehalten. Seine Gattin würde außer sich vor Stolz und Freude sein.

Man hatte ihn höflich und ehrenvoll und das Gesicht wahrend vom Posten des Leiters der Geheimabteilung entbunden. Bisher hatte er immer auf die Urteilsfähigkeit höhergestellter Autoritäten vertraut. Er war ein Diener des Staates und hatte dessen Repräsentanten zu gehorchen. Es war nicht seine Aufgabe, deren Anordnungen zu hinterfragen. So hatte er es schließlich während seiner ganzen Laufbahn beim Militär und als Beamter gehalten.

Dennoch hatte er das Gefühl, gerade eben sein Land verraten zu haben. War sein Verdacht berechtigt, dass seine Versetzung die Aufhebung oder zumindest die Schwächung der Geheimabteilung bedeutete? *Nimm das nicht einfach so hin, widersetz dich*, flüsterte ihm eine innere Stimme beharrlich zu. Und er konnte sie nicht zum Schweigen bringen.

ZWÖLFTES KAPITEL

Nebel trieb über dem in ein Tal eingebetteten See. Am anderen Ufer, zwischen schroffen Berghängen, tauchte jetzt, durch den Sprühregen kaum zu erkennen, Castle Fota auf. Die Tannen ringsum wirkten im letzten Abendlicht fast schwarz, die erleuchteten Fenster verstärkten eher noch die düstere Stimmung. Das triste, wie einem Schauerroman entsprungene Wetter passte zu dem neugotischen, einer Burg nachempfundenen Gebäude, das von Türmchen und Erkern schier überquoll. Der Ausflug zu dem Landgut stand wahrlich unter keinem guten Stern. Am Abend zuvor hatten Victoria und Jeremy sich bemüht, den Streit zu vergessen, und waren betont freundlich miteinander umgegangen. Aber der Zwist hatte wie ein Missklang zwischen ihnen geschwebt. Auch der gemeinsame Ausritt am Morgen am Strand hatte daran nichts geändert.

Dann, auf dem Weg zu dem Landsitz, sie hatten Clifden kaum hinter sich gebracht, war ein Rad der Kutsche in einem Schlagloch gebrochen, und Jeremy und sie hatten in einer zugigen Wirtsstube warten müssen, während der Schaden behoben worden war. Hopkins hatte die Gastgeber per Telegramm über die Verspätung informiert.

Victoria blickte auf ihre Armbanduhr. Es war kurz vor

sieben. Nach der Ankunft würden Jeremy und sie gerade noch Zeit haben, sich zum Dinner umzukleiden. Hoffentlich fanden Hopkins und sie etwas heraus, das sie in Bezug auf Moiras grausamen Tod weiterbrachte. Damit hätte sich der unglückselige Ausflug wenigstens gelohnt.

Die brennende Petroleumlampe an der Decke der Kutsche baumelte im Takt der Pferdeschritte hin und her. Victoria versuchte, sich wieder in eine Reisebeschreibung von Irland zu vertiefen. Jeremy hatte sich in einen Band mit politischen Reden versenkt. Normalerweise empfand sie es als schön, wenn sie beide in ihre Bücher vertieft waren. Jetzt kam ihr die Stille belastend vor. Nur Hopkins schien sich ganz heiter und gelöst einer Sammlung von Kochrezepten zu widmen.

Irgendwo stieß eine Wildgans oder ein Schwan einen klagenden Ruf aus. Die erleuchteten Fenster von Castle Fota verschwanden minutenlang hinter Bäumen, nur um dann plötzlich ganz nah zu sein. Victoria stieß einen stummen Seufzer der Erleichterung aus, als die Kutsche endlich vor dem wappengeschmückten Portal hielt. Lange hätte sie dieses Schweigen nicht mehr ausgehalten!

Einer der Türflügel öffnete sich, Licht flutete die Freitreppe vor dem Hauseingang, und Diener mit Regenschirmen eilten auf die Kutsche zu. Der Wagenschlag wurde aufgerissen. Victoria und Jeremy duckten sich unter die Schirme und hasteten die Stufen hinauf, während Hopkins anderen Dienern Anweisungen bezüglich des Gepäcks erteilte und dann in Richtung Dienstboteneingang verschwand. In Kürze würde er Jeremy beim Ankleiden helfen.

In der Halle blickte sich Victoria neugierig um. Sie war neugotisch gehalten wie das Gebäude selbst, ein Stil, den sie nicht mochte. Er war ihr zu überladen und pompös.

Die Wände waren mit Eichenpaneelen verkleidet und mit kunstvollen Schnitzereien versehen, an der Decke prangten rote und goldene Sterne, was der Halle die Anmutung einer Kapelle verlieh. Allerdings wurde der sakrale Charakter von einer Ritterrüstung und einem ausgestopften Bären neben dem Kamin empfindlich gestört. Auch der riesige, gasbetriebene Deckenleuchter passte nicht dazu.

Victoria sah das verstohlene Zucken um Jeremys Mund. Er fand die Halle also ebenso scheußlich wie sie. Sie wollte sich bei ihm einhaken und eine entsprechende Bemerkung machen, doch die Dame, die nun in einem wallenden roten Seidengewand die breite Eichenholztreppe herunter auf sie zugeeilt kam, hielt sie davon ab.

»Mein lieber Mr. Ryder, meine liebe Mrs. Bredon-Ryder! Was für eine Freude, die Freunde meiner lieben Constance auf Castle Fota begrüßen zu dürfen.« Lady Craven breitete theatralisch die Arme aus. »Und welch ein Glück, dass Sie, trotz all der Unbill während der Fahrt, doch noch hierhergefunden haben.« Die Gutsherrin sprach mit einer überdeutlichen Artikulation, als stünde sie auf einer Bühne. Goldene Armreifen klimperten an ihren Handgelenken. »Ach, Mrs. Bredon-Ryder, Sie müssen mir unbedingt von London berichten. Seit über einem Jahr war ich nicht mehr dort. Mein Gatte ist ja kaum einmal dazu zu bewegen, nach Dublin zu reisen. Sein ganzes Interesse gilt dem Park und dem Forst. Er vergräbt sich förmlich in wissenschaftliche Studien und pflanzenkundliche Bücher.« Sie seufzte wie ein Klageweib in einem antiken Schauspiel. Hopkins hatte recht gehabt, ganz offensichtlich langweilte sie sich auf dem abgelegenen Anwesen.

»Ich erzähle Ihnen gern von London«, erwiderte Victoria höflich.

»Wie schön …« Lady Craven strahlte. »Wir werden heute Abend eine kleine, aber sehr traute Runde sein. Außer Ihnen sind noch der Earl of Grattan und seine liebe Gattin zu Gast. Der Earl ist, wie Sie ja wahrscheinlich wissen, der hiesige Parlamentsabgeordnete der Konservativen Partei in Westminster. Die beiden haben eine entfernte Verwandte von Lady Grattan mitgebracht. Eine Amerikanerin, aber englischer Abstammung. Die Ärmste ist Witwe, sie hat vor noch nicht einmal einem Jahr ihren Gatten verloren.« Lady Craven seufzte wieder bühnenreif.

»Madam, Sir …« Der Butler des Hauses, ein großer, hagerer Mann in schwarzem Anzug, hatte sich ihnen genähert und verneigte sich respektvoll.

»Oh, ich halte Sie mit meinen Plaudereien auf. Es ist ja höchste Zeit, dass Sie sich zum Dinner umkleiden.« Lady Craven klatschte exaltiert in die Hände. »Meynard wird Sie zu Ihren Zimmern begleiten. Dann Adieu und bis bald.« Sie winkte Ihnen noch einmal zu, ehe sie hinter einer Tür verschwand.

Die überdrehte Lady Craven, ihr Gatte, der sich in Pflanzenbüchern vergrub, ein konservativer Parlamentsabgeordneter und eine trauernde Witwe … Der Abend versprach wirklich heiter zu werden! Jeremys Miene entnahm Victoria, dass ihm Ähnliches schwante. Nein, wahrscheinlich würden sie in dieser Nacht nicht zusammen in einem Bett schlafen.

»Danke, die Frisur gefällt mir!«

Victoria lächelte das Dienstmädchen an. Mithilfe eines Brenneisens hatte es ihre wilden Locken zu Wellen gebändigt und auf beiden Seiten des Kopfes mit Nadeln hochgesteckt. Farblich passend zu dem cremefarbenen Seidenkleid, das sie in Galway gekauft hatte, hatte Victoria sich für Perlenschmuck entschieden. Ihr Stirnband war damit bestickt, ihre eng anliegende Halskette bestand aus vier Reihen großer, schimmernder Perlen, und auch ihre goldenen Ohrringe und das Armband waren damit besetzt.

Ihr Lächeln erstarb, als das Dienstmädchen aus ihrem Blickfeld verschwand. Sie hatte sich so darauf gefreut, das Abendkleid mit dem Oberteil aus geraffter Seide zu tragen. Nun wünschte sie sich, sie hätte es nicht mit nach Castle Fota genommen. Wahrscheinlich würde sie es immer mit einem fürchterlichen Abend assoziieren.

Das Dienstmädchen hockte sich vor den Kamin und legte noch einmal Kohlen nach. Der Wind wehte Regen gegen die Fenster. Für einen Moment fühlte Victoria sich in die Hütte am Rand des Moors versetzt, und sie sah Moira neben der Feuerstelle, ihr geheimnisvoll schönes Gesicht von den Flammen erhellt. Wieder einmal fragte sie sich, was die junge Frau nur in den Weiler geführt hatte. Und wie es Ióseph wohl in seiner Gefängniszelle erging? Sie hoffte so sehr, dass er inzwischen etwas Mut gefasst hatte.

Sie vernahm ein Klopfen an der Tür, gleich darauf betrat Jeremy das Schlafzimmer.

»Ich brauche dich nicht mehr, du kannst gehen«, wandte sie sich freundlich an das Dienstmädchen.

»Madam, Sir …« Es knickste mit gesenktem Kopf und eilte davon.

Jeremy zog sich einen Stuhl heran. Er setzte sich ihr gegenüber und nahm ihre Hände in seine. Wie immer trug er seinen Smoking mit lässiger Eleganz, und die Berührung ließ ihren Atem rascher gehen. Er musterte sie eindringlich, lächelte sie dann mit seinen warmen braunen Augen an.

»Lady Craven ist niemals eine enge Freundin von Constance«, sagte er schließlich ruhig. »Dazu ist die Dame des Hauses viel zu exaltiert.«

»Nun, Lady Craven ist vielleicht nicht Constance' Freundin, aber sie betrachtet sich als solche«, wich sie ihm aus.

»Du hast dennoch nicht wegen Constance darauf bestanden, heute Abend hierherzukommen, oder?«

»Äh … nein …«

»Ich habe mich so darauf gefreut, endlich bei dir zu sein. Und es tut mir unendlich leid, dass seit meiner Ankunft alles zwischen uns schiefgelaufen ist. Ich hatte kein Recht, dir Vorwürfe zu machen, und ich verstehe, dass du auf diesem Abend hier in Castle Fota bestanden hast, weil du ärgerlich auf mich warst. Also bitte, lass uns noch einmal von vorne anfangen.« Jeremys offener Gesichtsausdruck und sein entwaffnendes Lächeln begütigten sie.

»Ach, Jeremy, ich …« Sie wollte ihm gestehen, dass sie wegen des Mordes an Moira hier waren. Doch Jeremy beugte sich vor und zog sie an sich.

»Schon gut … Du musst dich nicht entschuldigen«, murmelte er.

»Aber …«

»Psch …« Jeremys Kuss verschloss ihre Lippen, und sie gab sich ganz seinen Liebkosungen hin.

Ein Gong aus den Tiefen des Hauses ließ sie aufschrecken – das Zeichen für die Gäste, sich vor dem Speisezimmer einzufinden. Widerstrebend lösten sie sich voneinander. Jeremy strich seinen Smoking glatt, und Victoria steckte eine Haarsträhne, die sich aus ihrer Frisur gelöst hatte, fest.

»Also dann …« Er reichte ihr seinen Arm und grinste. »Hoffentlich können wir diesen Abend so schnell wie möglich hinter uns bringen.«

»Das hoffe ich auch.«

Victoria erwiderte sein Lächeln. Endlich war wieder alles gut zwischen ihnen. Und vielleicht würde der Abend ja doch nicht ganz so schlimm werden.

»Mr. Ryder, Mrs. Bredon-Ryder, darf ich Ihnen meinen Gatten vorstellen?« Lady Craven, die ihr wallendes rotes Gewand gegen ein lilafarbenes, von Spitzen überladenes Abendkleid eingetauscht hatte, wandte sich strahlend an einen kahlköpfigen Mann Mitte sechzig mit einem schon ganz faltigen Gesicht. Die Türen zum Speisesaal waren noch geschlossen. Man hatte sich zu einem Aperitif im Vorraum getroffen.

»Sir, Madam …«

Lord Craven verneigte sich brüsk vor Victoria und Jeremy. Dann hielt er sein Sherryglas wieder wie einen Schutzschild vor sich. Sein Blick wanderte zu den regennassen Fenstern, als wünschte er sich trotz des schlechten Wetters nichts sehnlicher, als draußen im Park umherzuwandern.

»Und dies sind Lord Grattan und seine liebe Gemahlin.«

Lord Grattan war ein großer, stiernackiger Mann Ende fünfzig. Sein gerötetes Gesicht deutete auf hohen Blutdruck hin. Wahrscheinlich war er cholerisch veranlagt. Das graue Haar und den Schnurrbart trug er militärisch kurz geschnitten. Seine Gattin, die viel kleiner war als er, hatte ein Pferdegesicht.

»So, Sie arbeiten also für den *Spectator*, Mr. Ryder«, wandte er sich, nachdem Lady Craven sie einander vorgestellt hatte, an Jeremy. »Ich muss schon sagen, der Kommentar letzte Woche über Arthur Balfour und wie er angeblich das Oberhaus für seine Zwecke manipuliert, war eine Frechheit. Ihr Blatt wird mir entschieden zu liberal.«

Arthur Balfour war der Vorsitzende der Konservativen Partei und der derzeitige Oppositionsführer im Parlament. Da die konservativen Adligen im Oberhaus eine große Mehrheit bildeten und das Oberhaus Gesetze des Parlaments per Veto blockieren konnte, war Balfours Einfluss immer noch beträchtlich.

Jedenfalls schien Lord Grattan von der Regel, nach der man sich bei gesellschaftlichen Anlässen auf höflichen Small Talk beschränkte, nicht viel zu halten. Victoria wechselte einen raschen Blick mit Jeremy. Er zuckte kaum merklich mit den Schultern und ergab sich in das Schicksal einer politischen Diskussion mit dem konservativen Parlamentsabgeordneten.

»Für mich nicht, danke.« Sie schüttelte den Kopf, als ein livrierter Diener nun auch ihnen Sherry zum Aperitif reichte.

»Meine Liebe ...« Lady Grattan nahm kurz Victorias gerundeten Leib in Augenschein. »Ach, es ist doch immer wieder schön zu sehen, wie junge Frauen ihre Erfüllung in Familie und Mutterschaft finden. Ganz gleich, was diese schrecklichen Suffragetten unserer Gesellschaft einzureden versuchen.«

Victoria wollte erwidern, dass sie ihre Erfüllung nun wirklich nicht nur in Familie und Mutterschaft sah, doch eine Bewegung an der Tür ließ sie innehalten. Eine Frau in einem taubengrauen Abendkleid betrat den Raum. Sie war offensichtlich Lady Grattans Verwandte und entsprach nicht im Geringsten dem Bild, das sich Victoria von ihr gemacht hatte. Die Witwe war viel jünger, als sie gedacht hatte, höchstens Mitte zwanzig, und füllte den Raum sofort mit ihrem Charisma aus. Lord Grattan unterbrach seine politische Tirade, selbst Lord Craven ließ das Sherryglas sinken und schaute sie bewundernd an.

Die junge Frau war groß und schlank und schön, wenn auch nicht perfekt. Eine ihrer Brauen schien ein wenig höher zu sitzen als die andere – was den Eindruck vermittelte, sie betrachtete ihre Umwelt mit einer amüsierten Distanz –, und auch ihr Mund war nicht ganz ebenmäßig. Aber gerade dies ließ ihre sonst vielleicht zu vollkommenen Gesichtszüge ungemein lebendig und interessant erscheinen. Ihre Augen waren groß und rauchblau. Das honigblonde Haar trug sie an der Stirn und den Seiten hochfrisiert und am Hinterkopf zu einem scheinbar nachlässigen, in Wahrheit jedoch höchst kunstvollen Knoten zusammengesteckt. Eine Strähne kringelte sich an ihrem Hals entlang bis in den Ausschnitt, was genau der neuesten Mode entsprach.

Irgendwie glaubte Victoria nicht, dass die junge Frau sich für ein graues Abendkleid entschieden hatte, weil dies den Konventionen der Witwenschaft entsprach. Dazu war es viel zu außergewöhnlich – und es passte vollendet zur Farbe ihrer Augen. Es war sehr einfach, jedoch äußerst raffiniert und elegant geschnitten und bestach durch seinen Faltenwurf. Den eigentliche Clou des Kleides bildete jedoch die breite Schärpe aus einem etwas dunkleren Grau, die seitlich zu einer Schleife gebunden war. Die Ohrringe der jungen Witwe waren mit Diamanten besetzt. Auch ihr Armband warf glitzernde Lichtfunken in den Raum, wahrscheinlich war es Tausende von Pfund wert.

Victoria kam sich plötzlich sehr klein und unbedeutend vor, und sie fühlte sich plump mit ihrem von der Schwangerschaft gerundeten Leib.

Jeremy, der eben noch etwas zu Lord Grattan gesagt

hatte, wandte sich um. Beim Anblick der jungen Frau schien er förmlich zu erstarren. Victoria hörte, wie sie einen leichten Seufzer ausstieß. Ihre Augen weiteten sich. Dann hatte sie sich wieder gefasst.

»Mein Gott, Jeremy, was für eine Überraschung. Damit, dich hier im Westen Irlands zu treffen, hätte ich niemals gerechnet«, sagte sie mit einem Lächeln.

Jeremy war verstummt. Seine Miene spiegelte Erstaunen, Fassungslosigkeit und – deutete sie das richtig? – Sehnsucht wider.

»Jeremy?« Victoria trat zu ihm. Was war nur mit ihm? Eine plötzliche Angst machte ihr die Kehle eng.

»Victoria ...« Er räusperte sich, dennoch klang seine Stimme belegt. »Darf ich dir Clarissa vorstellen? Vor ihrer Heirat Lady Clarissa Kimberley, die Schwester meines Schulfreundes Viscount Christopher Kimberley. Clarissa, meine Gattin Victoria.«

»Jetzt Lady Clarissa Davitt, Jeremy.« Sie bedachte ihn mit einem versonnenen Blick aus ihren rauchblauen Augen und wandte sich dann Victoria zu. »Wie schön, Sie kennenzulernen, Victoria. Ich darf Sie doch sicher so nennen, nicht wahr? Und für Sie bin ich selbstverständlich Clarissa.«

Clarissa reichte ihr die Hand. Victoria hatte den Eindruck, dass sie sehr prüfend gemustert wurde.

»Ach, Mr. Ryder und Lady Clarissa, Sie beide kennen sich!« Lady Craven klatschte enthusiastisch in die Hände. »Das ist ja eine schöne Überraschung.«

»Ich bin auch sehr erfreut«, murmelte Victoria.

Sie verstand nicht, was Jeremy so aufwühlte. Lady Clarissa Kimberley ... Irgendwie weckte der Name eine ungute Erinnerung in ihr.

»Ich wusste gar nicht, dass du verheiratet bist«, sagte

Clarissa nun zu Jeremy. »Mein Bruder hat mir nichts davon erzählt.«

»Wir haben erst vor einigen Wochen geheiratet«, erwiderte Jeremy, »in Indien.« In Victorias Ohren klang seine Stimme irgendwie entschuldigend.

Indien ... Endlich begriff sie. Lady Clarissa Kimberley war jene Frau, in die Jeremy am Ende seiner Schulzeit in Eton unsterblich verliebt gewesen war. Jeremy hatte ihr nur einmal von ihr erzählt, und über all den Aufregungen der letzten Monate hatte sie sie ganz vergessen. Als die junge Frau aus altem, aber verarmtem Adel sich von ihm abgewandt hatte, um einen reichen Amerikaner zu heiraten, hatte ihn das völlig aus der Bahn geworfen und in eine tiefe Krise gestürzt. Ja, er hatte damals sogar mit dem Gedanken gespielt, sich das Leben zu nehmen.

Ob er wirklich über Clarissa hinweg war? So wie Jeremy sie eben angesehen hatte, bezweifelte Victoria das.

Regen schlug gegen die Butzenscheibenfenster des Speisesaals. Dieser war in einem pseudomittelalterlichen Stil gestaltet, die schweren, aus dunklem Eichenholz gefertigten Möbel wiesen zu viele Schnitzereien auf. Die in Grün- und Brauntönen gehaltenen Tapisserien an den Wänden zeigten Jagdszenen. Auch das feine Porzellan war damit verziert.

Die Hummersuppe, die als Vorspeise gereicht worden war, hatte überraschend gut geschmeckt. Aus purer Nervosität hatte Victoria etwas Weißwein getrunken. Was sie jetzt bereute, denn ihr war übel, und das Kind trat gegen ihre Bauchdecke, als würde es ihre Anspannung spüren – oder den Alkohol.

»Mrs. Bredon-Ryder?« Lady Craven sah sie über die Tafel fragend an.

Victoria versuchte, sich auf die Unterhaltung mit der Gastgeberin zu konzentrieren. »O ja, ich habe gelegentlich ein Abendkleid im Londoner Atelier Poiret erworben. Das für mein Debüt im Palast stammte von dort.« Der Debütantinnenball im Buckingham Palace eineinhalb Jahre zuvor war furchtbar gewesen. Positiv in Erinnerung hatte sie nur, dass sie Jeremy dort zum zweiten Mal in ihrem Leben begegnet war. Dieser Abend konnte es jedoch an Grauenhaftigkeit spielend mit dem Ball aufnehmen.

Lady Craven schwatzte über Mode und ihre Reisen an die Riviera. Da es dort seltene Pflanzen gab, die ihr Gatte sammelte, verbrachte er jedes Jahr einige Wochen mit ihr am Mittelmeer. Lord Craven selbst steuerte zu der Unterhaltung kein einziges Wort bei. Seit Beginn des Dinners hatte er stumm seine Suppe gelöffelt. Clarissa – es fiel Victoria selbst in Gedanken schwer, sie so zu nennen – plauderte mit Lady Grattan über irgendwelche Bekannten in Dublin. Und Lord Grattan unterhielt sich mit Jeremy über Politik. Oder vielmehr monologisierte er darüber, denn Jeremys Antworten waren höchst einsilbig. Was, wie Victoria fürchtete, mit Clarissa zusammenhing.

Drei livrierte Diener trugen nun die Suppenteller ab, und auf ein Zeichen des Butlers hin präsentierten sie den Gästen Platten und Schüsseln mit Rinderzunge und Madeirasoße sowie in Butter geschwenkten Kartoffeln und Gemüse. Victoria nahm sich nur wenig von allem, und sie hob abwehrend die Hand, als ein Diener Rotwein in eines der geschliffenen Kristallgläser ihres Gedecks schenken wollte. Für einen Moment füllte Stille den Speisesaal, nur unterbrochen vom leisen Klappern des Bestecks.

»Ryder, ich sage Ihnen …« Umso lauter ertönte nun die Stimme Lord Grattans, er schien der Ansicht zu sein, sein Verhältnis zu Jeremy sei mittlerweile vertraut genug, um auf das »Mr.« verzichten zu können. »… die Iren sind nun einmal faul und dumm. Sie werden niemals in der Lage sein, sich selbst zu regieren. Falls sie tatsächlich ein eigenes Parlament erhalten sollten – wogegen ich strikt bin –, werden sie das Land in Kürze ruinieren.«

Victoria stellte sich unwillkürlich vor, wie McEvoy auf diese Bemerkung reagieren würde. Zu ihrer Überraschung erwiderte Jeremy nichts. Hatte er dem Parlamentsabgeordneten überhaupt zugehört, oder weilte er in Gedanken bei Clarissa? Sie ließ das Besteck sinken. Diese Behauptung konnte sie einfach nicht unwidersprochen lassen.

»Im Sommer habe ich einige Monate in Indien verbracht. Mit ähnlichen Worten argumentieren konservative Politiker, die Inder seien nicht in der Lage, das Land selbst zu regieren. Sie bräuchten dringend die Unterstützung von uns Engländern. Ich sehe das ganz und gar nicht so.«

»Oh, eine Dame, die sich für Politik interessiert.« Der Spott in der Stimme des Earls war unüberhörbar. »Nun, ich bin der Meinung, das schöne Geschlecht sollte derartige Angelegenheiten uns Männern überlassen.«

»Sie waren in Indien, Mrs. Bredon-Ryder? Davon müssen Sie uns unbedingt erzählen«, versuchte Lady Craven hastig, das Gespräch in eine andere Richtung zu lenken.

Doch Victoria war nicht bereit, das Thema zu wechseln. Ach, wie sie Leute wie den Earl hasste, die von der Überlegenheit des *weißen Mannes* durchdrungen waren.

»Korrigieren Sie mich, wenn ich etwas Falsches sage«, erwiderte sie kühl. »Zwischen 1845 und 1849 wurde Irland – wie auch heute – von London aus regiert, und im

Parlament saßen nur Männer. Was zur Folge hatte, dass eine Million Menschen an Hunger und an Krankheiten starben. Betrachten Sie das etwa ernsthaft als eine geglückte Politik, Earl? Und wenn ja, interessiert mich, wie Sie eine gescheiterte Politik definieren würden.«

»Die Folgen der Kartoffelfäule waren in dem Ausmaß einfach nicht abzuschätzen.« Lord Grattan vollführte eine wegwerfende Handbewegung. »Und, Madam, die englische Regierung versuchte sehr wohl, die Not der Bevölkerung durch Lebensmittellieferungen zu lindern.«

»Die am Ende des ersten Jahres der Hungersnot eingestellt wurden. Und dann auch erst viel zu spät und völlig unzureichend wieder aufgenommen wurden. Ohne das Entsetzen der Weltöffentlichkeit wäre auch das wahrscheinlich nicht geschehen.«

»Diese Behauptung entbehrt jeder Grundlage, Madam.«

»Ach ja?« Victoria war jetzt wirklich zornig. »Dann ist es etwa auch nur eine bloße Behauptung, dass während der Hungersnot große Mengen an Getreide außer Landes geschafft wurden, anstatt sie an die leidende Bevölkerung zu verteilen? Und dass Pächter, die zu entkräftet waren, um die Felder weiter zu bewirtschaften und ihre Pacht zu bezahlen, von den Grundherren vertrieben wurden, ist ebenso meiner Fantasie entsprungen?«

»Sie verstehen die Zusammenhänge nicht, meine Liebe.« Die Stimme des Earls tropfte vor Gönnerhaftigkeit. »Es ist ein fundamentales Gesetz allen wirtschaftlichen Denkens, nicht in die freien Kräfte des Marktes einzugreifen. Und auf die Pacht zu verzichten hätte den Ruin vieler Grundherren bedeutet.«

»Die während der Hungerjahre ein luxuriöses Leben auf ihren englischen Gütern und in ihren Londoner Palästen führten. Die vertriebenen Bauern und ihre Kinder hausten mittlerweile in Erdhöhlen – und starben elendiglich darin.«

»Meine liebe Victoria«, Victoria zuckte zusammen, als Clarissa sie über die Tafel hinweg anlächelte, »übertreiben Sie nicht ein bisschen? Sie malen ja ein Bild in geradezu Dickens'schem Schwarz und Weiß.«

»Eine Million Tote und eine Million Menschen, die unter oft fürchterlichen Zuständen auf den Schiffen in die USA emigrierten, sprechen für sich. Finden Sie nicht auch, Clarissa?«

Weshalb sagte Jeremy zu alldem kein Wort? Victoria war nahe daran, ihm unter dem Tisch gegen das Schienbein zu treten.

»Mein verstorbener Gatte besaß Güter in Irland. Er hat die Bauern nicht gerade als arbeitsam und fleißig geschildert.« Clarissa trank einen Schluck Rotwein und zuckte anmutig mit den Schultern. »Vermutlich hat die englische Regierung befürchtet, die Iren könnten von Lebensmittelzuwendungen abhängig werden, und war deshalb damit zurückhaltend. Außerdem bin ich der Ansicht, dass jeder Mensch, der sich anstrengt und sich bemüht, es zu etwas bringen wird.«

Wie konnte man nur so unglaublich borniert sein? »Diese Meinung vertreten gewöhnlich Menschen, die sehr wohlhabend von Geburt sind, viel erben oder reich heiraten«, entgegnete Victoria. Sie hatte das ganz allgemein gesagt. Erst als Clarissa zusammenzuckte, wurde ihr wieder bewusst, dass diese ja Jeremy wegen eines reichen amerikanischen Geschäftsmannes verlassen hatte. Nun, sie bereute ihre Bemerkung kein bisschen. Schweigen senkte sich über die Tafel. Lady Grattan starrte Victoria empört an, während Clarissa wieder nach ihrem Rotweinglas griff und einen

Schluck trank. Jetzt waren ihre Bewegungen etwas weniger anmutig als zuvor. Nur Lord Craven aß unbehelligt weiter.

»Dieser Austausch unterschiedlicher Meinungen war durchaus interessant«, Lady Craven wedelte verstört mit den Händen, »aber ich würde doch sagen, das war genug der Politik. Mrs. Bredon-Ryder, was haben Sie und Ihr geschätzter Gatte denn für die Dauer Ihres Aufenthalts in Irland für Pläne, wenn Sie mir die Frage gestatten?«

»Wir wollen ein paar Tage in Dublin verbringen«, erwiderte Victoria. Sie wollte die Gastgeberin nicht brüskieren.

»Oh, ich werde ab kommender Woche für einige Zeit ebenfalls dort sein«, warf Clarissa ein und schenkte ihr ein etwas zu strahlendes Lächeln. »Sie und Jeremy, wir müssen uns unbedingt treffen.«

Niemals, dachte Victoria. Außerdem war dies bestimmt kein Friedensangebot seitens Clarissas. Diese hatte gewiss ihre eigenen Pläne. Sie suchte nach einer Ausrede. Doch Lady Craven kam ihr zuvor. »Vor dem Dinner hat mir mein Gatte tatsächlich zugesichert, in Bälde ebenfalls nach Dublin zu reisen. Es wäre doch schön, wenn wir uns dort alle sehen würden. Nicht wahr, Darling?« Sie tätschelte Lord Cravens Hand. Dieser grunzte kurz.

»Nach dem Stadtaufenthalt werden mein Mann und ich lange Spaziergänge unternehmen, zusammen ausreiten und hoffentlich einmal gemeinsam segeln.« Victoria wollte das Thema Dublin so schnell wie möglich beenden. »Bisher haben wir noch nie Zeit für einen Segelausflug gefunden.«

»Jeremy und ich waren einmal vor der Küste von Kent segeln.« Clarissa lächelte wieder. »Eigentlich hätte mein Bruder Christopher uns als Anstandsdame begleiten sollen, aber er musste kurzfristig absagen. Erinnerst du dich noch an den Nachmittag, Jeremy? An den Sonnenschein und das blaue Meer?«

Victoria wandte sich Jeremy perplex zu. »Ja«, sagte er nach einem Moment. »Ja, ich erinnere mich noch gut.« Er vermied es, sie anzusehen.

»Sie beide werden bestimmt eine wunderbare Zeit in Irland haben«, versicherte Lady Craven enthusiastisch.

Während die Diener jetzt das Geschirr des Hauptgangs abräumten, trafen sich Victorias und Clarissas Blicke. Die junge Witwe warf leicht den Kopf in den Nacken, ihre Augen funkelten spöttisch und überlegen.

Was auch immer bei diesem Ausflug geschehen war – Jeremy und Clarissa waren ganz bestimmt nicht nur einträchtig zusammen gesegelt. Davon war Victoria fest überzeugt. Sie hätte am liebsten erklärt, sie fühle sich nicht wohl und ziehe sich deshalb zurück. Aber Clarissa würde dies ganz sicher als Sieg verbuchen. Deshalb entschied sie sich zu bleiben. Wann würde dieses Dinner nur endlich ein Ende nehmen?

Gegen elf Uhr räumten die Diener schließlich Mokkatassen und Portweingläser ab. Normalerweise war es üblich, dass sich die Männer nach dem Dinner zum Rauchen zurückzogen, während die Frauen im Speisesaal blieben und plauderten. Doch Lord Craven hatte glücklicherweise keine Anstalten unternommen, diesem Brauch zu folgen. Was den Abend wenigstens ein bisschen abkürzte.

»Wir sehen uns dann beim Frühstück.«

Lady Craven lächelte in die Runde, als könnte sie es kaum erwarten, ihre Gäste wiederzusehen. Sie erhob sich, und zusammen mit ihrem Gatten verließ sie den Speisesaal.

Victoria und Jeremy, Clarissa und Lord und Lady Grattan folgten ihnen durch die Halle und dann die Treppe hinauf. Noch immer umtoste starker Wind Castle Fota, und die Flammen der Gaslampen flackerten im Luftzug. Nicht auszudenken, dass die Straßen am kommenden Morgen nicht passierbar sein würden.

Noch einen Tag in dieser Gesellschaft überstehe ich nicht, dachte Victoria niedergeschlagen. Sie hätte Jeremy schütteln können. Nicht nur, dass er ihr gegen den Earl of Grattan nicht beigestanden hatte. Gegen Ende des Dinners hatte er sich tatsächlich von Clarissa in ein Gespräch über ihren Bruder und gemeinsame Bekannte ziehen lassen.

Im zweiten Stock schritten Lord und Lady Craven in einen Korridor links von der Galerie. Die Besucher nahmen den Weg in den anderen Flügel. Vor den Gästezimmern nickten Lord und Lady Grattan Victoria und Jeremy knapp zu, ehe sie in ihren Räumlichkeiten verschwanden. Victoria wünschte sich, Clarissa würde auch einfach gehen. Aber sie blieb stehen und wandte sich ihnen zu.

»Es war so reizend, dich nach all den Jahren unverhofft zu treffen.« Sie berührte kurz und, wie es Victoria erschien, besitzergreifend Jeremys Arm. »Und ich habe mich wirklich sehr gefreut, Sie kennenzulernen, Victoria. Wir müssen unsere Bekanntschaft unbedingt festigen.«

»Natürlich«, log Victoria.

Sie hätte fast alles gesagt, um Clarissa endlich loszuwerden und mit Jeremy allein zu sein.

»Eine gute Nacht«, verabschiedete sich die Witwe nun und schritt anmutig zu einem Raum am Ende des Korridors. Ihr diamantenbesetzter Schmuck sprühte Lichtfunken, die Falten des Abendkleides bauschten sich elegant um ihren Körper. Victoria starrte ihr einen Moment lang hinterher, wieder fühlte sie sich mit ihrem gerundeten Leib plump und unscheinbar. Dann öffnete sie die Tür ihres Schlafzimmers und zog Jeremy mit sich hinein.

»Kannst du mir verraten, weshalb du mir gegen diesen fürchterlichen Lord Grattan nicht beigestanden hast?«, fauchte sie ihn an. »Seine menschenverachtenden Ansichten wirst du ja wohl nicht teilen.«

»Es tut mir leid, ich …«, Jeremy fuhr sich mit den Händen über das Gesicht, eine irgendwie hilflose Geste, »… ich war heute Abend wohl nicht ganz ich selbst.«

»Das hat dich aber nicht davon abgehalten, mit Clarissa über alte Zeiten zu plaudern. Du warst plötzlich sehr gesprächig.«

»Ihr Bruder Christopher und ich waren enge Freunde, bis sie mich wegen dieses reichen Amerikaners, Benjamin Davitt, sitzen ließ. Danach brach unser Kontakt ab. Christopher war das alles sehr peinlich. Trotzdem hat es mich interessiert zu erfahren, was er macht und wie es ihm geht.«

»Was war zwischen Clarissa und dir auf diesem Segelboot?«

»Was zwischen uns war?« Jeremy ließ sich in einen Stuhl vor dem Kamin sinken und schüttelte unbeholfen den Kopf. »Wir haben uns geküsst. Das war alles.«

»Wirklich?«

Victoria und Jeremy waren damals noch kein Paar gewesen, ja, sie hatten sich noch nicht einmal gekannt. Aber Victoria hätte es nicht ertragen, wenn er auf dem Boot mit Clarissa intim geworden wäre.

»Ja, mehr war nicht zwischen uns. Mein Gott, ich gebe zu, ich habe sie begehrt. Sie war jedoch die Schwester eines guten Freundes, und ich wollte die Situation nicht ausnutzen. Clarissa …« Jeremy brach ab und schaute in die Flammen, die um die Holzscheite züngelten. Wieder schüttelte er den Kopf, als wollte er sich über etwas klar werden oder als könne er etwas nicht glauben. »Ich war wahnsinnig verliebt in sie. Ich war damals ja noch sehr jung, und dass Clarissa sich auch in mich verliebt hatte ... Für mich war das, als wäre eine Göttin vom Olymp heruntergestiegen und hätte sich mit einem Sterblichen eingelassen. Aber auch wenn ich völlig verzaubert von ihr war, war mir doch klar, dass sie ein Mensch ist, der die eigenen Interessen sehr gut im Auge behält.«

»Was sich dann ja auch daran gezeigt hat, dass sie dich für Davitt und seinen Reichtum verlassen hat«, sagte Victoria leise.

Sie begriff nicht, wie Clarissa so hatte handeln können. Alles Gold der Welt war für sie, verglichen mit Jeremy, völlig wertlos. Aber bei allem Leid, das dies für Jeremy bedeutet hatte, war sie froh, dass Clarissa so gehandelt hatte. Denn sonst wären sie beide nun kein Paar.

»Ja, allerdings.« Jeremy lächelte sein schiefes Lächeln, das Victorias Zorn, wie so oft, besänftigte. »Was ich eben eigentlich sagen wollte, war, dass Clarissa sich niemals einem Mann hingegeben hätte, dessen Zukunft noch völlig offen war. Das Risiko, von mir schwanger zu werden, hätte sie nicht in Kauf genommen.«

Unwillkürlich berührte Victoria zärtlich ihren Leib. Sie war so glücklich, von Jeremy schwanger zu sein. Sie holte tief Atem, denn sie musste diese Frage einfach stellen. Auch wenn es ihr noch so schwerfiel.

»Aber du bist nicht über Clarissa hinweg?«

Jeremy sah sie überrascht an. »Doch, das bin ich!«

»So hast du heute Abend nicht gewirkt.«

»Ich war einfach völlig durcheinander, ihr plötzlich ge-

genüberzustehen. Sie war meine erste große Liebe, und, das weißt du ja, ich habe ihretwegen mit dem Gedanken gespielt, mich umzubringen. So jung und theatralisch war ich damals. Ihr zu begegnen hat das alles wieder aufgewühlt, und ich habe mich gefragt, wie wohl mein Leben verlaufen wäre, wenn Benjamin Davitt nicht Clarissas Weg gekreuzt hätte.«

Victoria schluckte. »Bereust du es, dass er dir Clarissa weggenommen hat?«

»Kein bisschen. Denn dann hätte ich nicht die Frau heiraten können, die ich wirklich liebe und die mich so unendlich glücklich macht.«

Victoria sah ihren Mann schweigend an. Konnte sie seinen Worten glauben?

»Victoria, ich liebe nur dich«, flüsterte er, nahm sie in die Arme und küsste sie zärtlich.

DREIZEHNTES KAPITEL

Noch ganz durchdrungen von der vergangenen Nacht wachte Victoria am Morgen auf. Mit geschlossenen Augen blieb sie liegen, gab sich dem Glücksgefühl hin, das sie bis ins Innerste erfüllte. Ja, Jeremy liebte sie. Die Sprache seines Körpers, sein Blick, als sie zum Höhepunkt gekommen waren, hatten ihr mehr gesagt, als alle Worte es konnten. Schläfrig räkelte sie sich, suchte seine Nähe. Doch Jeremy lag nicht mehr neben ihr. Hörte sie ihn irgendwo mit gedämpfter Stimme sprechen? Schlagartig wich alle Müdigkeit von ihr, und sie richtete sich auf.

Die Tür zum Korridor war einen Spaltbreit geöffnet. Jetzt trat Jeremy in das Schlafzimmer. Sein Gesicht, das in der Nacht von innen heraus gestrahlt hatte, war ernst und besorgt. In der Hand hielt er ein Telegramm.

»Jeremy, geht es deinem Vater wieder schlechter?«, fragte Victoria erschrocken.

»Das Telegramm hat nichts mit meinem Vater zu tun.« Er schüttelte den Kopf und setzte sich auf die Bettkante. »Sir Arthur Stanhope hat es geschickt. Es ist eine verschlüsselte Nachricht. Aber ich kann sie nur so deuten, dass die Geheimabteilung von Scotland Yard in ihrer Existenz bedroht ist.«

»Oh …«

Victoria hatte ihre Vorbehalte gegen den Commissioner. Sie hielt rein gar nichts von seiner konservativen Weltsicht, ihrer Ansicht nach vertrat er die Interessen der Mächtigen viel zu sehr. Aber sie wusste auch, dass er ein nüchterner Mann war und nicht zu Übertreibungen neigte.

»Und …«, Jeremy stockte und sah Victoria um Verzeihung bittend an, »… Sir Arthur bittet mich, nach London zurückzukommen. Anscheinend geht irgendetwas im Verborgenen vor sich. Der Commissioner braucht jeden seiner Leute, dem er wirklich vertrauen kann.«

»Es ist unsere Hochzeitsreise.«

»Ja, das weiß ich nur zu gut. Wenn du es möchtest, sage ich Sir Arthur ab und bleibe hier.«

»Aber du würdest den Commissioner gern unterstützen?«

»Ja, das würde ich.« Jeremy nickte. »Die Geheimabteilung hat wirklich gute Arbeit geleistet, und …«

»*Du* hast wirklich gute Arbeit geleistet«, unterbrach Victoria ihn bestimmt.

»Ja, meinetwegen auch ich.« Jeremy lächelte schwach. »Jedenfalls halte ich die Abteilung für sehr wichtig, und ich möchte wissen, wer gegen sie intrigiert.«

Victoria schwieg. Jeremy und die Geheimabteilung hatten einige hochgestellte Persönlichkeiten, die gegen die Interessen des Landes gehandelt hatten und in verbrecherische Machenschaften verstrickt gewesen waren, zu Fall gebracht. Das meiste war gegenüber der Öffentlichkeit vertuscht worden. Aber mächtige Männer waren ihrer Posten enthoben worden oder hatten es vorgezogen, Selbstmord zu begehen, um der Schande einer Bloßstellung zu entgehen. Es war gut möglich, dass deren einflussreiche Verwandten und Freunde nun gegen die Geheimabteilung arbeiteten.

»Victoria«, Jeremy strich ihr sanft über die Wange, »es ist in Ordnung. Du musst mir nichts erklären. Ich bleibe bei dir.«

»Nein, dieses Mal verstehst du mich falsch.« Sie schüttelte den Kopf. »Ich war oft ärgerlich auf Sir Arthur. Dennoch weiß ich, dass die Geheimabteilung wirklich Wichtiges geleistet hat. Und ich glaube, dass, wer auch immer will, dass sie ihre Arbeit einstellt, nichts Gutes im Schilde führt.«

»Du hast also nichts dagegen, dass ich nach London fahre?« Jeremy wirkte fast ungläubig.

»Du hast meinen Segen.« Victoria lächelte ihn an. »Ich werde die Zeit in Kincraighie House zum Malen und Zeichnen und zum Reiten nutzen. Bald werde ich ja nicht mehr so oft dazu kommen.«

»Ich danke dir.« Jeremy küsste sie zärtlich. Behutsam löste sich Victoria von ihm. »Ich sage Hopkins Bescheid, er wird sich um eine Kutsche nach Clifden kümmern.«

Jeremy ging in sein Schlafzimmer nebenan und begann, seine Kleidung in seinen Koffer zu packen – er hatte sich noch nicht ganz daran gewöhnt, dass Hopkins dies seit ihrer Hochzeit als seine Aufgabe betrachtete. Victoria betätigte den Klingelzug zu den Dienstbotenräumen im Untergeschoss.

Draußen am See wogten die Tannen im Wind, dicke Wolken trieben über den Himmel. Es war noch nicht einmal acht Uhr. So früh am Tag würden sie Clarissa bestimmt noch nicht begegnen. Worüber Victoria sehr froh war. Und wenn sie ehrlich sich gegenüber war, musste sie sich eingestehen, dass die junge Witwe es ihr auch leichter gemacht hatte, Jeremy nach London ziehen zu lassen. Er mochte mit ihr abgeschlossen haben. Sie selbst war davon überzeugt, dass dies umgekehrt nicht für Clarissa galt. Wie gut, dass Jeremy bald weit weg von ihr sein würde.

Im Bahnhof von Clifden wehte eine Windböe über die Gleise und bauschte Victorias Kleid und Mantel. Unwillkürlich griff sie an ihren Hut, um ihn festzuhalten. Durch die Wolken fielen fächerförmig Sonnenstrahlen und tauchten die umliegenden Hügel in ein fast unwirklich intensives Licht. Jeremys Zug stand schon am Bahnsteig.

Sie hatten Castle Fota eilig verlassen, und erst jetzt wurde Victoria wirklich klar, dass Jeremy gleich abreisen würde.

»Pass auf dich auf, ja?« Sie umarmte ihn stürmisch.

Er erwiderte ihre Umarmung. »Ich werde versuchen, von London aus einen Detektiv zu engagieren, der wegen des Mordes an Moira ermittelt. Und ich werde Sir Arthur bitten, Kontakt mit der vorgesetzten Dienststelle von Inspector Graham aufzunehmen, damit die Umstände der Tat noch einmal gründlich untersucht werden. Aber noch einmal: Versprich mir, dass du nicht mehr auf eigene Faust Nachforschungen anstellst.« Jeremy war also nicht entgangen, dass sie ihm in dieser Frage bisher ausgewichen war. Victoria zögerte. »Du hattest also doch vor, weiterhin zu ermitteln.« Jeremys Stimme klang trocken.

»Ja, das stimmt.«

»Ich werde dir nur versprechen, mich nicht in Gefahr zu bringen, wenn du mir zusicherst, dich aus der Polizeiarbeit herauszuhalten.«

»Das ist Erpressung«, protestierte Victoria. Sie war ärgerlich und doch auch gerührt von Jeremys Sorge.

»Bitte, Victoria …« Sein Blick war sehr ernst und voller Liebe.

Sie seufzte. »Gut, ich verspreche dir, dass ich nicht mehr ermitteln werde.«

»Dann gebe ich dir mein Wort, dass ich mich nicht in Gefahr begeben werde.« Eine weitere Windböe drückte Rauch und Dampf nach unten, und für einen Moment war der Bahnsteig in eine dicke graue Wolke gehüllt. Jeremy nahm Victorias Kopf in seine Hände und küsste sie innig. »Ich liebe dich«, flüsterte er.

»Ich liebe dich auch …«

Nur zu schnell lichtete sich das Grau, und sie wurden für die anderen Passagiere sichtbar. Gleich darauf schrillte der Pfiff des Bahnhofsvorstehers über die Gleise. Ein Schaffner öffnete die Tür eines Abteils der ersten Klasse für Jeremy.

Eine letzte Umarmung, dann stieg Jeremy in den Zug. Sein Blick wanderte kurz zur majestätischen Kulisse der Twelve Bens, deren Kuppen nun, im typischen Wechsel aus Wolken und Sonne, wieder im Dunst verschwanden. »Ich komme sobald wie möglich zurück. Dann werden wir unsere Flitterwochen nachholen.«

»Das hoffe ich doch sehr!« Victoria bemühte sich um ein Lächeln, obwohl sie Jeremy jetzt schon schmerzlich vermisste.

»Verzeihung, Madam.«

Der Schaffner trat vor und schlug die Tür des Abteils zu. Victoria winkte Jeremy nach, bis er ganz aus ihrem Sichtfeld verschwunden war.

Bestimmt kommt dein Vater bald wieder, sagte sie in Gedanken zu ihrem Kind und fuhr sich mit dem Taschentuch über die Augen. Dass diese sich mit Tränen füllten, hatte nicht nur mit den Rußpartikeln in der Luft zu tun.

Hopkins hatte in der Bahnhofshalle auf Victoria gewartet. Falls er ihre roten Augen wahrnahm, ließ er sich nichts anmerken.

»Der Ansage des Bahnhofsvorstehers habe ich entnommen, dass Mr. Ryders Zug pünktlich war«, sagte er gemessen.

»Ja, das stimmt.«

Ach, warum stiegen ihr nur schon wieder die Tränen in die Augen? Die Schwangerschaft machte sie wirklich überempfindlich.

Hopkins' Blick wanderte zu einem imaginären Punkt an der Decke. »Das Frühstück auf Castle Fota bestand ja aus kaum mehr als einer Tasse Tee. Was würden Sie davon halten, wenn wir im Wartesaal der ersten Klasse eine Stärkung zu uns nähmen, Miss Victoria? Die Fahrt mit der Kutsche nach Kincraighie House wird ja noch eine gute halbe Stunde dauern.«

»Das ist eine wundervolle Idee.« Victoria nickte. In der letzten Zeit hatte sie ohnehin ständig Appetit. Der Winzling schien sich zu einem kleinen Vielfraß zu entwickeln.

Hopkins informierte den Kutscher und gab ihm Geld für eine Mahlzeit in einem Gasthof.

Dank seines einschüchternden Auftretens wies ihnen ein Kellner gleich darauf einen schönen Tisch am Fenster des Wartesaals zu. Auf der Straße rollten Pferdefuhrwerke und Fahrräder vorbei. Sie orderten ein Frühstück, bestehend aus Spiegeleiern, gebratenem Schinken und Tomaten sowie Toast und Marmelade.

Der Tee war dunkel und stark, genau so, wie Victoria ihn mochte. Sie gab Milch und Zucker in ihre Tasse und trank einen Schluck. »Hopkins, der Abend gestern auf Castle Fota war ganz fürchterlich. Bitte, sagen Sie mir, dass Sie etwas über den Verwalter herausgefunden haben, das uns weiterhilft.« In der Kutsche auf der Fahrt von Castle Fota nach Clifden, in Jeremys Gegenwart, hatte sie Hopkins ja nicht danach fragen können.

»Sosehr ich es bedaure, Miss Victoria, Mr. Fry hat ein Alibi für den Tag, an dem Moira ermordet wurde.«

»O nein.« Victoria stöhnte frustriert. »Und dieses Alibi ist wirklich glaubwürdig?«

»Es ist leider, um den etwas gewöhnlichen Ausdruck zu verwenden, *wasserdicht.*« Hopkins beäugte kritisch die beiden Spiegeleier auf seinem Teller. Eines davon war nicht ganz kreisrund ausgestochen. »Mr. Fry reiste am Vortag von Moiras tragischem Tod im Auftrag von Lord Craven nach Dublin und kehrte erst zwei Tage später wieder zurück. Ich habe mich natürlich nicht nur auf die Aussagen der Bediensteten verlassen.« Er butterte seinen Toast und schnitt ein Stück des Spiegeleis ab.

»Ja?« Victoria hatte Mühe, ihre Ungeduld zu bezähmen.

»Nachdem sich das ganze Haus zur Ruhe begeben hatte, habe ich das Büro des Verwalters aufgesucht.« Hopkins hüstelte ein wenig, was Victoria vermuten ließ, dass er sich dort mit einem Dietrich Einlass verschafft hatte. »In den Unterlagen habe ich die Hin- und Rückfahrkarte nach Dublin gefunden. Beide waren entwertet. Dass Mr. Fry jemand anderen an seiner Stelle auf die Reise geschickt hat, kann ich mir nicht vorstellen. Dies würde ja bedeuten, dass er den Mord an der bedauernswerten jungen Frau von langer Hand geplant hätte. Die Tat jedoch wirkt wie aus dem Affekt begangen.«

»Das sehe ich genauso.« Victoria musste ihm widerstrebend zustimmen.

»Nun, wir stehen ja noch ganz am Anfang unserer

Nachforschungen, Miss Victoria. Etwa wissen wir immer noch so gut wie nichts über Moiras Leben, ehe sie zu Mr. O'Connell kam.«

Victoria schluckte. »Mr. Ryder hat mich gebeten, nicht mehr auf eigene Faust zu ermitteln. Er macht sich Sorgen um mich und das Kind.«

»Das ist natürlich verständlich.« Hopkins nickte.

»Dafür hat er mir versprochen, einen Privatdetektiv zu engagieren, der Nachforschungen über Moira anstellen soll. Er wird bestimmt eine gute Wahl treffen.«

»Davon bin ich überzeugt, und ein Privatdetektiv kann ganz hilfreich sein.«

Doch ein leichtes Heben seiner Augenbrauen zeigte Victoria, dass ihr Butler von dieser Lösung nicht ganz überzeugt war. Und in ihrem tiefsten Inneren war sie es ebenfalls nicht.

»Gwynn, Gwynn!« Ihre kleine Schwester Siobhan schreit verzweifelt, während Männer sie durch einen langen, dunkeln Korridor zerren. »Gwynn, bitte, bitte hilf mir …«

Gwynn wirft sich gegen die Männer, aber sie kann nichts gegen sie ausrichten. Sie stoßen sie weg, als wäre sie eine Puppe aus Stroh. Dann ist Siobhan verschwunden, nur noch ihre Schreie hallen zwischen den Mauern wider, und Gwynn weiß, sie wird die kleine Schwester nie wiedersehen.

Gwynn erwachte mit wild klopfendem Herzen. Fast jede Nacht, seit man sie und Siobhan an diesen verfluchten Ort gebracht hatte, wurde sie von diesem Albtraum heimgesucht. Spärliches Licht sickerte durch die Ritzen in den Fensterläden, es war noch früh am Morgen. Gwynn drehte den Kopf auf dem Kissen. Sie wollte wieder einschlafen, vergessen, wo sie sich befand, denn die Wirklichkeit war zu schrecklich.

»Gwynn, Gwynn!«

Wieder schrie Siobhan. Gwynn schreckte auf. Panik durchfuhr sie, als sie begriff. Nein, dies war kein Traum. Sie schlug die Bettdecke um sich und stürzte aus dem kleinen Zimmer. Auf dem Korridor öffneten sich Türen einen Spaltbreit. Andere Prostituierte spähten erschrocken nach draußen.

»Gwynn, du kannst nichts tun«, raunte ihr eine Frau zu. »Bleib hier.«

Gwynn beachtete sie nicht. Siobhans Schreie kamen aus dem Erdgeschoss. Sie stürzte die Treppe hinunter. Ein sehr großer bulliger Mann und ein Hausknecht zerrten Siobhan zur Eingangstür. Das sanfte, engelsgleiche Gesicht der Schwester war verzerrt vor Entsetzen. Der Blick aus den blauen Augen fast irre vor Angst.

»Nein, nicht … Sie dürfen meine Schwester nicht wegbringen …«

»Gwynn …« Flehend streckte Siobhan die Arme nach ihr aus.

»Verschwinde!«, herrschte der bullige Mann sie an.

»Nein …« Gwynn warf sich auf ihn. Sein Schlag traf sie mitten ins Gesicht, sie prallte gegen die Wand. Blut rann aus ihrer Nase. Mit letzter Kraft umklammerte sie seine Beine. »Nein …«

Der Mann schüttelte sie ab, als wäre sie ein lästiges Insekt. Sein Tritt in ihren Bauch ließ sie zusammenbrechen. Halb ohnmächtig erblickte Gwynn einen weiteren Hausknecht in der Eingangshalle und eine ältere Frau in einem dunklen Gewand.

»Verzeiht, Herr, das wird nicht wieder geschehen …«

Die harte Stimme der Aufseherin drang an ihr Ohr. Ein kühler Luftzug streifte über ihre Wange. Gwynn riss die Augen auf. Die Haustür stand nun offen. Der bullige Mann schleifte Siobhan zu einer wartenden Kutsche.

»Gwynn …«

Noch einmal bäumte sie sich auf.

»In den Keller mit dem aufsässigen Biest.«

Auf den Befehl der Aufseherin hin packten die beiden Knechte sie am Hemd und an den Haaren. Sie zerrten sie durch die Halle und die Küche, dann die Kellertreppe hinunter.

»Gib endlich Ruhe.«

Weitere Schläge trafen Gwynn. Bewusstlosigkeit senkte sich für Momente über sie. Eine Tür schlug zu, und ein Riegel wurde vorgeschoben. Weinend kroch Gwynn die Stufen hinauf.

»Siobhan, Siobhan …«

Sie schrie und hämmerte gegen die verriegelte Tür, bis ihre Hände ganz blutig waren und ihr die Stimme versagte.

VIERZEHNTES KAPITEL

Während der Zug langsam in den Bahnhof von Galway einfuhr, spähte Victoria aus dem Fenster des Abteils. Als Hopkins und sie am Vortag in Kincraighie House eingetroffen waren, hatte sie dort ein Telegramm von Mr. McEvoy erwartet. Der Strafverteidiger hatte tatsächlich die Erlaubnis erhalten, sie am heutigen Nachmittag ins Gefängnis mitzunehmen und Ióseph zu sehen. Er wollte sie, wenn sie den Zwei-Uhr-Zug ab Clifden nähme, am Gleis in Galway abholen.

Nun erblickte sie McEvoy unter den Wartenden. Die meisten Menschen überragte er um Haupteslänge, er war wirklich eine beeindruckende Erscheinung. Und sein dunkler Mantel mit dem samtbesetzten Kragen wirkte sehr elegant. Ob Jeremy recht hatte und er tatsächlich mit irischen Terroristen im Bunde stand? Falls es einmal einen bewaffneten Aufstand geben und Iren gegen englische Soldaten zu Felde ziehen sollten, konnte sie sich gut vorstellen, dass McEvoy dabei sein würde. Aber den Tod unschuldiger Menschen bei der Explosion einer Bombe oder einem sonstigen feigen Anschlag aus dem Hinterhalt in Kauf nehmen, nein, das würde er auf keinen Fall. Dessen war sie sich ganz sicher.

McEvoy, der sie offensichtlich hinter der Schreibe gesehen hatte, winkte ihr lächelnd zu, als der Zug zum Halten kam. Ehe Victoria noch den Griff betätigen konnte, hatte er schon die Tür des Abteils geöffnet und half ihr nach draußen.

»Die Reise nach Galway war hoffentlich nicht zu beschwerlich für Sie, Madam?«, erkundigte er sich besorgt.

»Nein, gar nicht. Ich bin sehr froh, dass ich Ióseph sehen darf. Noch dazu so bald.« Sie bahnten sich einen Weg um einen Pulk Gepäckträger herum und zeigten an der Sperre Zugbillett und Bahnsteigkarte vor. »Wie konnten Sie denn den Richter überzeugen, dass ich Sie begleiten darf?«

»Es hat wahrscheinlich ein bisschen geholfen, dem ehrenwerten Sir Michael Crabbingtree mitzuteilen, dass Sie die Enkelin des Duke of St. Aldwyn sind.«

»Aber … woher wussten Sie …?«

Auf dem Bahnhofsvorplatz geleitete McEvoy sie zu einem Automobil mit leuchtend roter Karosserie und glänzenden schwarzen Kotflügeln. Er wartete, bis sie auf dem Beifahrersitz Platz genommen hatte. Dann betätigte er die Anlasserkurbel und setzte sich, sobald der Motor angesprungen war, hinter das Steuer.

»Das Gefängnis ist etwa eine halbe Meile entfernt, es liegt auf der anderen Seite des River Corrib. Deshalb dachte ich, wir fahren mit dem Wagen dorthin. Und was Ihre Frage betrifft … Ich habe mich daran erinnert, irgendwo gelesen zu haben, dass Ihr verstorbener Vater Lord Bredon der Sohn eines Herzogs war, und habe seinen Namen im *Debrett's* nachgeschlagen.«

»Oh, tatsächlich …?«

McEvoy steuerte das Automobil am Eyre Square mit seinen schönen georgianischen Häusern vorbei. Während er in die Williamsgate Street einbog, warf er ihr einen raschen Blick von der Seite zu.

»Stört es Sie, dass ich den Namen Ihres Vaters nachgeschlagen habe?«

»Überhaupt nicht. Hopkins, mein Butler, tut das auch sofort. Wenn er einmal eine gesellschaftliche Verbindung nicht kennt. Was selten vorkommt. Mich amüsiert nur die Vorstellung, dass mein Großvater entsetzt wäre, wenn er wüsste, dass mir sein Name Zutritt zu einem Gefängnis verschafft hat.« *Und Großtante Hermione wäre auch schockiert*, fügte Victoria in Gedanken hinzu.

»Das Verhältnis zu Ihrem Großvater ist nicht das Beste, wenn Sie mir die Frage gestatten?«

»Das ist noch sehr zurückhaltend formuliert.« Victoria lachte. »Mein Vater war das schwarze Schaf der Familie, und das Gleiche gilt für mich.«

»Ich kann mir gut vorstellen, dass Sie für eine Familie von englischen Aristokraten zu unkonventionell sind.« McEvoy wirkte belustigt, sie fasste seine Worte als Kompliment auf.

Als McEvoy jetzt wieder abbog, passierten sie ein hohes Gebäude aus grauem Kalkstein, das einen wehrhaften Eindruck machte. Vergoldete Wappen zierten die Fassade, und Wasserspeier unterhalb des flachen Daches muteten gotisch an. Es schien älter und vornehmer zu sein als die anderen Häuser in der Straße. Irgendwie erinnerte es Victoria an die Geschlechtertürme in mittelalterlichen italienischen Städten.

»Das ist Lynch's Castle.« McEvoy hatte Victorias Blick aufgefangen. »Erbaut wurde es im 15. oder 16. Jahrhundert. Andrew de Lynch kam als Erster der Familie mit der Invasion Heinrichs II. ins Land. Die Familie beherrschte später weite Teile von Galway und dem Umland. Bis sie als Katholiken unter Oliver Cromwell enteignet wurden. Invasoren, die Jahrhunderte später ihren Besitz wieder an ihre früheren Landsleute verloren. Man könnte es eine späte Ironie der Geschichte nennen.«

Kleine Läden und Wohnhäuser säumten die angrenzenden Straßen, ehe sie kurz vor einer Brücke an einer Kirche mit einem eckigen Turm vorbeifuhren. Gleich darauf sah Victoria am anderen Ufer des River Corrib eine hohe Mauer aufragen – das Gefängnis der Stadt. McEvoy lenkte das Automobil über die steinerne Brücke und stellte es dann in der Nähe des Gefängnistors ab.

»Es sieht beklemmend aus.« Unwillkürlich schluckte Victoria angesichts des düsteren Bauwerks.

»Es ist wahrscheinlich das erste Mal, dass Sie ein Gefängnis besuchen, nicht wahr?«

»Im Zusammenhang mit einer Aktion der Suffragetten war ich einmal ein paar Tage lang im Holloway Prison in London inhaftiert.« Die Erinnerung daran, eingesperrt zu sein, setzte Victoria immer noch zu.

»Sie erstaunen mich immer wieder, Mrs. Bredon-Ryder.« McEvoy schüttelte lächelnd den Kopf.

Eine Metalltür fiel scheppernd hinter Victoria und McEvoy zu. Sie mussten warten, bis der Aufseher den richtigen Schlüssel an seinem Bund gefunden und hinter ihnen abgesperrt hatte. Die Fenster ganz oben in dem Gefängniskorridor waren klein und vergittert. Nur wenig Licht fiel hindurch. Es war feucht, roch nach Schimmel und nach Angst.

Ruhig atmen … Tief und ruhig atmen …, beschwor Victoria sich. Früher hatte sie häufig unter Atemnot gelitten. In der letzten Zeit war dies nicht mehr der Fall gewesen. Während sie jetzt mit McEvoy dem Wärter durch die langen Gefängnisflure folgte, spürte sie einen wachsenden Druck auf der Brust. Ob das an der Schwangerschaft lag? Noch eine Tür in einem Korridor wurde zu- und wieder abgeschlossen und noch eine. Dann öffnete der Aufseher die Tür zu einer Besucherzelle.

»Sir, Madam …« Der Wärter, der Ióseph bewachte, hob die Hand an die Mütze und verließ den engen, stickigen Raum. Victoria und McEvoy ließen sich gegenüber von Ióseph an einem am Boden festgeschraubten Tisch nieder. Der junge Mann trug Gefängniskluft. Er saß vornübergebeugt da, sein Kopf war tief auf die Brust gesunken, als bereitete es ihm große Mühe, sich aufrecht zu halten.

»Ióseph, ich bin so froh, dass ich dich sehen darf«, sagte Victoria sanft.

Nun blickte er auf. In den Tagen im Gefängnis war er abgemagert, seine dunklen Augen lagen tief in den Höhlen, sie wirkten ganz matt. Er hatte sich doch hoffentlich nicht aufgegeben?

Sie wünschte, sie hätte ihm das kleine Holzpferd geben dürfen, das er in der Hütte im Moor geschnitzt hatte. Vielleicht wäre das ja ein gewisser Trost für ihn gewesen. Doch man hatte es ihr untersagt.

»Ióseph, Mr. McEvoy und ich sind hier, um dir zu helfen. Wir werden dich aus dem Gefängnis herausholen, das verspreche ich dir.« Victoria fasste nach seiner Hand und drückte sie fest.

Ióseph sah Victoria flehend an. »Ich … habe … Moira nicht … umgebracht, Madam«, sagte er stockend.

»Davon bin ich überzeugt.« Victoria lächelte ihn aufmunternd an. »Es ist sehr wichtig, dass du uns alles sagst, was du über Moira weißt. Wo lebte sie denn, bevor sie zu dir in den Weiler kam?« McEvoy übersetzte ihre Worte ins Gälische, und Ióseph antwortete in der weich und irgendwie kehlig klingenden Sprache. McEvoy hörte ihm aufmerksam zu und stellte – wie sie seinem Tonfall entnahm – auch die eine oder andere Frage. Als Ióseph geendet hatte, wandte er sich an sie.

»Moira hat Ióseph erzählt, dass sie auf einem kleinen Bauernhof im Norden Irlands aufgewachsen ist. Ihre Eltern und Geschwister starben an einem Fieber. Irgendwann hat sie wohl eine Zeit lang in einem Armenhaus in Dublin gelebt.«

»Wo genau lag dieser Bauernhof denn? Und weiß Ióseph, in welchem Dubliner Armenhaus Moira lebte und für wie lange?«

»Das habe ich Ióseph auch alles schon gefragt, Madam.« McEvoy seufzte. »Leider hat er darauf keine Antwort. Moira hat sehr wenig über sich preisgegeben. Sie scheint – aus welchen Gründen auch immer – ihre Vergangenheit tief in sich verschlossen zu haben.«

»Hat Moira Ióseph erzählt, aus welchem Grund sie in den Weiler kam?«

Wieder übersetzte McEvoy ihre Worte. Während Ióseph antwortete, sah er zwischen Victoria und McEvoy hin und her. Zu ihrer Erleichterung wirkten seine Augen nun lebendiger. Ungeduldig wartete sie auf McEvoys Wiedergabe ins Englische. Doch sie wurde enttäuscht.

»Es war wohl einfach Zufall, zumindest hat Moira Ióseph keinen Grund genannt.« McEvoy hob bedauernd die Schultern. »Wie ich Ihnen ja bereits sagte, Madam, fand der junge Mann Moira eines Tages im Frühling in einer der verlassenen Hütten vor. Sie war sehr krank, aber sie war noch in der Lage, ihm zu sagen, welche Kräuter er suchen und wie er daraus einen Sud zubereiten konnte, der das Fieber senkte. Ióseph hat Moira gesundgepflegt, und sie entschied sich zu bleiben. Mehr konnte er mir nicht sagen.«

Plötzlich begann Ióseph sehr schnell auf Gälisch zu sprechen, und in seinen Augen schimmerten Tränen. Einige Male glaubte Victoria den Namen Moira zu hören. Nun brach er abrupt ab und senkte den Kopf. Fragend blickte sie McEvoy an.

»Ióseph hat gesagt, Moira habe sein Leben wieder hell gemacht und er habe sie geliebt. Er hätte alles für sie getan, ihr niemals ein Leid zugefügt.«

Victoria konnte sich gut vorstellen, wie schön es für den einsamen jungen Mann gewesen sein musste, eine Freundin an seiner Seite zu haben. Sie empfand tiefes Mitleid mit ihm. »Mein Butler und ich haben ja eine Fahrkarte der Londoner U-Bahn in Moiras Mantel gefunden. Weiß Ióseph, ob Moira einmal in London war?«

Der junge Mann schüttelte den Kopf, während McEvoy übersetzte.

»Moira war nicht in London?«, vergewisserte sich Victoria.

»Weiß nicht … ob Moira in London … war, Madam. Aber Moira war in … in England.«

»Woher weißt du, dass sie in England war?«

»Moira ist … mit einem Schiff über das Meer gefahren … Die Irische See …«

»Hat sie dir etwas aus England beschrieben? Eine Landschaft oder ein Wahrzeichen?«

Iósephs Blick wanderte Hilfe suchend zu McEvoy. Nachdem dieser Victorias Worte auf Gälisch wiederholt hatte, schien der junge Mann angestrengt nachzudenken. Als er antwortete, klang seine Stimme bedrückt.

»Was hat Ióseph gesagt?« Victoria war dankbar, dass McEvoy mit ihm auf Gälisch kommunizieren konnte, aber sie wünschte sich, ihn direkt zu verstehen.

»Ióseph hat keine Kenntnis darüber, wo Moira in England war.«

»Das hatte ich schon befürchtet.«

Victoria versuchte, sich nicht anmerken zu lassen, wie frustriert sie war. Sie wusste ja, dass Ióseph wirklich helfen wollte.

»Ob in Irland oder in England … Irgendwann in ihrem Leben scheint Moira an einem Ort gewesen zu sein, der ihr große Angst bereitet hat. Ióseph hat sie nachts im Schlaf schreien hören. Sie hat gejammert und gefleht, man möge sie gehen lassen und ihr nicht wehtun. Er hat sie dann aufgeweckt, und sie hat sich an ihn geklammert und geweint. Aber sie hat ihm nie erzählt, was ihr zugestoßen ist.«

»O Gott …«

»Ich glaube, Ióseph ist allmählich am Ende seiner Kräfte. Von Moira zu erzählen wühlt ihn sehr auf«, sagte McEvoy leise.

»Sie haben recht. Wir sollten es gut sein lassen.« Victoria nickte. »Aber fragen Sie Ióseph doch bitte noch, ob er weiß, wie ein kostbarer Ohrring in Moiras Besitz kam.«

Wie sie schon vermutet hatte, schüttelte der junge Mann den Kopf, kaum dass McEvoy den gälischen Satz beendet hatte. »Moira … nie von … Ohrring erzählt.«

»Ióseph, danke, dass du versucht hast, uns zu helfen«, Victoria drückte nochmals fest seine Hand. »Mr. McEvoy wird dich bald wieder besuchen. Vielleicht darf ich ihn noch einmal begleiten. Wir tun alles, um so schnell wie möglich deine Entlassung zu erwirken.«

»Gott … segne … Sie, Madam.«

»Gott segne dich, Ióseph.«

Victoria wurde die Kehle eng. Sie betrachtete sich nicht als gläubigen Menschen. Aber in diesem Moment hoffte sie aus ganzem Herzen auf den Beistand einer himmlischen Macht. McEvoy wechselte einen raschen Blick mit ihr. Dann stand er auf und klopfte an die Tür – das Zeichen für den Aufseher, der draußen wartete, dass das Gespräch mit Ióseph beendet war.

»Moira … Als sie … starb. Sie hat gesagt …« Ióseph wischte sich über die Augen. »Er … er hat mich im Moor gefunden.«

Victoria starrte ihn an, und McEvoy wandte sich abrupt um. Er hatte sich schneller gefasst als sie. »Wer ist *er*, Ióseph? Moiras Mörder?«, fragte er rasch.

»Ich weiß nicht …« Tränen rannen über seine Wangen.

»Aber wer *ist* er?«

»Der Mann … aus ihrem … bösen Traum.«

»Wie kommst du darauf?« Victoria legte ihm beruhigend die Hand auf den Arm. »Lass dir Zeit, und denk nach.«

Ióseph schien sich ganz in sich zurückzuziehen. »Moiras Gesicht … ihre Augen … waren so, wie immer, wenn sie aus den schlimmen Träumen aufgewacht … ist«, flüsterte er schließlich.

»Von Furcht verzerrt?«

Ióseph nickte stumm.

»Hat sie diesen Mann irgendwie beschrieben?« McEvoy beugte sich vor.

»Nein … Sie war dann … gleich tot …« Der junge Mann schluchzte herzzerreißend auf.

»Hat Moira noch irgendetwas gesagt, Ióseph? Bitte, denk nach«, sagte Victoria sanft.

Ióseph murmelte etwas auf Gälisch. McEvoy runzelte die Stirn und wiederholte die Worte, als wäre er nicht sicher, ob er den jungen Mann richtig verstanden hatte.

Ióseph nickte unter Tränen.

»Das geflügelte Pferd.« McEvoy blickte Victoria an. »Ióseph ist sicher, dass Moira dies im Sterben gesagt hat.«

»Das geflügelte Pferd?« Victoria war völlig verblüfft.

»Ja, genau, aber ich glaube, es ist sinnlos, noch länger in den jungen Mann zu dringen und ihn zu quälen.«

McEvoy hatte recht. Ióseph zitterte und weinte, war ganz außer sich vor Schmerz und Trauer. Victoria streichelte beruhigend seinen Arm.

»Es ist gut, Ióseph … Es ist gut …«

Das Herz wurde ihr schwer bei dem Gedanken, ihn im Gefängnis zurücklassen zu müssen.

»Halten Sie es für möglich, dass Moira sich vor ihrem Tod in einer Art Delirium befunden und den mysteriösen Mann und das geflügelte Pferd nur fantasiert hat?« Victoria und McEvoy hatten eine Teestube in der Shop Street im Zentrum von Galway aufgesucht. Normalerweise mochte Victoria Tea Rooms mit ihrem Duft nach frischen Kuchen und Gebäck. Doch sie hatte das Gefühl, dass ihnen die düstere Atmosphäre des Gefängnisses bis in den freundlichen Raum gefolgt war. Es ging ihr nach, wie sehr Ióseph unter Moiras gewaltsamem Tod litt. Bevor McEvoy und sie das Gefängnis verlassen hatten, hatten sie den Gefängnisarzt aufgesucht und ihn gebeten, regelmäßig nach dem jungen Mann zu sehen.

»Ich glaube nicht, dass Moira deliriert hat.« McEvoy schüttelte den Kopf. »Vor allem, da die junge Frau von diesem Mann ja offensichtlich in ihren Albträumen heimgesucht wurde.«

»Ich halte ihn auch für real.« Victoria nickte. »Aber wenn Moira ihren Mörder tatsächlich von früher kannte, hat er dann gezielt nach ihr gesucht, oder ist sie ihm zufällig im Moor begegnet?«

»Wir wissen noch viel zu wenig über die junge Frau, um diese Frage beantworten zu können. Im Moment deutet zumindest nichts darauf hin, dass sie früher schon in der Gegend von Clifden war«, sagte McEvoy. »Es ist wirklich zu bedauerlich, dass sie so verschlossen war.«

»Womöglich hatte sie Angst vor ihren Erinnerungen. Oder sie wollte Ióseph vor ihren schrecklichen Erlebnissen beschützen. Er ist ja so unbedarft.« Victoria schob den Teller mit dem Sandwich beiseite. Sie brachte es nicht hinunter, nippte stattdessen nur an ihrem Tee. »Und … wie kam Moira an den kostbaren Ohrring? Immer wieder stellen sich mir dieselben Fragen, ich finde einfach keine Antwort. Im Gegenteil kommen stets neue Rätsel hinzu.«

»Die junge Frau könnte den Ring gestohlen haben.«

»Nach allem, was wir bisher über sie erfahren haben, war Moira keine gemeine Diebin. Davon bin ich fest überzeugt.«

»Und wenn ihr der Diebstahl bei der Flucht aus einer lebensbedrohlichen Situation geholfen hat?«, wandte McEvoy ein.

»Könnte das bedeuten, dass Moira aus Dublin nach England geflohen ist? Aber warum ist sie dann nach Irland zurückgekehrt? In England war sie doch wahrscheinlich vor Nachstellungen sicher.« Irgendwie ergab das alles keinen Sinn. »Und dann stellt sich mir noch die Frage, was es mit dem geflügelten Pferd auf sich hat.«

»Dahinter könnte sich ein Wappen verbergen oder das Schild eines Gasthauses oder ein Wandgemälde …«

»Was die Suche natürlich sehr einschränkt …« Victoria seufzte.

»In der griechischen Mythologie steht ein geflügeltes Pferd für Weisheit und Ruhm, aber auch für Unsterblichkeit. Vielleicht deutet dies auf einen gewissen Größenwahn des Mörders hin.«

»Oder er betrachtet sich als über dem Gesetz und der Moral stehend«, erwiderte Victoria nachdenklich.

»Das eine schließt das andere nicht aus.«

Eine von Pferden gezogene, dicht besetzte Bahn zuckelte an dem Fenster des Erkers, in dem sie saßen, vorbei. Die Schienen glänzten feucht von einem kürzlich niedergegangenen Regenschauer. Jungen in Schuluniform schritten in Zweierreihen unter der Aufsicht eines katholischen Priesters die Straße entlang.

»Der Schlüssel zu Moiras Tod scheint in Dublin zu liegen.« McEvoy blickte einen Moment lang versonnen der Straßenbahn hinterher, ehe er sich wieder Victoria zuwandte. »Verwandte von mir leben in der Stadt. Übernächste Woche könnte ich mir ein paar Tage freinehmen und mich in Dublin nach der jungen Frau umhören.«

»Das wäre sehr nett von Ihnen.« Victoria war berührt. Ióseph schien dem Strafverteidiger wirklich am Herzen zu liegen. »Mein Gatte musste überraschend aus beruflichen Gründen nach London zurückkehren. Aber er wird sich bemühen, einen Privatdetektiv zu engagieren, der nach Moira forscht. Dublins Armenhäuser sind immerhin schon einmal ein Anhaltspunkt.«

»Einen Privatdetektiv mit Ermittlungen zu beauftragen ist eine gute Idee.« McEvoy nickte. »Ich bin ja nur ein Advokat.« Er schwieg einen Moment, schien wieder in Gedanken versunken. »Sie lieben Ihren Mann sehr, nicht wahr?«, fragte er dann mit einem Lächeln.

»Wie haben Sie das bemerkt?« Victoria war überrumpelt.

»Nun ja, als Strafverteidiger lernt man, auf die Reaktionen von Menschen zu achten. Ihre Stimme klingt anders, wenn Sie von ihm sprechen, und Ihr Gesicht leuchtet von innen heraus.«

»Ja, ich liebe meinen Mann sehr.« Die Worte auszusprechen ließ Victorias Herz schneller klopfen.

»Jetzt strahlen Sie wieder.« McEvoy nickte.

»Und was ist mit Ihnen, gibt es eine Frau, die Sie lieben?« McEvoy könnte ihr ein Freund werden. Sie fragte sich, warum ein beeindruckender, charismatischer Mann wie er nicht verheiratet war.

»Nun, ich habe noch keine Frau getroffen, die ich wirklich hätte ehelichen wollen. Aber ich habe die Hoffnung noch nicht aufgegeben, einer solchen Frau eines Tages zu begegnen.«

»Das werden Sie ganz bestimmt.«

»Sie hören sich sehr überzeugt an.« McEvoy lachte.

»Sie sind gut aussehend, klug und charmant«, ging Victoria auf seinen scherzhaften Ton ein.

»Es ist sehr schmeichelhaft, dass Sie mich so sehen.«

»Ich sage die Wahrheit. Außerdem glaube ich an die große Liebe, denn ich habe meine gefunden.«

»Ich hoffe, Ihr Mann weiß, welches Glück er hat …«

»Ich denke schon.«

Victoria erwiderte McEvoys Lächeln. Die Erinnerung an Clarissa Davitt und wie durcheinander Jeremy wegen ihr gewesen war, blitzte in ihr auf. Sie schob sie rasch beiseite. Von dieser Frau würde sie sich nicht verunsichern lassen.

Jeremy liebte sie, Victoria. Daran wollte sie festhalten. Außerdem gab es wirklich Wichtigeres in ihrem Leben, als sich wegen der selbstbezogenen Lady Sorgen zu machen. Ióseph etwa. Und die Suche nach Moiras Mörder.

Das Haus, in dem Dr. Johnson seine Praxis betrieb, lag auf einem Hügel am Rand von Clifden. Durch die Fenster des Wartezimmers sah über man die kleine Stadt und die von grünen Hängen umschlossene Bucht, wo ganz in der Ferne eine Burgruine thronte, bis auf das offene Meer. Gedankenverloren verfolgte Hopkins den Flug einiger Möwen über den mit Schönwetterwolken getupften Himmel. Er konnte verstehen, dass Mr. Ryder nicht wollte, dass Miss Victoria weiter Nachforschungen über den Mord an Moira anstellte. Noch dazu in dem besonderen *Zustand*, in dem sie sich befand. Seine Schutzbefohlene war manchmal zu wagemutig und brachte sich in gefährliche Situationen. Er, Hopkins, war aber nicht bereit, sich aus den Ermittlungen herauszuhalten. Zumindest wollte er unbedingt noch eine Sache abklären.

»Mr. Hopkins?«

Dr. Johnson, ein schlaksiger Mann Ende vierzig mit einem sommersprossigen Gesicht und rotem Haar, war in das Wartezimmer getreten und blickte sich suchend unter den Patienten um.

»Das bin ich.«

Hopkins erhob sich mühsam und mit schmerzverzerrtem Gesicht und hinkte in das Sprechzimmer.

Dr. Johnson konsultierte seine Notizen. »Sie sagten meiner Frau, dass Sie unter starken Rückenschmerzen leiden, Sir?«

»So ist es. Jede Bewegung fällt mir schwer. Die Schmerzen begannen, als ich mich gestern bückte.«

»Machen Sie bitte Ihren Oberkörper frei.«

Langsam und umständlich und leise stöhnend entledigte sich Hopkins seines Jacketts und der Weste.

»Sie machen Urlaub in Clifden, Sir?« Dr. Johnson half ihm aus dem Hemd.

»Ich bin Butler und begleite meine Herrschaft. Mr. Ryder und Mrs. Bredon-Ryder verbringen Ihre Ferien auf Kincraighie House.«

»Ich gehe dort gelegentlich wandern. Ein schönes Anwesen.«

Dr. Johnson tastete Hopkins' Rücken ab. Als seine Hand den Bereich des unteren Lendenwirbels berührte, schrie Hopkins auf.

»Sie haben sich den Ischiasnerv eingeklemmt, Sir. Hatten Sie früher schon einmal Probleme damit?«

»Nein, das ist das erste Mal.«

»Ich schreibe Ihnen eine Rezeptur für eine Salbe mit Bienengift auf. Eine Apotheke finden Sie in der Nähe der Kirche. In Ihrem Alter, Sir, sollten Sie beim Bücken und beim Heben von schweren Gegenständen vorsichtig sein.«

»Ich werde Ihren Rat beherzigen, Doktor.« Hopkins ließ sich viel Zeit mit dem Ankleiden. »Ich habe sagen hören, dass Sie den Leichnam jener bedauernswerten jungen Frau obduzierten, die kürzlich im Moor ermordet wurde …«, sagte er beiläufig

»In dieser Stadt wird auch über alles getratscht.« Dr. Johnson schüttelte unwillig den Kopf.

Hopkins ließ sich davon nicht beirren. »Den Zeitungsberichten zufolge war die Todesursache ja wohl ganz eindeutig.«

»Sie interessieren sich für die Gerichtsmedizin, Mr. Hopkins?« Der Arzt wirkte amüsiert. »Das ist aber ungewöhnlich für einen Butler, wenn Sie mir diese Bemerkung gestatten.«

»Oh, ich war viele Jahre lang der Butler von Lord Bredon und habe ihn bei seiner Arbeit unterstützt.«

»Lord Bredon ... Sie haben mit Lord Bredon zusammengearbeitet?« Dr. Johnson sah ihn ungläubig an. »*Dem* Lord Bredon?«

»Nun, ich habe gemeinsam mit ihm Tatorte besucht und war sein Sekretär.« Hopkins vollführte eine bescheidene Handbewegung.

Dr. Johnson trat an ein Regal. Er zog ein dickes Buch heraus und schlug es auf. »Dann sind Sie also Stephen Hopkins, der eine Artikelsammlung Lord Bredons posthum herausgegeben hat?«

»In der Tat, der bin ich.«

»Meine Güte ...« Dr. Johnson lehnte sich gegen seinen Schreibtisch. »In dieser Gegend haben wir es glücklicherweise nur selten mit gewaltsamen Todesfällen zu tun, und Allgemeinärzte wie ich führen Obduktionen durch, keine Gerichtsmediziner.«

»Ich bin überzeugt, Sie und Ihre Kollegen handhaben dies sehr kompetent.«

Hopkins erinnerte sich gerade noch rechtzeitig daran, dass er sein Jackett nicht mit dem gewohnten Schwung anziehen durfte. Gespielt mühsam hantierte er mit dem Ärmel.

»Was die Todesursache betrifft, war alles ganz eindeutig. Abgesehen davon, dass die Vergewaltigung sehr brutal war ... Eine Sache war jedoch merkwürdig.«

»Tatsächlich?«

»Ich habe hier noch Abzüge von Fotografien. Wenn Sie sich die einmal ansehen möchten?«

Dr. Johnson schien völlig vergessen zu haben, dass Hopkins kein Kollege war. Er holte eine Kladde aus seinem Schreibtisch und breitete den Inhalt darauf aus. Gespannt beugte sich Hopkins über die schwarz-weißen Bilder und betrachtete sie eingehend. Wäre es nicht vulgär gewesen, hätte er einen leichten Pfiff ausgestoßen. Was er sah, war wirklich seltsam – und sehr bedrückend.

Victoria war froh, als die Kutsche endlich die Auffahrt von Kincraighie House entlangfuhr. Sie fühlte sich deprimiert und erschöpft. Hinter einigen Fenstern brannte bereits Licht, und unter dem sich verdunkelnden Himmel wirkte das Gebäude sehr anheimelnd. Der Besuch bei Ióseph im Gefängnis ließ sie einfach nicht los. Was für ein privilegiertes und behütetes Leben sie doch führte!

Wie um ihre Gedanken zu bestätigen, kam ihr Mrs. Evans in der Halle entgegen. Sie begrüßte Victoria freundlich und half ihr aus dem Mantel.

»Würden Sie bitte Hopkins zu mir schicken?«, wandte sie sich an die Haushälterin.

»Mr. Hopkins musste einen Arzt in Clifden aufsuchen, Madam.« Mrs. Evans schüttelte bedauernd den Kopf. »Er ist noch nicht zurückgekehrt.«

»Hopkins ist beim Arzt?« Victoria erschrak. Ihr Butler war doch nie krank.

»Nun, er sagte, es sei nichts Schlimmes. In der Bibliothek brennt ein schönes Feuer im Kamin, Madam. Wenn Sie sich dorthin zurückziehen möchten? Ich werde Ihnen gleich den Tee bringen lassen.«

»Ich gehe gern in die Bibliothek. Aber, danke. Keinen Tee.« Sie hatte immer noch nicht den geringsten Appetit.

Mrs. Evans hatte nicht übertrieben. Im Kamin loderte ein großes Feuer und verbreitete eine wohlige Wärme. Victoria streckte sich dankbar auf einer Ottomane aus und kuschelte sich in eine Wolldecke. Wenn das Prasseln der Flammen ein wenig nachließ, glaubte sie, die Brandung jenseits der Kiefern am Ende des Parks zu hören. Der Widerschein des Feuers huschte über die deckenhohen Regale, ließ Länder und Erdteile auf einem riesigen Globus aufleuchten und wieder im Dunkeln versinken.

Victoria mochte sich nicht vorstellen, wie es Ióseph erging. Hoffentlich sah der Gefängnisarzt nach ihm. Unwillkürlich legte sie die Hände schützend auf ihren sich immer mehr rundenden Leib. Nicht auszudenken, wenn es ihr und Jeremys Kind wäre, das zu Unrecht eines Mordes beschuldigt würde und einsam und von Trauer halb verrückt in einer Zelle eingeschlossen wäre. Die Wärme machte sie schläfrig, und nach einer Weile döste sie ein.

Moira kauert am Rand der schmalen Straße im Moor. Die junge Frau hört die Hufschläge eines Pferdes. Normalerweise hätte Moira sich weggeduckt. Sie will ja unsichtbar sein, niemand außer Ióseph soll sie zu Gesicht bekommen. Aber irgendetwas, eine Ahnung von Gefahr oder auch eine böse Macht, bringen sie dazu aufzublicken. Er *ist es, der die Straße entlangreitet. Er … Moira stößt ein leises Wimmern aus. Sie hofft, dass ihr die Erinnerung etwas vorgaukelt, dass sie am helllichten Tag in einem bösen Traum gefangen ist. Er kann doch nicht im Moor sein. In diesem Moment blickt der Reiter in ihre Richtung und erkennt sie.*

Todesangst durchpulst Moira, lässt sie aufspringen und

blindlings davonstürzen. Doch sogleich hat der Reiter sie eingeholt. Er packt ihren Arm, reißt sie vom Boden hoch und zwingt sie vor sich aufs Pferd. Seine Hand vor ihrem Mund erstickt ihre Schreie. Sie galoppieren auf ein Kiefernwäldchen zu. Wie konntest du nur glauben, mir entkommen zu können?, flüstert seine Stimme in ihr Ohr.

Jetzt sind sie auf der Rückseite des Wäldchens. Der Reiter zerrt Moira vom Rücken des Pferdes, schleppt sie zu einer Mulde am Rand einiger Felsen. Nein, nein … Ein Schlag in ihr Gesicht lässt Moira halb ohnmächtig werden. Dann zerfetzt der Mann ihre Kleider. Und …

Ein Klopfen an der Tür weckte Victoria. Für einen Moment wusste sie nicht, wo sie sich befand. Da war das Feuer im Kamin, und nun betrat Hopkins die Bibliothek. Verwirrt starrte sie ihn aus weit aufgerissenen Augen an.

»Ich habe Sie doch hoffentlich nicht geweckt, Miss Victoria?«, fragte er besorgt.

»Doch, und dafür bin Ihnen sehr dankbar. Ich hatte einen furchtbaren Albtraum.« Das Entsetzen klang in ihrer Stimme mit.

Hopkins legte die Decke, die auf den Boden gerutscht war, fürsorglich über ihre Beine. »Eine Nachwirkung Ihres Besuchs bei Ióseph im Gefängnis, nehme ich an?«

»Vermutlich ja.« Victoria seufzte. »Ach, Hopkins, setzen Sie sich doch bitte zu mir. Ich wollte ohnehin mit Ihnen sprechen.«

Hopkins nahm in dem Lehnstuhl Platz, und sie erzählte ihm von dem Gespräch, das McEvoy und sie mit Ióseph geführt hatten. »Moira scheint ihren Mörder gekannt zu haben.« Sie erschauderte. »Anders lassen sich Iósephs Worte ja kaum deuten.«

»Dies deckt sich mit dem, was ich bei Dr. Johnson herausgefunden habe.« Hopkins nickte nachdenklich. »Der bedauernswerten jungen Frau ist schon früher Schreckliches widerfahren. Dr. Johnson hat Moira obduziert«, fügte er erklärend hinzu.

»Deshalb waren Sie also beim Arzt. Ich habe schon befürchtet, Sie wären krank.«

»Nein, nein, ich erfreue mich bester Gesundheit.« Hopkins vollführte eine wegwerfende Handbewegung. »Ich habe Fotografien von Moiras Leichnam gesehen. Auf ihrem Körper befanden sich die Narben alter Brandwunden.«

»Sie meinen, von einem Feuer?«

»Nun, die Narben sind zahlreich, aber recht klein. Sie lassen darauf schließen, dass sie von einzelnen brennenden oder glühenden Gegenständen herrühren und nicht von großen Flammen.«

Victoria benötigte einen Moment, ehe sie begriff. »Wollen Sie damit sagen, dass Moira die Wunden bewusst zugefügt wurden?«, flüsterte sie.

»Sehr wahrscheinlich, ja.«

»O Gott, sie wurde gefoltert ...« Victoria schlug die Hand vor den Mund. Ihr wurde übel.

»Es ist wirklich entsetzlich, sich vorzustellen, was die junge Frau erleiden musste.« Auch Hopkins wirkte erschüttert.

Gerade noch waren ihr Kincraighie House und die Bibliothek mit dem prasselnden Feuer im Kamin wie ein geschützter Ort erschienen. Nun hatte sie das Gefühl, dass die Schrecken der Außenwelt auch hier eingedrungen waren. Sie durfte sich davon nicht überwältigen lassen. Sie musste dem Grauen etwas entgegensetzen.

»Mr. McEvoy hat den Obduktionsbericht gelesen«,

zwang sie sich schließlich zu sagen. »Er hat nichts von Spuren einer Folterung erwähnt.«

»Dr. Johnson ist Allgemeinmediziner. Ich wage zu sagen, dass er, was die Ermittlung des Todeszeitpunktes und der Todesursache betrifft, gute Arbeit geleistet hat. Da die Narben seiner Schätzung nach Wochen, wenn nicht gar Monate alt waren, hat er sie nicht in seinen schriftlichen Bericht aufgenommen. Wie er es eigentlich hätte tun sollen. Er hat jedoch Inspector Graham, so sagte er mir, mündlich davon unterrichtet.«

»Und Inspector Graham hat die Spuren der Folterung ignoriert«, ergänzte Victoria aufgebracht.

»Wie Dr. Johnson war auch er der Ansicht, dass sie nichts mit dem Mord zu tun haben.« Hopkins nickte.

»Dass Moira ihren Mörder gekannt hat, beweist höchstwahrscheinlich das Gegenteil.«

Victoria sann vor sich hin. Schon auf dem Rückweg nach Kincraighie House hatte sie mit sich gerungen, ob sie nicht doch weitere Nachforschungen Moiras Tod betreffend anstellen sollte. Nur die Liebe zu Jeremy hatte sie davon abgehalten, sich dafür zu entscheiden und somit ihr Versprechen zu brechen. Dass Moira offensichtlich gefoltert worden war, gab den Ausschlag. Sie konnte nicht länger untätig bleiben.

»Hopkins, Mr. McEvoy und ich vermuten, dass der Schlüssel zu Moiras Vergangenheit in Dublin zu finden ist«, begann sie.

»Nach allem, was Sie mir von dem Gespräch mit Ióseph erzählten, stimme ich dem zu.« Hopkins nickte bekräftigend.

»Mr. Ryder beabsichtigt ja, einen Privatdetektiv zu engagieren. Aber ich habe noch keine Nachricht von ihm aus

London erhalten. Wer weiß, welchen Problemen er sich dort stellen muss. Ióseph geht es so schlecht im Gefängnis. Ich möchte keine Zeit mehr verlieren. Deshalb werde ich nach Dublin reisen und mich in den Armenhäusern nach Moira umhören. Vielleicht lässt sich ja so herausfinden, wer sie wirklich war und wo sie gelebt hat, bevor Ióseph sie krank in dem verlassenen Weiler fand.«

»Ich kann Ihren Entschluss völlig verstehen, Miss Victoria. Ich bin davon überzeugt, dass Mr. Ryder eine hervorragende Wahl bezüglich eines Privatdetektivs treffen wird. Aber auch ich verlasse mich lieber auf mein eigenes Urteil.« Hopkins entfernte ein imaginäres Stäubchen von seinem Jackett.

»Dann werden Sie mich also unterstützen?«

»Selbstverständlich, Miss Victoria. Wie konnten Sie daran zweifeln?« Hopkins' Tonfall grenzte an Entrüstung. »Allerdings möchte ich Sie bitten, dass wir gemeinsam vorgehen und Sie nichts allein unternehmen. Sie sind im Moment nun einmal ... sehr *verletzlich*.«

»Ich akzeptiere Sie als meinen Leibwächter, Hopkins.« Victoria lächelte.

»Bedauerlicherweise befindet sich die Pistole Ihres Vaters in der Wohnung in London. Vielleicht gibt es in Kincraighie House auch Waffen. Ich werde Mrs. Evans danach fragen.«

»Das ist eine gute Idee.« Victoria war im Umgang mit Waffen vertraut. Ihr Vater hatte ihr das Schießen beigebracht.

Hopkins' Augen leuchteten wieder abenteuerlustig, und Victoria war froh, dass er nicht versucht hatte, sie von ihrem Entschluss abzubringen. Tief in ihrem Inneren wusste sie, dass sie das Richtige tat.

Jeremy hatte darauf geachtet, dass ihm niemand vom Bahnhof Euston Station nach Kensington, wo Sir Arthur wohnte, gefolgt war. Er hatte einige Male die U-Bahn gewechselt und zweimal eine Kutsche genommen. Jetzt, in Bedford Gardens, blickte er sich mehrmals unauffällig um. Nein, niemand kam ihm in der von viktorianischen Häusern gesäumten Straße, in der Gaslaternen zwischen alten Bäumen ihr Licht über die breiten Gehwege warfen, nach. Er bog in einen Durchgang ein und lief zum Hintereingang von Sir Arthurs Haus. Auf sein Klopfen hin öffnete ihm der Butler, der derartige nächtliche Besuche schon gewohnt war. Ohne Fragen zu stellen, geleitete er Jeremy zur Bibliothek im ersten Stock.

»Ryder, gut dass Sie gekommen sind.« Der Commissioner wirkte tatsächlich beinahe erleichtert und nahbar. Sonst pflegte er eine distanzierte Haltung einzunehmen. Er lud Jeremy mit einer Handbewegung ein, in einem Sessel vor dem Kamin Platz zu nehmen.

»Ihr Telegramm hat mich erschreckt, Sir. Ich kann kaum glauben, dass die Existenz der Geheimabteilung auf dem Spiel stehen soll.«

»Der Innenminister würde es so auch nicht nennen. Ich habe Sie, Ryder, und andere Männer ja nach meinem eigenen Gutdünken ausgewählt und auf Ihre Aufgaben vorbereitet. Nun sollen neue Männer eingestellt werden, die eine mehrmonatige Schulung durchlaufen.«

»Was ja durchaus nützlich sein könnte …«

»Könnte, ja …« Ein bitteres Lächeln huschte um Sir Arthurs Mund. »Wenn während dieser Zeit die bisherigen Mitarbeiter weiterhin ihren Aufgaben nachgingen. Und wenn nicht Sir Philip Mortimer zum neuen Leiter ausersehen wäre.«

»O mein Gott …«

Sir Philip war ein Staatssekretär im Außenministerium, der über keinerlei geheimdienstliche oder kriminalistische Erfahrung verfügte und bislang nur wegen seines Reichtums und seiner Leidenschaft für kostspielige Rennpferde von sich reden gemacht hatte.

»Außerdem, ich weiß nicht, ob Sie mich eben richtig verstanden haben, Ryder, wird es mehrere Monate lang praktisch keine Arbeit der Geheimabteilung geben. Die neuen Agenten befinden sich in der Ausbildung. Alle bisherigen Agenten sind mit sofortiger Wirkung von ihrer Tätigkeit freigestellt. Bevor sie wieder eingesetzt werden, sollen sie sich einer Prüfung unterziehen.

»Das ist doch absurd. Die Mitarbeiter der Geheimabteilung haben große Erfolge vorzuweisen.« Jeremy konnte es einfach nicht begreifen. »Was soll da eine Prüfung?«

»Höchstwahrscheinlich wird sie dazu dienen, sich der meisten alten Mitarbeiter zu entledigen. Ich bin überzeugt, dass man Wege finden wird, gerade die Fähigsten an der Prüfung scheitern zu lassen.«

»Aber warum …?«

»Jemand mit viel Macht und Einfluss möchte die Geheimabteilung ausschalten.«

Jeremy ließ die Worte auf sich wirken. Er hatte so etwas ja selbst schon befürchtet. Den Verdacht von Sir Arthur bestätigt zu bekommen machte ihm jedoch erst das ganze ungeheuerliche Ausmaß der Intrige klar.

»Sie glauben nicht, dass der Innenminister die treibende Kraft ist, Sir?«, fragte er.

»Ich gehe davon aus, dass jemand Lord Villiers manipuliert hat. Er ist keine starke Persönlichkeit und leicht beeinflussbar.«

»Das sehe ich ähnlich, Sir.«

Jeremy hätte niemals gedacht, Sir Arthur so etwas über einen hochrangigen Beamten sagen zu hören. Ganz sicher hatte er lange mit sich gerungen, ehe er sich entschieden hatte, sich dem Innenminister zu widersetzen. Was Jeremy in seiner Auffassung bestärkte, dass der Commissioner, trotz seiner häufig sehr konservativen – Victoria würde sagen reaktionären – Weltsicht, eine integre Persönlichkeit war.

»Wahrscheinlich wurde Lord Villiers mit dem Versprechen geködert, ihn dabei zu unterstützen, der Nachfolger von Herbert Henry Asquith als Premierminister und Leiter der liberalen Partei zu werden«, fuhr der Commissioner fort. »Die Geheimabteilung hat sich etliche mächtige Feinde gemacht.« Er stand auf und ging in der Bibliothek auf und ab. Sein massiger Körper warf große Schatten über die deckenhohen Regale. »Viel Zeit bleibt uns nicht. Denn auch die Leitung von Scotland Yard werde ich nur noch wenige Wochen innehaben. Ich möchte, dass Sie, Ryder, mit anderen Agenten zusammen herausfinden, wer hinter diesem Plan steckt. Falls wir Beweise haben, können wir möglicherweise die Unterstützung des Premierministers gewinnen.«

»Ich werde mein Bestes tun, Sir.«

»Ich baue auf Sie. Denn wenn ich es mir recht überlege, steht mir nicht der Sinn danach, Botschafter in Athen zu werden.« Sir Arthurs Stimme klang nüchtern. »Altertümer haben mich noch nie besonders interessiert.« Er trat zum Schreibtisch. Dort öffnete er eine Schublade und nahm einige Dokumente sowie eine Dienstmarke heraus, die er Jeremy reichte. »Das sind gefälschte Papiere für Sie – unter anderem ein Ausweis von Scotland Yard. Er ist auf einen

Inspector Francis Soyer ausgestellt. Vielleicht müssen Sie sich ja irgendwo Zugang verschaffen, oder Sie benötigen die Hilfe von Polizisten.«

»Nur der Rang eines Inspector, Sir?« Jeremy lächelte. »Ich hätte es ja bevorzugt, ein Chief Inspector zu sein.«

»Nun werden Sie nicht übermütig, Ryder.«

Sir Arthurs Tonfall war barsch. Aber um seinen Mund zuckte es.

FÜNFZEHNTES KAPITEL

Victoria konnte den Blick nicht vom Fenster der Kutsche abwenden. An diesem sonnigen Oktobertag präsentierte sich Dublin von seiner schönsten Seite. Vor einer guten Viertelstunde waren Hopkins und sie im Kingsbridge Terminus angekommen – dem zentralen Bahnhof der Stadt, einem mächtigen Bauwerk im neoklassizistischen Stil. Hopkins hatte es wie immer als seine Aufgabe betrachtet, Gepäckträger herbeizurufen und eine Kutsche zu mieten. Nun fuhren sie am Ufer des River Liffey entlang durch die Stadt. Brücken mit hübschen schmiedeeisernen Geländern überspannten den Fluss in regelmäßigen Abständen. In der Ferne ragte die mächtige Kuppel des Custom House mit ihrem grünen Kupferdach erhaben über den Dächern auf.

Die Häuser am Flussufer hatten Backsteinfassaden oder waren bunt gestrichen, immer wieder unterbrochen von weitläufigen offiziellen Gebäuden aus hellem Kalkstein, dem die Sonne einen silbrigen Schimmer verlieh. Victoria hoffte, dass ihr – neben den Nachforschungen zu Moira – noch etwas Zeit blieb, um zu zeichnen und zu fotografieren. Sie wünschte sich, all dem Schrecklichen etwas Schönes entgegensetzen zu können.

Eine Straße jenseits einer Brücke über den Fluss führte

auf eine Statue Lord Nelsons hoch oben auf einer Säule zu. Die Kutsche überquerte jedoch nicht den River Liffey, sie bog nach rechts in die Sackville Street ab, eine breite Straße mit prächtigen Geschäften auf beiden Seiten. Elektrisch betriebene Straßenbahnen folgten ihren Gleisen, umgeben von Pferdewagen, Automobilen und Radfahrern. Die Kutsche passierte die Bank of Ireland, ein rundes, von Säulen gerahmtes Gebäude mit einem klassizistischen Portikus – und das Bauwerk direkt gegenüber, auch dieses im antikisierenden Stil gehalten, war der westliche Teil des Trinity College, der Universität von Dublin, wie Victoria der Straßenkarte entnahm.

Gleich darauf, in der Grafton Street, wurden die Geschäfte noch eine Spur luxuriöser. Zwischen den Läden lagen elegante Hotels und Restaurants. Viele Häuser hatten Balkone und schön verzierte Fenster. Auch die sich anschließende Nassau Street war schön und vornehm. Im Park des Trinity College spielten Männer in Hosen und Pullovern in leuchtendem Weiß Cricket auf einem Rasen.

Der Rundbau der universitären National Library of Ireland mit seiner flachen Kuppel erinnerte Victoria ein bisschen an das Pantheon in Rom. Gleich daneben, vor dem Leinster House am Merrion Square, thronte eine Statue von Queen Victoria auf einem von Säulen umgebenen, ziemlich hässlichen Podest und schaute grimmig auf das geschäftige Treiben ringsum.

Am Ende der Straße erblickte Victoria nun hohe Bäume, und gleich darauf hielt die Kutsche vor dem Shelbourne Hotel, einem fünfstöckigen Gebäude im Stil der Neorenaissance mit einer Fassade aus rotem Backstein und hellen Tür- und Fensterumrandungen. Hier hatte Hopkins Zimmer für sie beide gebucht.

»Das Hotel wirkt sehr schön, Hopkins«, wandte sich Victoria lächelnd an ihn.

»Ich hoffe, auch das Innere entspricht Ihren Erwartungen, Miss Victoria.« Er neigte bescheiden den Kopf.

»Da bin ich mir ganz sicher.«

Pagen in Uniformen eilten diensteifrig herbei, kaum dass die Kutsche zum Halten gekommen war. Während Hopkins an der Rezeption die Formalitäten erledigte, ließ sich Victoria in einem der tiefen, samtbezogenen Sessel nieder. Wie schon einige Male zuvor bei gemeinsamen Ermittlungen wollte Hopkins sich vor Fremden als ihr Onkel ausgeben. Andernfalls hätte es zu Getuschel geführt, wenn sie mit ihrem Butler gemeinsam im Speisesaal gegessen hätte.

Ein Kronleuchter hing von der mit vergoldeten Stuckarbeiten verzierten Decke der Eingangshalle. Die hohen Fenster gaben den Blick auf den Saint Stephen's Green Park auf der anderen Straßenseite frei. Das Laub der Bäume war ganz bunt verfärbt, und das Wasser eines Sees glitzerte im Sonnenlicht.

Victoria verspürte plötzlich Heimweh nach ihrer Londoner Wohnung, deren Rückseite auf den dortigen Green Park hinausging – wahrscheinlich war das Laub dort auch schon sehr bunt –, und sie sehnte sich so sehr nach Jeremy, dass es sie schmerzte. Wie es ihm wohl erging? Ob er inzwischen eine Ahnung hatte, wer gegen die Geheimabteilung von Scotland Yard intrigierte? Von Galway aus hatte sie ihm ein Telegramm geschickt, dass sie und Hopkins nach Dublin gereist und im Shelbourne Hotel abgestiegen waren. Hoffentlich meldete sich Jeremy bald.

Auf einem Beistelltisch lagen einige irische und englische Zeitungen und Gesellschaftsmagazine. Geistesabwesend griff Victoria nach einem der Journale und blätterte es durch. Es enthielt die üblichen Berichte über Bälle und Empfänge und informierte die Leser über die illustren Gäste von Weekendpartys der Aristokratie auf ihren Landsitzen. Gelangweilt wollte Victoria es schon wieder zuschlagen, als eine Fotografie sie innehalten ließ. Die Aufnahme zeigte Clarissa, schön und schlank, gekleidet in einen sehr eleganten Reitdress, neben einem gut aussehenden Mann. Beide führten Pferde am Halfter und schienen sich angeregt zu unterhalten. Im Hintergrund war ein Herrenhaus zu sehen.

Lady Clarissa Davitt und Alfred James, der dritte Marquess of Wimbourne, bei einer Jagdgesellschaft auf Donore House im County Kerry, war der Bildunterschrift zu entnehmen. *Die schöne Witwe des amerikanischen Magnaten Benjamin Davitt plant, sich längere Zeit in Irland aufzuhalten. Wir freuen uns, unseren Lesern über sie berichten zu dürfen.*

Wie gut, dass Jeremy nach London gereist war! Wobei … Clarissa und der Marquess of Wimbourne waren ein attraktives Paar und wirkten auf der Fotografie durchaus aneinander interessiert.

Hopkins hatte die Formalitäten an der Rezeption erledigt und schritt nun auf sie zu. »Hopkins, sagt Ihnen der Name Marquess of Wimbourne etwas?«, fragte sie.

»Ja, reicher, noch nicht sehr alter Adel. Der Marquess gilt als Drahtzieher hinter den Kulissen der Konservativen Partei. Und er ist Staatssekretär im Innenministerium.«

»Ist er verheiratet?«

»Mit der jüngeren Tochter des Herzogs von Durham.«

»Schade …«

Hopkins blickte Victoria etwas irritiert an. »Die Ehe gilt allerdings als nicht sehr glücklich.«

Nun, dann besteht ja vielleicht Aussicht auf eine Affäre

zwischen Clarissa und dem Marquess, dachte Victoria sarkastisch. Was die Lady hoffentlich von Jeremy ablenken würde.

»Unsere Zimmer liegen auf der zweiten Etage, Miss Victoria«, verkündete Hopkins nun. »Findet es Ihre Zustimmung, dass wir nach dem Lunch das Armenhaus in der Kilmainham Lane aufsuchen?«

»Ja, natürlich.« Victoria nickte. »Je früher wir etwas über Moira herausfinden, desto besser.«

Ja, Clarissa war wirklich nicht wichtig.

Das South Dublin Union Workhouse in der Kilmainham Lane war eines der größten Armenhäuser der Stadt und nicht weit entfernt vom Hauptbahnhof Kingsbridge Terminus gelegen. Ein stämmiger Wächter stand neben dem Eingang des aus dunkelgrauem Stein errichteten Gebäudes. Seine Körperhaltung ließ keinen Zweifel daran, dass er, wenn er es für nötig erachtete, von seinem Knüppel Gebrauch machen würde. Andere Bedienstete des Armenhauses vertrieben eine Gruppe von Bettlern mit derben Worten.

Selbst an einem sonnigen Tag wie diesem wirkte das Armenhaus düster und trist. Schon als Victoria mit Hopkins aus der gemieteten Kutsche stieg, fühlte sie sich bedrückt. Armenhäuser waren keine Gefängnisse – die Insassen durften sie verlassen, etwa um zur Arbeit zu gehen. Aber sie hatten viel Ähnlichkeit mit einer Haftanstalt. So mussten die Bewohner sich immer abmelden, wenn sie das Haus verließen, und der Alltag war streng reglementiert.

»Wir wünschen den Direktor des Armenhauses zu sprechen«, wandte sich Hopkins knapp an den Wächter.

Sein Tonfall verfehlte seine Wirkung nicht. Der stämmige Mann öffnete ihnen die Tür und bat sie, in der Eingangshalle zu warten. Dann verschwand er in einem Korridor.

Victoria fröstelte. Im Inneren des Gebäudes war es kalt, als würden selbst die Mauern die verzweifelten Schutzsuchenden abweisen. Eine Frau in einem dunklen Kleid aus grobem Stoff – die übliche Kluft eines Armenhauses – schrubbte eine Treppe. Sie sah nicht auf. Vielleicht aus Resignation, vielleicht auch aus Scham. Irgendwo weinte ein Kind herzzerreißend. Mit ihrer Aufnahme verloren die Insassen fast alle Rechte und hatten sich den harten Regeln der Anstalt zu unterwerfen. Familien wurden getrennt. Kinder durften nur bis zum Alter von zwei Jahren bei ihren Müttern bleiben. Unwillkürlich schlang Victoria die Arme eng um sich. Was, wenn es ihr Kleines wäre, das da, getrennt von ihr, verzweifelt weinte?

Der Wächter erschien wieder, nun in Begleitung einer Frau mit streng zurückgekämmtem Haar. Sie trug ein Kleid aus hellgrauer Baumwolle und gehörte ganz offensichtlich zum Personal. Sie folgten ihr durch viele Korridore. Einmal erhaschte Victoria einen Blick in einen Saal, in dem Frauen an langen Tischen saßen und Werg mit Metallkämmen bearbeiteten, damit es später zu Seilen gesponnen oder als Dichtungsmaterial verwendet werden konnte. Außer kleinen Kindern musste jeder Bewohner eines Armenhauses einer Arbeit nachgehen und sich als nützlich erweisen.

Victoria nahm sich vor, in Londoner Armenhäusern zu fotografieren und die Bilder im *Morning Star* zu veröffentlichen. Auch wenn Mr. Parker, der stellvertretende Chefredakteur, der die Aufnahmen auswählte, darüber wahrscheinlich erst einmal alles andere als begeistert sein würde. Seit den Zeiten, als Charles Dickens *Oliver Twist* geschrieben hatte und eine schockierte Öffentlichkeit auf die grauenhaften Zustände in den Armenhäusern aufmerksam geworden war, hatte sich einiges verbessert. Vieles lag jedoch noch im Argen.

Schließlich klopfte die Frau an eine Tür. Ein heiseres »Herein« ertönte. Die Frau verschwand in dem Zimmer, nur um gleich darauf wiederzukommen. »Mr. Roosky, der Direktor des Armenhauses, erwartet Sie«, verkündete sie und bedeutete ihnen einzutreten. Dann zog sie sich zurück.

»Meine Nichte Mrs. Bredon-Ryder, mein Name ist Hopkins«, stellte Hopkins sich und Victoria vor.

»Nehmen Sie doch bitte Platz.« Der Direktor des Armenhauses erhob sich und wies auf zwei Holzstühle. Er war ein Mann in den späten Fünfzigern. Sein volles Haar fiel ihm in die Stirn. Dies – verbunden mit einem auffallend länglichen Gesicht, großen Zähnen und hängenden Augenlidern – ließ ihn wie einen alten, müden Ackergaul wirken. »Was kann ich für Sie tun, Sir, Madam? Suchen Sie etwa nach einem Dienstmädchen? Ich könnte Ihnen einige junge Frauen empfehlen, die willig und fleißig sind.«

»Nein, deswegen sind wir nicht hier.« Victoria schüttelte den Kopf. »Ich hatte vor etwa einer Woche einen Unfall im Moor bei Clifden. Eine junge Frau namens Moira kam mir zu Hilfe.« Sie stockte kurz, als würde sie nach Worten suchen. Hopkins und sie hatten beschlossen zu verschleiern, warum sie nach Moira fragten. Es war ja nicht auszuschließen, dass jemand aus dem Umfeld eines der Armenhäuser ihren Mörder kannte. »Einige Tage später fiel Moira einem Gewaltverbrechen zum Opfer. Mein Onkel und ich möchten Moiras Verwandten, sofern sie noch leben, ein Geldgeschenk zukommen lassen – als Dank. Aber niemand weiß, wer sie wirklich war. Nur ihr Vorname ist bekannt, und jemand, der sie kannte, erinnerte sich, dass Moira einige Zeit in einem Armenhaus in Dublin gelebt hat. Aus der Erinnerung habe ich dieses Bild gezeichnet.« Victoria hatte einige Kopien von ihrer ursprünglichen Zeichnung angefertigt und reichte eine davon Mr. Roosky. »Kennen Sie Moira vielleicht?«

Mr. Roosky starrte sie und Hopkins an. »Die junge Frau fiel einem Gewaltverbrechen zum Opfer? Sie meinen, sie wurde ermordet?«

»Ja, bedauerlicherweise, so ist es …« Hopkins nickte.

»Guter Gott … Der Herr erbarme sich ihrer.« Der Direktor des Armenhauses schien aufrichtig erschrocken zu sein. Er beugte sich vor und betrachtete die Zeichnung eingehend. »Eine wirklich auffallend schöne Frau«, sagte er dann. »Ich kann mich leider nicht daran erinnern, sie jemals gesehen zu haben. Allerdings bin ich auch erst seit etwa einem Jahr der Direktor dieser Anstalt. Sie können natürlich gern das Personal befragen.«

»Danke … Ja, das würden wir gern tun.« Victoria nickte erleichtert.

Licht fiel durch die geöffnete Kellertür und blendete Gwynn. Sie musste die Augen schließen. Kam wieder die Aufseherin, um sie zu verprügeln? Instinktiv rollte sie sich schützend auf dem Boden zusammen. Doch keine Schritte kamen die Steintreppe hinunter.

»Du darfst heraufkommen«, hörte sie stattdessen eine Frauenstimme.

Gwynn richtete sich mühsam auf und tastete nach dem hölzernen Handlauf. Langsam, Stufe für Stufe, zog sie sich die Treppe hinauf. Alles tat ihr weh, und sie war so schwach, dass sie sich kaum auf den Beinen halten konnte. Oben in der Küche wies Mary auf eine Schale Haferbrei auf dem Tisch. Sie hatte also gerufen. Mary war eine frühere Prostituierte, die jetzt, im Alter, als Köchin und Magd in dem Bordell fungierte. »Du sollst etwas essen und dich dann waschen. Für die nächsten Tage bist du für die Küchenarbeit eingeteilt – bis deine blauen Flecken nicht mehr zu sehen und die Striemen einigermaßen verheilt sind.«

Dem Licht nach zu schließen, das durch die kleinen vergitterten Fenster fiel, war es Nachmittag. In dem Bordell war es ruhig. Die anderen Prostituierten schliefen. Gwynn ließ sich auf einen Schemel sinken und begann, den Haferbrei gierig in sich hineinzulöffeln. Sie war völlig ausgehungert. Während der Tage im Keller hatte sie nichts zu essen bekommen. Irgendwo schlug eine Kirchturmuhr zur dritten Stunde. Ein Klang aus einer anderen, unerreichbar fernen Welt.

»Mach langsam, sonst wird dir übel.« Mary schüttelte warnend den Kopf. Schon früher war sie manchmal freundlich zu ihr gewesen, hatte ihr Essen zugesteckt oder ihr ein aufmunterndes Wort gesagt. Sie nahm die nun leere Schale, füllte sie noch einmal mit Brei aus dem Topf auf dem Herd und stellte sie wieder vor Gwynn. Dann setzte sie sich zu ihr. »Wie konntest du nur so dumm sein und auf den Schließer losgehen?« Teils ärgerlich, teils mitleidig sah Mary sie an. »Du kannst froh sein, dass du mit Prügeln und ein paar Tagen im Keller davongekommen bist.«

»Der Schließer, meinst du damit den großen, bulligen Mann?«

Gwynn ließ den Löffel sinken. Die Schreie der Schwester gellten ihr wieder in den Ohren, und ihr wurde ganz schlecht vor Angst und Sorge.

»Ja.« Mary duckte sich furchtsam.

»Er hat Siobhan verschleppt.«

»Sie ist eben viel zu hübsch für dieses Bordell.«

»Was meinst du damit?«

»Die besonders gut aussehenden Frauen werden, nachdem sie sich eine Zeit lang eingewöhnt haben, in das rote Haus gebracht. Es steht unter der Aufsicht des Schließers.«

Eingewöhnt …

Mary hatte ganz sachlich gesprochen. Ihre Worte spiegelten nichts von dem Entsetzen wider, das Gwynn erfasst hatte, als ihr klar geworden war, wohin man Siobhan und sie gebracht hatte. Und auch nichts von dem Ekel und der Scham, die sie empfunden hatte, als die ersten Freier bei ihr gewesen waren. Zu wissen, dass Siobhan sie brauchte, dass die Schwester ohne ihre Hilfe das alles nicht überstehen würde, hatte ihr geholfen, sich nicht aufzugeben und völlig abzustumpfen wie so viele zur Prostitution gezwungene Frauen in dem Bordell.

»Was ist das rote Haus?«, flüsterte sie.

»Die Frauen dort dürfen schöne Kleider und manchmal sogar kostbaren Schmuck tragen. Sie bekommen gutes Essen …«

Es hörte sich fast an wie das Paradies, wäre nur Mary ihrem Blick nicht ausgewichen.

»Aber irgendetwas stimmt doch nicht damit?« Mary stand auf und machte sich am Herd zu schaffen, was Gwynns schlimme Ahnung bestätigte. »Mary, was geht dort vor?«

»Das willst du nicht wissen.«

»Siobhan ist meine Schwester!«

»Du kannst ihr nicht helfen. Du solltest sie vergessen.«

»Das werde ich nie.« Gwynn sprang auf und packte die

alte Frau an den Schultern, zwang Mary, sie anzusehen. »Was ist mit diesem roten Haus?«, rief sie.

»Um Himmels willen, sei leiser.« Mary schaute sich ängstlich um. »Willst du, dass die Aufseherin oder die Knechte dich hören? Die Frauen werden zu reichen Freiern in deren Häuser gebracht. Und manche von diesen Freiern haben …«, sie stockte kurz, »… Gelüste, die nicht *normal* sind.«

»Du meinst, sie quälen die Frauen?« Gwynn hatte die anderen Prostituierten von derlei Dingen tuscheln hören.

»Ja, das auch …«

»Woher weißt du das?« Ein Teil von ihr hoffte, dass Mary sich täuschte, dass dies alles nicht wahr war.

»Ein paarmal musste ich Frauen dort pflegen, nachdem sie …« Mary brach ab. »Manche mussten ein paar Männern gleichzeitig zu Diensten sein. Oder sie hatten Peitschenstriemen oder Brandwunden am Körper …«

Siobhan … Ihre zarte, empfindsame Schwester. Oft hatte sie sich, nachdem der letzte Freier gegangen war, zu Siobhan geschlichen, hatte die Weinende in die Arme genommen und versucht, sie zu trösten. Sie hatte mit ihr über das kleine Anwesen in der Bucht am Meer gesprochen, wo im Frühjahr die Glockenblumen blühten und im Herbst die Gänse auf ihrem Weg in den Süden über den Himmel flogen, und ihr versichert, dass sie eines Tages wieder dort leben würden. Wohl wissend, dass dies eine fromme Lüge war.

»Wo ist dieses Haus, Mary?«, fragte sie mit tränenerstickter Stimme.

»Bist du verrückt? Du glaubst doch wohl nicht ernsthaft, dass du deine Schwester retten kannst! Diese Männer sind reich und mächtig. Selbst der Schließer hat Angst vor ihnen. Du hast ja keine Ahnung, wozu sie fähig sind. Einmal habe ich eine junge Frau gepflegt, deren Rücken von Brandwunden übersät war. Sie war wunderschön, als stammte sie aus einer anderen Welt. Sie hatte tiefschwarzes Haar und leuchtend blaue Augen. Als ich das nächste Mal in dem roten Haus war, war sie nicht mehr da …«

»Du meinst, sie war tot?« Gwynn griff nach Marys Arm.

»Wahrscheinlich haben die Männer sie so schwer misshandelt, dass sie an ihren Verletzungen gestorben ist.« Die alte Frau starrte auf den Herd.

»Mary, wenn noch ein Funken Menschlichkeit in dir ist, dann sag mir, wo sich dieses Haus befindet.«

»Nein, ich habe dir schon viel zu viel gesagt.« Mary stieß Gwynn von sich weg.

»Mary bitte … Ich habe unserer Mutter, als sie starb, versprochen, auf Siobhan aufzupassen.« Gwynn fiel vor ihr auf die Knie.

»Sei froh, dass du noch am Leben bist.«

Mary griff nach einer Art Eisenzange, die an der Wand über dem Herd hing und die dazu diente, die Töpfe auf der Platte zu verschieben. Ihr lapidarer Tonfall brachte etwas in Gwynn zum Brodeln. Zorn verdrängte ihre Verzweiflung. Zorn auf Mary und die anderen Frauen, die sich in ihr Los ergeben hatten. Zorn auf sich selbst, dass sie nicht versucht hatte, mit Siobhan zu fliehen, als es noch möglich gewesen war, dass sie sich fast mit ihrem Schicksal abgefunden hätte.

Glühende Punkte tanzten vor ihren Augen. Sie sprang auf und riss Mary die Zange aus der Hand. Die Angst um Siobhan gab ihr die Kraft, die alte Frau gegen den Herd zu drängen. Mit der einen Hand umklammerte sie Marys Kehle. Mit anderen erhob sie das Werkzeug.

»Wo ist das rote Haus? Ich schlage dir den Schädel ein,

wenn du es mir nicht sagst. Dann sollen mich die Knechte ruhig töten. Das ist mir egal. Ich kann nicht weiterleben, wenn ich Siobhan an diesem Ort weiß …« Sie war bereit, ihre Drohung wahr zu machen. Mary zitterte am ganzen Leib. Gwynn verschloss ihr Herz gegen die Angst der alten Frau. »Sag es mir!«

»Lass mich los«, ächzte Mary.

Gwynn lockerte den Griff um ihre Kehle ein bisschen. »Also …?«

»Falls du wirklich so wahnsinnig bist zu fliehen, wird man dich schnell wieder einfangen.«

»Ich werde es trotzdem versuchen.«

»Schwör mir, dass du der Aufseherin nicht verrätst, dass ich dir von dem roten Haus erzählt habe.«

»Ich schwöre es dir. Bei der Heiligen Jungfrau und bei Siobhans und meinem Leben.«

»Nun gut, wenn du unbedingt in dein Verderben rennen willst.« Mary hustete und hielt sich die Kehle, auf der sich Gwynns Fingerabdrücke rot abzeichneten. »Ich weiß nicht genau, wo das Gebäude liegt. Die Vorhänge der Kutsche waren immer zugezogen, wenn mich ein Hausknecht dorthin- und wieder zurückgebracht hat.«

Gwynn glaubte ihr. Solche Vorsichtsmaßnahmen zu ergreifen sah der Aufseherin ähnlich. »Wie lange wart ihr dorthin unterwegs?«

»Etwa eine Stunde.«

»Woher weißt du das?«

»Als wir bei dem Haus ankamen, habe ich einmal eine Kirchturmuhr schlagen hören.« Mary zuckte mit den Schultern. »Und hier in der Nähe gibt es ja auch eine Kirche.«

»Wie sieht das Haus aus? Kannst du es beschreiben?«

»Die Kutsche hielt immer direkt vor dem Eingang. Mehr

als die Lampe darüber habe ich nicht gesehen. Einmal habe ich es gewagt, einen Fensterladen einen Spaltbreit zu öffnen und hinauszuspähen. Ein Fluss oder ein Kanal fließt an dem Gebäude vorbei, im Garten steht eine große Blutbuche. Mehr kann ich dir nicht sagen.«

Sich nähernde Schritte ließen Gwynn zusammenschrecken. Sie legte die Zange auf den Herd, setzte sich hastig an den Tisch und beugte sich über die Schale mit dem Haferbrei. Gleich darauf trat die Aufseherin in die Küche. Sie musterte Gwynn mit unerbittlichem Blick.

»Da du geweint hast, scheinst du deine Lektion gelernt zu haben«, sagte sie dann kalt. »Glaub mir, bei deiner nächsten Aufsässigkeit wirst du nicht mehr so glimpflich davonkommen.«

»Ja, Herrin, ich werde von nun gehorchen«, flüsterte Gwynn.

Würde Mary sie verraten? Oder – ein jäher Schrecken durchzuckte Gwynn – würde die Aufseherin die roten Male auf der Kehle der alten Frau bemerken? Doch Mary hatte sich wieder dem Herd zugewandt. Und jetzt zog sie ihr Umschlagtuch enger um den Hals, als ob sie fröre.

Die Fenster der Küche waren vergittert, die Tür zum Hinterhof mit einem massiven Schloss versehen. Auch der Haupteingang des Bordells war tagsüber versperrt und nachts bewacht. Gwynn kämpfte gegen die Verzweiflung an, die wieder in ihr aufsteigen wollte. Irgendwie musste es ihr gelingen zu fliehen und Siobhan zu retten.

Niedergeschlagen, erschöpft und mit heftigen Rückenschmerzen ließ sich Victoria am Abend auf das Sofa in ihrem Hotelzimmer sinken. Niemand vom Personal des Armenhauses in der Kilmainham Lane hatte Moira gekannt. Danach hatten Hopkins und sie noch zwei weitere Armenhäuser im Süden der Stadt aufgesucht. Wieder vergebens.

Victoria hatte das Gefühl, dass der spezielle Geruch der Anstalten, eine Mischung aus modriger Luft, ungewaschenen Körpern und Hoffnungslosigkeit, immer noch an ihr hing, und die trüben, leeren Augen der Insassen gingen ihr nach. Sie schämte sich des luxuriösen Hotelzimmers mit den chintzbezogenen Polstersesseln und den rötlich schimmernden Mahagonimöbeln. Durch die offen stehende Tür konnte sie in das Badezimmer mit dem schwarz-weiß gekachelten Boden sehen. Die Porzellanwanne war groß und hatte Hähne für heißes und kaltes Wasser. In einem Armenhaus mussten sich mehrere Menschen das Wasser in einer Zinkwanne zum Baden teilen.

Es konnte so schnell geschehen, dass ein solches Haus die letzte Rettung der Verzweifelten war. Ein oder zwei Missernten, Schulden oder eine Krankheit konnten Menschen vor dem Nichts stehen lassen. Auch alte Leute ohne Verwandte, die sie unterstützten, oder Menschen, die keine kleine Rente von einem früheren Dienstherrn bekamen, waren darauf angewiesen, wenn sie nicht als Bettler auf den Straßen enden wollten. Ach, wie zynisch es doch seitens der Regierenden war, die Zustände in den Armenhäusern möglichst abschreckend zu halten. Als ob die meisten Notleidenden sie nicht liebend gern meiden würden.

Am schlimmsten fand Victoria es, dass Familien auseinandergerissen und kleine Kinder von ihren Müttern getrennt wurden. Unwillkürlich legte sie ihre Hände auf ihren Leib, wie sie es so oft tat in letzter Zeit. In jedem der drei Häuser hatte sie Kinder jämmerlich weinen hören. Sie schauderte.

Wie alt Moira wohl gewesen war, als sie in ein Armenhaus gekommen war? Und wie lange sie dort gelebt hatte? Am nächsten Tag würden Hopkins und sie Armeneinrichtungen auf der nördlichen Seite des River Liffey aufsuchen.

Victoria schob den Gedanken beiseite, dass Moira vielleicht gar nicht in Dublin gelebt hatte, dass sie Ióseph die Unwahrheit erzählt oder er sie falsch verstanden hatte. Hopkins und sie mussten einfach etwas finden, das ihnen weiterhalf!

SECHZEHNTES KAPITEL

Die Kutsche fuhr den nördlich des River Liffey gelegenen Teil der Sackville Street entlang. Hier setzte sich der Glanz des südlichen Dublin fort. Elegant gekleidete Männer und Frauen flanierten vor luxuriösen Geschäften und teuren Restaurants, Lord Nelson auf seiner Säule schien das stetige Kommen und Gehen vor dem General Post Office – ein großes und wie so oft in der Stadt anzutreffendes klassizistisches Gebäude – interessiert zu verfolgen. Clerys Department Store, wo eine große Uhr mit leuchtend grünem Ziffernblatt über dem Portal die Zeit anzeigte, präsentierte exquisite Seifen, Parfüms und Roben in den Schaufenstern.

Doch nur wenige Straßenecken weiter war die Welt eine ganz andere, und Victoria fühlte sich in das East End von London versetzt. Der Kutscher ließ die Peitsche drohend in der Luft kreisen, um die ärmlich gekleideten Menschen davon abzuhalten, zu nahe zu kommen. Viele trugen noch nicht einmal Schuhe. Ihre Körper waren hager und ausgezehrt. Vor einer Toreinfahrt prügelten sich Kinder um einen Kohlkopf, den wohl jemand verloren hatte. Abfall moderte in der Gosse und verbreitete einen durchdringenden Gestank. Magere Köter suchten darin nach Futter. Jetzt hatte einer etwas gefunden, das aussah wie ein Viehdarm. Er rannte damit, verfolgt von einer wütend kläffenden Hundemeute, davon.

»Ich bin froh, dass ich eine Waffe mitgenommen habe«, sagte Hopkins leise neben Victoria. Mrs. Evans hatte ihm, auf seine Bitte hin, eine Pistole von Lord Hogarth überlassen.

»Nun, ich hoffe nicht, dass wir sie brauchen werden«, erwiderte sie.

Den georgianischen Backsteinfassaden mit ihren schönen Proportionen war noch anzusehen, dass hier im Norden Dublins einmal die Adligen und Reichen gewohnt hatten. Doch als das irische Parlament Anfang des 19. Jahrhunderts aufgelöst worden war, hatte der Niedergang dieses Teils der Stadt begonnen. Die Familien der Aristokratie und der Oberschicht waren nach London und auf ihre englischen Landsitze gezogen, denn Dublin war von nun an nur noch Provinz. Erst hatte die Mittelschicht die ehemaligen Paläste bewohnt, neue Eingänge waren geschaffen und viele Räume innerhalb der weitläufigen Gebäude geteilt worden. Als der Süden der Stadt *fashionable* geworden war, waren die Kaufleute, Ärzte und Beamten dorthin abgewandert und hatten den Armen Platz gemacht.

Als die Kutsche vor dem Armenhaus in der North Brunswick Street zum Halten gekommen war, rannte eine Gruppe Kinder herbei, die kaum mehr als Lumpen trugen. Ihre Augen wirkten riesig in den mageren Gesichtern.

»Miss, Sir … Wir haben Hunger«, jammerten sie und streckten bittend ihre Hände aus.

Ehe sie reagieren konnten, waren schon die mit Stöcken ausgerüsteten Wächter herbeigeeilt.

»Verschwindet, ihr verdammten Bälger. Weg mit euch.«

Eilig ergriffen die Kinder die Flucht. Doch ihr Flehen gellte Victoria noch lange in den Ohren.

Wie seltsam das Büro des Armenhausdirektors doch war! Irritiert schaute Victoria sich um. Ein Wächter hatte Hopkins und sie hingeführt und sie gebeten, auf Osiah Bowen zu warten. Der Raum war ganz offensichtlich einmal Teil eines Saals gewesen, der durch Trennwände verkleinert worden war. Die Decke und die beiden Fenster wirkten im Verhältnis zur Bodenfläche viel zu hoch – ein bisschen fühlte sich Victoria wie im Inneren eines Turmes. Der Kamin war zu wuchtig für das Zimmer, die ehemals prachtvolle Marmorumrandung war von tiefen Scharten verunziert. Unter einem Fenster war ein Stück einer kostbaren Tapete mit grünem Untergrund erhalten geblieben. Wahrscheinlich hatte hier ein Schrank oder ein Regal gestanden, als die Wände mit dunkelbrauner Farbe gestrichen worden waren.

»Welch eine grässliche Verunstaltung eines ehemals schönen Saals!« Hopkins' Stimme bebte, so erschüttert war er. »Sicher wurde hier früher festlich diniert, oder eine Kapelle spielte zu einem Ball auf.«

Victoria unterdrückte ein Lächeln. Ihr Butler war kein Freund des gesellschaftlichen Wandels. Wahrscheinlich zogen Schreckensbilder durch seinen Geist, in denen Horden von Sozialisten und Anarchisten die Paläste des englischen Adels stürmten. Sie wollte etwas erwidern, doch nun öffnete sich die Tür, und ein großer Mann trat herein. Er trug einen dunklen Anzug und ein Hemd mit einem sehr hohen Kragen, was ihm einen irgendwie priesterlichen Habitus verlieh.

»Mr. Hopkins, Mrs. Bredon-Ryder? Osiah Bowen.« Er verbeugte sich höflich. »Man sagte mir, Sie wollten mich sprechen. Was kann ich für Sie tun? Leider habe ich nicht viel Zeit. In wenigen Minuten trifft sich das Aufsichtskollegium des Armenhauses.« Er ließ sich hinter dem Schreibtisch nieder, mit dem Rücken zu den Fenstern.

»Mein Onkel und ich suchen nach einer jungen Frau namens Moira. Sie half mir nach einem Unfall im Moor bei Clifden«, begann Victoria ihre Geschichte. »Wahrscheinlich hat sie in einem Armenhaus in Dublin gelebt. Mehr wissen wir leider nicht von ihr. Wir möchten uns bei ihren Verwandten erkenntlich zeigen.«

»Nach Dublin zieht es viele der Mühseligen und Beladenen.« Mr. Bowen neigte fromm den Kopf und seufzte.

»Kurz nachdem Moira mir half, wurde sie ermordet …«

»Gott sei ihrer armen Seele gnädig.« Mr. Bowen bekreuzigte sich. »Leider werden immer wieder Insassen der Armenhäuser ein Opfer ihres sündhaften Lebens.«

»Moira hat ihren gewaltsamen Tod ganz sicher nicht selbst verschuldet«, erwiderte Victoria aufgebracht.

Der Direktor war ihr von Anfang nicht sehr sympathisch gewesen. Ein Eindruck, der sich nun verstärkte.

»Dies zu beurteilen weiß allein Gott, der Herr.« Mr. Bowen neigte wieder fromm das Haupt. »Ich möchte Ihnen wirklich gern helfen. Können Sie mir denn einen Anhaltspunkt zu der unglückseligen jungen Frau geben? Sie vielleicht beschreiben?«

»Ich habe eine Zeichnung von ihr angefertigt.« Victoria legte die Kopie vor den Direktor auf den Schreibtisch. Täuschte sie sich, oder verengten sich seine Augen kurz? Sie wünschte sich, sein Gesicht läge nicht im Schatten.

»Nein, die junge Frau hat nie in dieser Anstalt gelebt«, sagte er schließlich.

»Verzeihen Sie, Sir, aber sind Sie sich da ganz sicher?«, insistierte Hopkins.

»Hier leben um die sechshundert Menschen, davon ungefähr zweihundert Frauen. Dennoch betrachte ich es als meine Pflicht, jeden neuen Insassen bei der Aufnahme zumindest kurz zu sehen, ihm Mut zu zusprechen und ihn zu ermahnen, den Aufenthalt hier als eine Zeit der Läuterung zu betrachten. Gott lässt niemanden, der sich aufrichtig bemüht, im Stich.« Mr. Bowens Stimme wurde salbungsvoll.

»Und was ist mit denjenigen, die nur für wenige Tage in diesem Armenhaus unterkommen?«, mischte Victoria sich ein. »Kennen Sie die ebenfalls alle?«

»Anders als viele andere Armenhäuser nehmen wir unter einer Dauer von einem Monat niemanden auf. Das schreiben unsere Statuten so vor.« Mr. Bowen schüttelte lächelnd den Kopf. »Sie müssen mir wirklich glauben, ich kenne alle Insassen. Wie heißt es doch in der Bibel? *Der gute Hirte kennt jedes seiner Schafe …* Dies ist mein Leitspruch.«

Victoria setzte zu seiner ungeduldigen Erwiderung an. Doch Hopkins kam ihr zuvor. »Natürlich vertrauen wir Ihrem Urteil, Sir«, sagte er begütigend. »Aber wir würden trotzdem gern mit dem Personal sprechen, vor allem mit den weiblichen Angestellten. Sie haben ja den meisten Kontakt zu den Frauen, die hier leben. Möglicherweise hat Moira einmal jemanden besucht, eine arme Verwandte vielleicht. Wir möchten einfach nichts unversucht lassen.«

»Natürlich ermögliche ich Ihnen gern, das Personal zu befragen. Allerdings bedarf es dazu einiger Organisation.« Mr. Bowen zog eine Taschenuhr aus seiner Westentasche und konsultierte sie. »Leider müssen wir unsere Unterhaltung nun beenden. Ich darf das Komitee nicht warten lassen. Geben Sie mir doch bitte eine Adresse, unter der ich Sie erreichen kann. Ich benachrichtige Sie, sobald ich die nötigen Arrangements getroffen habe.« Mr. Bowen ließ die Taschenuhr wieder an ihren angestammten Platz zurückgleiten und erhob sich. Ein unmissverständliches Zeichen, dass das Gespräch für ihn beendet war. »Ich verständige jemanden, der Sie nach draußen begleitet.«

Wieder in der Kutsche, drehte sich Victoria zum Eingang des Armenhaues um. Der Zerberus, der Hopkins und sie nach draußen begleitet hatte, sah ihnen hinterher, während er mit den anderen Wächtern sprach. Natürlich hatten sie ihm auch die Zeichnung von Moira gezeigt, und er hatte erklärt, die junge Frau nie gesehen zu haben. Ihr Gefühl sagte Victoria, dass er gelogen hatte. Hopkins war ihrem Blick gefolgt.

»Haben Sie nicht auch den Eindruck, dass der Wächter den anderen sagt, dass sie auf keinen Fall ohne die Erlaubnis Mr. Bowens mit uns sprechen dürfen?«, fragte Victoria sarkastisch.

»In der Tat, diese Vermutung drängt sich mir ebenfalls auf.« Hopkins nickte.

»Sie glauben also auch, dass Mr. Bowen Moira kannte?«

»Ich hege zumindest große Zweifel, dass er diesbezüglich die Wahrheit gesagt hat. Irgendwie wirkte der Direktor unredlich.«

»Aber was sollen wir jetzt nur tun? Das Aufsichtskomitee einschalten?«

»Dies dürfte kaum von Erfolg gekrönt sein.« Hopkins wiegte den Kopf. »Im Allgemeinen erfolgen die Inspektionen von Armenhäusern nur sehr oberflächlich, die Mitglieder der Komitees bekommen einen großen Teil der Insassen gar nicht zu Gesicht. Zum anderen verfügen wir ja über keinen Beweis, dass Mr. Bowen gelogen hat. Man würde sicher ihm und nicht uns Glauben schenken.«

»Sie haben recht. Die Mitglieder solcher Komitees sind ja häufig bigotte Frömmler, die das salbungsvolle Getue der Direktoren sicher sehr schätzen.« Victoria verzog den Mund. »Aber irgendetwas müssen wir tun ...«

»Uns fällt sicher etwas ein.« Hopkins verströmte wie immer Zuversicht, doch Victoria fühlte sich wieder erschöpft. Ihr Rücken schmerzte, als würde er gleich entzweispringen. Müde verfolgte sie, wie die Kutsche an einer Gruppe von Schuhputzern vorbeifuhr, die auf dem Gehweg hockten. Anscheinend war einem Kunden der geforderte Preis zu hoch, denn er hob zornig die Fäuste. Der Kutscher fluchte, als ein mit alten Möbeln beladener Leiterwagen von einer Seitenstraße einschwenkte und er die Pferde zügeln musste. Ein großes, zweiflügeliges Backsteingebäude kam jetzt in Victorias Blickfeld. Eine Mauer und ein hoher, schmiedeeiserner Zaun umgaben das Areal.

RICHMOND HOSPITAL stand in goldenen Buchstaben auf dem Torbogen. Langsam fuhr die Kutsche weiter.

»Hopkins«, Victoria wandte sich ihm zu, »vielleicht hat das Krankenhaus ja eine Station, auf der Arme behandelt werden.«

»Das ist gut möglich.«

Hopkins stand schon auf und öffnete das kleine Fenster zum Kutschbock. Auf seinen Zuruf hin blieb der Wagen stehen. Das Hospital war weniger als eine Meile von der North Brunswick Street entfernt. Vielleicht kannte ja dort jemand Moira.

Das Hospital besaß tatsächlich eine Station, auf der Arme unentgeltlich behandelt wurden. Der Portier am Haupteingang beschrieb ihnen den Weg. Die Station war im Souterrain eines Seitenflügels untergebracht. Sicherlich dreißig Menschen saßen auf langen Bänken in einem gefliesten Korridor. Die Kleidung von vielen war schmutzig und zerrissen. Einige hielten den Kopf gesenkt und schwiegen. Andere unterhielten sich angeregt. Ein Mann, der sein Bein weit ausgestreckt hatte, stöhnte. Ein Säugling lag in den Armen seiner Mutter und schrie aus Leibeskräften. Es stank nach Schweiß, Karbol und Blut. Unwillkürlich versuchte Victoria, flach zu atmen.

Hopkins schritt auf eine matronenhafte Krankenschwester zu, die hinter einem Stehpult stand und offenbar die Aufgabe hatte, die Namen und Krankheiten der Patienten zu erfassen. Höflich lüpfte er den Hut.

»Wäre es möglich, dass meine Nichte und ich den zuständigen Arzt kurz sprechen könnten? Wir werden seine Zeit ganz bestimmt nicht lange in Anspruch nehmen.«

»Es tut mir leid, Sir … Die Frau Doktor schätzt es nicht, bei ihrer Arbeit unterbrochen zu werden.« Die Krankenschwester schüttelte den Kopf.

Victoria war überrascht. Seit etwa dreißig Jahren konnten Frauen in England ein medizinisches Examen ablegen. Aber Ärztinnen waren immer noch sehr selten.

»Es handelt sich wirklich nur um eine Frage. Die Antwort ist von größter Wichtigkeit für uns.«

Hopkins schenkte der Krankenschwester einen tiefen Blick aus seinen blauen Augen. Belustigt verfolgte Victoria, wie die strenge Miene der Matrone weicher wurde.

Die Tür zum Sprechzimmer am Ende des Korridors öffnete sich jetzt, und ein junger Mann humpelte heraus.

»Nun gut, wenn es wirklich nur eine Frage ist«, gab die Krankenschwester nach, »dürfen Sie als Nächste Frau Dr. Ryberg aufsuchen.«

»Vielen Dank, Schwester.« Hopkins lüpfte wieder seinen Hut und schenkte ihr ein strahlendes Lächeln.

»Es ist erstaunlich, wie viel Charme Sie entwickeln können, Hopkins«, flüsterte Victoria ihrem Butler zu.

»Das waren nur Höflichkeit und Überzeugungskraft.« Er winkte bescheiden ab.

Dr. Ryberg kehrte ihnen den Rücken zu, während sie eine bauchige Glasflasche in ein Regal stellte. Das Konsultationszimmer war zweckmäßig eingerichtet, aber klein, die Untersuchungsliege und die Schränke hatten schon bessere Tage gesehen. Nun wandte sich die Ärztin zu ihnen um. Sie war sehr groß und schlank und nicht älter als Mitte dreißig. Ihr haselnussbraunes Haar hatte sie zu dicken Zöpfen geflochten und um den Kopf festgesteckt. Unter ihren Augen lagen dunkle Ringe. Dennoch strömte sie eine beeindruckende Energie und Tatkraft aus – und auch Ärger. Gereizt sah sie Victoria und Hopkins an.

»Mrs. Davies und ihr kleiner Sohn sind Sie ja wohl nicht. Die Krankenschwester hat strikte Anweisung, niemanden außer der Reihe vorzulassen. Und auf erbauliche Traktate, mit denen die Armen zu einem gottgefälligen Leben angehalten werden sollen, lege ich absolut keinen Wert.« Sie wies auf das Blatt mit der Zeichnung in Victorias Hand, die sie für eine religiöse Schrift zu halten schien. »Also gehen Sie gefälligst wieder!«

»Nein, wir wollen niemanden bekehren.« Victoria schüttelte den Kopf. Jeremy würde sich sehr amüsieren, wenn sie ihm irgendwann einmal erzählte, dass Hopkins und sie für religiöse Eiferer gehalten worden waren. »Im Moor bei Clifden wurde kürzlich eine junge Frau ermordet.

Ihr Name war Moira. Ein junger Mann wird verdächtigt, sie umgebracht zu haben. Wir beide sind jedoch überzeugt, dass er die Tat nicht begangen hat. Wir glauben, dass das Motiv für den Mord in Moiras Vergangenheit zu finden ist, und möchten deshalb mehr über sie erfahren.« Victoria hielt es für ratsam, der Ärztin die Wahrheit zu sagen.

»Ich wüsste nicht, wie ich Ihnen helfen kann, wenn die Frau in der Nähe von Clifden gelebt hat.« Dr. Ryberg schritt zur Tür, ganz offensichtlich in der Absicht, sie aus dem Konsultationszimmer zu komplementieren. »Sie verschwenden nur meine Zeit.«

»Wahrscheinlich hat Moira eine Zeit lang in einem Armenhaus in Dublin gelebt, sie könnte doch einmal Ihre Sprechstunde besucht haben.« Victoria trat der Ärztin in den Weg und zeigte ihr die Zeichnung.

Dr. Ryberg stieß einen unwilligen Laut aus und wollte sie zur Seite schieben. Als ihr Blick auf die Zeichnung fiel, stutzte sie hingegen und nahm sie Victoria aus der Hand. Ihre Miene spiegelte Verwunderung wider.

»Sie kennen Moira also, Frau Doktor?«, fragte Hopkins behutsam.

»Ja, allerdings nicht unter dem Namen Moira.« Dr. Ryberg betrachtete immer noch die Zeichnung. »Mir gegenüber nannte sie sich Kate … Moment, ich sehe gleich einmal in meinen Aufzeichnungen nach.« Dr. Ryberg öffnete ein Schubfach mit einem Hängeregister und zog nach kurzem Suchen eine Karteikarte heraus. »Hier habe ich es. Kathleen O'Failin. Vor einem guten Jahr hat sie mich aufgesucht.« Die Ärztin studierte ihre Notizen genauer. »Ja, Kathleen war im Frühsommer 1907 zweimal hier.« Sie sah Victoria und Hopkins an. »Sie hatte einen Furunkel am Arm, der sich entzündet hatte, und ist mir im Gedächtnis geblieben, weil sie in der Heilkunde bewandert war. Die junge Frau sagte mir, welche Pflanzen sie zur Behandlung des Furunkels nehmen würde. Deren Wirkstoffe waren genau die richtigen, ich habe ihr eine entsprechende Salbe verordnet.« Sie schwieg einen Moment. »Und Kathleen wurde wirklich ermordet? Ich kann es kaum glauben.«

»Ja, brutal vergewaltigt und dann erschlagen«, erwiderte Victoria leise.

»Was für ein grauenvoller Tod ...« Die Ärztin schüttelte den Kopf. »Wie kam Kathleen denn in die Gegend von Clifden?«

»Das gehört zu den vielen Dingen, von denen wir noch nichts wissen. Ist Ihnen denn bekannt, ob Moira ... ich meine Kathleen«, Victoria verbesserte sich, »in dem Armenhaus in der North Brunswick Street gelebt hat?«

»Das kann ich Ihnen leider nicht sagen.«

»Aber Sie nehmen doch bestimmt neben dem Namen Ihrer Patienten auch deren Adressen auf?«

»Nur wenn die Patienten sie mir nennen. Manche haben schlechte Erfahrungen mit der Polizei und anderen Behörden gemacht und verschweigen sie deshalb. Andere schämen sich, weil sie in einem Armenhaus leben müssen.«

»Dann sind wir also mit unserer Suche nicht viel weitergekommen.« Victoria konnte ihre Enttäuschung einfach nicht verbergen. Kaum hatten sie Kathleens – vermutlich richtigen – Namen herausgefunden, verlor sich deren Spur auch schon wieder. Irritiert verfolgte sie, wie die Ärztin nun Notizzettel auf ihrem Schreibtisch durchzublättern begann.

»Kommen Sie mit«, sagte Dr. Ryberg zu ihrer Überraschung und eilte mit der Zeichnung zur Tür. Sie folgten der Ärztin auf den Korridor, wo die Patienten auf den Holzbänken saßen. Mittlerweile waren es noch mehr geworden.

Dr. Ryberg lief auf eine junge Frau zu, deren Hände rot und blutig waren.

»Lissy, kennen Sie vielleicht diese Person?« Sie zeigte ihr die Zeichnung.

Die Augen der jungen Frau weiteten sich. »Das ist Kathleen«, flüsterte sie. »Ich war mit ihr in dem Armenhaus in der North Brunswick Street. Warum gibt es denn ein Bild von ihr? Und weshalb fragen Sie nach ihr?« Ihr Blick irrte zwischen Dr. Ryberg, Victoria und Hopkins hin und her.

»Das werden dir die Lady und der Gentleman erklären.« Die Ärztin berührte Lissy an der Schulter. »Ich sehe dich später wegen deiner Hände. Jetzt muss ich mich um meine anderen Patienten kümmern.« Sie nickte ihnen zu. »Viel Erfolg bei Ihrer Suche!«

Lissy starrte Victoria und Hopkins ängstlich an. »Was ist denn mit Kathleen?«, fragte sie leise. »Hat sie Schwierigkeiten?«

»Ich schlage vor, dass wir uns in Ruhe bei einer schönen Tasse Tee über alles unterhalten, Lissy.«

Hopkins lächelte aufmunternd. Lissy stand auf, und sie verließen gemeinsam die Station.

Die Teestube, die Victoria und Hopkins mit Lissy aufsuchten, lag in der Nähe des Hospitals. Die Holzstühle waren nicht gepolstert, das Steingutgeschirr war dickwandig. Feine Patisserie und dünne Sandwiches suchte man vergebens. Die Kuchen auf der Theke machten jedoch einen nahrhaften Eindruck, und zu dicken Brotscheiben gab es – laut der Tafel an der Wand – Bohnen oder Eier und Speck.

Auf dem Weg hatten sie Lissy erzählt, dass Kathleen ermordet worden war. Sie weinte immer noch. »Kathleen umgebracht ... Aber warum denn?«, hatte sie gefragt. »Sie war ein guter Mensch ...«

Eine ältere Bedienung in einem dunkelgrauen Kleid und einer gestärkten weißen Schürze trat an ihren Tisch.

»Was möchten Sie denn essen, Lissy?«, erkundigte Hopkins sich freundlich.

»Was ich essen möchte? Ich ... Eier und Speck, Sir. Wenn ich darf ...«, flüsterte sie.

»Eier und Speck für die junge Dame, bitte, und Tee für drei Personen«, gab er die Bestellung auf.

Hopkins reichte Lissy sein Taschentuch, damit sie ihre Tränen trocknen konnte. »Sie haben Kathleen ganz offensichtlich gern gemocht«, sagte er sanft.

»Sie war sehr nett zu mir, als mein Vater und ich vor eineinhalb Jahren in das Armenhaus kamen. Es war so schrecklich, dort zu sein. Aus unserer kleinen Wohnung fortzumüssen ... Mein Vater hatte eine Seilerei. Dann wurde er krank ...« Lissy schluchzte. Sie hatte ein – zumindest auf den ersten Blick – reizloses, rundes Gesicht und unscheinbares mausbraunes Haar, sie schien dennoch klug und sensibel zu sein. »Manche Frauen sind sehr böse. Vor allem zu neuen Insassen. Sie nehmen ihnen das Essen weg oder lassen sie ihre Arbeit machen. Kathleen hat mich vor ihnen beschützt. Sie ist ... sie war nicht kräftig, aber sie hatte so eine besondere Art, die Menschen anzusehen. Einige tuschelten, sie sei eine Hexe, sie hätte den bösen Blick und könne Schaden heraufbeschwören. Für mich war sie eine gute Fee.«

»Ich verstehe genau, was Sie meinen.« Victoria nickte. »Hat Ihnen Kathleen von sich erzählt?«

»Nicht viel. Sie wuchs auf einem Bauernhof auf. Ihre Eltern starben kurz nacheinander an einer Krankheit, als sie fünfzehn oder sechzehn Jahre alt war. Der Hof war nur gepachtet, und Kathleen musste ihn verlassen. Da sie nirgendwo eine Anstellung fand, kam sie in ein Armenhaus.«

»Wissen Sie, wo dieses Haus war?«

»Irgendwo in der Grafschaft Donegal. Ich hab den Ort vergessen. Aber jetzt fällt mir wieder ein, dass man sie von dem Armenhaus, in dem sie zuerst war, in das in der North Brunswick Street schickte.«

Ióseph gegenüber schien Kathleen dies nicht erwähnt zu haben. Aber sie hatte ihm ja ohnehin nur sehr wenig über sich erzählt. Was mit den furchtbaren Misshandlungen zusammenhängen mochte, die ihr widerfahren waren.

»Hat Kathleen gesagt, warum man sie nach Dublin sandte?«, fragte Hopkins.

Genau dies war auch Victoria durch den Kopf gegangen. Es war ungewöhnlich, dass Armenhäuser Insassen zu einer anderen Anstalt schickten.

»Der Direktor des Armenhauses im County Donegal meinte wohl, in Dublin stünden Kathleen mehr Möglichkeiten offen, ein besseres Leben zu finden.«

»Hm …«

Victoria war nicht ganz überzeugt, und sie sah Hopkins an, dass es ihm ähnlich erging. Vielleicht war dieser Direktor ja ein sehr edler und um die Armenhäusler besorgter Mann. Allerdings hatte sie da so ihre Zweifel. Normalerweise bedeutete es schon viel, wenn die Direktoren versuchten, die Insassen einigermaßen gut zu behandeln. Und was Mr. Bowen betraf, so hatte er sie ganz offensichtlich belogen. Kathleen *hatte* in dem Armenhaus gelebt, das seiner Leitung unterstand.

»Mr. Bowen hat behauptet, Kathleen nicht zu kennen. Mein Onkel und ich haben auch ihm die Zeichnung gezeigt«, wandte Victoria sich wieder an Lissy. »Er sagte, er begrüße jeden neuen Insassen persönlich und spreche ihm Mut zu.«

»Mein Vater und ich haben Mr. Bowen nur aus der Ferne zu Gesicht bekommen. Bei der täglichen Andacht oder wenn er Ansprachen hielt.« Lissy sah Victoria schüchtern an, als fiele es ihr schwer, dem Direktor zu widersprechen, auch wenn er gar nicht anwesend war. *So viel zu Mr. Bowens salbungsvollem Gerede*, dachte Victoria sarkastisch. »Aber Kathleen hat er gekannt. Sie hat mir erzählt, dass er sie zu sich rufen ließ, um ihr mitzuteilen, dass sie eine Stelle als Dienstmädchen in einem großen Haushalt antreten könne.«

»Tatsächlich?«

Die ältere Bedienung kam nun mit einem Tablett zu ihnen. Sie stellte eine Teekanne auf den Tisch und drei Tassen vor jeden, außerdem einen Teller mit Speck und Eiern sowie Brot und Butter vor Lissy. Einer anderen Serviererin glitt eine Schüssel aus den Händen und zerbrach auf dem Boden. Besorgt eilte sie zu ihrer Kollegin.

»Essen Sie ruhig, dann können wir weitersprechen, Lissy«, sagte Victoria freundlich.

Es war nicht zu übersehen, dass die junge Frau die Mahlzeit förmlich mit den Augen verschlang. Sie musste sehr hungrig sein. Aus Gewohnheit schenkte Hopkins allen Tee ein, was Lissy aber nicht auffiel, denn sie war ganz auf ihr Brot, die Eier und den Speck konzentriert. Sie schaufelte alles so schnell in sich hinein, als könnte ihr jemand das Essen wieder wegnehmen. Dabei hantierte sie ungeschickt mit dem Besteck. Victoria vermutete, dass es sie schmerzte, mit den lädierten Händen Messer und Gabel zu halten. Gut möglich, dass Lissy sich die Wunden beim Arbeiten mit dem Werg zugezogen hatte.

Victoria und Hopkins tranken schweigend ihren Tee, bis

Lissy den Teller geleert hatte. »Sie berichteten uns gerade, dass Kathleen von Mr. Bowen ein Platz als Dienstmädchen in Aussicht gestellt wurde«, ergriff Hopkins schließlich das Wort.

»Kathleen war sehr glücklich darüber und ganz aufgeregt.« Lissy legte die Hände vorsichtig auf den Tisch. »Sie war noch nie weiter als bis nach Dublin gekommen. Und nun sollte sie für eine reiche Familie in London arbeiten.«

»In London?« Unwillkürlich hatte Victoria sehr laut gesprochen, und Lissy zuckte erschrocken zusammen. »Sie haben nichts falsch gemacht.« Victoria berührte ihren Arm. »Ich wollte nur ganz sicher sein.«

»Ja, es war London.« Lissy nickte heftig. »Wir haben noch darüber gesprochen, dass dort ja der König lebt und wie es sein würde, falls Kathleen ihn eines Tages tatsächlich sähe. Auf dem Balkon des Palastes oder bei einer Parade.«

»Wann reiste Kathleen denn nach London?«, fragte Hopkins.

»Das ist jetzt ungefähr ein Jahr her.«

»Reiste sie allein, oder wurde sie von jemandem begleitet?« Hopkins beugte sich gespannt vor.

»Das weiß ich nicht. Kathleen hat nichts darüber gesagt. Ich glaube, sie wusste es selbst auch nicht. Das Armenhaus bezahle für die Fahrt, so sagte es ihr Mr. Bowen.« Lissy ließ unglücklich den Kopf hängen. »Man soll nicht neidisch sein. Neid ist ja eine Sünde. Aber ich habe Kathleen um das Angebot beneidet. Ich wäre so gern ein Dienstmädchen. Immer bekommen nur die schönen Mädchen solche Stellen.«

»Was meinen Sie damit?«, fragte Victoria verwundert.

»Weil danach noch zwei sehr hübsche junge Frauen aus dem Armenhaus Stellen als Dienstmädchen in London bekamen.« Lissy lächelte sehnsüchtig. Ihr unscheinbares Gesicht wurde plötzlich anziehend.

»Wissen Sie die Namen der beiden?«

»Gwynn und Siobhan O'Brian … Sie sind Schwestern. Vor allem Siobhan ist wunderschön. Sie sieht aus wie ein Engel. Die beiden erfuhren es vor etwa drei Monaten von Mr. Bowen, und bald danach reisten sie ab. Einige andere junge Frauen hatten auch so ein Glück. Aber die kannte ich nicht. Sie erhielten die Zusage, bevor ich in das Armenhaus kam.«

»Und alle diese Frauen waren außergewöhnlich hübsch?«, vergewisserte sich Victoria.

»Ja, so habe ich es sagen hören.« Lissy nickte eifrig.

Victoria fröstelte unwillkürlich. Wie so oft reagierte das Kind auf ihre Gefühle, es bewegte sich heftig. Das Reden und Lachen der anderen Gäste dröhnte laut in ihren Ohren. Die ältliche Bedienung trug einen Teller mit gebackenen Bohnen an ihrem Tisch vorbei. Durch den Geruch wurde ihr übel.

»Mi… Victoria?« Hopkins hatte sich gerade noch rechtzeitig auf seine Rolle als Onkel besonnen und berührte ihre Hand. Er sah sie besorgt an.

»Es … es geht schon wieder.« Victoria atmete tief durch. »Lissy, fällt Ihnen noch irgendetwas zu Kathleen oder Gwynn und Siobhan ein? Haben Sie oder hat sonst jemand im Armenhaus jemals wieder von ihnen gehört, nachdem sie nach London reisten?«

»Nein.« Lissy schüttelte den Kopf, wie Victoria es eigentlich auch nicht anders erwartet hatte. »Kathleen hatte versprochen, mir eine Nachricht zukommen zu lassen, wie es ihr erginge, Gwynn und Siobhan habe ich nicht so gut gekannt. Aber bestimmt war Kathleen so glücklich, dass sie die schreckliche Zeit im Armenhaus einfach vergessen wollte. Das kann ich gut verstehen.« Die Resignation in ihrer Stimme schnürte Victoria die Kehle zu.

»Warum ist Kathleen denn wieder zurück nach Irland gekommen? Hielt sie sich mit ihrer Londoner Herrschaft in der Nähe von Clifden auf?« Fragend sah Lissy sie und Hopkins an.

»Das wissen wir nicht, Lissy«, wich Victoria ihr aus. Die junge Frau beugte sich vor, um nach der Tasse zu greifen, in der noch ein bisschen Tee war. Sie zuckte zusammen, als ihre Hände versehentlich die Tischkante berührten. Die blutigen Hautstellen mussten sie wirklich sehr schmerzen.

»Sie haben uns sehr geholfen, Lissy«, sagte Victoria rasch. »Jetzt sollten Sie zu Dr. Ryberg gehen. Ich verspreche Ihnen, dass wir Sie nicht vergessen werden. Wir werden eine Arbeitsstelle für Sie finden.«

»Wirklich? Oh, Gott segne Sie beide.« Lissys Gesicht spiegelte Ungläubigkeit wider.

»Kommen Sie, Lissy. Ich rufe Ihnen eine Kutsche.«

Hopkins räusperte sich. Victoria verfolgte, wie er mit der jungen Frau zur Theke ging, ihr ein großes Stück Kuchen kaufte, es einpacken ließ und ihr dann die Tür aufhielt. Gleich darauf kam er zurück und ließ sich wieder am Tisch nieder.

»Denken Sie dasselbe wie ich, Hopkins? Lissy kann froh sein, nicht für eine Stelle als Dienstmädchen in London ausgewählt worden zu sein, oder?«, fragte Victoria bedrückt.

»Ja, in der Tat, das denke ich.« Hopkins seufzte. »Wir wissen ja beide, dass junge Frauen aus Irland und osteuropäischen Ländern mit falschen Versprechungen nach London gelockt und dort zur Prostitution gezwungen werden, dass die Polizei zudem weitgehend tatenlos zusieht. Aber dass, so hat es zumindest den Anschein, der Direktor eines Armenhauses in den Handel mit Frauen involviert ist, schockiert und entsetzt mich nun doch.«

»Ganz bestimmt ist Mr. Bowen in diesen Handel verstrickt. Dieser widerliche Kerl ...«, entgegnete Victoria grimmig. »Halten Sie es für denkbar, dass er eventuell sogar Kathleens Mörder ist?«

»Ich könnte mir vorstellen, dass er jemanden ermorden würde, um einen Zeugen für sein Verbrechen zu beseitigen. Dass er Kathleen vorher brutal vergewaltigt hätte ... Nein, das glaube ich eigentlich nicht.« Hopkins wiegte nachdenklich den Kopf. »Und dann ist noch in Betracht zu ziehen, dass die junge Frau gefoltert wurde. Was auf einen oder mehrere Freier mit ...«, Hopkins hüstelte verlegen, »... unnatürlichen Neigungen hinzudeuten scheint.«

»Sie können es ruhig deutlich aussprechen. Mein Vater hat mir davon erzählt. Männer, die perverse sexuelle Vorlieben haben.« Victoria wurde wieder übel, und sie schluckte. »Ióseph hat gesagt, Kathleens Gesichtszüge hätten sich vor Entsetzen verzerrt, als sie sagte: *Er ... Er hat mich im Moor gefunden ...*«

»Was bedeuten könnte, dass sie auf einen ihrer Peiniger traf«, spann Hopkins Victorias Gedanken weiter.

»Ja ... Ach, Hopkins, wir müssen herausfinden, in welchem Bordell Kathleen in London untergebracht war und wer zu ihren Freiern zählte. Wir müssen nach London reisen.«

»Dies erscheint mir auch plausibel.« Hopkins nickte. »Ich werde mich sofort um die nächsten Schiffs- und Zugverbindungen kümmern.«

Und ich werde endlich Jeremy wiedersehen, dachte Victoria, als sie und Hopkins die Teestube verließen. Sie war so aufgewühlt und entsetzt, und sie wünschte sich so sehr, ihm alles erzählen zu können. Natürlich würde sie ihm dann beichten müssen, dass sie ihr Versprechen, nicht nach Kathleens Mörder zu suchen, missachtet hatte. Aber Jeremy würde sie letztlich doch verstehen. Darauf vertraute sie ganz fest.

SIEBZEHNTES KAPITEL

Der Schließer packte Siobhans Arm und führte sie durch einen langen, im Halbdunkel liegenden Korridor. Eine einzige Gaslampe brannte. Ihr spärlicher Schein ließ da und dort das Gold eines Bilderrahmens aufschimmern. Die Gemälde waren sehr groß, die schemenhaften Figuren erschienen Siobhan bedrohlich, bereit, sich auf sie zu stürzen. Noch nie im Leben hatte sie solche Angst gehabt. Männerstimmen waren hinter der Tür am Ende des Korridors zu hören. Was würde sie dort erwarten?

Siobhan hatte die anderen Prostituierten in dem roten Haus tuscheln hören, dass eines Nachts eine von ihnen, eine sehr schöne junge Frau, kostbar ausstaffiert, von dem Schließer in einer Kutsche weggebracht worden war. Sie war niemals wieder zurückgekehrt. Sie hatte auch von unnatürlichen Praktiken gehört, die Freier anwandten, wenn die Frauen ihnen gefügig sein mussten, und von Schmerzen, die die Männer ihnen zufügten. Auch sie trug ein Seidenkleid und Schmuck, und sie hatte mit dem Schließer in einer Kutsche fahren müssen.

»Nun mach schon!«, herrschte der bullige Mann sie an. Unwillkürlich war sie ganz langsam gegangen.

Er zog sie grob weiter. Sie erreichten die Tür, der Schließer öffnete sie und schubste Siobhan über die Schwelle. Sie stand in einem Saal. Geblendet vom Licht eines riesigen Kronleuchters schloss sie für einen Moment die Augen. Der Geruch nach Essen und ein widerlicher süßlicher Duft lagen in der Luft. Männer saßen um eine Tafel. Dann nahm sie stuckverzierte Wände wahr und ihr Spiegelbild in einem hohen Fenster. Eine blonde Puppe in einem hellen, rüschenverzierten, schimmernden Kleid, das Haar hochgesteckt. Schmuck an den Ohren und um den Hals.

Die Tür hinter Siobhan fiel zu. Das Geräusch machte die Männer auf sie aufmerksam, sie wandten sich um. Siobhan stieß einen erstickten Schrei aus und wich zurück. Die Männer trugen Masken, die ihr Haar und den oberen Teil ihrer Gesichter bedeckten. Ihre Körperhaltung war lauernd, durch die Sehschlitze beobachteten sie sie. Tiere, die ihre Beute abschätzten …

Nein, dachte Siobhan, *nein* …

Sie tastete nach der Klinke, wollte die Tür aufreißen und davonstürzen, egal, was der Schließer dann mit ihr anstellen würde. Doch die Tür war abgeschlossen. Zitternd drückte sie sich dagegen. Plötzlich sah sie alles wie aus einer weiten Entfernung. Den Rauch aus der Pfeife, die die Männer zwischen sich herumgehen ließen und der sich zur Decke hinauf kräuselte. Die geschliffenen Gläser, in denen sich der Saal verzerrt spiegelte. Die offen stehende Tür, die in ein anderes Zimmer mit einem großen Bett darin führte. Darüber das Gemälde einer nackten, gefesselten Frau.

Einer der Männer stand jetzt auf. Er war sehr groß und kam mit einem Champagnerglas in der Hand auf sie zu. »Trink das«, sagte er, »es wird dich beruhigen.«

Gehorsam wollte Siobhan nach dem Glas greifen, doch sie konnte ihren Arm nicht bewegen. Der Mann stieß einen unwilligen Laut aus. Er fasste nach ihrem Kopf und presste ihr das Glas an die Lippen. Verschwommen nahm Siobhan einen großen, eckigen Ring an seiner Hand wahr. Der Champagner rann in ihren Mund und über ihr Kinn. Siobhan bekam keine Luft mehr, keuchend rang sie nach Atem.

An der Tafel ging jetzt ein Würfelbecher herum. Das Klackern der Würfel im Becher und wenn sie auf den Tisch geworfen wurden hallte sehr laut in ihren Ohren wider.

»Vier!«, rief ein Mann.

»Zwölf!« Das war ein anderer.

Was taten die Männer da? Sollte sie ihnen beim Spielen zusehen? Siobhan begriff nicht.

»Wer hat die höchste Zahl?«, ließ sich jetzt der Mann neben ihr vernehmen.

»Ich, fünfzehn«, rief einer am Tisch.

»Dann gehört sie als Erstes dir.«

Siobhan verstand immer noch nicht, bis sich ein kräftiger Mann an der Tafel erhob.

»Ein wirklich hübsches Ding hat man da wieder für uns ausgesucht und noch so jung«, sagte er grinsend.

Dann war er bei ihr, zerriss im nächsten Augenblick unter dem Johlen der anderen ihr Kleid. Siobhan wollte ihre Arme schützend über ihre Brüste breiten, aber er hatte sie schon gepackt und sie ihr auf den Rücken gedreht. Nun stieß er sie in das angrenzende Zimmer und dort aufs Bett, zwang sie unter dem Gelächter der anderen Männer auf den Bauch. Sie schloss die Augen. Tränen rannen über ihre Wangen. Sie schluchzte. Wenn sie selbst niemand sah, konnte sie dann vielleicht auch nicht gesehen werden? Jemand fasste nach ihren Handgelenken, band sie an die Bettpfosten. Das geschah alles nicht ihr.

Gwynn, Gwynn …, jammerte Siobhan tief in ihrem Inneren.

Das Jammern verwandelte sich in einen gellenden Schrei, als sie jetzt ein Peitschenhieb traf. Der Schmerz ließ sie die Lider aufreißen. Die hinter Masken versteckten Gesichter schauten auf sie herab. Die Augen hinter den Sehschlitzen kalt und glänzend wie feuchter Stein. Noch ein Peitschenhieb und noch einer … Dann warf sich einer der Männer auf sie.

Kein Reden, Lachen und Johlen. Siobhan schlug die Augen auf. Durch die Fenster fiel Dämmerlicht. Niemand der Männer hielt sich mehr in dem Zimmer auf, auch der angrenzende Saal war menschenleer. Die Kerzen auf dem Kronleuchter waren heruntergebrannt. Dünne Rauchfäden stiegen von den Dochten zur Decke auf.

An ihren Handgelenken hingen noch die Schnüre, doch sie war nicht mehr ans Bett gefesselt. Man hatte sie gelöst, als zwei der Männer sie gemeinsam … Sie würgte und schmeckte Galle. Jemand hatte ihre Kleider neben das Bett geworfen. Siobhan schämte sich ihrer Nacktheit. Sie wollte sich anziehen, aber mit einem gequälten Laut sank sie wieder zurück. Einige Minuten blieb sie zitternd vor Angst und Schmerzen liegen, dann kroch sie mühsam zum Bettende, hielt sich an einem der Pfosten fest und setzte die Beine auf den Boden. Als sie sich aufrichtete, gaben sie unter ihr nach, und sie fiel.

Etwas Kaltes und Hartes drückte sich in ihre Wange. Siobhan drehte den Kopf zur Seite. Ein Ring, so einer, wie der Mann ihn getragen hatte, von dem sie gezwungen worden war, den Champagner zu trinken. Gehörte ihm dieser

Palast? Ein Pferd war in den Ring eingraviert. Nein, kein Pferd, das Tier sah irgendwie anders aus … Sie schaffte es, sich in eine sitzende Position zu bringen, und nahm den Ring in die Hand, hielt ihn ins dämmrige Licht. Aus dem Rücken des Pferdes wuchsen Flügel, wie sie jetzt sah.

Ein unkontrollierbares Zittern erfasste sie, als jäh Schritte im Saal erklangen. Sie duckte sich. Waren die Männer immer noch nicht mit ihr fertig? Fast hätte sie vor Erleichterung geweint, als jetzt der Schließer auf sie zutrat. Er stieß einen schnalzenden Laut aus, als hätte er es fast erwartet, sie so anzutreffen, und warf einen Umhang über sie. Wortlos raffte er die zerrissenen Kleider zusammen und zog sie auf die Füße.

Als die Beine wieder unter ihr nachgaben, fluchte er und stützte sie widerwillig. Jeder Schritt war eine Qual. Siobhan biss die Zähne zusammen, um nicht zu stöhnen. Ihre Hände hatte sie so fest zu Fäusten geballt, dass sich die Nägel tief in ihre Haut gruben.

»Wo ist der Ring des Herrn?«

Die wütende Stimme des Schließers riss Siobhan aus einem unruhigen Schlaf. Ehe sie noch ein Wort von sich geben konnte, hatte er sie gepackt und vom Bett hochgerissen. Er schlug ihr ins Gesicht. Einmal, dann noch einmal … Blut tropfte von ihrer geplatzten Lippe.

»Ich, ich weiß nicht, wovon Ihr redet …«, stammelte sie. Weitere Schläge warfen ihren Kopf von einer Seite auf die andere. »Ich weiß es wirklich nicht«, schluchzte sie.

Der Schließer zerrte sie aus der Kammer, warf sie im Korridor auf den Boden. Bebend am ganzen Körper blieb sie liegen. Türen wurden geöffnet und schlossen sich schnell wieder, nachdem hastige, ängstliche Blicke sie gestreift hatten. Jede der anderen Frauen war froh, nicht selbst das Opfer zu sein.

Möbel wurden verrückt und Schubladen aus den Schränken gerissen, als der Schließer zusammen mit einem Hausknecht das Zimmer durchsuchte. Kleider raschelten. Nun war der Schließer wieder bei ihr. Er riss ihr das Hemd vom Leib. Dann grunzte er.

»Anscheinend hast du die Wahrheit gesagt.«

Taumelnd kam sie auf die Füße. Im Zimmer lagen die Kleider überall verstreut, zwischen umgestürzten Möbeln und vom Bett gerissenen Kissen und Decken. Siobhans Wangen brannten wie Feuer. Sie sank gegen eine Wand und presste ihre Hand gegen die aufgeplatzte Lippe.

Die Schritte des Schließers und des Hausknechts entfernten sich, verklangen schließlich ganz. Siobhan ließ den Kopf nach vorne hängen und griff mit der Hand in den Nacken. Ihre Finger ertasteten den Ring, den sie mithilfe einer Strähne ihres langen, dichten Haars dort festgebunden hatte. Nach einigen Versuchen gelang es ihr, den Knoten zu lösen. Sie kroch über den Boden.

Unter einer Schublade fand Siobhan schließlich, wonach sie suchte. Mit einer Haarnadel schaffte sie es, den Saum der Strohmatratze ein wenig aufzutrennen, gerade breit genug, dass sie den Ring hineinschieben konnte. Danach kauerte sie sich erschöpft neben das Bett.

Siobhan wusste selbst nicht genau, warum sie den Ring in ihrer zur Faust geballten Hand versteckt hatte, als der Schließer in den Palast gekommen war, um sie abzuholen. Vielleicht nur aus Furcht, er könnte sie schlagen, weil sie den Ring gesehen hatte. Aber nun war sie froh darüber. Sie hatte etwas, das jenem grausamen Mann gehörte, und sie hatte den Schließer überlistet. Sie war ihnen nicht nur ausgeliefert. Ihre Schwester Gwynn wäre bestimmt stolz auf sie. Vielleicht würde es ihr ja eines Tages gelingen zu entkommen. An diese Hoffnung klammerte sie sich.

ACHTZEHNTES KAPITEL

Ach, es war schön, wieder zu Hause zu sein. Auch wenn es vielleicht nur für kurze Zeit war. Bunt gefärbtes Laub aus dem nahen Green Park lag auf der Piccadilly, als Victoria und Hopkins aus dem Hansom Cab stiegen. Die Herbstsonne tauchte die neoklassizistischen Fassaden in ein milchiges Licht. Auf der breiten Straße herrschte der übliche großstädtische Verkehr. Pferdekutschen und Leiterwagen rumpelten vorbei, ein Automobil zog eine Rauchwolke hinter sich her.

Eine Treppe mit kunstvollem schmiedeeisernem Geländer führte in die dritte Etage, wo Victorias – und nun auch Jeremys – Wohnung lag. Langsam stieg sie die Stufen hinauf. Allmählich wurde sie doch kurzatmig. Große Spiegel waren zwischen die Marmorsäulen eingelassen und warfen Victoria ihr Bild zurück. Ihr leichter Übergangsmantel bauschte sich über ihrem Leib. Sie hatte den Eindruck, dass sie in den letzten beiden Wochen um einiges runder geworden war.

Wir sind zu Hause, sagte sie in Gedanken zärtlich zu ihrem Kind. Sie hoffte so sehr, dass Jeremy da wäre und sie gleich in die Arme schlösse.

Am Vortag, gleich nachdem Hopkins und sie den Entschluss gefasst hatten, nach London zurückzukehren, hatten sie ein Telegramm an Jeremy und Mrs. Dodgson geschickt und ihr Kommen angekündigt.

Victoria hatte den Treppenabsatz in der dritten Etage noch nicht erreicht, als die Wohnungstür aufflog und Mrs. Dodgson ihr entgegeneilte. »Miss Victoria, wie schön, dass Sie wieder hier sind.« Ihre Zugehfrau strahlte sie an. »Und Sie natürlich auch, Mr. Hopkins.« Hopkins hatte noch den Kutscher entlohnt und war Victoria mit einem gewissen Abstand gefolgt, nun hob er würdevoll den Hut, um Mrs. Dodgson zu begrüßen. »Und was für ein Glück, dass die Handwerker gestern fertig wurden. Alles ist wirklich sehr schön geworden, wie ich finde. Es ist nur schade, dass Mr. Ryder nichts von Ihrem Kommen weiß. Er war vor ein paar Tagen das letzte Mal hier. Er sagte, wegen einer dringenden Recherche für den *Spectator* müsse er London verlassen, und er wisse noch nicht, wann er wieder zurückkehre. Ich sagte noch zu ihm, das würde sich ja gut fügen, da in der Wohnung zu diesem Zeitpunkt noch großes Chaos herrschte.«

Anders als Hopkins wusste Mrs. Dodgson nicht, dass Jeremy für die Geheimabteilung von Scotland Yard tätig war. Es schien also tatsächlich etwas Schwerwiegendes vorgefallen zu sein, das Jeremy völlig beanspruchte.

»Sehen Sie sich doch die Wohnung an, Miss Victoria, und ruhen Sie sich ein bisschen aus.« Hopkins schienen ihre Sorge und ihre Enttäuschung nicht entgangen zu ein. »Ich kümmere mich inzwischen um den Tee. Und ich würde mich sehr freuen, Mrs. Dodgson, wenn Sie mir Gesellschaft leisten würden.«

»Sehr gern, Mr. Hopkins. Sie müssen mir unbedingt von der Grünen Insel erzählen. Die Reise hat Ihnen gutgetan. Sie sehen verjüngt aus. Nicht dass man Ihnen sonst Ihre Jahre anmerken würde.«

Plaudernd schritten die beiden zur Küche, und Victoria ging ins Speisezimmer. Eigentlich hatte sie sich gewünscht, die umgestaltete Wohnung Hand in Hand zusammen mit Jeremy zu besichtigen und sich mit ihm an den neuen Tapeten und Möbeln zu freuen. Aber er war nun einmal nicht hier, und bald würde sie es mit ihm zusammen nachholen.

Im Speisezimmer roch es noch leicht nach Leim. Die schlichten, schönen Kirschbaummöbel aus dem späten 18. Jahrhundert hatten sie behalten, aber die Polsterung der Stühle erneuern lassen. Sie waren jetzt mit einem zartgrünen Chintz bezogen, passend zur Tapete mit einem Blumenmuster und einem ebenfalls neuen grünen Teppich.

Die Bibliothek war unverändert bis auf das Telefon, denn Jeremy musste wegen seiner Tätigkeit für die Geheimabteilung von Scotland Yard und seiner Arbeit als Journalist erreichbar sein. Aber Victoria liebte diesen Raum sehr. Als Kind hatte sie viele Stunden dort mit ihrem Vater verbracht. Deshalb ging sie kurz hinein. Versonnen legte sie ihre Hand auf ihren Leib und stellte sich vor, wie ihr gemeinsames Kind vor dem Kamin sitzen und in Bilderbüchern blättern oder mit einer Puppe oder einem Pferdchen spielen würde, während Jeremy und sie zusammen auf dem alten Ledersofa saßen und lasen oder sich unterhielten.

Der große Schreibtisch war makellos aufgeräumt, die Schreibutensilien blitzten vor Sauberkeit. Bald würden sich dort und auf dem Boden ringsum wahrscheinlich Jeremys Bücher und Zeitungen stapeln, was Hopkins und Mrs. Dodgson vor eine gewisse Herausforderung stellen könnte. Victoria lächelte vor sich hin. Sie war gespannt, wer sich letztlich durchsetzen würde. Die Chancen für Hopkins und Mrs. Dodgson standen nicht schlecht.

Gespannt öffnete Victoria die Tür zu ihrem und Jeremys

Schlafzimmer. Hier war alles neu. Die hellgrau lackierten Jugendstilmöbel mit ihren abgerundeten Formen und geschnitzten Ornamenten, der hohe, frei stehende Spiegel, das Bett mit seinem Überwurf aus großen, stilisierten Rosen in Altrosa- und Grautönen und die niedrigen Sessel mit Bezügen aus dem gleichen Stoff. Über dem Kamin hing das Gemälde einer Frühlingslandschaft, das Victorias verstorbene Mutter gemalt hatte. Auch dessen Farben waren sehr zart und licht und kündeten von neuem Leben. Victoria strich über den Bettüberwurf. Hoffentlich würde Jeremy im Laufe des Tages doch noch nach Hause kommen, und sie könnte an ihn geschmiegt einschlafen.

Die Besichtigung ihres früheren Zimmers hatte sie sich bis zuletzt aufgehoben. Hier standen nun ein weißes Kinderbett und eine Wiege – die mit der Geburt des Kleinen ins elterliche Schlafzimmer umziehen würde. In den ersten Lebensmonaten wollte sie ihr Baby in der Nacht ganz in ihrer Nähe wissen. Ein Tiermobile hing von der Lampe. Victoria hatte die Elefanten, Bären, Delphine, Hunde und Katzen selbst gezeichnet und ausgemalt, auf dicken Karton geklebt und ausgeschnitten. Die Regale beherbergten Spielzeug und Bücher aus ihrer Kindheit. Mrs. Dodgson hatte alles liebevoll arrangiert, ein großer, selbst gestrickter und ausgestopfter Teddybär saß auf einer Kommode. Victoria schloss die Augen und stellte sich vor, wie ihr Kind an den Teddybär gekuschelt in seinem Bettchen lag. Ob es wohl ein Junge oder ein Mädchen war? Und ob es mehr Jeremy oder ihr ähneln würde? In ein paar Jahren würde das Kleine dann mit seinen Geschwistern in dem Zimmer herumtollen.

Der Duft frisch gebackener Scones drang in Victorias Nase. Es war schon viel später, als sie gedacht hatte. Sie riss sich von dem Kinderzimmer los und eilte in die Küche, wo ein gedeckter Teetisch auf sie wartete.

Tiefblaues Meer brandet gegen Felsen. In einiger Entfernung kann sie die Ruine einer Kirche sehen. Sie ist fasziniert von der Aussicht, will sie unbedingt festhalten. Eben hat sie Zeichenblock und Stifte aus ihrer Umhängetasche geholt, als sie hinter sich Hufgetrappel hört. Verwundert dreht sie sich um – der Ort ist doch so abgelegen. Ein riesiges Pferd galoppiert den Hügel hinunter. Flügel wachsen aus seinem Rücken. Es ist jedoch kein sanftes, zauberhaftes Märchenwesen. Seine Augen sind blutunterlaufen und bösartig. Es hält direkt auf sie zu.

Victoria rennt los. Nebel steigt vom Meer auf, verbirgt alles hinter einem grauen Schleier. Doch als könnte das geflügelte Pferd sie wittern, verfolgt es sie immer noch. Plötzlich gibt der Boden unter ihr nach, und sie steht im Sumpf. Der Morast zieht sie unbarmherzig nach unten. Sie schreit und schreit. Dann sind da Ióseph und Kathleen. Sie fassen sie an den Händen und helfen ihr auf festen Grund. Kathleen trägt ein rotes, mit Stickereien verziertes Seidenkleid und kostbaren Schmuck. Die Diamanten in ihren Ohrringen funkeln, als ein Sonnenstrahl den Nebel durchbricht.

Dann ist da auf einmal wieder das geflügelte Pferd. Ein Mann sitzt auf seinem Rücken. Victoria kann sein Gesicht nicht sehen, aber sie weiß, dass er böse ist. Sie will einen Warnruf ausstoßen. Doch es ist schon zu spät. Der Mann hat Kathleen gepackt. Er reißt sie vom Boden hoch und sprengt mit ihr davon. Flehend streckt Kathleen die Arme nach ihr und Ióseph aus. Doch sie können sich nicht von der Stelle bewegen. Hilflos müssen sie zusehen, wie der Reiter mit Kathleen verschwindet.

Victoria erwachte schwer atmend und nassgeschwitzt. Instinktiv tastete sie nach Jeremy. Doch er lag nicht neben ihr, und der Raum mit seinen nur schemenhaft erkennbaren Möbeln war ihr fremd. Panisch richtete sie sich auf. Wo war sie? War sie etwa immer noch in einem Albtraum gefangen? Eine Kutsche rollte die Straße entlang, und gleich darauf schlug in der Ferne eine Uhr tief und melodisch. Big Ben. Sie war zu Hause in London, in ihrer Wohnung auf der Piccadilly. Nur anders als sie gehofft hatte, war Jeremy bisher nicht nach Hause gekommen, und sie hatte ohne ihn zu Bett gehen müssen.

Der Wecker auf dem Nachttisch zeigte drei Uhr. Victoria fühlte sich hellwach, und sie war hungrig. Bevor sie nicht eine Kleinigkeit gegessen hatte, würde sie bestimmt nicht wieder einschlafen können. Sie stand auf und schlüpfte in ihren Schlafrock.

Zu ihrer Verwunderung schimmerte Licht unter der Küchentür hervor. Hopkins saß in Anzug und Krawatte an dem alten Eichenholztisch, vor sich eine Tasse Tee.

»Miss Victoria ...« Er stand auf und rückte ihr einen Stuhl zurecht. »Sie können nicht schlafen?«

»Ich hatte einen schlimmen Traum, und jetzt habe ich Hunger, obwohl Ihr Dinner wirklich köstlich und reichhaltig war.« Sie lächelte Hopkins an. »Das Kleine beansprucht wohl wieder einmal seinen Teil.«

»In den letzten Monaten, als meine verstorbene Gattin mit unserem Sohn Richard guter Hoffnung war, war sie auch ständig hungrig.« Hopkins erwiderte ihr Lächeln. »Möchten Sie ebenfalls eine Tasse Tee, Miss Victoria? Und ein paar Haferkekse? Es wird schön sein, in der Küche wieder ein Kind um sich zu haben. Sie haben mich früher ja ganz oft hier besucht.«

»Und Sie haben mich mit Kuchen verwöhnt und mir Geschichten erzählt. Wenn Sie das beibehalten, wird das Kleine bestimmt kaum von Ihrer Seite weichen. Ja, ich hätte sehr gern einen Tee und ein paar Haferkekse.«

Hopkins schenkte Victoria Tee in eine Tasse und stellte einen Teller mit Keksen auf den Tisch. Sie waren frisch, was ihr gleich auffiel, als sie an einem knabberte. Offenbar hatte Hopkins sie nach dem Abendessen gebacken. Er trank schweigend und mit versonnenem Gesichtsausdruck seinen Tee. Wahrscheinlich dachte er an seinen viel zu früh verstorbenen Sohn.

Der mächtige, gusseiserne Küchenherd verströmte noch eine angenehme Wärme. Die Küche bildete für Victoria das Herzstück der Wohnung. Ja, hier hatte sie sich als Kind oft aufgehalten und sich stets geborgen gefühlt. Später dann, nach dem Tod ihres Vaters, hatte sich Hopkins' und ihr Leben überwiegend in der Küche abgespielt, da sie eine Zeit lang nicht genug Geld besessen hatten, um die übrigen Räume zu heizen. Es war auch immer wieder einmal vorgekommen, dass sie hier nachts gemeinsam am Tisch gesessen hatten.

Hopkins stellte die nun leere Tasse auf dem Unterteller ab, und Victoria nahm sich einen weiteren Keks. »Sind Sie denn eben erst nach Hause gekommen, Hopkins?«, fragte sie. »Haben Sie sich schon heute Abend mit Polizeibeamten getroffen, die Sie noch von der Zusammenarbeit mit meinem Vater kennen?« Auf der Rückreise von Dublin hatten sie beraten, wie sie weiter vorgehen sollten.

»Allerdings, ich wollte keine Zeit verlieren.« Hopkins

neigte gemessen den Kopf. »Tatsächlich verfüge ich nun über eine Aufstellung von Etablissements der gehobenen Art in London – wir waren ja übereingekommen, dass eine Frau von Kathleens Schönheit sicherlich in keinem gewöhnlichen Bordell eingesetzt wurde. Leider ist nicht gesagt, dass die Aufstellung vollständig ist. Die Polizei schenkt diesen Häusern ja bedauerlicherweise keine große Aufmerksamkeit.«

»Wahrscheinlich, weil dort nicht wenige Politiker und andere reiche und mächtige Männer zu den Freiern zählen.« Victoria verzog den Mund. »Ich werde mich morgen bei den Suffragetten umhören. Vielleicht erfahre ich dort ja mehr.«

»Nun, das wäre wünschenswert.« Hopkins nickte.

»In dem Traum vorhin sah ich Kathleen kostbar gekleidet. Sie trug eine goldene Kette und diamantenbesetzte Ohrringe. Sie ähnelten dem, den wir in ihrer Hütte gefunden haben. Und mir ging durch den Kopf …«, Victoria trank noch einen Schluck Tee, sie musste ihre Gedanken ordnen, »… ob es nicht möglich wäre, dass Kathleen diese Ohrringe als Prostituierte getragen hat. Dass sie vielleicht mit diesem Schmuck geflohen ist und ihn, bis auf jenen Ohrring, verkauft und so ihre Reise nach Irland bezahlt hat?«

»Der Ohrring ist wirklich kostbar.« Hopkins wiegte nachdenklich den Kopf. »Und ich würde meinen, auch für Prostituierte in einem der teureren Etablissements *zu* kostbar.«

»Aber was, wenn das Bordell, in das Kathleen verschleppt wurde, gar nicht in die üblichen Kategorien fällt?«

»Worauf möchten Sie hinaus, Miss Victoria?«

»Kathleen war sehr schön, und sie wurde gefoltert. Sehr

wahrscheinlich war sie nicht die einzige Frau, der das widerfuhr. Bestimmt haben die Frauen vor Schmerzen geschrien. In einem normalen Bordell hätte das die anderen Freier gestört. Könnte es nicht sein, dass jene Männer mit den abartigen Neigungen«, Victoria errötete unwillkürlich, »die Frauen an andere Orte bringen lassen? Jene Männer müssen reich sein – andernfalls könnten sie sich diese Prostituierten nicht leisten.«

»Sie wollen damit sagen, dass diese speziellen Männer die Frauen zu sich in die eigenen Häuser oder Paläste bringen lassen?«

»Das wäre doch naheliegend, oder? Vielleicht sind sie nicht verheiratet, oder die Ehefrau lebt, wie das ja nicht selten beim Adel und der Oberschicht der Fall ist, mehrere Monate im Jahr auf einem Landsitz. Für diese Männer sind Frauen doch wie ein Spielzeug, das sie nach Belieben misshandeln dürfen. Ich könnte mir gut vorstellen, dass sie ihr Spielzeug schön und kostbar herausgeputzt haben möchten, weil das ihre Lust noch steigert.«

Victoria konnte es selbst kaum fassen, dass sie all dies so nüchtern ausführte. Viele junge Frauen in ihren Kreisen wussten ja noch nicht einmal, was genau Geschlechtsorgane waren. Ihre Großtante Hermione wäre jedenfalls zutiefst schockiert, wenn sie sie so sprechen hören würde.

»Verstehe ich Sie richtig, Miss Victoria? Dies würde bedeuten, dass wir unser Augenmerk nicht so sehr auf das Haus richten, in dem Kathleen zur Prostitution gezwungen wurde, sondern vielmehr auf die Freier?« Hopkins blickte sie aufmerksam an. Ihm war deutlich anzusehen, dass er die verschiedenen Optionen durchspielte.

»Ich würde vorschlagen, nach beidem zu suchen. Nach dem Haus und nach den Freiern.«

»Auch wenn ich schon lange nicht mehr in einem großen Haushalt tätig war, pflege ich noch immer meine Verbindungen. Ich werde mich umhören, ob es gewisse Gerüchte gibt.« Hopkins nickte zustimmend.

»Das wäre gut. Und ich werde versuchen, mithilfe der Frauenrechtlerinnen mehr über die Etablissements auf Ihrer Liste herauszufinden.« Victoria gähnte. In Westminster schlug Big Ben vier Uhr, und sie war plötzlich todmüde. Sie stand auf, um in ihr Schlafzimmer zu gehen. »Schlafen Sie wohl, Hopkins.«

»Sie auch, Miss Victoria.«

Wer wohl diese Männer waren, die Lust daran hatten, Frauen zu quälen? Victoria erschauderte, als sie unter die Bettdecke schlüpfte. Wieder wünschte sie sich, Jeremy wäre bei ihr.

NEUNZEHNTES KAPITEL

Victoria fuhr mit dem Fahrrad über den Eaton Square. Sonst hätte sie sich an dem Bild, das sich ihr bot, erfreut. In dem kleinen Park inmitten des lang gestreckten Platzes gingen Nannys in weiß gestärkten Schürzen und blauen Kleidern mit den ihnen anvertrauten Kindern spazieren. Die Herbstsonne hob die Säulen und Gesimse der cremefarbenen Gebäude ringsum plastisch hervor, und die schmiedeeisernen Gitter vor den Souterrains warfen lange Schatten auf die breiten Gehwege. Ein Hausknecht kehrte Laub zusammen. Aber in Gedanken weilte sie noch bei dem Gespräch mit den beiden Suffragetten. In einem Hinterhaus in der Nähe der Victoria Station hatte sie sich mit ihnen getroffen.

Die Frauen hatten ihr zwei weitere Edelbordelle genannt, die noch nicht auf Hopkins' Liste standen. Ihres Wissens zählten dort auch höhere Polizeibeamte zu den Freiern – darüber war Victoria nicht überrascht. Besonders beschäftigte sie jedoch, was eine Suffragette eher nebenbei erwähnt hatte. Diese war die Tochter eines Lords und gewöhnlich über politische Dinge gut informiert. Sie hatte Gerüchte gehört, dass Sir Arthur Stanhope, der Commissioner von Scotland Yard, zum Botschafter Griechenlands befördert werden sollte.

Victoria trat fester in die Pedalen und überholte einen Leiterwagen voller Baumsetzlinge sowie anderer Pflanzen. Hatte diese Beförderung etwas damit zu tun, dass der Commissioner Jeremy nach London zurückbeordert hatte? Allmählich machte sie sich wirklich Sorgen um ihn, und sie wünschte sich, sie hätte nicht so bereitwillig zugestimmt, ihn nach England zurückkehren zu lassen. Ach, wenn sie nur dieser verflixten Clarissa nicht auf Castle Fota begegnet wären! Schon bei der bloßen Erinnerung an die junge Witwe empfand sie wieder eine heftige Abneigung.

Am Ende der Straße sah Victoria jetzt die Bäume des Hyde Parks zwischen den Häusern. Ihr wurde bewusst, dass sie nur ein paar Straßenecken von der Brompton Road und vom Kaufhaus Harrods entfernt war. Dort hatte sie ohnehin noch einige Dinge für das Kleine besorgen wollen. Sie beschloss, dies jetzt gleich zu erledigen.

Harrods war schon von außen eine Pracht. Das riesige Gebäude glich mehr einem Palast als einem Kaufhaus. Es war von Türmchen und Gesimsen übersät und vereinigte die verschiedensten Stilrichtungen miteinander. Die Kuppel erinnerte an die Renaissance, die Balustraden auf den Dächern ließen an den Barock denken, und der Giebel über dem Eingangsportal war im klassizistischen Stil gebaut. Ein Türsteher beäugte Victoria misstrauisch, als sie ihr Fahrrad am Straßenrand abschloss. Die Harrods-Kunden kamen normalerweise mit einer Kutsche oder einem Automobil vorgefahren. Die ganze Straßenfront im Erdgeschoss nahmen Schaufenster ein. Dahinter wurde die neueste Mode präsentiert, aber auch luxuriöse Seifen und Parfüms, exquisite Stoffe und edles Geschirr.

Victoria konnte nicht widerstehen und betrachtete hingerissen einige glockig geschnittene Wintermäntel mit pelz- und samtbesetzten Krägen und Manschetten und, der neuesten Mode entsprechend, übergroßen Knöpfen. Dann riss sie sich von dem Anblick los und ging in das Kaufhaus.

Die Wände der diversen Lebensmittelabteilungen im Untergeschoss waren mit farbigen Jugendstilfliesen verkleidet. Zu Pflanzen stilisierte Säulen trugen die Decke. Fische lagen auf Eisblöcken, Hummer trieben in großen Bassins. Selbst jetzt im Herbst gab es Ananas, verschiedene Melonen, Zitrusfrüchte und Bananen, von Äpfeln und Trauben ganz zu schweigen. Köstliche Schinken und Würste sowie Käselaibe lagerten in den Glastheken. Der Duft von frisch geröstetem Kaffee und feinen Teesorten schwebte durch die Räume und mischte sich mit dem von Brot und Gebäck.

Victorias eigentliches Ziel lag in einem der oberen Stockwerke. Dort ließ sie sich Kinderwagen zeigen, auch davon gab es eine große Auswahl, und entschied sich schließlich für ein Modell aus rotem Leder und einem schön geschwungenen Metallgestell, denn sie war davon überzeugt, dass ihr Kleines Freude an der leuchtenden Farbe haben würde. Sie kaufte auch noch eine Säuglingsbadewanne und einen Satz Windeln sowie einen Stoffelefanten für ihr Patenkind Josephine und bat, alles an ihre Adresse zu liefern.

Victoria war versucht, die Damenmodenabteilung aufzusuchen, gab dem jedoch nicht nach – schließlich hatte sie erst in Galway ein Abendkleid und ein Kostüm erstanden. Sie schlenderte stattdessen noch einmal durch die Lebensmittelabteilung. Für Jeremy kaufte sie einige Scheiben seines Lieblingsschinkens – in der Hoffnung, dass er bald nach Hause kam –, Hopkins würde sich bestimmt über eine

Ananas freuen, und für Mrs. Dodgson erwarb sie eine Tafel Schokolade. Sie steuerte mit ihren Einkäufen auf den Ausgang zu, als eine vertraute Stimme an ihr Ohr drang.

»Victoria, weshalb bist du denn schon wieder in London?« Überrascht drehte sie sich um. Mit ihrer Großtante Hermione hatte sie nicht gerechnet. Die zwei Pagen, die ihr folgten, waren mit den grün-goldenen Kartons und Tüten des Kaufhauses beladen. Lady Glenmorag trug einen eleganten taubengrauen Übergangsmantel, an den Schultern breit und nach unten hin schmaler werdend. Ihren farblich dazu passenden, von der Form her betont schlichten Hut schmückte eine riesige Feder. Victoria hatte ihre Vorbehalte gegenüber der Großtante, aber sie musste zugeben, dass sie, was Kleidung betraf, einen sehr guten Geschmack hatte. Wieder einmal kam sie sich mit ihrem gerundeten Leib ganz unförmig vor. »Ich finde, du solltest deinen Zustand nicht so zur Schau stellen«, bemerkte ihre Großtante prompt. »Und du hast meine Frage noch nicht beantwortet. Das war ja eine sehr kurze Hochzeitsreise.«

»Jeremy und ich sind nur vorübergehend nach London zurückgekehrt.«

»Tatsächlich?« Der Zweifel in Lady Glenmorags Stimme war unüberhörbar. »Lady Grattan hat mir übrigens geschrieben, dass sie dich und Jeremy auf Castle Fota kennengelernt hat. Jeremy fand sie *interessant*, was bedeutet, dass er keinen sehr guten Eindruck bei ihr hinterlassen hat. Zu dir hat sie gar nichts geschrieben. Du musst also geradezu katastrophal auf sie gewirkt haben. Vermutlich hast du wieder irgendwelche revolutionären Reden geschwungen.«

»Lord Grattan hat eine äußerst reaktionäre Denkweise.«

»Was bedeutet, dass er vernünftige politische Ansichten vertritt. Lady Grattan hat auch erwähnt, dass Lady Clarissa Davitt, vormals Lady Clarissa Kimberley, auf Castle Fota geweilt hat. Eine ausnehmend schöne und charmante junge Dame. Ich bin ihr vor ein paar Jahren einmal bei einer Abendgesellschaft in London begegnet. Du könntest dir wirklich ein Beispiel an ihr nehmen.«

Wusste Großtante Hermione, dass Jeremy einmal in Clarissa verliebt gewesen war? Vermutlich nicht. Trotzdem hatte sie es wieder einmal geschafft, Salz in Victorias Wunden zu streuen.

»Möchtest du auf einen Tee mit mir ins Ritz kommen?« Lady Glenmorag blickte sie fragend an.

»Es ist sehr nett, dass Sie mich einladen, aber ich habe leider schon etwas anderes vor.« Victoria schüttelte den Kopf.

Noch mehr Lobreden auf Clarissa würde sie nicht ertragen. Außerdem erinnerte Castle Fota sie wieder an Ióseph und Kathleen und daran, weshalb sie eigentlich nach London gekommen war. Es war an der Zeit, dass sie sich auf die Suche nach dem Bordell machte, in dem Kathleen gefangen gehalten worden war.

Victoria blickte durch das Okular ihrer Großbildkamera. Eine typische Szene auf der Mile End Road im Londoner Stadtteil Stepney breitete sich vor ihr aus. Ein Wasserkarren mit einem Metalltank für die Straßenreinigung zockelte an ihr vorbei. Ein hagerer Mann mit einem Werbeplakat auf Bauch und Rücken pries durchdringend schreiend die Vorteile einer der Fertigfleischbrühen an, die Hopkins verabscheute. In dem Dining Room gegenüber wurden – laut der Aufschrift über den Fenstern – Tee, Kaffee und Kakao das Pint für einen Penny angeboten, Bier kostete einen halben

Penny mehr. Das Warenhaus mit der Nummer 309 warb auf der Fassade für Schirme, Taschen und allerlei Nippes.

Eigentlich interessierte Victoria sich jedoch für das große Backsteingebäude daneben mit der massiven Tür und den vergitterten Fenstern im Erdgeschoss. Hier befand sich eines der Edelbordelle, in denen Kathleen möglicherweise zur Prostitution gezwungen worden war. Zwischen den anderen Häusern wirkte es jetzt am Nachmittag völlig unauffällig. Victoria transportierte die Kamera mit dem Stativ ein Stück weiter und betätigte wieder den Auslöser – wie schon etliche Male während der vergangenen halben Stunde.

Mittlerweile war sie bestimmt den Ladenbesitzern in der Nähe aufgefallen. Das Fotografieren bot immer einen guten Anknüpfungspunkt für ein Gespräch. Rasch packte sie die Kamera in die dafür vorgesehene stabile Ledertasche und schob das zusammengeklappte Stativ in einen Leinenbeutel. Dann betrat sie das nur wenige Meter entfernte Zeitschriften- und Tabakgeschäft. Die Überschriften auf den Titelseiten kündeten davon, dass die Post die bisher privaten Telegrafenlinien in England übernahm. Auch eine Reise des königlichen Paares nach Wales beanspruchte viel Platz. Victoria nahm sich ein Exemplar des *Spectator* aus dem Regal. Von Jeremy war zwar sicher kein Artikel darin erschienen. Trotzdem fühlte sie sich ihm so nahe.

Eine rundliche Frau in einem blau gemusterten Baumwollkleid stand hinter der Theke und sah sie neugierig an. »Ich habe Sie fotografieren gesehen«, sagte sie wie von Victoria erhofft, während sie ihr das Wechselgeld reichte.

»Ich arbeite für den *Morning Star*. Mein Redakteur ist an Bildern von typischen Londoner Straßen in den Vororten interessiert.«

»Na, dann sollten Sie aber die Nummer 307 nicht aufnehmen. Es ist eine Schande, dass es dieses Freudenhaus hier gibt.« Die Verkäuferin oder Ladenbesitzerin verzog den Mund.

»Freudenhaus … Tatsächlich?«, heuchelte Victoria.

»Ja, jetzt am Tag ist da nichts los. Aber nachts ist das anders, das können Sie mir glauben, Miss. Ich wohne über dem Laden und kann oft nicht schlafen. Das Gaslicht ist nicht gut für meine Augen, deshalb kann ich dann nicht lesen und stehe oft am Fenster. Eine Kutsche nach der anderen fährt dort vor. Und die meisten sind nicht gemietet. Die gehören den ›Kunden‹. Das ist ein Etablissement für die Reichen. Was es nicht besser macht.«

»Du liebe Güte!« Victoria senkte gespielt verschämt die Stimme und gab vor, ganz aufgeregt zu sein. »Waren … waren diese Prostituierten denn schon einmal bei Ihnen im Laden?«

»Nein, dem Himmel sei Dank, noch nie. Ein Mann aus dem Haus kommt ab und zu und kauft Tabak. Ein widerlicher Kerl, aber man kann sich die Kunden ja nicht aussuchen.«

»Wenn Sie nachts am Fenster standen, haben Sie dann vielleicht auch einmal beobachtet, wie diese bedauernswerten Frauen fortgebracht wurden?«

»Was meinen Sie damit, Miss?« Die Frau hinter der Theke sah sie verständnislos an. »Üblicherweise kommen doch die Freier in ein Freudenhaus. Und nicht umgekehrt.«

»Ach, ich dachte, dass die ›Kunden‹ vielleicht mit den Frauen zu Varietés oder Tanzveranstaltungen fahren, und bei dieser Gelegenheit …«, Victoria überlegte schnell, »… könnte man den fehlgeleiteten Wesen fromme Schriften zustecken. Um sie auf den rechten Weg zurückzubringen.« Victoria war eingefallen, wie die Ärztin Dr. Ryberg sie und

Hopkins für Traktate verteilende Frömmler gehalten hatte, und sie versuchte, entsprechend gläubig und naiv zu wirken.

»Ich hab noch nie gesehen, wie eine von diesen Frauen das Gebäude verlassen hat. Die scheinen wie Gefangene gehalten zu werden. Nun ja, es ist nur gut, dass sie sich nicht auch noch auf der Straße herumtreiben und Männer verführen.«

»Wie recht Sie doch haben. Ich werde für ihre armen Seelen beten.«

Victoria verabschiedete sich. Ihr Rücken schmerzte von dem langen Stehen, und ihre Füße waren geschwollen. Allmählich machten sich die unangenehmen Seiten der fortgeschrittenen Schwangerschaft bemerkbar. Bevor sie sich weiter umhörte, musste sie sich dringend ausruhen.

Kalt und glitschig lag der Hering in Gwynns Hand. Seine toten Augen schienen sie vorwurfsvoll anzusehen. Drei Tage waren jetzt vergangen, seit sie von dem roten Haus erfahren hatte. Fast jede wache Minute hatte sie die Vorstellung gepeinigt, was Siobhan dort wohl erleiden musste. Immer noch hatte sich keinerlei Möglichkeit zur Flucht ergeben. Und bald würde sie wieder so weit hergestellt sein, dass sie die Küche verlassen und erneut Freiern zu Diensten sein musste. Aus den oberen Stockwerken zu entkommen würde noch viel schwieriger sein. In der Küche stand wenigstens manchmal die Hintertür offen, wenn Waren angeliefert wurden. Allerdings war dann immer mindestens ein Hausknecht als Aufsicht anwesend.

Gwynn entfernte Kopf und Schwanz des Herings, schnitt den Bauch mit einem Messer auf und entfernte die Innereien. Dann legte sie ihn zu den bereits ausgenommenen Fischen. Mary zerteilte einen Hammelrücken. Seit jenem Gespräch über das rote Haus hatten sie kaum ein Wort miteinander gewechselt. Bestimmt war die alte Frau immer noch erbost darüber, dass sie sie bedroht hatte.

Verzweiflung schwebte wie eine dunkle Wolke über ihr. Warum nur hatte sie Mr. Bowen geglaubt, als er ihr und Siobhan im Sommer die Stellen in einer guten Londoner Familie versprochen hatte? Von Anfang an hatte sie ihn nicht gemocht. Sie war inzwischen überzeugt, dass er in den perfiden Plan eingeweiht gewesen war, sie in ein Bordell zu locken. Schließlich hatte er sie und Siobhan der Aufseherin übergeben und ihnen in deren Beisein salbungsvoll alles Gute für die Zukunft gewünscht. Und dann, auf der Reise von Dublin nach England, hätte sie doch das kalte Wesen des Weibs misstrauisch machen müssen. Siobhan war kaum vierzehn Jahre alt und ganz vertrauensvoll gewesen. Aber sie hatte doch schon gewusst, wie übel einem das Leben mitspielen konnte.

Die Gedanken kreisten unablässig in Gwynns Kopf. Müde blickte sie hoch, als ein Hausknecht in die Küche kam und die Hintertür aufschloss. Ein Holzhändler kam herein und schleppte einen Sack voller Scheite in den Keller. Dann noch einen. Die Händler waren derbe Männer. Manchmal durften sie sich, als Bezahlung für ihre Waren, der Frauen bedienen. Es war sinnlos, ihn um Hilfe zu bitten. Zudem hielt der Hausknecht im Hinterhof Wache. Gwynn griff nach einem weiteren Hering und ritzte mit dem Messer seinen Bauch auf.

Draußen wechselten die beiden Männer ein paar Worte.

»Gwynn …« Marys Stimme war nur ein Flüstern. Sie nickte in Richtung des Hofes. Der Händler und der Hausknecht, der sich auf einen Besen stützte, standen neben dem

Karren. Sie rauchten und redeten miteinander. Der Händler sagte etwas, und der Hausknecht lachte. Das Tor zur Gasse stand offen. Dahinter lag die Freiheit. Sollte sie es wirklich wagen? Plötzlich hatte Gwynn Angst. Wenn man sie fasste, würde alles vorbei sein. »Geh schon ...«

Mary knuffte sie in die Seite. Gwynn schlüpfte auf den Hof, schlich an den beiden Männern vorbei. Sie hatte das Tor fast erreicht, als der Hausknecht aufblickte und sie sah.

»He, was fällt dir ein?«, brüllte er. Gwynn rannte los, aus dem Tor hinaus und in die enge Straße. Nach wenigen Metern schon hatte er sie eingeholt und sie gepackt. »Du Miststück, das wagst du nicht noch einmal«, zischte er und versuchte, sie zum Hof zurückzuzerren.

»Nein ...«

Plötzlich wurde Gwynn bewusst, dass sie immer noch das Messer in der Hand hielt. Mit dem Mut der Verzweiflung stach sie es dem Knecht in die Schulter. Beinahe verwundert verfolgte sie, dass er sich krümmte und Blut aus der Wunde schoss. Sein Arm fiel kraftlos herab.

»Verdammtes Luder!« Sein Aufschrei brachte sie wieder zu sich, und sie hetzte die Gasse entlang. »Sie hat ein Messer. Sie wollte mich bestehlen und hat mich angegriffen. Haltet sie fest!« Die Stimme des Hausknechts hallte von den Hauswänden wider.

Passanten drehten sich nach ihr um, ein Gemüseverkäufer eilte hinter seinem Karren hervor, trat ihr in den Weg. »He, Frauenzimmer, stehen bleiben.«

Er fasste nach ihr, doch sie konnte ihm ausweichen.

Panisch blickte sie sich um. Auch der Holzhändler hatte nun ihre Verfolgung aufgenommen. Eine Seitenstraße tat sich vor ihr auf. Doch bevor sie dorthin flüchten konnte, wurde sie in eine Toreinfahrt gezogen.

Der Dining Room war holzgetäfelt und dunkel. Wie in dieser Gegend nicht anders zu erwarten, hatten die Tische keine Decken. Jetzt, am frühen Nachmittag, herrschte nicht viel Betrieb. Victoria bekam einen kleinen Tisch am Fenster zugewiesen und verstaute Kamera und Stativ darunter. Während sie ihren Tee trank und ein Käsesandwich aß, blickte sie nach draußen. Ganz in ihrer Nähe zweigte eine Seitenstraße von der Mile End Road ab, und sie konnte die Mauer um den Hinterhof des Bordells sehen. Davor kehrte ein grobschlächtiger Mann Pferdeäpfel zusammen. Er trug eine Schirmmütze und eine Schürze über einer geflickten Wollhose. Nun rumpelte ein Karren voller Holz heran. Der Mann, wohl ein Hausknecht, öffnete das Tor. Nichts regte sich hinter den Fenstern des Gebäudes.

Eigentlich hatte Victoria geplant, sich noch in anderen Läden nach dem Bordell umzuhören. Aber sie war immer noch müde, und das Kind bewegte sich unruhig in ihr. Sie beschloss, ihre Suche am kommenden Tag fortzusetzen.

Ja, mein Kleines, es ist ja gut. Ich fahre nach Hause, und dort ruhen wir uns aus, sagte sie in Gedanken. Sie ging zu der Toreinfahrt, wo sie ihr Fahrrad abgestellt hatte, und verstaute ihre Ausrüstung in dem Anhänger. Sie wollte eben die Plane darüber festzurren, als sie eine junge Frau aus dem Hinterhof des Bordells rennen sah. Ihr Gesicht war verzerrt von Angst.

Ein Mann verfolgte sie – der Hausknecht, der die Pferdeäpfel zusammengekehrt hatte. Jetzt hatte er die Frau eingeholt und versuchte, sie in Richtung Hinterhof zurückzuzerren. Die Frau wehrte sich, schluchzte. Auf ihrer Stirn prangte ein großer Bluterguss. Ob sie eine der Prostituierten war? Einen Moment lang war Victoria wie gelähmt, wusste nicht, was sie tun sollte. Ein Kutscher blickte sich von seinem Bock aus zu dem Hausknecht und der jungen Frau um, setzte seine Fahrt jedoch ungerührt fort.

Victoria erwachte aus ihrer Erstarrung. Sie lief aus der Toreinfahrt, wollte Hilfe holen, als der Hausknecht sich plötzlich krümmte. Die junge Frau riss sich los, stürzte die Gasse entlang und auf sie zu. Sie hielt ein blutiges Messer in der Hand, ihre Augen waren weit aufgerissen vor Panik.

»Verdammtes Luder! Sie hat ein Messer. Sie wollte mich bestehlen und hat mich angegriffen. Haltet sie fest!«, brüllte der Hausknecht.

Victoria hatte plötzlich das Gefühl, alles ganz verlangsamt wahrzunehmen. Passanten drehten sich nach dem Mann um. Die junge Prostituierte war jetzt auf einer Höhe mit ihr. Victoria fasste sie am Arm und zog sie in die Einfahrt. Die Frau stieß mit dem Messer nach ihr.

»Lassen Sie mich los!«, fauchte sie.

»Ich möchte Ihnen helfen!« Im nächsten Augenblick spürte Victoria einen heftigen Schmerz. Der Ärmel ihres Mantels war aufgeschlitzt. Sie taumelte und prallte mit dem Hinterkopf gegen die Mauer der Einfahrt, schrie auf. Der Laut schien die junge Frau zu sich zu bringen, denn ihr Blick wurde klarer, und sie ließ das Messer sinken. »Ich bin auf Ihrer Seite.« Victoria zog sie zum Anhänger ihres Fahrrads. »Schnell, da hinein. Beeilen Sie sich«, drängte sie. Die Rufe der Verfolger waren schon ganz nahe. Endlich kletterte die Frau in den Anhänger und kauerte sich zusammen. Hastig breitete Victoria die Plane über sie, dann lief sie in die Gasse. »Die Diebin ist dorthin gelaufen, ich habe es genau gesehen.« Sie deutete auf eine nahe Seitenstraße zwischen zwei Backsteingebäuden.

»Danke, Miss.« Der Hausknecht tippte an den Rand seiner Schirmmütze. Er und einige Passanten rannten in Richtung der Straße.

Victoria setzte sich auf ihr Fahrrad und trat in die Pedale. Es kostete sie ihre ganze Kraft, das Rad in Bewegung zu setzen und aus der Einfahrt zu bugsieren. Glücklicherweise verlief die Straße ein bisschen abschüssig, sodass das Fahren etwas leichter wurde. Sie schaffte es, einmal und noch einmal abzubiegen. Dann, in einer engen Gasse voller schmaler Backsteinhäuser mit überproportional hohen Kaminen, verließen sie endgültig ihre Kräfte, und sie musste anhalten. Rasch blickte sie sich um – glücklicherweise war von dem Hausknecht und den anderen Verfolgern nichts zu sehen. Sie hob die Plane an.

»Wir müssen laufen. Ziehen Sie meinen Mantel an, damit man Sie nicht so leicht erkennt. Oder können Sie Fahrrad fahren?« Die junge Frau sah sie verständnislos an, was Victoria als ein »Nein« begriff. »Machen Sie schnell«, flehte sie.

Die Frau stieg aus dem Anhänger. Sie schien beschlossen zu haben, ihr zu vertrauen. Apathisch ließ sie sich von ihr in den Mantel helfen und den Hut aufsetzen. Das lange Haar verbargen sie darunter. Victoria versuchte sich zu orientieren. Der Bahnhof Stepney Limehouse war schätzungsweise eine gute Meile entfernt. Bis dahin würde sie es schaffen, das Fahrrad zu schieben.

»Wir gehen zum nächsten Bahnhof und fahren von dort zu meinem Zuhause«, sagte sie sanft. »Dort sind Sie sicher.« Die junge Prostituierte blickte sie wieder nur stumm an, reagierte nicht. »Wie heißen Sie denn?«

»Gwynn.« Ihre Stimme war so leise, dass Victoria Mühe hatte, sie zu verstehen.

»Mein Name ist Victoria. Kommen Sie, wir müssen hier weg.«

Erst als Victoria sie am Arm fasste und ein bisschen schüttelte, ging Gwynn mit gesenktem Kopf neben ihr her. Sie setzte einen Fuß vor den anderen mit seltsam stockenden Bewegungen, als wäre sie ein mechanisches Spielzeug. Sie schien noch immer nicht zu verstehen, was gerade mit ihr geschah.

Hopkins blieb vor Portland House im Stadtteil Belgravia stehen. Das palastartige, aus Sandstein erbaute Anwesen war genau so, wie es sich seiner Meinung nach für den Londoner Familiensitz einer alten, englischen Adelsfamilie geziemte. Außen schlicht und zurückhaltend, im Inneren jedoch eine repräsentative Eleganz ausstrahlend. In seiner Jugend war Hopkins hier einmal für ein paar Jahre als Diener tätig gewesen. Gemäß seiner strikten Dienstauffassung, der zufolge ein Butler immer ein Butler war, schritt er nicht zum Eingangsportal, sondern schlug den Weg zur Hintertür ein.

Ein junges Dienstmädchen öffnete ihm. Hopkins erklärte gemessen, dass er Mr. Maidenhead zu sprechen wünsche, und nannte seinen Namen. Er hatte die Stunde zwischen Lunch und Afternoon ausgewählt, da ein Butler um diese Zeit erfahrungsgemäß am ehesten eine Weile für eine Unterhaltung erübrigen konnte.

»Stephen, was führt dich hierher?«

Reginald Maidenheads Stimme dröhnte durch den engen Flur. Es klang, als wären sie sich erst kürzlich das letzte Mal begegnet. Dabei lag ihr letztes Treffen gewiss mehrere Jahre zurück.

»Reginald.«

Hopkins schüttelte ihm die Hand. Das junge Dienstmädchen, das gerade mit einem Stapel Küchenhandtücher den Korridor entlangkam, starrte ihn entsetzt an, als hätte er ein Sakrileg begangen. Wahrscheinlich hatte es sich nicht einmal vorstellen können, dass der Butler auch einen Vornamen besaß.

»Lass uns doch in mein Wohnzimmer gehen.« Wie Hopkins gehofft hatte, wies Reginald Maidenhead den Korridor entlang. »Ich kann dir einen guten Sherry anbieten.«

Mit seinem immer noch dichten schlohweißen Haar, das er aus der Stirn gekämmt hatte, den breiten Schultern, die nur ein bisschen gebeugt waren, und dem kantigen Gesicht mit den tief hängenden Lidern war Reginald Maidenhead auch mit über siebzig Jahren immer noch eine beeindruckende, würdevolle Erscheinung.

»Sehr gern.« Hopkins bekundete seine Zustimmung und folgte dem ehemaligen Kollegen.

Das Wohnzimmer glich den Räumen, die Hopkins während seiner Dienstjahre in großen Haushalten als Butler sein Eigen genannt hatte. Die Fenster gingen auf einen gepflasterten Hof hinaus, an dem die Stallungen lagen. Es gab einen Tisch, Stühle, ein Büfett und ein Sofa. Vor dem Kamin standen zwei Polstersessel. Die Bücherregale beherbergten – soweit Hopkins dies beim raschen Überfliegen der Titel beurteilen konnte – überwiegend Bände zur englischen Geschichte und politische Reden.

Reginald Maidenhead nahm eine Sherryflasche vom Büfett und schenkte von dem bernsteinfarbenen Inhalt in zwei Gläser ein. Er reichte Hopkins eines und lud ihn mit einer gemessenen Handbewegung ein, vor dem Kamin Platz zu nehmen. Schweigend tranken sie. Der Sherry schmeckte vorzüglich, wie Hopkins anerkennend feststellte. Nun, Reginald war nie ein Kostverächter gewesen.

Nach den gemeinsamen Jahren als junge Diener in Portland House hatten sich ihre Wege getrennt, und sie hatten ihre berufliche Laufbahn in anderen adligen Haushalten fortgesetzt – als Kammerdiener, Unterbutler und schließlich als Butler. Reginald Maidenhead war vor mehr als siebzehn Jahren nach Portland House zurückgekehrt, während Hopkins die Stelle bei Lord Bredon angenommen hatte.

»Erinnerst du dich noch, Stephen, als wir hier beide Diener waren? An die jungen Kerle, die uns behandelten, als wären wir Niemande? Sie glaubten, uns nach Belieben herumkommandieren zu können. Wir haben ihnen die Hosennähte am Hintern aufgetrennt, damit sie sich bei nächster Gelegenheit beim Bücken gehörig blamierten.«

»Ja, ich erinnere mich noch gut.«

»Nicht dass ich ein derartiges Benehmen als Butler tolerieren würde.«

»Nein, natürlich nicht.«

»Sehr beklagenswert, dass Lord Bredon in so jungen Jahren sterben musste. Der Sohn eines Herzogs und Gerichtsmediziner …« Reginald Maidenhead schüttelte versonnen den Kopf. Es blieb offen, ob er den frühen Tod des Lords bedauerte oder die Tatsache, dass er ein Gerichtsmediziner gewesen war. »Es gab einige unter den Kollegen, Stephen, die gewisse Vorbehalte dagegen hatten, dass du Lord Bredon bei seiner Arbeit unterstützt hast. Aber ich habe immer unterstrichen, dass deine Tätigkeit als Butler über jeden Tadel erhaben war.«

»Vielen Dank, Reginald«, erwiderte Hopkins ernsthaft. »Ich weiß, deine Zeit ist kostbar. Deshalb möchte ich gleich zur Sache kommen. Ich habe dich aufgesucht, weil ich hoffe, dass du mir bei einer heiklen Sache helfen kannst. Du bist allseits respektiert, die männlichen Dienstboten vertrauen sich dir an und fragen dich um Rat.« Hopkins wusste, dass Reginald Maidenhead nicht immun gegen Schmeicheleien war. Er war seit vielen Jahren der Präsident der Londoner Vereinigung der Butler und Kammerdiener und sog Gerüchte aller Art und Informationen auf wie ein Schwamm.

Die rechte Braue des Butlers wanderte ein wenig in die Höhe. »Nun, ich glaube sagen zu dürfen, dass ich nicht unbeliebt bei den Kollegen bin.« Eine gewisse Vorsicht schwang in seiner Stimme mit. »Du verstehst aber sicher, dass ich nichts Vertrauliches ausplaudern kann.«

»Es geht um sexuelle Perversionen.«

»Tatsächlich?« Reginald Maidenhead hörte sich in etwa so schockiert an, als hätte er soeben vernommen, dass ein Gast Soße auf ein Tischtuch gekleckert hatte. »Falls du damit Sodomie meinst, dürften nicht wenige Männer der Oberschicht und der Aristokratie involviert sein. Das wissen wir doch beide.«

»Es geht nicht um Homosexualität, sondern um sexuelle Abnormitäten. Ich spreche von Männern, die Frauen quälen und foltern, um ihre Lust zu steigern.«

»Derartiges sollen englische Aristokraten praktizieren?«

»Ja …«

»Ich bitte dich, Stephen.« Reginald Maidenhead vollführte eine wegwerfende Handbewegung. »Die Franzosen mögen solch einen Schweinkram ja vielleicht. Es gab doch da diesen Marquis … Ich komme jetzt gerade nicht auf den Namen …«

»Du meinst de Sade«, warf Hopkins hilfreich ein.

»Genau … Den Italienern mit ihren Medicis und den Päpsten traue ich so etwas ebenfalls zu. Was für ein Glück, dass dieses Land nun protestantisch ist. Aber englische Adlige … Nein, auf gar keinen Fall! Du täuschst dich!«

Manchmal war Maidenhead doch sehr engstirnig und fantasielos. »Reginald, es geht auch um Mord. In Irland wurde eine junge Frau umgebracht, deren Körper Folterspuren aufwies. Ich habe Fotografien davon gesehen. Die junge Frau wurde zur Prostitution gezwungen und den reichen Freiern in deren Londoner Stadthäusern zugeführt.«

»Das ist mir noch nie zu Ohren gekommen. Und falls es tatsächlich stimmt, was ich nicht glauben kann, ist es Sache der Polizei.«

»Die Polizei ermittelt unzureichend.«

»Stephen, bei allem Respekt ... Überschätzt du dich nicht etwas? Wie willst du das beurteilen?«

»Nun, ich glaube sagen zu dürfen, dass ich, dank der Zusammenarbeit mit Lord Bredon, gewisse Kenntnisse erworben habe. Ich hätte keinen besseren Lehrmeister finden können.«

»Du hältst dich also allen Ernstes für fähiger als die Polizei?«

Hopkins holte tief Atem. »In aller Bescheidenheit – in diesem Fall ja!«

»Guter Gott ...« Reginald Maidenhead schüttelte den Kopf und schnaubte unwillig.

»Reginald, ich bitte dich nur darum, dich umzuhören und da und dort diskret eine entsprechende Bemerkung fallen zu lassen. Wenn mir jemand in dieser äußerst delikaten Sache helfen kann, dann bist du es.«

»Hm ...« Reginald Maidenhead wirkte geschmeichelt, aber noch nicht überzeugt.

»Wie gesagt, es geht um Mord!«

»Nun gut, Stephen, ich werde sehen, was ich für dich tun kann – um der alten Zeiten willen«, gab Maidenhead schließlich nach.

Sie plauderten noch eine Weile über den zunehmenden Verfall von Etikette und Stil. Kürzlich war ein Abgeordneter der Liberalen in Portland House zu Gast gewesen, der, zu Maidenheads Entsetzen, doch tatsächlich geglaubt hatte, den Speisesaal vor der Witwe eines Herzogs betreten zu dürfen. Eine Fassungslosigkeit, die Hopkins zutiefst nachvollziehen konnte. Doch bei aller gegenseitigen Sympathie war er nicht sicher, ob der Kollege sein Versprechen wahr machen würde.

Unzufrieden machte er sich schließlich auf den Heimweg.

ZWANZIGSTES KAPITEL

Victoria zog ihren Schlüssel aus ihrer Handtasche und öffnete die Wohnungstür. Auf dem ganzen Weg war ihr Gwynn teilnahmslos gefolgt und hatte kein einziges Wort gesprochen. Kaum dass Victoria mit ihr den Korridor betreten hatte, kam Hopkins aus der Küche geschritten. Falls es ihn gewundert hatte, dass sie einer ihm unbekannten jungen Frau Hut und Mantel geliehen hatte, ließ er es sich nicht anmerken.

»Gwynn, das ist Hopkins, mein Butler. Hopkins, ich habe Gwynn geholfen, aus einem Bordell zu entkommen.«

»Ich verstehe.« Hopkins begrüßte sie und Gwynn völlig unaufgeregt, als wären sie eben von einem Spaziergang in Kensington Gardens zurückgekehrt. Dann half er der jungen Frau aus dem Mantel und nahm ihr den Hut ab. Jetzt, ohne den Schatten der breiten Krempe, war der Bluterguss auf Gwynns Stirn wieder deutlich zu sehen. Auf ihrer rechten Wange befand sich eine kaum verheilte Schramme. »Miss, vielleicht möchten Sie mir das geben?«

Hopkins räusperte sich. Gwynn hatte das blutbefleckte Messer in der Hand. Sie musste es den ganzen Weg in der Manteltasche umklammert gehalten haben. Sie starrte Hopkins nur an. Aber als er ihr das Messer behutsam aus den

Fingern wand, wehrte sie sich nicht. An ihrem schmutzigen grauen Kittel hafteten Fischschuppen.

»Gwynn, ich hole Ihnen ein paar meiner Kleidungsstücke«, sagte Victoria freundlich. »Wenn Sie mögen, können Sie inzwischen ein Bad nehmen.«

»Und ich bereite etwas zu essen vor«, bemerkte Hopkins.

Er war der Meinung, dass eine wohl schmeckende, nahrhafte Mahlzeit in jeder Lebenslage hilfreich war. Victoria lächelte ihn dankbar an und führte Gwynn ins Badezimmer. Dort drehte sie die beiden Hähne für das heiße und das kalte Wasser auf, überprüfte die Temperatur und legte Handtücher und Seife zurecht. Gwynn wich zurück, als würde sie sich vor dem Dampf fürchten. Wahrscheinlich hatte sie noch nie ein Badezimmer mit fließendem Wasser gesehen.

»Stellen Sie sich einfach vor, Sie würden in einen Badezuber steigen.« Victoria versuchte, sie zu beruhigen. »Und Sie müssen keine Angst haben, das Wasser ist nicht zu heiß.« Die junge Frau schien ihr zu vertrauen, denn sie machte Anstalten, ihren Kittel auszuziehen, ließ dann jedoch die Arme sinken, als ob ihr etwas Schmerzen bereitete.

»Kann ich Ihnen helfen?«, fragte Victoria.

»Ja, bitte …«, flüsterte Gwynn.

Victoria zog ihr den Kittel und das Unterkleid vorsichtig über den Kopf und half ihr, sich der Unterwäsche und der Strümpfe zu entledigen. Gwynns Rücken war von Striemen übersät. Fassungslos biss sie sich auf die Lippen. Sie glaubte sich zu erinnern, dass Hopkins eine Heilsalbe unter seinen Medikamentenvorräten aufbewahrte. Die würde vielleicht auch Gwynn Linderung verschaffen. Sie drehte das Wasser ab, das jetzt zwei Handbreit hoch in der Wanne stand. Es war besser, wenn die verletzte Haut nicht lange damit in Berührung kam.

»Ich hole schnell eine Salbe für Ihren Rücken«, sagte sie zu Gwynn.

»Die Wunde an Ihrem Handgelenk … War ich das, mit dem Messer?« Gwynn blickte sie schuldbewusst an. Erst jetzt registrierte Victoria den roten Streifen auf ihrer Haut. »Ja, aber das ist nicht schlimm. Die Verletzung ist nicht tief.« Sie wartete noch, bis die junge Frau sicher in der Wanne saß, dann ging sie in die Küche.

Hopkins stand an dem alten Eichenholztisch, der sich, seit sie denken konnte, in der Küche befand, und schnitt Gemüse. Aus dem Backofen duftete es nach Brot. Offenbar hatte er vor ihrem Kommen einen Teig zubereitet. »Ich hatte ohnehin Hühnerteile für einen Fond ausgekocht«, bemerkte er. »Und ich dachte, eine stärkende Brühe ist jetzt genau das Richtige für die junge Frau. So mitgenommen, wie sie ist.«

»Ja, die Brühe wird ihr bestimmt guttun.« Victoria nickte lächelnd. »Haben wir nicht irgendwo eine Heilsalbe für Hautabschürfungen? Gwynn wurde anscheinend brutal misshandelt. Die Haut auf ihrem Rücken ist nicht richtig verheilt.«

»In der Kommode im Korridor, in der rechten oberen Schublade«, erwiderte Hopkins prompt und wollte schon hinausgehen.

Doch Victoria wehrte ab. »Ich suche sie selbst, danke Hopkins.«

»Wie Sie wünschen, Miss Victoria.« Hopkins zerteilte eine Möhre in akkurate längliche Stücke, die Pastinaken hatte er in Scheiben geschnitten. »Mir ging eben durch den Kopf, dass Lissy gesagt hat, nach Kathleen hätten noch zwei weitere junge Frauen aus dem Armenhaus eine angebliche Stelle als Dienstmädchen in London offeriert bekommen, zwei Schwestern. Ihre Namen waren Gwynn und Siobhan. Könnte nicht Gwynn eine der Schwestern sein?«

»Mein Gott, das hatte ich über all der Aufregung ganz vergessen«, erwiderte Victoria überrascht. »Wie gut, wenn Sie mit Ihrer Vermutung recht hätten!«

Wie nicht anders zu erwarten, fand sich die Salbe an genau der von Hopkins bezeichneten Stelle. Daneben lag ein Fläschchen mit Jod. Victoria tupfte davon auf die Wunde an ihrem Handgelenk, denn es konnte nicht schaden, sie zu desinfizieren. Ob Kathleen tatsächlich in das Bordell in Stepney verschleppt worden war? Nun ja, bald würden sie mehr wissen. Nachdem sie einen Rock, eine Bluse, Unterwäsche, Strümpfe und Schuhe aus ihrem Schlafzimmer geholt hatte, suchte sie wieder das Badezimmer auf. Gwynn kauerte immer noch in der Wanne, die Arme um die Knie geschlungen.

Victoria half ihr beim Abtrocknen und rieb ihre Verletzungen vorsichtig mit der Salbe ein. Sie hatte so viele Fragen an Gwynn, aber die mussten warten, bis sie sich ein bisschen erholt hatte.

Hopkins hatte den Küchentisch für drei Personen gedeckt. Das frisch gebackene Brot lag, in Scheiben geschnitten, in einem Körbchen. Ein Silbertellerchen mit goldgelber Butter stand neben einem Strauß bunter Dahlien. Auch auf sorgfältig gefaltete Leinenservietten und eine blütenweiße Tischdecke hatte Hopkins natürlich nicht verzichtet.

»Miss …« Er rückte Gwynn fürsorglich einen Stuhl zurecht und schöpfte dann allen von der Hühnergemüsebrühe aus der Suppenterrine in die Teller. Die Küche mit dem mächtigen gusseisernen Herd, dem schön gefliesten Boden und dem Geschirrschrank voller Silber und feinem Porzellan schien Gwynn einzuschüchtern. Sie saß mit hängenden Schultern am Tisch, den Blick starr auf ihren Teller gerichtet. »Lassen Sie es sich schmecken, Miss«, sagte Hopkins aufmunternd und reichte ihr den Brotkorb. Gwynn nahm zögernd eine Scheibe Brot, riss sie in Stücke und brockte sie in die Brühe. Als sie sah, dass Victoria und Hopkins ihr Brot butterten, errötete sie. »Was für eine gute Idee!« Hopkins, für den dies normalerweise ein Sakrileg darstellte, nahm sich eine weitere Scheibe und gab Brocken davon in seinen Teller.

Gwynn entspannte sich sichtlich, und eine Weile aßen sie in einträchtigem Schweigen. Victoria hatte richtig großen Hunger, und auch die junge Frau nickte scheu, als Hopkins sie fragte, ob sie nachnehmen wolle. Ihre Wangen bekamen ein wenig Farbe. Victoria beschloss es zu wagen, sie nach dem Bordell und Kathleen zu befragen. Sie wartete, bis Hopkins den Tisch abgeräumt hatte.

»Gwynn«, sagte sie behutsam. »Möchten Sie uns erzählen, warum man Sie so schlimm verprügelt hat?«

Die junge Frau nickte zaghaft und holte tief Luft. »Vor ein paar Tagen wurde meine Schwester fortgebracht, in ein ... ein ... anderes Haus. Sie ist erst vierzehn Jahre alt und übersteht das alles allein sicher nicht. Ich bin auf den Mann losgegangen, der sie weggeschleppt hat, und wurde bestraft.« Gwynn sprach sehr leise, aber der singende irische Akzent war nun unverkennbar.

»Das war sehr mutig von Ihnen«, sagte Hopkins teilnahmsvoll.

»Ich hab nicht überlegt. Ich musste es einfach tun. Leider konnte ich nichts ausrichten.«

Gwynns braune Augen füllten sich mit Tränen. Ihr rundes Gesicht mit der kecken Nase und den geschwungenen Lippen war hübsch, wenn man sich die Entstellungen durch die Blessuren wegdachte. Victoria konnte sich gut vorstellen, dass sie, wenn ihr Leben ein anderes wäre, oft und gern lächeln würde.

»Wie heißt Ihre Schwester denn, Gwynn?«, fragte sie.

»Siobhan. Sie … ist so zart und so schön …«

Victoria schaute rasch zu Hopkins. »Gwynn, Hopkins und ich haben in Dublin nach einer jungen Frau namens Kathleen O'Failin gesucht und sind so auf das Armenhaus in der North Brunswick Street gestoßen. Dort waren Sie und Ihre Schwester Siobhan auch untergebracht, nicht wahr?«

»Ja, woher wissen Sie …?« Die bloße Erwähnung des Armenhauses beunruhigte Gwynn, ihr Blick irrte verstört zwischen Victoria und Hopkins hin und her.

Victoria entschied, ihr vorerst nichts davon zu sagen, dass Kathleen ermordet worden war. »Lissy hat uns von Ihnen und Ihrer Schwester erzählt«, sagte sie nur.

»Ich erinnere mich an Lissy.« Gwynn nickte.

»Von Lissy erfuhren wir auch, dass Kathleen, ebenso wie Ihnen und Ihrer Schwester, eine vermeintliche Stelle als Dienstmädchen in London angeboten worden war«, fuhr Victoria vorsichtig fort.

»Es war keine Stelle als Dienstmädchen.« Gwynn schauderte.

»Das wissen wir.«

»Die Aufseherin des Bordells hat uns in Dublin abgeholt. Ich mochte sie vom ersten Moment an nicht. Sie war so kalt und unfreundlich. Aber ich war so froh, dass sich diese Arbeit für uns beide gefunden hatte. Deshalb habe ich nicht auf mein Gefühl gehört.« Gwynn weinte nun. »Auf der Reise hätten wir so leicht fliehen können.«

»In dem Bordell wurden Sie dann wie Gefangene gehalten«, sagte Victoria leise.

Sie mochte sich den Horror, als die beiden jungen Frauen begriffen hatten, wohin man sie gebracht hatte und was sie erwartete, gar nicht vorstellen.

»Vielleicht hätte ich versucht, mich zu widersetzen. Aber die Aufseherin hat mir klargemacht, dass Siobhan darunter zu leiden hätte. Dass sie geschlagen würde und kein Essen bekäme. Also habe ich recht schnell eingewilligt, Männern ...«, Gwynn schluckte, und ihr Gesicht verzerrte sich vor Ekel, »... zu Diensten zu sein. Siobhan musste das auch. Aber wir waren wenigstens zusammen, und ich konnte mich oft, nachdem der letzte Freier gegangen war, zu ihr schleichen und sie trösten. Bis vor ein paar Tagen dann Siobhan fortgeschleppt wurde.« Wieder wurde Gwynn von einem Weinkrampf geschüttelt.

»Man hat Ihre Schwester in ein anderes Bordell gebracht?«, warf Hopkins nach einer Weile ein, als Gwynn sich wieder ein bisschen beruhigt hatte.

»Dieser Ort ist kein Bordell.«

Victoria fühlte plötzlich ein Kribbeln auf ihrer Haut. »Wie meinen Sie das, Gwynn?«

»Dorthin kommen die besonders schönen Frauen. Sie müssen kostbare Kleider und Schmuck tragen und werden Männern zugeführt, die ... die ... keine normalen Gelüste haben. Diese Männer quälen Frauen, weil sie das erregt. Ich muss Siobhan finden und von diesem Ort retten. Eine alte Prostituierte, die dort manchmal die Frauen pflegt, hat mir Dinge erzählt ... Siobhan überlebt das nicht lange.« Gwynn schauderte. Sie strahlte dennoch eine Entschlossenheit aus, die Victoria tief berührte. Das Haus, in das man Siobhan verschleppt hatte, musste jenes sein, aus dem Kathleen geflohen war. Es passte alles zusammen. Kathleens Schönheit. Die perversen Neigungen der Freier. Der teure Schmuck, mit dem die Frauen ausstaffiert wurden. Bestimmt sollten sie den reichen Männern als Augenweide dienen, bevor diese dann über ihre Opfer herfielen.

»Denken Sie, dass man Kathleen auch an jenen Ort gebracht hat?«, fragte Gwynn leise, als hätte sie Victorias Gedanken erraten. »Sie ist ja so außergewöhnlich hübsch.« Es versetzte Victoria einen schmerzlichen Stich, Gwynn von Kathleen sprechen zu hören, als ob sie noch lebte. Sie wich ihrem Blick aus. Wie konnte sie der jungen Frau die Wahrheit nur möglichst schonend mitteilen? »Was ist mit Kathleen? Ist was mit ihr?«

Gwynn spürte ihr Zögern. Ihre Stimme wurde ganz schrill.

»Gwynn ...«, begann sie. Doch in diesem Moment stieß Gwynn einen erstickten Schrei aus. Sie sprang so abrupt auf, dass ihr Stuhl umfiel, und wich bis an den Herd zurück. Erschrocken wandte sich Victoria um. Sie fürchtete schon, einer von Gwynns Peinigern wäre ihnen gefolgt und in die Wohnung eingedrungen. Doch Jeremy stand in der geöffneten Küchentür. Er wirkte müde und erschöpft, aber er lächelte sie an, und das Glück stieg trotz allem wie eine Welle in Victoria auf. »Gwynn«, sie eilte zu der jungen Frau und legte ihr beruhigend die Hand auf den Arm, »das ist mein Mann, Mr. Ryder. Vor ihm müssen Sie sich nicht fürchten.«

Jeremy war endlich wiedergekommen! Victorias Freude erhielt einen Dämpfer, als er nun forschend Gwynns von Schlägen entstelltes Gesicht musterte. Sie musste ihm endlich alles gestehen.

»Guten Tag, Mr. Ryder. Wie schön, Sie zu sehen.« Hopkins verneigte sich höflich vor Jeremy, ehe er sich an Gwynn wandte. »Was halten Sie davon, dass ich Ihnen Ihr Zimmer zeige, Miss Gwynn? Bestimmt tut es Ihnen gut, wenn Sie sich ein wenig ausruhen.« Gehorsam folgte Gwynn Hopkins aus der Küche.

»Jeremy …« Victoria warf sich in seine Arme. Sein Kuss löschte all den Abscheu und den Ekel aus, die sie während Gwynns Erzählung empfunden hatte, machte die Welt wieder zu einem schönen, heilen Ort. Sie wünschte sich, ewig in dieser Umarmung verharren zu können. Doch schließlich löste sie sich widerstrebend.

»Jeremy, ich muss dir etwas sagen«, flüsterte sie.

»Das glaube ich auch«, erwiderte er mit hochgezogenen Brauen.

»Also, wie kommt es, dass eine Frau, die deine Kleider trägt und ganz offensichtlich schlimm verprügelt wurde, in unserer Küche sitzt?«

Jeremy hatte das Feuer im Kamin der Bibliothek angezündet. Nun schlenderte er zu dem alten Ledersofa und setzte sich neben Victoria. Ja, er sah wirklich müde aus. Was auch immer er im Auftrag von Sir Arthur für die Geheimabteilung hatte herausfinden sollen, schien beunruhigend zu sein. Erst einmal wollte sie jedoch ihr Gewissen erleichtern. Dann würde sie Jeremy danach fragen.

»Ich habe in Stepney fotografiert, auf der Mile End Road. Gwynn wurde dort in einem Bordell zur Prostitution gezwungen. Sie kam auf die Straße gerannt, und ich half ihr zu fliehen.«

»Du warst ganz zufällig in Stepney?«

»Nein.« Victoria zögerte kurz. Es war so schwer, einen Anfang zu finden. Dann gab sie sich einen Ruck. »Nachdem du nach London gereist warst, habe ich zusammen mit Mr. McEvoy Ióseph im Gefängnis besucht. Der junge Mann war völlig verzweifelt. Er erzählte uns, dass Moira, ich meine Kathleen, ihren Mörder kannte.«

»Kathleen ist also Moiras richtiger Name?«

»Ja, Kathleen O'Failin.« Victoria nickte. »Dazu kam, dass Hopkins Fotografien von Kathleens Leichnam sah. Ihr Körper war von alten Brandwunden übersät. Sie war gefoltert worden. Ich konnte einfach nicht untätig bleiben und warten, bis ein Detektiv versuchen würde herauszufinden, wer Kathleen war. Ich musste etwas tun. Und was den Besuch auf Castle Fota betrifft …«, das konnte sie jetzt auch gleich zugeben, »… wollte ich dorthin, weil der Verwalter angeblich einer jungen Frau aus der Gegend vor einiger Zeit Gewalt angetan hatte. Was ihn auch für den Mord an Kathleen verdächtig machte. Aber Hopkins fand heraus, dass der Mann an dem Tag, als Kathleen umgebracht wurde, in Dublin war.«

»Ich hatte mich ohnehin gewundert, warum du unbedingt zum Dinner dorthin wolltest.«

»Ich wollte dir wirklich den wahren Grund sagen, warum mir die Einladung zum Dinner so wichtig war. Dann bekamst du allerdings das Telegramm von Sir Arthur. Und ich mochte die Zeit bis zu deiner Abreise nicht mit einem Streit verderben. Deshalb habe ich es aufgeschoben.«

»Und du hast gemeinsam mit Hopkins ermittelt.«

Noch klang Jeremys Stimme ruhig. Victoria glaubte jedoch, unterdrückten Zorn darin wahrzunehmen. Ach, sie hatte ja gewusst, dass er sich ihr Geständnis nicht einfach gelassen anhören würde.

»Wir sind nach Dublin gefahren. Ióseph glaubte sich

zu erinnern, dass Moira dort in einem Armenhaus lebte. Schließlich fanden wir heraus, dass sie eine Zeit lang tatsächlich in einer Anstalt in der North Brunswick Street untergebracht war und der Direktor uns belogen hatte. Entgegen seiner Behauptung kannte er Moira, also Kathleen, nämlich sehr gut. Er hatte ihr eine Stelle als Dienstmädchen in London vermittelt. Wie auch Gwynn und deren jüngerer Schwester.« Jeremys Miene verfinsterte sich. Victoria schluckte. »Um es abzukürzen ... Hopkins und ich kamen zu dem Schluss, dass Kathleen zur Prostitution in ein Etablissement für Freier mit ... mit perversen sexuellen Bedürfnissen gezwungen worden war. Wir begannen, Nachforschungen anzustellen. Und ...«

Jeremy fiel ihr ins Wort. »Du erzählst mir allen Ernstes, dass Hopkins und du auf organisierten Frauenhandel gestoßen seid, und ihr meldet das nicht der Polizei, sondern fangt auf eigene Faust an zu ermitteln?«

»Der Polizei sind diese Frauen doch völlig gleichgültig.«

»Warst du deshalb in Stepney und hast fotografiert?«

»Ja ... Gwynn und ihre jüngere Schwester Siobhan wurden dort als Gefangene gehalten. Vor ein paar Tagen hat man Siobhan verschleppt. Anscheinend an den Ort, an dem auch Kathleen sadistischen Freiern zugeführt wurde.«

Von der Straße klang die Stimme eines Zeitungsjungen herauf, der die neuesten Schlagzeilen ausrief. Jeremys Miene war ganz starr geworden. Victoria bezweifelte, dass er ihr überhaupt noch zuhörte.

»Wie konntest du nur so verantwortungslos sein! Dir muss doch klar sein, wie sehr du dich und das Leben unseres Kindes in Gefahr gebracht hast.«

»Ich habe fotografiert«, beharrte Victoria. »Und ich habe behauptet, im Auftrag des *Morning Star* tätig zu sein.«

»Eine wirklich hervorragende Tarnung.« Jeremys kalter Spott verletzte Victoria mehr, als wenn er sie angeschrien hätte. »Du hast mir am Bahnhof von Clifden versprochen, nicht mehr weiterzuermitteln. Wie soll ich dir noch jemals trauen?«

»Du hast mich ja praktisch zu dem Versprechen genötigt.«

»Warum musst du dir nur immer beweisen, wie stark und selbstständig du bist?«

»Ich habe nicht deshalb nach Kathleen gesucht!«

»Ach, und weshalb dann?«

»Im Grunde genommen interessiert dich das doch überhaupt nicht. Du bist so selbstgerecht.«

Alles, was sie noch vorbringen würde, würde überhaupt nicht zu Jeremy durchdringen. Noch nie hatte sie sich ihm gegenüber so fremd gefühlt, und noch nie hatte sie sich so sehr gewünscht, von ihm verstanden zu werden. Jetzt schossen ihr auch noch die Tränen in die Augen. Nein, auf gar keinen Fall wollte sie vor ihm weinen!

Victoria stürzte aus der Bibliothek und rannte den Korridor entlang. Erst als sie das Kinderbettchen und das selbst gestaltete Mobile sah, wurde ihr klar, dass sie sich instinktiv in ihr altes Zimmer geflüchtet hatte. Sie kuschelte sich in den Lehnstuhl. Jeremy und sie hatten schon öfter heftige Auseinandersetzungen gehabt. Aber noch niemals hatten sie sich dabei so sehr verletzt. Schritte ertönten im Korridor. Dann fiel die Wohnungstür zu. Jeremy war gegangen. Was, wenn er nun tagelang nicht wiederkommen würde?

EINUNDZWANZIGSTES KAPITEL

»Victoria ...« Victoria öffnete die Augen. Die kleine Lampe auf der Kommode brannte. Draußen war es dunkel. Das Mobile bewegte sich im Luftzug, und die Schatten der Tiere tanzten über die Wände. Sie hielt etwas Weiches im Arm – Mrs. Dodgsons Teddybär. Sie war tatsächlich eingeschlafen. Jeremy kniete neben ihr auf dem Boden. Etwas war zwischen ihnen vorgefallen. Sie hatten sich heftig gestritten. Jetzt fiel es Victoria wieder ein.

»Meine Güte, was ist das denn?« Behutsam nahm Jeremy ihr den Teddybär ab und betrachtete das riesige, gestrickte Tier mit dem lila-grün gestreiften Schal um den Hals. Sein typisch schiefes Lächeln huschte über sein Gesicht, und eine Woge aus Zärtlichkeit und Sehnsucht stieg in ihr auf.

»Ein Geschenk von Mrs. Dodgson für unser Kleines.« Anscheinend hatte sie wie ein Kind bei dem Bären Schutz gesucht. Victoria errötete unwillkürlich.

Jeremy war zurückgekommen, und er wirkte auch nicht mehr böse. Sie fühlte sich dennoch wie auf dünnem Eis.

»Das Kleine wird nicht mehr klein sein, wenn es die Größe dieses Tieres erreicht hat.« Jeremy rückte den Schal zurecht und setzte den Bären dann auf dem Boden ab. Er fasste nach ihrer Hand. »Es tut mir leid. Du hast recht. Ich habe dich mehr oder weniger gezwungen, mir zu versprechen, nicht mehr nach Kathleens Mörder zu suchen. Es ist nur ... Ich würde es nicht ertragen, dich und das Kind zu verlieren. Ich möchte euch beschützen. Aber ich weiß, dass ich nicht jede Minute um euch sein kann. Und das setzt mir zu.«

»Ach, Jeremy ...« Wieder kamen Victoria die Tränen. Ungeduldig fuhr sie sich über die Augen und schluckte, um den Kloß in ihrem Hals zu vertreiben. »Ich weiß ja, dass du uns beschützen möchtest, trotzdem muss ich tun, was ich für richtig halte. Und ich suche wirklich nicht nach Kathleens Mörder, weil ich *mir* etwas beweisen möchte.«

»Das war unfair von mir. Ich weiß.« Jeremy nickte. »Du möchtest Iósephs Unschuld beweisen.«

»Ja, aber da ist noch mehr ...« Victoria schlang ihre Finger um seine. Sie war so froh, dass das furchtbare Gefühl, ihm ganz fremd geworden zu sein, verschwunden war. »Als ich mit Hopkins in den Armenhäusern war, um nach Kathleen zu suchen, habe ich kleine Kinder weinen hören, die man ihren Müttern weggenommen hatte, und ich habe mir vorgestellt, unser Kind wäre an so einem Ort und man hätte es von mir getrennt, und es wüsste überhaupt nicht, was mit ihm geschieht, und es wäre ganz panisch und verzweifelt.«

»O Gott ...«, flüsterte Jeremy.

»Und Kathleen, die von Männern wegen ihres perversen Lustempfindens gefoltert wurde ... Ich muss immer daran denken, was wäre, wenn unser Leben anders wäre. Wenn wir nicht wohlhabend und privilegiert wären. Wenn es unsere Tochter wäre, die in einem Armenhaus leben müsste und von einem korrupten, verbrecherischen Direktor an

Menschenhändler verschachert würde. Diese Vorstellung macht mich schier verrückt. Und …« Nun liefen ihr doch die Tränen über die Wangen.

»Schhh … Ist ja gut. Ist ja gut …« Jeremy nahm sie in die Arme. Victoria klammerte sich an ihn, während sie von einem heftigen Weinkrampf geschüttelt wurde.

»Es … es ist einfach so … Ich muss Kathleens Mörder auch um unseres Kindes willen finden«, schluchzte sie.

»Schhh …«

Jeremy streichelte ihr Haar und ihren Rücken. Victoria barg ihren Kopf an seiner Schulter und gab sich ganz der tröstenden Umarmung hin. Erst nach einer Weile löste sie sich.

»Entschuldige … Während der Schwangerschaft habe ich wirklich sehr nah am Wasser gebaut«, murmelte sie zerknirscht. »Hoffentlich gibt sich das nach der Geburt wieder.«

Jeremy legte ihr die Hände auf die Schultern. »Es tut mir so leid. Mir war nicht klar, wie tief dich das alles berührt«, sagte er leise.

»Ich muss meinen Teil dazu beitragen, Kathleens Mörder zu finden. Und ich wünsche mir so sehr, dass du das verstehst und gutheißt.« Victoria blickte Jeremy ernst an. »Bitte, sag mir, dass du mir deswegen nicht länger böse bist.«

»Es wird mir immer schwerfallen gutzuheißen, dass du dich in Gefahr bringst.« Jeremy seufzte. »Aber ich bin dir nicht länger böse. Weiß Gwynn denn, wo jenes Haus liegt, in das ihre Schwester verschleppt wurde?«

»Dazu hat sie noch nichts gesagt.«

»Dann sollten wir sie fragen.«

»Ach, Jeremy …«

Victoria schlang die Arme um seinen Hals. Jeremy verstand sie, und er war bereit, ihr die Freiheit zu lassen. Sie hatte das Gefühl, von einer drückenden Last erlöst zu sein.

Wie Gwynns Verfassung wohl sein wird?, dachte Victoria besorgt.

Inzwischen wusste die junge Frau, dass Kathleen ermordet worden war. Hopkins hatte es ihr gesagt. Gwynns Gesicht war verweint, als sie jetzt mit dem Butler die Bibliothek betrat. Hopkins rückte ihr einen Lehnstuhl zurecht und ließ sich dann mit durchgedrücktem Rücken neben Victoria und Jeremy auf dem breiten Ledersofa nieder.

»Gwynn, danke, dass Sie sich stark genug fühlen, mit uns zu sprechen.« Jeremy beugte sich vor. Seine Stimme klang ruhig und eindringlich. »Ich verspreche Ihnen, dass wir alles tun werden, um Siobhan zu finden und zu Ihnen zurückzubringen. Haben Sie denn irgendeine Ahnung, wohin man Ihre Schwester verschleppt hat?«

Gwynn war wieder instinktiv vor ihm zurückgewichen, als er zu sprechen begonnen hatte, nun schien sein freundlicher, fester Blick ihr doch Vertrauen einzuflößen.

»Mary, eine in die Jahre gekommene Prostituierte, sagte mir, man habe Siobhan wegen ihrer Schönheit bestimmt in das rote Haus gebracht. Ja, so nannte sie es. Sie muss die verletzten Frauen dort manchmal pflegen.« Ihre Stimme brach.

»Das rote Haus? Wo befindet es sich?«

»Mary meinte, sie sei mit der Kutsche von Stepney aus ungefähr eine Stunde lang unterwegs gewesen. Die Straßen konnte sie nicht erkennen. Die Vorhänge waren zugezogen, und sie wurde natürlich bewacht.«

»Woher wusste sie denn, dass die Kutsche ungefähr eine Stunde lang unterwegs war?«, fragte Victoria. »Mary hatte doch bestimmt keine Uhr.«

»Als sie bei dem Haus ankamen, hörte sie in der Nähe eine Kirchturmuhr schlagen, und in der Nähe des Bordells gibt es auch eine Kirche, deren Uhr gut vernehmbar zu jeder vollen Stunde schlägt.«

»Konnte sie das Gebäude beschreiben?«

»Nein, alles, was sie wusste, ist, dass es an einem Fluss oder einem Kanal liegt und im Garten eine große Blutbuche wächst.«

»Das ist doch schon etwas«, erwiderte Jeremy aufmunternd. »War Mary denn am Tag oder nachts mit der Kutsche unterwegs?«

»Das habe ich sie nicht gefragt«, erwiderte Gwynn mit bebender Stimme.

»Das ist nicht schlimm«, erwiderte Jeremy rasch.

»Mary sagte auch, einmal sei eine Frau, die sie gepflegt habe, nachdem die Männer sie ...«, Gwynn schluchzte auf, »... sie sagte, die Frau sei nicht mehr zurückgekehrt. Mary hat angenommen, dass die Frau an den Folgen der Misshandlungen gestorben ist oder die Männer sie umgebracht haben. Und ... Ich habe solche Angst, dass Siobhan nicht mehr am Leben ist.« Gwynn zitterte jetzt am ganzen Körper.

»Es ist gut möglich, dass diese Frau Kathleen war, der es gelang, in London vor ihren Peinigern zu fliehen. Und Siobhan ... Bestimmt schwebt sie nicht in akuter Lebensgefahr.« Victoria hoffte so sehr, dass sie mit dieser Annahme recht hatte. Gwynn beruhigten ihre Worte ein bisschen, ihr Zittern ließ nach.

»Haben Sie jemals in dem Armenhaus in Dublin oder in

dem Bordell in Stepney etwas von einem geflügelten Pferd gehört? Kathleen hat davon gesprochen, als sie im Sterben lag.«

»Ein geflügeltes Pferd? Nein, davon habe ich noch nie etwas gehört.« Gwynn starrte Victoria aus weit aufgerissenen Augen an.

»Lebten Sie und Ihre Schwester, bevor sie in das Armenhaus in der North Brunswick Street kamen, noch in einer anderen Anstalt?«

»Ja, im Armenhaus von Rathdrum im County Wicklow. Unsere Mutter ist schon lange tot. Als unser Vater vor etwa zwei Jahren starb, hatte der Gutsherr keine Verwendung mehr für uns.«

So ähnlich war auch Kathleens Lebensweg, dachte Victoria.

»Und was führte dann dazu, dass man Sie von Rathdrum in das Armenhaus in der North Brunswick Street schickte?«, fragte sie.

»Mr. Newman, der Direktor, sagte uns, wir hätten uns als fleißig und gelehrig erwiesen und er wolle uns eine Chance geben. Von dem Armenhaus in der North Brunswick Street aus würden häufig Nannys und Dienstmädchen zu angesehenen Familien in England vermittelt. Ich mag Kinder gern und kann gut mit ihnen umgehen, Siobhan ist sehr geschickt mit Nadel und Faden. Deshalb habe ich Mr. Newman geglaubt.«

»Wie lang lebten Sie und Ihre Schwester in dem Armenhaus in Dublin?«, warf Jeremy ein.

»Etwa ein Vierteljahr. Dann erfuhren wir von Mr. Bowen, dem dortigen Direktor, dass sich Stellen für uns in einem Haushalt in London gefunden hätten. Und so kamen wir schließlich, wie ich schon sagte, hierher.« Gwynn begann wieder herzzerreißend zu weinen. Es war ganz deutlich, dass sie mit ihren Kräften am Ende war.

»Danke, dass Sie uns geholfen haben, Gwynn«, sagte Jeremy sanft. »Und jetzt ist es sicher am besten für Sie, wenn Sie sich wieder ausruhen.«

Hopkins, der dem Gespräch aufmerksam und schweigend gefolgt war, erhob sich, um die junge Frau aus der Bibliothek zu geleiten.

»Werden Sie wirklich nach Siobhan suchen, Sir?« Gwynn wandte sich noch einmal um und blickte Jeremy mit vor Sorge geweiteten, wilden Augen an.

»Das werde ich.«

»Wirklich?«

»Ich verspreche es Ihnen«, erwiderte Jeremy mit fester Stimme.

Nun erst folgte Gwynn Hopkins aus dem Raum.

Victoria war wieder selbst ganz aufgewühlt. Bedrückt wandte sie sich Jeremy zu. »Verstehst du jetzt, warum ich bei der Suche nach Kathleens Mörder nicht untätig bleiben kann?«

»Ja, ich verstehe dich. Mein Gott, was sind das nur für Männer?«

»Wie willst du denn bei der Suche nach Siobhan vorgehen? Sehr viele Anhaltspunkte konnte Gwynn dir ja leider nicht geben.«

Jeremy stand auf. Er holte einen Stadtplan von London aus einem Bücherregal und breitete ihn auf dem Schreibtisch aus. »Gwynn sagte, diese Frau namens Mary war mit der Kutsche etwa eine Stunde lang unterwegs. Je nach Tageszeit – also je nach der Verkehrssituation in London – kann eine Kutsche etwa vier bis sieben Meilen in der Stunde zurücklegen. Ausgehend von der Mile End Road in

Stepney umfasst dies ein Gebiet von den Stadtteilen Kensington/Westminster im Westen über Wood Green/Harrington im Norden, Barking/Dagenham im Osten und Brixton/Dulwich Village im Süden.« Jeremy beschrieb mit dem Zeigefinger einen Kreis.

Victoria beugte sich mit ihm über den Stadtplan. »An Flüssen oder Kanälen gibt es in diesem Gebiet die Themse und den Grand-Union-Kanal. Dort nach einem – wahrscheinlich – roten Haus zu suchen, in dessen Garten eine große Blutbuche wächst, kommt mir schon etwas wie die Suche nach einer Nadel im Heuhaufen vor.«

»Ich werde versuchen, ein Motorboot zu mieten. Damit dürfte das Abfahren der Wasserläufe recht schnell gehen. Und ich werde Sir Arthur um Unterstützung bitten. Noch ist er ja der Commissioner von Scotland Yard.«

»Was meinst du mit *noch?*«, fragte Victoria überrascht.

»Von seinem Posten als Leiter der Geheimabteilung wurde er schon ehrenhalber – so die offizielle Sprachregelung – freigestellt. Den Posten als Commissioner von Scotland Yard wird er in einem Monat verlassen.«

»Ich habe sagen hören, Sir Arthur wird demnächst der englische Botschafter in Griechenland werden.« Hopkins war in die Bibliothek zurückgekehrt. Wieder einmal war er bestens informiert. Victoria hatte längst aufgehört, sich darüber zu wundern. »Aber ich vermute, der Commissioner nimmt diese eigentlich sehr ehrenvolle Position nicht ganz freiwillig an?«

»Nein, sein Rücktritt und die Auflösung der Geheimabteilung wurden systematisch betrieben.«

»Hat sich denn gezeigt, wer dahintersteckt?« Victoria wusste, wie viel Jeremy an seiner Arbeit für die Geheimabteilung lag und wie sehr er deren Auflösung bedauerte.

»Ja, wie Sir Arthur von Anfang an vermutet hat, eine Gruppe einflussreicher Adliger, deren Verwandte wegen der Arbeit der Geheimabteilung wichtige Posten verloren haben oder – um einer Anklage zu entgehen – Selbstmord begingen.«

»Was wird Sir Arthur jetzt tun?«

»Die Beweise dem Premierminister vorlegen, sobald dieser aus Schottland zurückgekehrt ist.«

»Er besucht zurzeit Edinburgh und Glasgow«, warf Hopkins ein.

»Ja, er ist der Einzige, der jetzt noch etwas ausrichten kann. Wir Mitarbeiter der Geheimabteilung haben unseren Teil getan. Uns bleibt nichts anderes übrig, als zu warten, was der Premierminister entscheidet.« Jeremy schwieg kurz. »Aber ich möchte wieder auf Gwynn und Siobhan zurückkommen. Die beiden sind mir im Moment wichtiger als die Zukunft der Geheimabteilung.«

»Ich habe Miss Gwynn ein paar Tropfen Laudanum in ihre heiße Milch gegeben. Das sollte ihr helfen, einige Stunden zu schlafen und nicht über ihre beklagenswerte Schwester nachzugrübeln.«

»Das war eine gute Idee, Hopkins.« Victoria lächelte ihn dankbar an. »Konnten Sie denn in Portland House etwas ausrichten?«

»Reginald Maidenhead, der Butler, hat mir versprochen, sich umzuhören. Ich hoffe sehr, dass er dies auch tatsächlich tut.« Hopkins' Blick wanderte zu dem Stadtplan von London auf dem Schreibtisch.

»Ich beabsichtige, ein Motorboot zu mieten, um die Ufer der Themse und des Grand-Union-Kanals nach dem roten Haus abzusuchen«, erklärte Jeremy.

»Ich würde, wenn von Ihrer und Miss Victorias Seite

nichts dagegenspricht, unterdessen gern nach Irland reisen und mich im Umfeld jenes Armenhauses in Rathdrum umhören, in dem Miss Gwynn und Miss Siobhan lebten, bevor sie nach Dublin kamen.«

»Von meiner Seite aus spricht nichts dagegen. Und wie steht es mit dir?« Jeremy sah Victoria fragend an.

Victoria kämpfte mit sich. Sie wollte nicht schon wieder von Jeremy getrennt werden. Aber da waren Ióseph und die Suche nach Kathleens Mörder. »Ich denke, ich begleite Hopkins. Ich möchte Ióseph gern noch einmal sehen. Und ich glaube, in Irland kann ich mehr zur Suche nach Kathleens Mörder beitragen als hier in London.« Würde Jeremy sie davon abbringen wollen?

Zu Victorias Erleichterung nickte er nur. »Sobald ich Siobhan gefunden habe, komme ich ebenfalls nach Irland.«

»Was wird mit Miss Gwynn, während wir in Irland sind, Miss Victoria?«, ließ sich Hopkins vernehmen. »Möchten Sie vielleicht Mrs. Dodgson bitten, für diese Zeit hierherzuziehen und bei ihr zu bleiben?«

In all der Aufregung hatte Victoria dies noch gar nicht bedacht. Sie überlegte rasch. »Ich werde Lady Hogarth fragen, ob Gwynn zu ihr nach Hampstead kommen kann«, sagte sie dann. »In dem großen Haushalt kann sie sich bestimmt nützlich machen. Ich denke, Ablenkung tut ihr gut.«

»Dem stimme ich zu.« Hopkins nickte. »Ständig über das Schicksal ihrer Schwester nachzugrübeln dürfte sie schier verrückt machen.«

»Gut, dann wäre das ja geklärt.« Jeremy stand auf. »Ich möchte keine Zeit verlieren. Sir Arthur müsste sich in seinem Haus in Kensington aufhalten. Ich werde ihn über das Bordell in der Mile End Road informieren und ihn bitten, dort eine Razzia durchführen zu lassen.«

»Ich kümmere mich um ein leichtes, spätes Abendessen.« Hopkins verschwand eilig in Richtung Küche.

»Ach, Jeremy, ich bin dir so dankbar, dass du nach Siobhan suchst.« Victoria umarmte ihn. »Und ich bin so froh, dass du nicht versucht hast, mir auszureden, mit Hopkins nach Irland zurückzureisen.«

»Glücklich bin ich darüber nicht.« Jeremy seufzte. »Aber das erwartest du ja wahrscheinlich auch nicht.«

»Nein, nur, dass du mich verstehst.«

»Das tue ich.«

Victoria begleitete Jeremy zur Wohnungstür. Ein letzter Kuss, eine innige Umarmung, ein Winken vom Treppenabsatz, dann verschwand er aus ihrem Blickfeld.

Ach, sie hätte sich so gewünscht, die nächsten Tage und Wochen mit Jeremy verbringen zu können. Aber dann bewegte sich das Kind in ihr, als ob es ihr etwas sagen wollte, und sie wusste, dass sie sich richtig entschieden hatte.

Victoria betrachtete prüfend die Aufnahme mit den Resten der Hochzeitstorte, die im Fixierbad schwamm. Zufrieden mit dem Ergebnis nahm sie die Fotografie aus der chemischen Flüssigkeit. Sie tauchte sie in eine Wanne mit Wasser und hängte sie dann neben andere Aufnahmen an eine Leine zum Trocknen. Ihr Blick blieb an der Fotografie von Hopkins hängen, der im Speisesaal des Landgasthofs in den Cotswolds überwachte, dass die Tafel angemessen fürs Dinner gedeckt wurde. Und an der von Jeremy, der mit strahlenden Augen zu ihr – seiner Frau – schaute.

Kaum drei Wochen waren seit der Feier vergangen, aber es kam ihr vor, als ob der unbeschwerte Nachmittag Monate zurückläge.

Bevor sie in ihre Dunkelkammer gegangen war, hatte sie kurz nach Gwynn gesehen. Zu ihrer Erleichterung schlief die junge Frau tief und fest, sie schien nicht von schrecklichen Träumen heimgesucht zu werden. Ob Ióseph in seiner Gefängniszelle ebenso ruhig schlafen konnte? Sie bezweifelte es. Wenn sie doch nur endlich Kathleens Mörder finden und Ióseph freibekommen würden! Dann ließen sich vielleicht auch die anderen Männer finden, die Frauen wie Siobhan quälten und missbrauchten.

»Victoria …« Jeremy klopfte an die Tür und rief leise ihren Namen. Sie hatte gar nicht gehört, dass er nach Hause gekommen war.

»Komm herein, ich bin fertig.« Sie schaltete die Lampe mit dem roten Licht aus und die Deckenlampe an und öffnete die Tür.

»Es ist drei Uhr morgens. Warum bist du nicht schon längst im Bett?« Er sah sie besorgt an.

»Ich war so aufgewühlt. Ich hätte nicht schlafen können. Deshalb habe ich beschlossen, die Zeit zu nutzen und endlich die Fotografien von unserer Feier zu entwickeln.«

»Ich habe an die Aufnahmen, die mein Kollege gemacht hat, gar nicht mehr gedacht. Wahrscheinlich hätte ich sie schon längst bei ihm abholen können.« Jeremys Stimme klang schuldbewusst.

»Stimmt, daran habe ich auch gerade gedacht.« Victoria schüttete die Entwicklerflüssigkeit vorsichtig in einen Kanister. Es war schön, dass Jeremy bei ihr in der Dunkelkammer war, es ergab sich so selten. »Du hast Sir Arthur angetroffen?«

»Ja, er wird morgen eine Razzia in dem Bordell in der Mile End Road durchführen lassen.« Jeremys Augen waren ganz rot vor Müdigkeit. Sicher hatte er in den letzten Tagen nicht viel geschlafen. »Hast du Constance erreicht?«

»Ich habe mit ihr telefoniert und werde Gwynn morgen Vormittag nach Hampstead bringen.« Victoria nickte. »Am späten Nachmittag nehmen Hopkins und ich dann den Zug von London Euston nach Liverpool. Viel zu packen ist glücklicherweise nicht. Die Schrankkoffer stehen ja noch in Kincraighie House.« Sie zwang sich, ganz unbefangen zu reden, dabei setzte ihr der Abschied schon wieder zu.

»Ich begleite euch zum Bahnhof.« Jeremy lehnte sich gegen das Wasserbecken, um Victoria in der engen Kammer Platz zu machen. »Mir geht dieses Pferd mit den Flügeln nicht aus dem Kopf. Hopkins hat wahrscheinlich schon längst alle Wappen von englischen Adelshäusern danach überprüft, oder?«

»Ja, und die vom Kontinent ebenfalls.« Victoria lächelte. »Die Templer hatten ein geflügeltes Pferd in ihrem Wappen. Seither taucht es in der Heraldik nicht mehr auf. Aber dass es ein Wappentier ist, war ja nur eine Vermutung. Kathleen muss es in einem anderen Zusammenhang gesehen haben.«

»Ein geflügeltes Pferd steht für Weisheit. Auch für Ruhm und Unsterblichkeit.«

»Das sagte Mr. McEvoy auch, als ich nach dem Besuch bei Ióseph im Gefängnis mit ihm darüber sprach. Die Sehnsucht nach Unsterblichkeit hat etwas Größenwahnsinniges.« Hatte Jeremy kurz die Stirn gerunzelt, als sie McEvoys Namen erwähnte? Anscheinend reagierte er auf ihn ebenso empfindlich wie sie auf Clarissa. Wenn das Thema nicht so ernst wäre, würde sie sich darüber amüsieren.

»Sir Arthur berichtete mir, dass in Dublin immer wieder einmal Männer wegen Menschenhandels festgenommen wurden. Das waren jedoch stets nur kleine Fische. Irgendwie sagt mir meine Intuition, dass ein großes Netzwerk dahintersteckt. Initiiert von einem oder mehreren Männern, die sich über Recht und Gesetz erhaben fühlen. Was ja auch für einen gewissen Größenwahn spräche.«

»Du hältst es aber schon für sinnvoll, dass Hopkins mit dem Direktor des Armenhauses in Rathdrum spricht?«

»Ja, ich glaube zwar, dass dieser Mr. Newman oder der Direktor des Dubliner Armenhauses in der North Brunswick Street keine wirklich wichtigen Personen in dem Netzwerk sind, aber vielleicht führt von ihnen eine Spur zu den Hintermännern.« Jeremy wandte sich den Fotografien an der Leine zu und betrachtete sie einen Augenblick lang schweigend. »Du hattest recht mit dem, was du nach der Feier sagtest. Das Leben ist so unwägbar.« Seine Stimme war leise und bedrückt.

»Und du hast mir geantwortet, gerade deshalb sollten wir den Moment genießen. Ach, Jeremy, halt mich fest, und küss mich«, flüsterte Victoria. »Ich möchte jetzt nicht an Mord und Angst und Leid denken. Ich möchte einfach nur mit dir zusammen sein, dich spüren …«

»Ich liebe dich so sehr …«

Sein Tonfall war rau vor Zärtlichkeit. Seine Hände liebkosten ihren Körper, blieben auf ihrem gerundeten Leib liegen. Einen Augenblick verharrten sie beide so, ganz still und glücklich, dann küsste Jeremy sie. Eng umschlungen liefen sie den dunklen Korridor entlang in ihr Schlafzimmer.

ZWEIUNDZWANZIGSTES KAPITEL

Die vergoldeten Tannenzapfen auf den Torpfosten von Constance' und Louis' Heim im Stadtteil Hampstead leuchteten in der Morgensonne. Victoria entlohnte den Kutscher, dann ging sie mit Gwynn die Auffahrt entlang zu dem eleganten georgianischen Haus. Die junge Frau wirkte nicht mehr ganz so mitgenommen wie am Vortag, ihre Wangen hatten sogar ein bisschen Farbe bekommen. Offenbar hatte es ihr gutgetan, einmal wieder tief und fest zu schlafen im Wissen darum, in Sicherheit zu sein, und im Vertrauen darauf, dass man ihr helfen würde, ihre Schwester zu finden.

Victoria gestattete sich, an die Nacht mit Jeremy zu denken. Während sie sich innig und zärtlich geliebt hatten, hatte sie die bedrohliche Wirklichkeit ganz vergessen. Es hatte nur noch sie beide gegeben. Das Kind versetzte ihr einen kleinen Tritt, wie um sie aus ihren Gedanken zurück in die Gegenwart zu bringen. Unwillkürlich lächelte sie.

Dann plötzlich bemerkte sie, dass Gwynn langsamer ging, als ob das vornehme Gebäude mit der roten Backsteinfassade und den weißen Fensterumrandungen sie einschüchterte.

»Sie müssen keine Angst haben, Gwynn«, sagte sie aufmunternd, »Lady Hogarth ist sehr herzlich und freundlich.

Sie wird sich gut um Sie kümmern. Und Sie sind hier sicher.«

»Mr. Ryder, Ihr Gatte ... Wird er Siobhan finden?« Gwynn blickte Victoria flehend an.

»Mein Ehemann wird alles tun, um Ihre Schwester aufzuspüren. Wenn einer sie finden kann, dann er.«

Sie drückte Gwynns Hand. Jeremy hielt, was er versprach. Was einer von vielen Gründen war, warum sie ihn liebte.

Sie hatten nun das Portal erreicht. Kaum dass Victoria den bronzenen Türklopfer betätigt hatte, öffnete ihnen Jenkins, der Butler der Hogarths.

»Lady Hogarth erwartet Sie im Wohnzimmer«, erklärte er ebenso gemessen, wie Victoria es von Hopkins gewohnt war.

Noch einmal drückte Victoria aufmunternd Gwynns Hand, dann folgten sie dem Butler.

»Victoria, wie schön, dich wiederzusehen.« Constance umarmte sie lächelnd und reichte dann Gwynn die Hand. »Ich freue mich, Sie kennenzulernen, Gwynn. Ich möchte gern noch ein paar Dinge mit Ihnen besprechen. Wir werden uns kurz setzen.« Sie wies auf die mit goldgelbem Chintz bezogenen Polstermöbel. Schüchtern nahm Gwynn neben Victoria auf dem Sofa Platz und machte sich ganz klein, als hätte sie Angst, irgendetwas in dem großen, lichtdurchfluteten Raum zu berühren.

Constance wandte sich Gwynn freundlich zu. »Victoria hat mir gesagt, dass Sie Kinder mögen und gern eine Nanny wären. Meine Tochter Josephine ist ein knappes Jahr alt, und ihr Kindermädchen könnte Unterstützung gebrauchen.

Würden Sie ihr vielleicht zur Hand gehen? Wenn nicht, findet sich eine andere Tätigkeit im Haus.«

»Ich möchte sehr gern der Nanny helfen.« Gwynn nickte.

»Gut, ich habe bereits allen Bediensteten gesagt, dass Victoria Sie in einem Armenhaus in Dublin kennengelernt hat. Ich finde, das Leben in einem solchen Haus ist nichts, dessen man sich schämen muss. Außerdem müssen Sie so nicht lügen. Was Ihre Verletzungen betrifft …«, Constance' Blick ruhte mitleidig auf den Blessuren in Gwynns Gesicht, »… habe ich dem Personal erklärt, dass sie von einem Unfall mit einer Kutsche herrühren. Es ist besser, wenn keiner der Bediensteten etwas von Ihrem Schicksal erfährt. Sonst gibt es wahrscheinlich Gerede. Informationen könnten nach außen dringen und den falschen Personen zu Ohren kommen.«

»Danke, Madam«, flüsterte Gwynn und senkte den Kopf.

»Ach, Gwynn, schämen Sie sich nicht wegen des Bordells, wirklich nicht.« Constance seufzte. »Sie müssen Entsetzliches durchgemacht haben, und ich hoffe so sehr, dass Ihre arme Schwester bald gefunden wird.«

Gwynn sah wieder auf. Sie schien berührt von Constance' Worten. Victoria wusste, dass die Freundin es ehrlich meinte. Trotz ihres privilegierten Lebens hatte Constance ein waches soziales Gewissen und nicht vergessen, dass ihr irischer Großvater bettelarm gewesen war, bevor er in den USA ein Millionenvermögen erworben hatte. Zudem teilte sie nicht die herrschende Doppelmoral, die die Prostituierten ausgrenzte und den Freiern alles verzieh.

»Nanny Hawthorne, Josephines Kindermädchen, war schon die Nanny meines Gatten Louis und dessen Mutter«, sagte Constance nun. »Sie kann recht einschüchternd wirken, aber sie hat das Herz auf dem rechten Fleck. Lassen Sie sich von ihr nicht ängstigen, Gwynn. Und nun sollten wir in die *nursery* gehen.«

Die Kinderzimmer lagen in einem oberen Stockwerk. Sie waren hell und freundlich gestaltet, die Fenster eröffneten einen schönen Blick auf den Garten. Josephine saß auf einer Decke auf dem Boden zwischen Bauklötzen, einem Ball und einem Stofftier und rührte mit einem Holzlöffel laut klappernd in einem Spielzeugtopf. Sie hatte die braunen Augen und die Grübchen ihrer Mutter und das blonde Haar ihres Vaters geerbt und war ein hübsches Kind.

»Mummy …«

Als sie Constance sah, zog sie sich an einem Stuhl hoch, stand einen Moment wacklig auf ihren Beinchen, um das Gleichgewicht zu finden, und tappte dann strahlend auf sie zu.

»Meine Süße.« Constance hob Josephine hoch und drückte sie an sich. »Seit einer Woche kann sie laufen, stell dir vor, Victoria!«

»Hallo, meine Kleine. Du kannst laufen? Wie aufregend!« Victoria lächelte Josephine an, doch sie drehte scheu den Kopf weg. »He, kennst du deine Patentante etwa nicht mehr? Es ist aber auch schon lange her, dass wir uns das letzte Mal gesehen haben. Schau mal, was ich dir mitgebracht habe.« Victoria reichte Josephine den Stoffelefanten, den sie bei Harrods gekauft hatte.

»Lady Josephine darf nicht zu sehr verwöhnt werden«, ließ sich Nanny Hawthorne von einem Korbsessel aus vernehmen. Missbilligend ließ sie ihre Stopfarbeit sinken.

Die füllige Frau Ende sechzig hatte einen beachtlichen Busen und ein ebenso beeindruckendes Doppelkinn. »Sie hat schon mehr als genug Spielzeug.«

»Patentanten dürfen ihre Patenkinder verwöhnen«, erwiderte Victoria, die die Nanny kannte, gelassen. Josephine nahm den Elefanten in den Arm und schenkte Victoria ein kurzes Lächeln, ehe sie schnell wieder wegsah.

»Nanny Hawthorne, das ist Gwynn«, sagte Constance und schob die junge Frau, die sich bisher scheu im Hintergrund gehalten hatte, vor. »Ich habe Ihnen ja von ihr erzählt. Sie wird Sie in der nächsten Zeit unterstützen.«

»So, welche Erfahrungen mit Kindern hast du denn, Mädchen?« Die Nanny bedachte Gwynn mit einem durchdringenden Blick.

»Ich habe im Armenhaus Kinder beaufsichtigt und den Älteren Lesen und Schreiben beigebracht«, erwiderte Gwynn leise und schaute dann rasch wieder zu Boden.

»Du kannst tatsächlich lesen und schreiben?« Wenn die Nanny beeindruckt war, so ließ es sich nicht anmerken.

»Ja, ich habe es in der Dorfschule gelernt.« Gwynn hob den Kopf und erwiderte den Blick der alten Frau nun fast trotzig. Victoria war froh, dass sie der resoluten Nanny etwas entgegensetzte.

»Ein Kind baden und füttern, es beruhigen, wenn es weint, und es zum Schlafen bringen, kannst du das auch?«

»Ja, ich habe meiner Mutter geholfen, meine jüngere Schwester großzuziehen.«

»Du kannst mir heute Nachmittag helfen, die kleine Lady zu baden. Dann werden wir ja sehen, wie du dich dabei anstellst«, bemerkte Nanny Hawthorne und widmete sich wieder der Stopfarbeit.

»Mummy …«

Josephine zog am Ärmel ihrer Mutter, und Constance ließ sie von ihrer Hüfte gleiten. Die Kleine lief wieder zu der Spieldecke und ließ sich zwischen die Bauklötze plumpsen. Gwynn ging ihr nach und kauerte sich neben sie. Zum ersten Mal sah Victoria sie lächeln, als sie Josephine nun eines der Klötzchen reichte.

»Sollen wir zusammen etwas bauen, Josephine?«, fragte sie sanft.

»Es heißt ›Lady Josephine‹«, ließ sich Nanny Hawthorne vernehmen. Aber ihre Stimme klang nicht mehr ganz so grimmig.

Constance machte Victoria ein Zeichen. Zusammen schlüpften sie aus dem Kinderzimmer.

»Ich habe immer den Eindruck, Louis wird der Nanny gegenüber selbst wieder zum Kind«, sagte Constance lächelnd, während sie die Treppe hinuntergingen, und hakte sich bei Victoria ein. »Es fällt ihm immer sehr schwer, ihr zu widersprechen. Nun ja, trotz aller vorgeblichen Strenge liebt sie Josephine heiß und innig, und sie würde alles für sie tun. Ich bin ganz zuversichtlich, dass Gwynn und sie gut miteinander auskommen werden.«

»Ich glaube, Gwynn wird sich ihr gegenüber behaupten. Ach, ich hoffe so sehr, dass Josephine sie ein bisschen von ihrer Sorge um ihre Schwester und dem, was sie erlebt hat, ablenken wird.«

»Du hattest mich ja vorgewarnt. Aber als ich ihr schlimm zugerichtetes Gesicht sah …« Constance schüttelte den Kopf. »Was sind das nur für Menschen, die so etwas tun? Ja, ich hoffe auch, dass Gwynn hier ein bisschen Frieden finden wird.«

Sie hatten mittlerweile das Wohnzimmer durchquert und setzten sich auf der Terrasse auf eine Bank, die in der Sonne stand. Für Anfang November war es noch sehr warm. Unterhalb von ihnen erstreckte sich der Senkgarten mit seiner ausgedehnten Rasenfläche und den seitlichen Stauden- und Herbstblumenbeeten. Deren intensive Farben wiederholten sich im herbstlich verfärbten Laub der Bäume. Vögel zwitscherten. Das Haus und der Garten erschienen Victoria wie eine Oase des Friedens. London und seine Schrecken waren plötzlich ganz weit weg.

»Bestimmt wird es Gwynn guttun, hier zu sein«, erwiderte sie.

»Als ich dir und Jeremy angeboten habe, eure Flitterwochen auf Kincraighie House nachzuholen, hätte ich nie gedacht, in was für eine schreckliche Sache du dort hineingeraten würdest. Es tut mir so leid.« Constance blickte sie entschuldigend an.

»Das muss es wirklich nicht.« Victoria schüttelte den Kopf. »Wenn ich nicht dort gewesen wäre, würde wahrscheinlich niemand an Iósephs Unschuld glauben und ihn unterstützen. Außerdem finde ich Kincraighie House und die Gegend wunderschön.«

»Das Haus steht dir und Jeremy jederzeit offen. Hoffentlich könnt ihr dort irgendwann einmal ein paar unbeschwerte Wochen genießen.«

»Da bin ich sehr zuversichtlich.« Victoria sah zu, wie sich eine Amsel auf dem Zweig eines Essigbaums niederließ. »Lady Craven betrachtet sich übrigens als eine sehr enge Freundin von dir.«

»Ach du liebe Güte.« Constance lachte. »Du hast sie also kennengelernt.«

»Jeremy und ich waren zum Dinner auf Castle Fota, wir haben dort sogar übernachtet.«

»Der Abend war vermutlich ziemlich anstrengend.«

»Ja, aber vor allem, weil die verwitwete Lady Clarissa Davitt, vor ihrer Heirat Lady Clarissa Kimberley, dort ebenfalls zu Gast war.«

»Lady Clarissa Kimberley …« Constance runzelte nachdenklich die Stirn. »Bei dem Namen schlägt eine Glocke bei mir an …«

»Sie hat Jeremy am Ende seiner Schulzeit in Eton das Herz gebrochen.«

»Diese Lady Clarissa … Jetzt erinnere mich wieder. O mein Gott …« Constance schlug die Hand vor den Mund. Victoria hatte ihr im Frühjahr von Clarissa erzählt, denn Louis kannte sie auch. Er hatte mit Jeremy und ihrem Bruder Viscount Christopher Kimberley Eton besucht. »Wie war es für Jeremy, Lady Clarissa so plötzlich wiederzutreffen?«

»Er war völlig durcheinander. Was kein Wunder ist, so tief, wie sie ihn verletzt hat. Aber er liebt sie nicht mehr. Clarissa dagegen ist – davon bin ich fest überzeugt – noch immer an ihm interessiert. Ich habe selten einen Menschen so unsympathisch gefunden wie diese Frau. Sie ist arrogant und borniert und völlig herzlos. Allerdings ist sie leider auch wunderschön, ich kam mir in ihrer Gegenwart so klein und unförmig vor.«

»Schwanger zu sein steht dir sehr gut. Du bist hübsch wie immer.« Constance lachte. »Aber ich erinnere mich noch gut, dass ich mich in den letzten Wochen auch nicht mehr im Spiegel betrachten wollte. Wahrscheinlich spielt die Psyche dann manchmal ein bisschen verrückt. Geht es dir denn, davon abgesehen, gut?«

»Im Großen und Ganzen schon. Ich werde allmählich kurzatmig, wenn ich länger stehe, tut mir der Rücken weh, und meine Füße schwellen an. Na ja, das ist alles harmlos. Vor der Geburt fürchte ich mich allerdings schon …«

»Dank Chloroform war die Geburt von Josephine wirklich auszuhalten. Und bei dir wird es bestimmt nicht anders sein.« Constance drückte beruhigend ihre Hand.

Hoffentlich hat Constance recht, dachte sie. Wenig später verabschiedete sie sich von Gwynn, und der Chauffeur der Hogarths fuhr sie in ihre Wohnung zurück.

Hopkins stieg aus dem Abteil der ersten Klasse, wo er soeben überwacht hatte, dass der Gepäckträger die beiden Koffer auch richtig verstaute. »Ich werde rasch noch ein paar Zeitungen für die Reise besorgen«, erklärte er an Victoria und Jeremy gewandt. »Bis zur Abfahrt sind es ja noch zehn Minuten.« Zwischen den filigranen schmiedeeisernen Säulen, die das Dach der Euston Station trugen, und den Reisenden auf dem Bahnsteig verschwand er würdevollen Schrittes in Richtung der Läden.

Victoria war davon überzeugt, dass er ihr und Jeremy Zeit geben wollte, sich in Ruhe voneinander zu verabschieden. Hopkins war immer so taktvoll. Jetzt schon spürte sie wieder einen dicken Kloß im Hals. Sie legte ihre Hände auf Jeremys Brust. »Bevor du mir jetzt sagst, ich soll auf mich aufpassen, musst du mir versprechen, dass du auf dich achtgibst.«

»Das werde ich.« Jeremy nickte. Auch ihm war anzusehen, dass ihm der Abschied nicht leichtfiel.

»Und du wirst regelmäßig telegrafieren.«

»Das werde ich ebenfalls.«

Victoria zog Jeremy die Stufen hinauf in das Abteil, wo glücklicherweise noch niemand saß, und schloss die Tür. »Ich werde mich und das Kleine nicht in Gefahr bringen. Und, ach, ich wünschte so sehr, du könntest mitkommen.

Ich hoffe, dass du Siobhan bald findest und es ihr gut geht und …« Beschämt blinzelte sie die Tränen weg, die ihr in die Augen schossen.

»Schhh …« Es war einfach gut, dass Jeremy sie in den Arm nahm und festhielt. Einen Moment lang standen sie einfach so da, und Victoria fand es beruhigend, den rauen Tweed seines Jacketts an ihrer Wange zu spüren und den so vertrauten Geruch nach Pfeifentabak zu riechen. Schließlich berührte Jeremy zärtlich ihren Leib. »Ich freu mich auf dich, Kleines«, sagte er leise. Sie lächelten sich an. Dampf und Rauch wehten an den Fenstern vorbei und machten ihnen klar, dass bis zur Abfahrt nicht mehr viel Zeit vergehen würde.

»Eine Bitte habe ich noch«, sagte Jeremy nun rasch.

»Ja?«

»Erwähne McEvoy gegenüber nicht, dass ich für die Geheimabteilung arbeite, und sag ihm auch nicht, dass ich nach Siobhan suche. Solange ich nicht sicher sein kann, dass er nichts mit der Irischen Republikanischen Bruderschaft zu tun hat, möchte ich nicht, dass er etwas Wichtiges über mich weiß.«

»Ich werde es für mich behalten.« Victoria nickte, während sie Jeremys Kopf zu sich zog. Der Kuss war innig und schon von der Trennung überschattet, und wieder spürte sie Tränen in den Augen. Viel zu schnell hörten sie Hopkins auf dem Bahnsteig etwas zu einem der Schaffner sagen.

Gleich darauf trat er, einen Stapel Zeitungen unter dem Arm, in das Abteil. »Ich wünsche Ihnen alles Gute Sir«, erklärte er. Doch trotz seiner wie immer gefassten Stimme, wirkte auch er etwas aufgewühlt.

»Danke, Hopkins.« Jeremy lächelte schwach. »Passen Sie gut auf Miss Victoria auf!«

»Das werde ich ganz sicher, Sir.«

»Einsteigen!«, schallte es über den Bahnsteig. »Einsteigen, bitte!«

Jeremy sprang nach draußen und schlug die Tür zu.

Nun ertönte ein durchdringender Pfiff, und der Zug setzte sich in Bewegung. Nur zu schnell konnte Victoria Jeremy nicht mehr sehen.

»Sir Arthur hat kurz Zeit für Sie, Sir.«

Der behäbige Sergeant wandte sich von oben herab an Jeremy. Ihm war deutlich anzumerken, dass er für Journalisten nichts übrighatte und der Commissioner sich diese Unterhaltung ruhig hätte sparen können. Unter dem Vorwand, Sir Arthur für eine Recherche für den *Spectator* sprechen zu wollen, war Jeremy in Scotland Yard erschienen, wo er eine Weile in der Wachstube hatte warten müssen. Die Polizisten kannten ihn als Journalisten, tatsächlich hatte er den Commissioner auch schon öfter für den *Spectator* interviewt. Also würde niemandem dieser Besuch auffallen.

Ein Constable geleitete Jeremy durch die von Gaslampen erhellten, in einem tristen Grün gestrichenen Korridore und dann eine Treppe hinauf. Mittlerweile war es später Abend. *Victoria und Hopkins sind bestimmt schon auf dem Fährschiff in Liverpool eingetroffen*, dachte er und wünschte sich einmal mehr, er hätte Victoria begleiten können. Sie hatte versprochen, sich nicht in Gefahr zu begeben, und er wusste, dass sie dies ehrlich gemeint hatte. Aber sie war nun einmal extrem impulsiv. Er empfand Sehnsucht und Sorge, und wie so oft, wenn seine Frau unbedingt ihren Willen durchsetzen wollte, machte sie ihn schier wahnsinnig. Was seiner Liebe zu ihr allerdings keinen Abbruch tat.

Nun waren sie im obersten Stockwerk angelangt. Feiner Sprühregen rann am Treppenfenster herab. Dahinter waren schemenhaft die Regierungsgebäude von Whitehall zu erkennen.

»Sir, da wären wir.« Der Constable klopfte an die Tür zum Büro des Commissioners, um ihn anzukündigen.

Schon als Jeremy den Raum betrat, spürte er, dass etwas nicht in Ordnung war. Sir Arthur, der sonst immer äußerst selbstbeherrscht war, strahlte eine tiefe Frustration aus.

»Ich nehme an, Sie sind wegen der Razzia in dem Bordell in der Mile End Road gekommen, Ryder?«

»Ja, Sir. Ergaben die Verhöre schon irgendwelche Erkenntnisse?«

»Nein, denn die Razzia fand nicht statt.«

»Sir?«

Sir Arthur lehnte sich in seinem Schreibtischstuhl zurück. Im Deckenlicht wirkten seine kantigen Gesichtszüge noch schroffer als sonst. »Verzeihen Sie, Ryder, meine Wortwahl war nicht ganz präzise. Es gab eine Razzia. Mehr als eine Durchsuchung der Räume war jedoch nicht möglich, denn keine Menschenseele hielt sich in dem Bordell auf. Alle waren ausgeflogen. Unter meinen engsten Mitarbeitern habe ich, so scheint es, einen Spitzel. Mehr als zwei Stunden waren von der Besprechung bis zur Ankunft der Polizisten in dem Bordell nicht vergangen. Ich habe mir sagen lassen, auf dem Herd in der Küche stand noch ein heißer Topf, die Laken in den Zimmern der Prostituierten waren noch warm.«

»Aber die Aufseherin, die Prostituierten und die Hausknechte können doch nicht spurlos verschwunden sein.« Jeremy fühlte sich wie vor den Kopf geschlagen.

»Die Nachbarn wurden befragt, Kutscher … Alles bisher ohne Ergebnis.«

»Sie werden noch weitere Bordelle durchsuchen lassen, Sir?«

»Ja, und dieses Mal werde ich auf verlässliche Mitarbeiter der Geheimabteilung zurückgreifen.« Sir Arthur lächelte schwach. »Ich mag zwar offiziell nicht mehr deren Leiter sein, über die Kontakte verfüge ich dennoch. Und solange es mir irgend möglich ist, werde ich sie nutzen. Sind Sie denn bei Ihrer Suche nach jenem ominösen Bordell irgendwie weitergekommen, Ryder?«

»Nein, auch deshalb habe ich gehofft, dass die Verhöre vielleicht irgendeinen Anhaltspunkt ergeben hätten.«

Sir Arthur schwieg einen Moment. »Ich habe in meiner Tätigkeit als Commissioner und als Leiter der Geheimabteilung schon einiges erlebt, Ryder«, sagte er dann. »Aber diese Sache macht mir Angst. Irgendetwas wirklich Böses geht da vor sich. Und ich habe noch nicht einmal ansatzweise eine Ahnung, wer die Drahtzieher sind.«

DREIUNDZWANZIGSTES KAPITEL

Victoria sah fasziniert aus dem Zugfenster. Wieder konnte sie sich an der Landschaft nicht sattsehen. Die Sicht auf die Twelve Bens begleitete sie immer noch. Doch nun waren auch niedrigere Gipfel in ihr Blickfeld gerückt. Im Sonnenschein hatten die braunen und grünen Farben der Berge und Wiesen eine beinahe schmerzliche Intensität, ähnlich wie von Hand kolorierte Postkarten und Fotografien. Zwischen den erdigen Tönen flammte das Rot und Gelb des Herbstlaubs auf, und wo sich die Wasserläufe um Felsen und Steine brachen, schillerten die Wellen in allen Regenbogenfarben.

Der Zug hielt nun an dem hübschen kleinen Bahnhof Maam Cross, wo mit Körben und Tragegestellen bepackte Dörfler darauf warteten, mitgenommen zu werden. Wie so oft an den Bahnhöfen Irlands schnatterten Hühner und Gänse in aus Weidenzweigen geflochtenen Käfigen. Ein Mann führte sogar ein Maultier am Halfter, das er jetzt, mithilfe der anderen Reisenden, in einen Gepäckwagen bugsierte. Das weiß gekalkte Bahnhofsgebäude mit seinem roten Ziegeldach entfernte sich aus Victorias Blickfeld. Zwischen niedrigen Häusern schimmerte etwas tiefblau – ein in die Hänge eingebetteter See. Schafe grasten auf den von

Hecken und Steinmauern überzogenen Hängen am Ufer, da und dort duckten sich Cottages unter windgebeugten Bäumen.

Am Vortag war sie wieder in Kincraighie House angekommen. Im Kingsbridge Terminus in Dublin hatten sie und Hopkins sich getrennt. Sie war an die Westküste weitergereist, Hopkins hatte einen Abstecher in die Wicklow Mountains weiter südlich an der Ostküste unternommen, um den Direktor des Armenhauses von Rathdrum zu befragen. Zu ihrer Erleichterung war am Vorabend ein Telegramm von McEvoy in Kincraighie House eingetroffen. Sie durfte Ióseph noch einmal mit ihm zusammen besuchen.

Hoffentlich ist der Junge inzwischen nicht mehr ganz so bedrückt, dachte sie. Ob Jeremy bei seiner Suche nach Siobhan weitergekommen war? Wie schön, dass durch das Kleine ein Teil von ihm bei ihr war. Sie saß ganz still da und horchte in sich hinein, und als hätte das Kind ihre Aufmerksamkeit gespürt, bewegte es sich. Für einen Moment fielen alle Anspannung und Sorge von ihr ab, und sie war einfach nur glücklich.

Eine ganze Weile war die Eisenbahn wieder auf ihrem Gleis durch Wiesen und Felder gefahren. Nun tauchte erneut ein See an der Zugstrecke auf – der Lough Corrib. Galway war jetzt nicht mehr weit entfernt. Brauereien, kleine Industrieanlagen und Wohnhäuser besiedelten in größeren Abständen das Ufer. Wenig später überquerte der Zug einen Viadukt über dem River Corrib. Er verringerte seine Geschwindigkeit noch mehr und fuhr gleich darauf in den Bahnhof von Galway ein.

Victoria freute sich, McEvoys große Gestalt unter den Menschen am Gleis zu sehen. Sie winkte ihm zu. Ein Lächeln erschien auf seinem Gesicht, als er sie hinter dem

Fenster bemerkte. Er eilte an den Wagen entlang und stand, als der Zug zum Halten kam, direkt vor ihrem Abteil. Sie war dankbar, als er ihr die Hand reichte, um ihr die Stufen hinunterzuhelfen, denn wieder einmal fühlte sie sich, der fortgeschrittenen Schwangerschaft wegen, unbeholfen.

»Leider gibt es eine Komplikation«, sagte McEvoy, als sie sich begrüßt hatten. »Im Gefängnis findet eine kurzfristig anberaumte Inspektion statt. Deshalb verschiebt sich unser Besuch bei Ióseph um ein paar Stunden. Dürfte ich Sie zum Lunch einladen? Am Lough Corrib, nicht weit von Galway entfernt, gibt es ein sehr schön gelegenes Hotel mit einem guten Restaurant. Dort ließe sich die Wartezeit angenehm überbrücken.«

»Natürlich, sehr gern«, erwiderte Victoria lächelnd. »Sie scheinen gutes Essen zu schätzen. Nicht dass ich dem abgeneigt wäre.« Tatsächlich hatte sie, trotz des vorzüglichen Frühstücks auf Kincraighie House, schon wieder Hunger.

»Ich muss gestehen, es ist eines meiner Laster. Ebenso wie meine Liebe zu Automobilen.« McEvoy grinste jungenhaft.

»Wie geht es denn Ióseph?« Victoria war wieder ernst geworden.

»Seit ein paar Tagen arbeitet er in einer Gefängniswerkstatt, wo die Inhaftierten Fischernetze knüpfen. Es tut ihm gut, aus seiner Zelle herauszukommen, sein seelischer Zustand ist nicht mehr gar so instabil. Aber natürlich ist er immer noch deprimiert.«

Sie hatten jetzt McEvoys Automobil erreicht, das vor dem Bahnhof parkte. McEvoy öffnete Victoria die Beifahrertür, und sie ließ sich auf den ledernen Sitz gleiten. Es war Markttag, auf den Straßen herrschte viel Betrieb – Pferdekarren und Leiterwagen zockelten hintereinander her, dazwischen suchten sich Fahrradfahrer und Fußgänger ihren Weg. McEvoy konzentrierte sich auf den Verkehr, bis sie das Stadtzentrum hinter sich gelassen hatten und am River Corrib entlangfuhren.

»In Dublin waren Sie und Ihr Butler ja sehr erfolgreich.« Er wandte sich Victoria zu, sie hatte ihn in einem Brief über ihre Nachforschungen dort unterrichtet. »Konnten Sie denn in London noch mehr über Kathleen O'Failin herausfinden?«

»Ja und nein.« Victoria veränderte ihre Sitzposition, um ihren wieder einmal schmerzenden Rücken zu entlasten. »Bei der Suche nach dem Bordell, in dem Kathleen zur Prostitution gezwungen wurde, traf ich auf eine junge Frau namens Gwynn. Ich hatte sie in meinem Brief erwähnt. Sie und ihre jüngere Schwester erhielten ebenfalls das Angebot, eine Stelle als Dienstmädchen in London anzutreten. Wie Hopkins und ich schon befürchtet hatten, war dies ein Vorwand dafür, sie in ein Bordell zu locken. Glücklicherweise konnte ich ihr zur Flucht verhelfen. Es war Zufall, dass ich zur rechten Zeit am rechten Ort war.«

»Mein Gott …« McEvoy warf Victoria einen raschen erschrockenen Blick zu, ehe er seine Aufmerksamkeit wieder der Straße zuwandte. »Das klingt, als hätten Sie sich in Gefahr gebracht.« Er hörte sich aufrichtig besorgt an.

Victoria ersparte es sich zu sagen, dass Jeremy ebenfalls dieser Ansicht war. »Es waren Leute in der Nähe, die mir sicher zu Hilfe gekommen wären«, wiegelte sie ab.

»Und Gwynns jüngere Schwester?«

»Sie ist einige Tage vorher an einen anderen Ort verschleppt worden. Dort werden besonders schöne junge Frauen gefangen gehalten, die Freiern mit perversen Gelüsten zu Diensten sein müssen. Es deutet alles darauf hin, dass

Kathleen das gleiche Schicksal teilte und von dort fliehen konnte.«

»Sie erwähnten in Ihrem Brief, dass Kathleen Unsägliches angetan wurde«, sagte McEvoy leise.

»Ja …« Wieder erschien es Victoria unfassbar, dass Menschen so grausam sein konnten.

Einige Minuten fuhren sie schweigend am Ufer des Lough Corrib weiter. Die Gegend war nun ganz ländlich. Die Oberfläche des Sees war fast glatt und reflektierte den Himmel und die umliegenden Berge wie ein Spiegel.

»Gibt es denn Anhaltspunkte, wo sich dieses …«, McEvoy zögerte kurz, »… sehr spezielle Bordell befindet?«

»Gwynn konnte leider nur sehr vage Angaben machen. Mein Gatte hat mittlerweile die Polizei verständigt.«

»Verzeihen Sie die Frage …«, McEvoy warf ihr wieder einen schnellen Blick von der Seite zu, »… aber mir als Ihrem Ehemann wäre es alles andere als lieb zu wissen, dass Sie sich in Gefahr begeben. Noch dazu in Ihrem Zustand.«

Jetzt waren sie doch auf das heikle Thema zu sprechen gekommen. »Wir hatten deshalb einen heftigen Streit«, gab Victoria zu. »Mr. Ryder muss wegen einiger dringender Geschäfte noch ein paar Tage in London bleiben. Doch sobald es ihm möglich ist, wird er nach Irland reisen und mich unterstützen. Bis dahin habe ich versprechen müssen, auf mich aufzupassen.«

»Sie scheinen eine sehr bemerkenswerte Ehe zu führen.«

»Ja, das tun wir.« Wieder war Victoria dankbar, dass ihr Jeremy die Freiheit ließ, ihre eigenen Entscheidungen zu treffen, und dass sie sich unbedingt auf ihn verlassen konnte.

»Jedenfalls hoffe ich ebenfalls sehr, dass Sie sich an Ihr Versprechen halten und sich nicht in Gefahr begeben«, sagte

McEvoy nun mit einem Lächeln. Hinter einer Kurve war ein großes Gebäude aus massivem grauem Stein sichtbar geworden. Drei Giebelwände gliederten die Fassade, wie es in jakobinischer Zeit Mode gewesen war, hohe Schornsteine krönten das Dach. An einer Seite rankte rot verfärbter wilder Wein empor, er hatte die gleiche Farbe wie die Eingangstür. McEvoy stellte das Automobil auf der Wiese vor dem Gebäude ab. »Jetzt im Herbst wird das Hotel hauptsächlich von Jägern und Anglern besucht«, sagte er. »Der Lough Corrib ist berühmt für seinen Fischreichtum.«

Victoria und er gingen zum Eingang, als ein Landarbeiter, der einen Schubkarren vor sich herschob, ihren Weg kreuzte. Der Mann nickte McEvoy auf eine, so erschien es Victoria, irgendwie verstohlene Weise zu. Als würden sie sich kennen, und niemand sollte es wissen. Ob McEvoy doch etwas mit der Irischen Republikanischen Bruderschaft zu tun hatte? Rasch sah Victoria ihn an. Doch seine Miene war ganz unbefangen. Vielleicht hatte ihr Eindruck sie ja auch getäuscht.

Der Speisesaal war vermutlich einmal die Halle des Herrenhauses gewesen. Dunkle Holzbalken durchzogen die Decke, ein Wappen krönte den riesigen Kamin, in dem dicke Holzscheite glommen. McEvoy steuerte auf einen Tisch am Fenster zu. Jetzt, um die Mittagszeit, waren nur wenige Gäste anwesend. Die meisten waren wahrscheinlich draußen unterwegs. Einige Angler saßen in ihren Booten auf dem See, in der Ferne glaubte Victoria Schüsse zu hören. Von einer Insel stoben Vögel auf. Die Formation Wildgänse, die über das jenseitige Ufer flog, war glücklicherweise unerreichbar für die Jäger.

»Werden Sie in der nächsten Zeit noch einmal nach Dublin reisen?«, erkundigte sich McEvoy, nachdem sie

Platz genommen hatten und ihnen ein Kellner die Speisekarten gereicht hatte.

»Das hängt ein bisschen davon ab, was Hopkins in Rathdrum, im County Wicklow, herausfindet. Gwynn und Siobhan waren dort vor ihrer Zeit in Dublin in einem Armenhaus.«

»Ich werde in Kürze dorthin aufbrechen und meine Verwandten besuchen. Kontaktieren Sie mich doch bitte, falls Sie sich in der Stadt aufhalten.«

»Das werde ich ganz sicher tun.« Victoria nickte. »Können Sie mir denn wieder ein Gericht empfehlen?«

»Der Irish Coddle, ein Eintopf mit Wurst, Kartoffeln und Gemüse ist sehr gut.« McEvoy lachte. »Und jetzt, während des Essens, sollten uns die Grausamkeiten dieser Welt für kurze Zeit nicht beschäftigen.«

Einige Stunden vorher war Hopkins zielstrebig durch den Bahnhof von Rathdrum geschritten. Eigentlich hatte er schon am Vortag hier eintreffen wollen. Doch ein Erdrutsch südlich von Dublin hatte seine Weiterreise um Stunden verzögert. Deshalb hatte er die Nacht in einem Hotel in Arklow verbracht, einer kleinen Stadt an der Irischen See, die sich ruhig und graublau bis zum Horizont erstreckte, ganz anders als der windgepeitschte Atlantik im Westen der Grünen Insel. Von Arklow aus hatte er dann am Morgen den Zug nach Rathdrum genommen. Die Gegend um die Wicklow Mountains, durch die die Fahrt führte, war wild und ursprünglich, die Berghänge waren schroff und von Felsen durchsetzt. Manche Bäume standen ganz dicht an den Gleisen.

Vor dem Bahnhof schloss Hopkins den obersten Knopf

seines Mantels, denn es wehte ein frischer Wind. Das Dorf lag hoch an einem der Hänge. Im Tal schlängelte sich ein Fluss durch eine Kiesbank. Eine Straße, an der einige Gasthäuser und Läden lagen, führte auf eine aus grauem Stein erbaute Kirche zu. Dort in der Nähe befand sich – so hatte ein Mitreisender ihm gesagt – das Armenhaus, in dem Gwynn und Siobhan gelebt hatten, bevor sie sich voller trügerischer Hoffnungen auf ein besseres Leben nach Dublin begeben hatten.

Vor der Kirche mit ihrem viereckigen, gedrungenen Turm blickte Hopkins sich suchend um. Auf der anderen Seite einer ausgedehnten Wiese entdeckte er ein größeres, ebenfalls aus grauem Stein errichtetes Gebäude. Es strahlte etwas Amtliches aus. Tatsächlich hing neben dem schmiedeeisernen Tor ein Schild, das es als das Rathdrum Workhouse auswies.

Anders als in Dublin bewachten keine mit Stöcken bewaffneten Zerberusse den Eingang. Der Andrang der Hilfe suchenden Armen schien auf dem Land nicht so groß zu sein wie in der Hauptstadt. Da auf sein Klopfen niemand reagierte, öffnete er die massive Holztür und stand nun in einer kleinen, schattigen Halle. Er überlegte noch, wohin er sich wenden sollte, als ein Mann die Treppe heruntergeeilt kam. Er trug einen weißen, runden Kragen um den Hals und einen schwarzen Anzug statt einer Soutane – was ihn als einen anglikanischen Priester auswies.

»Was kann ich für Sie tun, Sir?«, wandte er sich an Hopkins.

Der Mann war noch recht jung, vielleicht Anfang dreißig, hatte weiche Gesichtszüge und braune, ein wenig hervortretende Augen. Er machte auf Hopkins einen eifrigen, wenn auch etwas unsicheren Eindruck.

»Ich würde gern den Direktor, Mr. Newman, in einer vertraulichen Angelegenheit sprechen«, erwiderte Hopkins knapp.

»Oh, es tut mir sehr leid, Sir. Aber Mr. Newman ist vor zwei Monaten bedauerlicherweise an einem plötzlichen Schlaganfall verschieden. Kann ich Ihnen vielleicht weiterhelfen? Ich leite das Armenhaus kommissarisch, bis ein neuer Direktor gefunden ist.«

»Oh, tatsächlich? Mr. Newman ist verstorben?« Hopkins musste seine Enttäuschung nicht spielen. »Nun, mein Name ist Hopkins. Ich bin Anwalt und im Auftrag einer großen Dubliner Kanzlei tätig.« Er reichte dem Pfarrer eine Visitenkarte, die er sich vorsorglich in London hatte drucken lassen. »Vor wenigen Tagen wurden wir von einem Anwaltsbüro aus Pittsburgh, Pennsylvania kontaktiert. Die dortigen Kollegen sind die Testamentsvollstrecker eines gewissen Mr. O'Brien, der sein nicht unbeträchtliches Vermögen seinem irischen Großneffen vermachte.«

»Was für eine wundersame Fügung des Himmels!«

»Leider ist dieser Großneffe Jakob O'Brian bereits verstorben, wie ich erfuhr, als ich sein Dorf aufsuchte. Das Erbe geht auf seine Töchter Gwynn und Siobhan über. Diese, so teilten mir die früheren Nachbarn mit, sollen hier in dem Armenhaus leben.«

»Gwynn und Siobhan O'Brian?« Der Pfarrer runzelte überrascht die Stirn. »Diese Namen habe ich noch nie gehört. Ich habe die Pfarrstelle allerdings auch erst seit ein paar Wochen inne. Es ist überhaupt meine allererste Pfarrstelle«, fügte er fast entschuldigend hinzu. »Oh, Miss O'Maley«, er drehte sich zu einer großen, dünnen Frau um, die nun die Halle betrat, »sagen Ihnen die Namen Gwynn und Siobhan O'Brian etwas?«

»Zwei sehr hübsche und anstellige Mädchen, Reverend Thimoney, mit wirklich guten Anlagen. Mr. Newman empfahl sie vor etwa einem halben Jahr an ein Armenhaus in Dublin weiter. Er wollte ihnen so zu Stellen als Dienstmädchen in großen Häusern verhelfen.« Neugierig blickte die Frau zwischen Hopkins und dem Reverend hin und her.

»Wie überaus fürsorglich von dem früheren Direktor. Können Sie mir denn den Namen jenes Armenhauses nennen?«, täuschte Hopkins Unwissen vor. Je nachdem, wie die Antwort ausfiel, musste er improvisieren.

»Es liegt im Norden der Stadt. Die Straße habe ich leider vergessen.« Die Frau schüttelte den Kopf. »Brown Street vielleicht. Oder Brunswick Road …«

»Gewiss gibt es eine Korrespondenz zwischen Mr. Newman und dem Direktor des Armenhauses in Dublin«, sagte er rasch. »So müsste sich die dortige Adresse herausfinden lassen. Dürfte ich sie vielleicht einsehen? Meine Kanzlei ist selbstverständlich gern bereit, die Hilfsbereitschaft dieses Armenhauses mit einer großzügigen Spende zu honorieren.«

»Wir unterstützen Sie auch um Gotteslohn, Sir«, entgegnete der Reverend und faltete fromm die Hände. »Uns liegt alles daran, die beiden jungen Mädchen zu finden, denen der Herr ein so glückliches Schicksal zugedacht hat. Aber Spenden für die Armen sind natürlich immer willkommen. Wenn Sie mir bitte folgen möchten, Sir?«

Während Hopkins hinter dem Pfarrer die Treppe hinaufschritt, hoffte er sehr, dass der Briefwechsel zwischen den beiden Direktoren mehr enthalten würde als die Adresse des Armenhauses in der North Brunswick Street.

»Nehmen Sie doch bitte Platz, Mr. Hopkins.« Im Büro des Direktors wies der Reverend auf einen Stuhl vor dem Schreibtisch und begann dann, Aktenordner aus einem Regal zu nehmen und darin zu blättern. »Vor etwa einem halben Jahr wurden die O'Brian-Mädchen nach Dublin geschickt, nicht wahr? Die Wege des Herrn sind wirklich wunderbar. Ein reiches Erbe für zwei junge Mädchen, die in einem Armenhaus leben mussten. Dies bestärkt mich einmal mehr in dem Glauben an die Vorsehung.«

»Ja, in der Tat …« Hopkins hüstelte.

Er war zwar durchaus ein Anhänger der englischen Staatskirche. Allzu naive Pfarrer wie der junge Reverend waren jedoch nicht nach seinem Geschmack. Vor den Fenstern wechselten Wolken und Sonne in rascher Folge am Himmel, ließen die Berge der Wicklow Mountains düster und archaisch und dann wieder freundlich erscheinen.

»Hier habe ich die Korrespondenz aus den ersten Monaten dieses Jahres. Und hier von Anfang März ein Schreiben an Mr. Newman.« Der Reverend trug einen Aktenordner zum Schreibtisch und wies auf einen kurzen Brief.

Sehr geehrter Mr. Newman,

die beiden Schwestern Gwynn und Siobhan O'Brian wurden mir von mehreren Seiten als klug, fromm und gelehrig empfohlen. Mich dünkt, dass es ihnen von Gott bestimmt ist, ein besseres Leben zu führen als das einer Magd oder einer Arbeiterin – worauf ja gemeimhin der Aufenthalt von jungen Frauen in einem Armenhaus ausgerichtet ist. Mr. Osiah Bowen, der Direktor des Dubliner Armenhauses in der North Brunswick Street, ist ein gottesfürchtiger Mann. Er hat es sich zur Aufgabe gemacht, Frauen wie die beiden Schwestern O'Brian zu fördern und ihnen zu An-

stellungen als Dienstmädchen in respektablen Haushalten zu verhelfen. Ich lege diesem Brief drei Pfund bei. Damit sollen die Reisekosten der beiden jungen Mädchen nach Dublin bestritten und etwaige, durch ihren Weggang entstehende Verdienstausfälle für Ihr Haus beglichen werden.

Es grüßt Sie respektvoll wie immer, S.

»Wer ist ›S‹?« Fragend blickte Hopkins den Reverend an.

»Ich schätze, ein anonymer Wohltäter.« Der Pfarrer öffnete einige Schubladen des Schreibtisches und kramte darin herum. »Hier habe ich das Kassenbuch von diesem und letztem Jahr. Mr. Newman war in derartigen Dingen immer sehr genau. Unter dem 2. März 1908 sind drei Pfund verzeichnet und dahinter der Buchstabe ›S‹ sowie das Wort ›Samariter‹. Diesen Namen hat Mr. Newman dem anonymen Wohltäter wohl entsprechend seinem Kürzel verliehen.«

»Und Sie haben keinerlei Ahnung, wer sich hinter dem guten Samariter verbirgt?«

»Nein.« Der junge Pfarrer riss erstaunt die braunen Augen auf. »Wie ich schon sagte, ich bin noch nicht lange in Rathdrum tätig.«

Hopkins glaubte ihm. »Dürfte ich einmal sehen?« Er nahm dem Reverend kurzerhand das Kassenbuch aus der Hand. »Vielleicht möchten sich die O'Brian-Schwestern ja bei dem Wohltäter bedanken. Deshalb könnte es interessant sein zu erfahren, wer er ist.«

Etwa eineinhalb Jahre hatten die beiden jungen Frauen in dem Armenhaus in Rathdrum gelebt, hatte Gwynn gesagt. Ungefähr sechs Wochen nach ihrer Ankunft war eine erste Spende des Samariters über zwei Pfund für Arzneimittel eingegangen. Dann, wieder einen Monat später, eine über ein Pfund für religiöse Schriften, und schließlich gab es eine weitere Spende im Wert von drei Pfund für Bettwäsche und Matratzen. So wie es aussah, hatte der anonyme Wohltäter systematisch daran gearbeitet, sich das Vertrauen des verstorbenen Mr. Newman zu erwerben, damit dieser nicht misstrauisch wurde und Gwynn und Siobhan ohne zu zögern nach Dublin schickte. Doch der Samariter musste gewusst haben, dass die Schwestern sehr anziehend waren, und sie deshalb zu Prosituierten auserkoren haben. Nur, woher kannte er sie?

»Haben Sie einen Hinweis entdeckt, Sir?« Der Reverend konnte seine Neugier nicht länger bezwingen.

»Leider nicht.« Hopkins schüttelte bedauernd den Kopf.

»Nun, dem Samariter winkt ja ohnehin der Lohn im Himmelreich, weshalb er auf irdischen Dank nicht angewiesen ist.« Der Pfarrer lächelte wieder fromm.

»Es gibt doch sicher ein Komitee, das dieses Armenhaus beaufsichtigt?«

»Ja, selbstverständlich!«

»Wer sind denn die Mitglieder?«

»Honoratioren aus der Gegend. Denken Sie, einer von Ihnen könnte der Wohltäter sein?«

»Nun, möglicherweise ...« Hopkins hatte mehr aus einer Intuition heraus gefragt.

»Lord Bale zählt zu den Mitgliedern, und Mr. Cavendish, ein Webereibesitzer. Außerdem Doktor O'Neill, der örtliche Arzt, Lady Grattan sowie Mr. Strafford, der Eigentümer einer Brauerei. Alle sind sie sehr an dem Armenhaus und dem Schicksal seiner Bewohner interessiert, das kann ich nicht genug unterstreichen.«

Einer der Namen kam Hopkins bekannt vor. Doch er benötigte einen Moment, ehe er begriff. »Lady Grattan? Sprechen Sie von der Gattin des ... Earl of Grattan, des Abgeordneten der Konservativen Partei für einen Wahlbezirk im County Galway?«

»Ja, allerdings, Sir. Lady Grattan ist auf einem Landsitz hier in der Nähe aufgewachsen. Sie hat das Gut in die Ehe eingebracht und verbringt hier öfter ihre Zeit. Lord Grattan, obwohl kein offizielles Mitglied des Komitees, ist an dem Armenhaus auch sehr interessiert.«

Lord Grattan hatte wenige Tage, nachdem Kathleen im Moor ermordet worden war, an der Abendgesellschaft auf Castle Fota teilgenommen. Hopkins hatte Mühe, seine Aufregung zu verbergen. Hatte er sich vielleicht schon vorher in der Gegend von Clifden aufgehalten? Und – war er der mysteriöse Samariter? Endlich gab es eine brauchbare Spur.

Wieder fühlte sich Victoria beklommen, als sie mit McEvoy das Gefängnis in Galway betrat, und sie hatte plötzlich Angst, dass es weitere Schwierigkeiten geben würde. Doch ein Wärter geleitete sie durch die langen Korridore zu dem zellenartigen Raum, in dem auch ihre letzte Begegnung stattgefunden hatte. McEvoy schenkte ihr ein aufmunterndes Lächeln, und sie entspannte sich endgültig. Ihr Unbehagen war völlig unbegründet. Niemand würde sie in diesem Gefängnis festhalten.

Gleich darauf wurde Ióseph hereingeführt. Sein Blick hellte sich auf, als er sie sah. Er schien noch magerer geworden zu sein, aber er wirkte nicht mehr gar so apathisch.

»Ach, Ióseph, ich bin so froh, dass ich dich wieder besuchen kann.« Victoria reichte ihm die Hand. »Ich hoffe, man behandelt dich gut.«

»Ich darf in der Werkstatt arbeiten und Netze knüpfen. Und einmal am Tag darf ich im Gefängnishof umherlaufen.

Ich bin gern draußen. Mir fehlt nur das Moor. Und mir fehlt Moira.«

Der junge Mann ließ den Kopf hängen. Wieder übersetzte McEvoy seine Worte aus dem Gälischen ins Englische.

»Ich kann deine Gefühle gut verstehen. Wir wissen noch nicht, wer Moira umgebracht hat. Aber wir haben einiges über sie herausgefunden, was uns hoffentlich bald zu ihrem Mörder führen wird. Wie du gesagt hast, lebte sie eine Zeit lang in einem Armenhaus in Dublin. Ihr richtiger Name war Kathleen O'Failin.«

»Aber … Warum hat sie sich mir gegenüber dann Moira genannt?« Ióseph Miene spiegelte Unverständnis wider.

»Das weiß ich nicht genau. Ich kann da nur mutmaßen. Kathleen hat in London Schlimmes erlebt. Vielleicht wollte sie ihren alten Namen ablegen, um all das Schreckliche hinter sich zu lassen«, versuchte Victoria sich an einer psychologischen Erklärung. »Möglicherweise hatte sie auch Angst, dass ihren Peinigern ihr Name zu Ohren kommen könnte und man sie so finden würde.«

»Hatte Moira wegen der furchtbaren Erlebnisse in London die Albträume?«

»Ja, höchstwahrscheinlich.«

»Was hat man ihr denn angetan?«

Victoria schluckte. »Das erzähle ich dir später einmal.« Auf keinen Fall wollte sie Ióseph jetzt mit den Grausamkeiten belasten, denen Kathleen ausgesetzt gewesen war. Dazu war er seelisch nicht stabil genug. »Ist dir vielleicht noch irgendetwas eingefallen, das uns helfen könnte, den Mörder zu finden?«, fügte sie rasch hinzu, denn sie wollte den jungen Mann unbedingt ablenken.

»Nein …«

Victoria glaubte, ein leichtes Zögern wahrgenommen zu haben.

»Ióseph?«, hakte sie nach und legte ihm die Hand auf den Arm.

»Es ist bestimmt nicht wichtig …« Seine Stimme klang unsicher.

»Sag es mir doch bitte einfach.«

»Ein paar Tage, bevor Moira …«, er stockte, »… getötet wurde, habe ich versucht, ein wildes Pony im Moor einzufangen. Da war ein Aufblitzen, wie wenn Sonnenlicht auf ein Fernglas fällt. Dann habe ich einen Mann bemerkt. Er hat in Richtung des Weilers geblickt.«

»Konnte er Moira, ich meine Kathleen, sehen?«

»Das weiß ich nicht.« Ióseph blickte sie unglücklich an. »Ich war zu weit von dem Weiler entfernt, und er stand auf einer kleinen Anhöhe. Wahrscheinlich hat der Mann nach Vögeln Ausschau gehalten. Er hatte ein Gewehr umhängen.«

»Wie sah er denn aus?«

Ióseph dachte nach. »Er war groß.«

»Ist dir noch etwas im Gedächtnis geblieben?«

»Nein, ich habe nicht weiter auf ihn geachtet, ich wollte ja das Pony fangen.«

»Kannst du dich noch daran erinnern, an welchem Tag das war?«

Ióseph überlegte.

»Ich versuche es einmal mit dem Namenstag von Heiligen«, sagte McEvoy und stellte eine Frage auf Gälisch. Ióseph antwortete sogleich.

»Er sah den Mann am Tag des heiligen Coloman«, übersetzte McEvoy.

»Und das ist …?«

»Der 13. Oktober.«

»Das wissen Sie auswendig?«

»Ich bin nun einmal katholisch«, erwiderte McEvoy mit einem Lächeln. »Da kennt man die Sterbetage der irischen Heiligen.«

Drei Tage später war Kathleen ermordet worden. Gut möglich, dass jener Mann mit dem Gewehr sie wiedererkannt hatte. Victoria sah McEvoy an, dass auch ihm dieser Gedanke durch den Kopf ging.

Müde stieg Victoria am Abend vor Kincraighie House aus der Kutsche. Es tat ihr gut, die anheimelnd hell erleuchteten Fenster zu sehen. *Wir sind zu Hause*, sagte sie in Gedanken zu ihrem Kleinen. Tatsächlich betrachtete sie das Anwesen mittlerweile ein bisschen als eine Heimat.

Nach dem Besuch bei Ióseph hatten sie und McEvoy noch über den mysteriösen Mann im Moor gesprochen. Beide waren sie der Ansicht zugeneigt, dass er kein Jäger gewesen war. Vielleicht hatte er Kathleen entdeckt und dann einige Tage später ermordet. Oder er hatte ihrem Mörder mitgeteilt, wo sie zu finden war. Beide Vorstellungen waren schrecklich.

»Mrs. Bredon-Ryder, wie schön, dass Sie wieder da sind! Ich hoffe, die Rückfahrt verlief reibungslos? Ja? Wie gut …« Mrs. Evans begrüßte sie in der Halle mit dem üblichen freundlichen Redeschwall und nahm ihr Mantel und Hut ab. »Ich habe die Heizung in Ihrem Schlafzimmer anstellen lassen, und ein Feuer im Kamin brennt auch. Heute Nacht soll es Frost geben. Die warmen Tage sind wahrscheinlich endgültig vorbei. Nun ja, wir haben Anfang November. Wenn Sie möchten, können Sie in einer halben

Stunde zu Abend essen. Ach, das hätte ich fast vergessen. Im Laufe des Tages traf ein Telegramm für sie ein. Es liegt auf dem Schreibtisch in Ihrem Zimmer.«

»Danke, das ist sehr nett von Ihnen. Und ja, ich esse gern in einer halben Stunde zu Abend«, erwiderte Victoria lächelnd.

Sie war dankbar für die Wärme, die ihr in ihrem Schlafzimmer entgegenschlug. Schon in der Kutsche hatte sie gefroren.

Das Telegramm war von Jeremy. Hastig riss sie es auf. *Suche nach Siobhan bisher erfolglos*, las sie.

O Gott …

Bedrückt trat sie ans Fenster. Der Himmel war ganz klar, die Sterne wirkten sehr weit entfernt und blinkten kalt. Vom Meer her zog Nebel auf, er hatte das Kiefernwäldchen schon erreicht. Bald würden seine kalten Schwaden auch über den Park wabern. Unwillkürlich erschauderte Victoria.

Victoria hatte sich eben mithilfe des Dienstmädchens zum Dinner umgekleidet – eigentlich war sie zu müde dazu, sie wollte Daisy jedoch nicht brüskieren – und ging die Treppe zum Speisesaal hinunter, als sie ein Automobil vor dem Haus vorfahren hörte. Sie erschrak. War etwas mit Ióseph geschehen, und McEvoy hatte deshalb die lange Fahrt auf sich genommen? Sie eilte in die Halle und trat nach draußen. Der Wagen, der unterhalb des Portals stand, war nicht McEvoys – Hopkins stieg zu ihrer Verblüffung aus dem Fahrzeug. Sie lief ihm entgegen.

»Hopkins, ich hatte heute wirklich nicht mehr mit Ihnen gerechnet. Ich dachte, Sie würden eine weitere Nacht irgendwo bei Rathdrum oder in Dublin logieren«, sagte sie atemlos. »Und weshalb haben Sie kein Telegramm an Kincraighie House geschickt? Dann hätte eine Kutsche am Bahnhof von Clifden auf Sie gewartet.«

»Unglücklicherweise habe ich in Galway die letzte Bahn nach Clifden verpasst. Der Zug aus Dublin hatte sich wegen eines gestrigen Erdrutsches verspätet«, erklärte Hopkins, während sie die Stufen zum Portal hinaufstiegen. »Ich ziehe es vor, die Nacht in Kincraighie House zu verbringen, statt in einem Hotel in Galway. Deshalb habe ich mir ein Automobil mit Chauffeur gemietet.« Wegen des Erfolgs seines Haushaltsratgebers verfügte Hopkins über ein nicht unbeträchtliches Vermögen. Trotzdem war er sparsam. Er musste also einen triftigen Grund für diese Ausgabe haben. »Außerdem gibt es einige Dinge, die ich möglichst bald mit Ihnen besprechen möchte«, fügte er nun prompt hinzu.

»Tatsächlich? Nun, möglicherweise habe ich auch etwas Wichtiges von Ióseph erfahren.«

In der Halle hastete Mrs. Evans ihnen entgegen. »Mr. Hopkins … Das ist ja eine Überraschung.« Sie strahlte. »Ich lasse gleich ein Gedeck für Sie auflegen. Möchten Sie sich denn umkleiden, und soll das Dinner später stattfinden?«

Hopkins wirkte unschlüssig. Der Wunsch, den Formalitäten Genüge zu tun, und das Anliegen, den Ablauf des Haushalts nicht durcheinanderzubringen, stritten sichtlich in ihm.

»In Anbetracht der besonderen Umstände ist es, denke ich, ausnahmsweise einmal statthaft, dass Sie in Straßenkleidung dinieren, Hopkins«, schaltete sich Victoria energisch ein.

»Lady Grattan ist Mitglied des Komitees, das das Armenhaus von Rathdrum beaufsichtigt.« Hopkins unterbrach seinen Bericht und beäugte skeptisch die Grießklößchen in der klaren Fleischbrühe, die ein Diener eben aufgetragen hatte. Sein Vertrauen in die Fähigkeiten der Köchin von Kincraighie House schien immer noch nicht groß zu sein. »Laut dem Direktor zeigt sich auch Lord Grattan an dem Armenhaus interessiert.«

»Und er war wenige Tage nach dem Mord an Kathleen zu Gast auf Castle Fota«, sagte Victoria nachdenklich.

Hopkins kostete vorsichtig von der Suppe. »Lord und Lady Grattan besitzen ein Haus in London. Der Lord könnte also sehr wohl zu den Männern gehören, die Kathleen gequält haben. Die wichtige Frage ist, ob er sich auch an dem Tag, als die junge Frau ermordet wurde, in der Gegend von Clifden aufhielt.«

»Möglicherweise schon einige Tage vorher.« Victoria erzählte Hopkins, was sie von Ióseph erfahren hatte. »Ich bin meiner Großtante Hermione bei Harrods begegnet«, fuhr sie dann fort. »Sie sagte mir, dass Lady Grattan und Lady Craven sich für einige Zeit in Dublin aufhalten. Allerdings dürfte es schwierig sein, über sie an Informationen zu gelangen. Lady Grattan wird sich, nach der Auseinandersetzung, die ich mit ihrem Gatten beim Dinner auf Castle Fota hatte, wahrscheinlich weigern, mich zu empfangen. Und ich bezweifle, dass Lady Craven begeistert sein würde, mich zu sehen.« Ausnahmsweise bedauerte Victoria es, der politischen Diskussion damals nicht aus dem Weg gegangen zu sein.

»Lady Clarissa Davitt weilt zurzeit auch in Dublin, nicht wahr?«

»Soviel ich weiß, ja.«

»Nun, vielleicht können wir über sie an Informationen gelangen.«

Hopkins leerte seinen Teller. Seine Stimme klang beiläufig. Eigentlich konnte er keine Kenntnis davon haben, dass Jeremy einmal in Clarissa verliebt gewesen war. Aber bei Hopkins wusste man ja nie.

»Sie haben recht. Ich könnte mich mit Lady Clarissa treffen.« Victoria nickte zögernd. Sie war alles andere als begeistert über diese Aussicht. Allerdings hatte Clarissa enthusiastisch beteuert, wie erfreut sie über ein Wiedersehen wäre. Deshalb konnte die Lady sie kaum abweisen. Und um Kathleens Mörder zu finden und Ióseph zu retten, würde sie jedes Opfer bringen.

»Damit würden Sie, Miss Victoria, also diesen Ermittlungsstrang verfolgen – der kaum mit Gefahren verbunden sein dürfte. Ich werde einer anderen Spur nachgehen.«

Der Diener erschien wieder. Er trug die Suppenterrine und die tiefen Teller ab und bot ihnen die Platten mit dem Hauptgericht dar – Lammbraten mit Soße, Bohnen und Kartoffelbrei. Victoria und Hopkins bedienten sich.

»Was beabsichtigen Sie denn zu tun, Hopkins?«, fragte Victoria, als der Diener das Speisezimmer verlassen hatte.

Hopkins schnitt ein Stück von seinem Lammfleisch ab. »Ich werde um Aufnahme in das Armenhaus in der North Brunswick Street ersuchen.«

Die Bohnen, die Victoria eben auf ihre Gabel geschoben hatte, fielen hinunter. Sie starrte ihren Butler fassungslos an. »Das ist nicht Ihr Ernst, Hopkins.«

»Während der Zugfahrt habe ich noch einmal gründlich über alles nachgedacht. Ich bin davon überzeugt, dass jenes Armenhaus der Schlüssel dafür ist, die Hintermänner des

Frauenhändlerrings zu finden – und somit auch den Mörder Kathleens.« Ungerührt speiste Hopkins weiter.

»Aber Sie können doch nicht Insasse in dem Armenhaus werden. Dort zu leben ist sicher schrecklich. Und überhaupt … Wie wollen Sie es schaffen, aufgenommen zu werden?«

»Nun, ohne mir schmeicheln zu wollen, wage ich doch zu sagen, dass ich in meinem Leben schon problematischere Umstände gemeistert habe, als einige Tage in einem Armenhaus zu überstehen. Und was die Aufnahme betrifft … Es dürfte nicht schwierig sein, ein Dokument zu fälschen. Es könnte mich zum Beispiel als einen gewissen Mr. Hilarius Knowland ausweisen, einen ehemaligen Börsenmakler, dem leider seine Trunk- und Spielsucht zum Verhängnis wurden, sodass er sein nicht unbeträchtliches Vermögen verlor und den nur noch das Armenhaus vor der Gosse retten kann.«

Hopkins schob ein paar Bohnen und etwas Kartoffelbrei auf seine Gabel. Er wirkte sehr zufrieden mit sich.

»Aber der Direktor kennt Sie doch!«

»Ein falscher Bart, ein wenig Haarfarbe. Mehr bedarf es nicht. Außerdem interessiert sich Mr. Bowen für die Insassen ohnehin nicht.«

»Und was ist mit Lissy? Wir haben uns lange mit ihr unterhalten. Sie dürfte sich nicht so leicht täuschen lassen wie der Direktor.«

»Auch dafür wird sich eine Lösung finden, Miss Victoria.«

Hopkins war durch nichts zu erschüttern.

Wo mochte sich dieses verwünschte rote Haus nur befinden? In der Bibliothek der Wohnung am Green Park, in der Victoria schon so lange lebte und die er jetzt auch seine Wohnung nennen durfte, brütete Jeremy über Karten, die die Themse und den Grand Union Canal detailliert wiedergaben. Inzwischen war er, ausgehend von der Mile End Road in Stepney, den Fluss auf einer Länge von zwanzig Meilen mit dem Motorboot entlanggefahren – ohne Ergebnis. Am nächsten Tag würde er den Kanal absuchen. Wenn doch nur die Tage nicht schon so kurz wären. Dies erschwerte seine Suche sehr.

Ein Klingeln an der Wohnungstür riss Jeremy aus seinen Gedanken. Mittlerweile war es fast zehn Uhr. Es war ungewöhnlich, dass um diese Uhrzeit jemand unangemeldet kam. Er griff nach der Pistole, die er bei seiner Suche nach Siobhan immer bei sich trug, und schob sie in den Hosenbund unter seinen Pullover. Wachsam öffnete er die Tür.

Ein großer, weißhaariger Mann stand davor, der höflich seinen Bowler lüpfte. »Verzeihen Sie die späte Störung, Sir. Mein Name ist Maidenhead. Ich würde gern Mr. Hopkins sprechen.«

»Hopkins ist zurzeit verreist. Kann ich Ihnen irgendwie weiterhelfen?«, erkundigte sich Jeremy.

»Nun, ich weiß nicht recht ...« Der Fremde wirkte unschlüssig.

Etwas an seiner würdevollen Haltung und der gemessenen Sprechweise erinnerte Jeremy sehr an Hopkins. »Maidenhead war Ihr Name, sagten Sie? Sind Sie Butler in Portland House?«

»So ist es, Sir.«

»Ich bin Jeremy Ryder. Victoria Bredon-Ryders Gatte.«

Ein kaum merkliches Hochziehen der Augenbrauen. »Ich weiß, wer Sie sind, Sir.«

»Es kann einige Tage, sogar Wochen dauern, bis Hopkins wieder nach London zurückkehrt. Ganz bestimmt möchte er, dass Sie mit mir statt seiner sprechen. Kommen Sie doch bitte herein.«

Maidenhead zögerte, folgte Jeremy dann jedoch in den Korridor.

Wie verhielt man sich gegenüber einem Butler, mit dem man es nicht in seiner Eigenschaft als Butler zu tun hatte? Jeremy beschloss, Hopkins' Kollegen in die Bibliothek zu führen. Maidenhead schien die Karten auf dem Schreibtisch, die Bücher auf dem Boden und den schmutzigen Essteller – Jeremy hatte sich rasch eine Konserve warm gemacht – nicht wahrzunehmen. Auch dass Jeremy nun die Pistole neben die Karten legte, entlockte ihm keine Regung. Ganz bestimmt registrierte er jedoch alles, wie auch Hopkins in so einem Fall, ganz genau.

»Möchten Sie sich nicht setzen?« Jeremy wies auf einen Ledersessel. »Und kann ich Ihnen etwas zu trinken anbieten?«

»Nein danke, Sir.« Maidenhead ließ sich auf der äußersten Kante des Sessels nieder.

Jeremy schenkte sich selbst einen Brandy ein und setzte sich dann ebenfalls. »Ich nehme an, Sie sind wegen jener Fragen gekommen, die Hopkins zu Männern aus dem Adel und der Oberschicht an Sie richtete. Fragen, die die perversen sexuellen Neigungen dieser Männer betreffen.«

Maidenhead räusperte sich. »So ist es, Sir.« Jeremy wartete. »Ich werde Ihnen den Namen eines Mannes nennen, der einst als Diener arbeitete und Zeuge gewisser *Begebenheiten* wurde.«

»Wo war er in Diensten?«

»Das werde ich Ihnen nicht sagen, Sir. Ebenso wenig wie den Namen desjenigen, durch den ich von dem Mann erfuhr. Ich habe Stillschweigen versprochen.« Maidenheads Stimme klang höflich, aber unnachgiebig. »Der ehemalige Diener heißt Jonathan Mallon. Sie finden ihn heute auf der Tottenham Court Road, Ecke New Oxford Street, wo er ein Ladengeschäft für Handschuhe betreibt.«

VIERUNDZWANZIGSTES KAPITEL

Jonathan Mallon – exquisite Handschuhe für die Lady und den Gentleman stand in verschnörkelten Buchstaben über dem Schaufenster. Die Lage des Ladens war nicht erstklassig, aber ambitioniert. Gut möglich, dass Mallon es in einigen Jahren schaffen würde, ein Geschäft auf der exklusiven Bond Street zu eröffnen. Eine Glocke klingelte dezent, als Jeremy den Laden betrat.

»Mr. Mallon, ein Kunde für Sie«, rief ein Lehrjunge, der die Theke aus dunklem Walnussholz polierte.

»Du sollst doch nicht so herumschreien, Hugh.« Ein braunhaariger, schlanker Mann erschien aus einem Hinterzimmer. »Es ist Ware zur Post zu bringen. Du solltest schon längst unterwegs sein.« Er wies auf einen Stapel Päckchen am Ende der Theke.

»Ja, Mr. Mallon.« Der Junge ließ den Kopf hängen und verstaute die kleinen Pakete eilig auf einem Tragegestell.

»Was kann ich für Sie tun, Sir?« Der Inhaber wandte sich mit einem unterdrückten Seufzer Jeremy zu.

»Ich suche ein Paar Handschuhe für meine Frau.« Jeremy wollte sich gern ein Bild von Mallon machen, ehe er ihn befragte.

»Wie groß sind denn die Hände Ihrer Gattin? Und suchen Sie nach Handschuhen aus Seide, Baumwolle oder Leder? Oder hätten Sie gern welche aus Spitze?«

»Oh …« Für einem Moment war Jeremy überrumpelt. »Es soll ein Geschenk sein. Jetzt, für den Winter …«

»Bevorzugen Sie Handschuhe aus Leder oder aus Wolle? Solche aus Pelz führen wir selbstverständlich auch.«

»Äh … aus Leder. Und die Hände meiner Frau sind klein und schmal. So ungefähr.« Jeremy zeigte mit seinen Fingern die ungefähre Größe an.

»Ich verstehe, Sir. Gibt es Farben, die Ihre Gattin besonders mag?«

»Im Sommer Grüntöne. Und im Winter … Ich glaube, Rot und Braun. Sie hat leuchtend rotes Haar«, fügte Jeremy ein wenig verlegen hinzu.

»Sie sind nicht der erste in Geschmacksfragen unsichere Gatte, Sir. Bevorzugt Ihre Gattin modische oder eher traditionelle Kleidung?«

»Modische.« Das konnte Jeremy wenigstens ganz klar beantworten.

»Ich zeige Ihnen eine erste Auswahl, Sir.« Mr. Mallon wandte sich der Schrankwand hinter der Theke zu und öffnete diverse Schubladen. Sein Benehmen war höflich und zuvorkommend, ohne unterwürfig zu sein. Wie jeder Ladenbesitzer, der etwas auf sich hielt, trug er einen maßgeschneiderten Anzug. Dennoch strahlte er etwas Bodenständiges aus. Der Lehrjunge verschwand mit dem Tragegestell voller Päckchen geräuschlos aus dem Laden. »Was halten Sie denn hiervon, Sir?« Mr. Mallon legte einige Handschuhe aus Leder in Braun- und Rottönen auf die Theke.

»Die gefallen meiner Frau ganz bestimmt.« Spontan wies Jeremy auf ein nougatfarbenes Paar. Es hatte einen Schaft, der bis weit über das Handgelenk reichte und mit kleinen Knöpfen versehen war.

»Eine gute Wahl, Sir.« Mr. Mallon schlug die Handschuhe in Seidenpapier ein und verstaute sie in einer hübschen Schachtel. Jeremy zahlte den genannten Preis und schob die Schachtel in sein Jackett. »Ich hätte noch einige Fragen an Sie, Mr. Mallon«, sagte er dann. »Sie betreffen Ihre Zeit als Diener. Und die sexuellen Neigungen Ihres Dienstherrn.«

Mr. Mallon sog scharf die Luft ein. »Ich weiß nicht, wovon Sie sprechen, Sir.«

»Ich bin davon überzeugt, dass Sie das ganz genau wissen. Es geht um Mord, Mr. Mallon. Eine junge Frau, die zur Prostitution gezwungen und von Männern gequält wurde, die die sadistischen Neigungen Ihres ehemaligen Dienstherrn teilen, wurde umgebracht.« Jeremy blickte Mr. Mallon unverwandt an. »Ich denke, Sie waren ein guter Diener, und es hatte seine Gründe, weshalb Sie Ihre Stellung aufgaben.«

Mr. Mallon rang mit sich. »Woher haben Sie erfahren, dass …?«

»Ist das wichtig? Was auch immer Sie mir sagen, ich werde es vertraulich behandeln.«

»Sind Sie Polizist?«

»Nein, Journalist, ich arbeite für den *Spectator* und bin bei einer Recherche auf den Mord gestoßen.« Diese Erklärung erschien Jeremy am einfachsten.

Mr. Mallon seufzte schließlich und nickte. »Kommen Sie mit in mein Büro.«

Mr. Mallon schien in sich hineinzuhorchen. Aus dem Laden war die Stimme seiner Frau zu hören, die ihn vertrat.

»Das alles liegt schon einige Jahre zurück«, sagte er dann bedrückt. »Ich hatte gehofft, nie mehr etwas damit zu tun zu haben.«

»Erzählen Sie mir bitte einfach, was geschehen ist«, sagte Jeremy ruhig.

»Ich war Diener in einem Haushalt des Adels geworden. Es war meine bisher beste Anstellung. Von der Bezahlung und vom Prestige her, und ich war zuversichtlich, eines Tages Butler zu werden. Was ja gewissermaßen die Krönung einer Laufbahn als Dienstbote ist.«

»Ich weiß.« Jeremy nickte. Hopkins würde dem uneingeschränkt zustimmen.

»Zwischen einem Zimmermädchen und mir knisterte es. Und in jener Nacht hatten wir uns auf dem Dachboden verabredet. In einer Kofferkammer …«

»Sie konnten die Schlafkammern im Dienstbotentrakt verlassen? Die Türen der Korridore waren nicht abgeschlossen?« In manchen Haushalten war es immer noch üblich, dass der Butler und die Haushälterin sie am späten Abend zusperrten. Und die Zimmer der männlichen und der weiblichen Dienstboten waren natürlich räumlich streng getrennt.

»Doch … Aber es gibt Wege, das zu umgehen. Schlösser lassen sich präparieren oder Schlüssel nachmachen.« Mr. Mallon lächelte vieldeutig. »Das Zimmermädchen und ich … wir trafen uns also in der Kofferkammer und verbrachten eine sehr schöne Stunde miteinander. Dann begleitete ich die junge Frau nach unten und ließ sie in den weiblichen Dienstbotenflügel ein. Ich war verliebt und noch ganz erfüllt von dem, was zwischen uns geschehen war, und ging die Hintertreppe ein Stück hinunter, um in Ruhe am offenen Fenster noch eine Zigarette zu rauchen.

Der Butler sollte ja den Rauch am nächsten Morgen nicht wahrnehmen.« Er stockte.

»Ja …?«, fragte Jeremy behutsam.

»Ich hatte die Zigarette eben zu Ende geraucht, als ich aus den Räumen der Herrschaft eine Frau schreien hörte. Es klang panisch und ging mir durch und durch. Ich habe nicht nachgedacht, ich bin einfach losgerannt und habe nachgesehen, was da geschah.«

»Das war mutig.«

»Wie gesagt, ich habe nicht nachgedacht.« Mr. Mallon zuckte mit den Schultern. »Ich hatte kaum von der Hintertreppe aus den Korridor betreten, als eine junge Frau an mir vorbeistürzte. Sie war halb nackt, ihr Kleid hing in Fetzen an ihrem Körper, ihr Haar war wirr. Zwei oder drei Männer verfolgten sie. Sie trugen Masken vor den Gesichtern. Die Frau rannte in einen anderen Korridor, die Männer hinter ihr her. Sie hatten mich nicht gesehen und verschwanden aus meinem Blickfeld. Dann erstarb das Schreien der Frau jäh.«

Jeremys Nackenhaare stellen sich auf, als er sich die Szene vorstellte. »Was taten Sie?«, fragte er nach einer kurzen Pause.

»Ich lief dorthin, wo ich das Verstummen der Schreie vermutete. Und … Die Tür zum Schlafzimmer meines Dienstherrn stand offen. Die junge Frau lag auf dem Bett, sie hatte einen Knebel im Mund, und die maskierten Männer machten mit ihr … Ach, das wollen Sie nicht wissen …« Mr. Mallon brach ab. »Die Frau sah mich in der Tür stehen. Ich werde ihren Blick nie vergessen, sie flehte mich um Hilfe an. Aber … Mir wurde plötzlich klar, dass einer der Männer mein Dienstherr war, ein allseits geachteter Mann von hohem Adel. Ich drehte mich um und rannte davon. Ich bin nicht stolz auf mich.«

Aus dem Laden waren die gedämpften Stimmen von Mr. Mallons Ehefrau und die eines Kunden zu hören. Die Frau lachte, ein heller, glücklicher Ton.

»Haben Sie sich jemandem anvertraut?«, fragte Jeremy schließlich.

»Meinem Onkel, einem altgedienten Butler. Ich fragte ihn, ob ich zur Polizei gehen solle.«

»Ich vermute, er hat Ihnen abgeraten.«

Wahrscheinlich hatte Maidenhead durch diesen Onkel von Mallons Erlebnis erfahren.

»Ja, er sagte, die Polizei werde mir niemals glauben, und ich würde in Schimpf und Schande und ohne eine Referenz entlassen. Wenn nicht gar wegen Verleumdung angezeigt werden.«

»Damit hatte Ihr Onkel wahrscheinlich recht.« Jeremy hasste das Zwei-Klassen-Recht, das Angehörige des Adels und der Oberschicht anders behandelte als die normalen Bürger. Und dass die Polizei einer solchen Anschuldigung seitens eines Dieners geglaubt hätte, war nahezu unvorstellbar.

»Mein Onkel legte mir nahe, unter einem Vorwand zu kündigen und mir eine andere Stelle zu suchen. Das habe ich dann getan. Aber ich kam von dem, was in jener Nacht geschah, nicht los. Immer wenn ich meinen neuen Dienstherrn sah, stellte ich mir vor, dass vielleicht auch er solche … solche Dinge tat. Zu dieser Zeit wurde mein Vater krank. Er brauchte Hilfe in seinem Handschuhladen in Holborn …«

»… die Sie ihm anboten.«

»Ja, ich stieg in das Geschäft ein. Vor zwei Jahren, nach dem Tod meines Vaters, zog ich mit dem Laden dann in die Tottenham Court Road um.«

Jeremy beugte sich vor. »Mr. Mallon, wer war jener Dienstherr?«

»Lord Lyson ...«

»Lord Albert Lyson, der derzeitige englische Botschafter in Ägypten?«

O Gott ...

»Ja, oft, wenn ich in den Zeitungen über ihn lese oder ein Bild von ihm sehe mit anderen hochgestellten Persönlichkeiten, frage ich mich, ob das alles nicht nur ein Albtraum war.« Mr. Mallons Stimme klang tonlos. »Aber dann erinnere ich mich wieder an den Blick der jungen Frau, und ich weiß, es hat sich wirklich zugetragen.« Er verstummte kurz. »Der Mord, den Sie vorhin erwähnten ... War Lord Lyson daran beteiligt?«

»Nein, denn seit er vor zwei Jahren Botschafter in Ägypten wurde, hat er sich nicht mehr im englischen Königreich aufgehalten. Dessen bin ich mir sicher.«

»Was werden Sie jetzt tun? Ich möchte, dass diese Männer zur Rechenschaft gezogen werden. Aber ich kann keine Aussage machen. Das würde mich ruinieren. Meine Frau erwartet in Kürze unser erstes Kind.«

»Ich werde auch bald Vater und kann Sie verstehen. Ich versuche herauszufinden, mit welchen Männern Lord Lyson in den letzten Jahren einen engen Umgang pflegte. Vielleicht lassen sich so andere Täter entlarven.«

»Ich wünsche Ihnen viel Glück.«

Glück werde ich brauchen, dachte Jeremy, als er den Laden verließ. Er fühlte sich elend. Ja, er würde Sir Arthur von dem Gespräch mit Mr. Mallon unterrichten. Aber auch dem Commissioner waren die Hände gebunden. Vorerst konnte er nichts tun. Und lange würde Sir Arthur Scotland Yard nicht mehr leiten.

Er musste Beweise gegen die Männer finden, solange Sir Arthur seine Position noch innehatte. Nur wie sollte ihm dies gelingen?

Regentropfen und wirbelnde Blätter schlugen gegen die Fenster der Mietkutsche. Ein stürmischer Wind blies durch die Straßen südlich von Dublin. Victoria war froh über das mit glühenden Kohlen gefüllte Kupfergefäß zu ihren Füßen. Am Vortag waren Hopkins und sie wieder in Dublin angekommen und hatten Zimmer im Shelbourne Hotel bezogen. Das Wetter war während der Nacht umgeschlagen und hatte Regen und herbstlich kalte Temperaturen gebracht.

Zu ihrem Bedauern war Hopkins nach wie vor fest entschlossen, seinen Plan umzusetzen und sich ins Armenhaus in der North Brunswick Street einzuschmuggeln. All ihr Zureden, dies nicht zu tun, war zwecklos gewesen. Wenigstens hatte sich eine Lösung für Lissy und deren Vater gefunden. Sie konnten auf Kincraighie House als Dienstboten unterkommen. Constance war so nett gewesen, dies während eines Telefonats vorzuschlagen.

Gwynn ging es in Constance' Haus in Hampstead den Umständen entsprechend gut. Aber in den Telegrammen von Jeremy klang – trotz des unvermeidlich knappen Stils – eine zunehmende Frustration durch.

Wobei Hopkins und ich, dachte Victoria niedergeschlagen, *ja auch noch nicht wirklich weitergekommen sind.* Das Gebäude am Ende der Straße hob ihre Stimmung kaum. Clarissa hatte Charleston House während ihres Aufenthalts in Dublin gemietet. Ein strenger klassizistischer Giebel krönte das Hauptgebäude, daneben erstreckten sich weitläufige Seitenflügel. Hinter ihnen waren kuppelförmige Dächer erkennbar. Trotz des erneuten Regenschauers war nicht zu übersehen, dass das Anwesen die Ausmaße eines Schlosses hatte. Mit weniger gab sich Clarissa anscheinend nicht zufrieden.

Nimm dich zusammen, mahnte Victoria sich. Wenn Hopkins das Opfer erbrachte, in einem Armenhaus zu leben, konnte sie sich ja wohl, auch wenn ihr dies noch so schwerfiel, mit Clarissa treffen und ihr schmeicheln.

Victoria entlohnte den Kutscher und stieg die Treppe zum Portal hinauf. Als würde ihr Kleines ihren Unmut spüren, trat es prompt unsanft gegen ihre Bauchdecke.

Das Innere des Gebäudes stand dem Äußeren in nichts nach. Ein riesiger Kronleuchter hing in der Halle von der mit vergoldetem Stuck verzierten Decke. Der Raum, in dem der Butler Victoria zu warten bat, nachdem sie ihm ihre Karte ausgehändigt hatte, war mit wunderschönen Empiremöbeln ausgestattet. Und in dem langen Korridor, durch den er sie nun führte, hingen Gemälde in kostbaren Rahmen auf den mit Seidentapeten bespannten Wänden. Sie war keine Expertin. Aber die Landschaften und Porträts aus dem 16. und 17. Jahrhundert erschienen ihr sehr wertvoll. Auf der Darstellung eines spanischen Konquistadors glaubte sie die Signatur des Malers El Greco zu erkennen.

»Madam.«

Der Butler öffnete eine hohe zweiflügelige Tür. Der Raum dahinter war trotz des Regenwetters hell, was von den bodentiefen Fenstern herrührte, die auf einen Park hinausführten.

Vor dem Kamin standen Clarissa und ein dunkelhaariger, sehr gut aussehender Mann, der Victoria vage bekannt vorkam. »Victoria, wie schön, dass wir uns tatsächlich in Dublin treffen.« Strahlend schritt Clarissa auf sie zu. Ihr hellgraues Seidenkleid war sehr elegant und betonte ihre schlanke Figur, Victoria war sich ihrer mittlerweile fortgeschrittenen Schwangerschaft plötzlich sehr bewusst.

»Oh, die Freude ist ganz auf meiner Seite«, heuchelte sie.

»Victoria, darf ich Ihnen den Marquess of Wimbourne vorstellen? Lord Wimbourne, Victoria Bredon-Ryder, die Tochter Lord Bernard Bredons und die Enkelin des Duke of St. Aldwyn.«

»Sehr erfreut, Sie kennenzulernen, Madam.« Der Marquess verneigte sich höflich. Er hatte ein schmales Gesicht und dunkle Augen und besaß die selbstsichere Arroganz des Konquistadors auf dem Gemälde im Korridor. »Vor einigen Wochen hatte ich das Glück, Ihren Großvater bei einem Dinner in London als Tischnachbarn zu haben. Er ist ein sehr anregender Gesprächspartner.«

»Tatsächlich? Ich wollte sagen: Wie schön …« Victoria hatte ihren Großvater nur einige wenige Male in ihrem Leben getroffen. Bei diesen Gelegenheiten hatte er sie gereizt angeknurrt. Nun wusste sie auch wieder, woher ihr Lord Wimbourne bekannt vorkam. Sie hatte ihn auf einer Zeitungsfotografie zusammen mit Clarissa gesehen. Entstanden war die Aufnahme während eines Jagdwochenendes auf einem Landsitz im südlichen Irland.

»Wir werden uns sicher noch begegnen, Madam.« Der Marquess verneigte sich wieder. »Wenn Sie mich nun bitte entschuldigen würden. Ich war gerade im Aufbruch begriffen. Lady Clarissa, ich freue mich auf unseren Ausritt im Phönix Park.«

»Oh, ich mich ebenfalls, Marquess.« Clarissa berührte leicht Lord Wimbournes Arm. Eine irgendwie intime Geste, wie Victoria fand. Auch auf der Fotografie hatten die beiden sehr vertraut gewirkt. Clarissa blickte ihm nach, während er den Raum verließ. Ihr Gesichtsausdruck war gedankenverloren, ihre Augen wirkten ganz groß und schattig. Ja, zwischen den beiden knisterte es eindeutig.

»Setzen wir uns doch, Victoria.« Clarissa geleitete sie zu einem Sofa. »Ich hoffe, Sie haben eine schöne Unterkunft gefunden?«

»Ja, im Shelbourne Hotel.«

»Eine erstklassige Adresse. Jeremy hält sich doch sicher ebenfalls in Dublin auf?«

Klang Clarissas Stimme nicht etwas zu beiläufig? »Er musste kurzfristig wegen einer dringenden Recherche für den *Spectator* nach London reisen«, schwindelte Victoria. »Aber er wird bald nachkommen.«

»Jeremy ist sehr ehrgeizig. Und so begabt. Ich bin sicher, ihm steht eine große Zukunft offen.« Ob Clarissa sich für Jeremy entschieden hätte, wenn ihr dies schon früher klar gewesen wäre? Nun, Victoria war einfach nur froh, dass sie damals Reichtum statt Liebe gewählt hatte. Sollte sie ihr Vermögen doch in vollen Zügen genießen. »Es war eine sehr schöne Überraschung, Jeremy so unverhofft nach all den Jahren auf Castle Fota wiederzusehen.« Clarissa blickte zu den Fenstern, an denen Tropfen herabrannen. Die Sonne war zwischen den Regenwolken hervorgekommen und strahlte wie ein riesiger Scheinwerfer vom Himmel herunter. In der Ferne erhob sich scharf umrissen von dem gleißenden Licht ein Berg – ein Ausläufer der Wicklow Mountains. Es sah aus, als ob er ein Teil des Parks wäre. »In den vergangenen Jahren habe ich häufig Artikel gelesen, die

Jeremy geschrieben hat, und seinen beruflichen Weg verfolgt. Ich habe auch immer wieder einmal überlegt, Kontakt zu ihm aufzunehmen, bin dann aber doch davor zurückgeschreckt. Ich hatte Angst, dass ich ihn zu sehr verletzt habe.«

»Was auch immer zwischen Ihnen war, Jeremy hat Ihnen verziehen.« Victoria zwang sich zu einem Lächeln.

»Ich freue mich sehr, dass er mit Ihnen glücklich ist.«

Das war nun ganz sicher eine Lüge.

Plötzlich war die Sonne verschwunden, und Regen prasselte gegen die Fenster. Wieder sah Clarissa dorthin. »Wie schnell das Wetter in Irland doch umschlägt. Ich habe mich noch nicht daran gewöhnt. Auf Castle Fota war das ja auch so.«

»Sie haben sich dort länger mit Lord und Lady Grattan aufgehalten?«

Victoria atmete insgeheim auf. Wie gut, dass ihr Clarissa unabsichtlich eine Überleitung zum eigentlichen Grund ihres Besuchs gegeben hatte.

»Etwa eine Woche. Ich bin mit Lady Grattan vorausgereist. Lord Grattan war in seinem Wahlkreis unterwegs. Er ist ein rühriger Politiker.«

Victoria murmelte eine höfliche Erwiderung. Sie musste unbedingt herausfinden, ob das stimmte. Und falls nicht, wo sich der Lord aufgehalten hatte, als Kathleen ermordet worden war – sowie am 13. Oktober, dem Tag, als Ióseph den Mann mit dem Fernglas im Moor entdeckt hatte.

»Mein Zusammentreffen mit Lord und Lady Grattan bei jenem Dinner auf Castle Fota war ja leider sehr unglücklich. Ich fürchte, die Schwangerschaft macht mich manchmal reizbar und ungerecht.« Victoria krümmte sich innerlich. Aber sie musste dieses Opfer einfach bringen.

»Würden Sie Lord und Lady Grattan bitte meine aufrichtige Entschuldigung übermitteln, Clarissa?«

»Das werde ich gern. Ich bin davon überzeugt, sie wird akzeptiert werden. Oder möchten Sie selbst mit den beiden sprechen?« Clarissa bedachte sie mit einem verständnisvollen Lächeln. »Morgen werde ich eine kleine Abendgesellschaft mit lieben Freunden veranstalten. Lord und Lady Grattan werden zu Gast sein, und ich würde mich sehr freuen, Victoria, wenn auch Sie kämen.«

»Oh, natürlich, sehr gern.« Victoria fiel ein Stein vom Herzen.

Warum ist Clarissa nur so nett zu mir?, fragte Victoria sich später auf dem Rückweg in der Kutsche. Nein, sie glaubte wirklich nicht, dass diese Frau sie leiden konnte. Ganz bestimmt hoffte sie, so wieder in Kontakt zu Jeremy zu treten. Auch wenn es zwischen ihr und Lord Wimbourne noch so knistern mochte – mit Jeremy hatte Clarissa noch nicht abgeschlossen. Dessen war sich Victoria ganz sicher.

Jeremy steuerte das Motorboot an eine der Anlegestellen des Regent's Canal und vertäute es neben einem der schmalen Narrowboats. Auf diesen Binnenschiffen wurden Güter von den Industrieregionen und Bergbaugebieten Englands nach London transportiert. Die Lichter eines palastartigen Anwesens schimmerten durch den nebligen Abend.

Wie zuvor schon den Paddington Arm, hatte er nun eine weitere Abzweigung des Grand Union Canal nach dem roten Haus abgesucht. Wieder erfolglos. Allmählich wusste er keinen Rat mehr. Vielleicht hatte sich ja die alte

Prostituierte, was die Fahrzeit in der Kutsche von der Mile End Road zu dem Bordell betraf, getäuscht. Oder sie hatte Gwynn absichtlich in die Irre geführt. Und an jedem Tag, der verstrich, erlitt Siobhan möglicherweise neue Misshandlungen.

Mit dem bedrückenden Gefühl, versagt zu haben, überquerte Jeremy die Prince Albert Road. In einem der hochherrschaftlichen Anwesen fand ein Fest statt. Musik wehte zu ihm herüber. An kaum einem anderen Ort in London trafen die gesellschaftlichen Gegensätze so eng aufeinander wie hier. Die Reichen in ihren prächtigen Gebäuden und die armen Binnenschiffer trennten noch nicht einmal hundert Yard – und hohe Zäune.

In der Nähe des Bahnhofs Primerose Hill kam er an einem Pub vorbei, den er früher von Camden aus öfter am Abend besucht hatte. Ihm graute plötzlich vor den leeren Räumen in seiner und Victorias Wohnung, und das Licht hinter den beschlagenen Sprossenfenstern erschien ihm einladend.

Am Tresen bestellte er sich ein Bier und etwas zu essen. Dann suchte er sich einen Tisch im hinteren Teil des holzgetäfelten Raumes. Er war froh, dass keine Bekannten anwesend waren, denn ihm stand nicht der Sinn nach einem Gespräch. Gab es vielleicht doch etwas, das er übersah? Aber er hatte die Karten so gründlich studiert und auch mit Binnenschiffern gesprochen.

»Sir …« Der Barmann stellte eine Portion Hammelragout vor ihn auf den Tisch, als die Tür des Pubs aufgerissen wurde und ein Zeitungsjunge hereinstürmte.

»Extrablatt«, rief er. *»Extrablatt.* Verdacht auf Korruption. Sir Arthur von seinem Posten als Commissioner von Scotland Yard beurlaubt!«

Gäste wandten sich zu dem Jungen um. Münzen klimperten. Auch Jeremy zog einen Penny aus seiner Jackentasche. Er hoffte, dass es nicht wahr war. Doch auch die gedruckte Überschrift schrie ihm schwarz auf weiß die Worte entgegen. Ihm war, als hätte ihm jemand eine Faust in den Magen gerammt.

Gwynn flickte sorgfältig die zerrissene Spitze von einem der Kleidchen Josephines. Ihr gegenüber saß Nanny Hawthorne, die Lesebrille auf der Nase, in eine religiöse Schrift vertieft. Etwa zwei Stunden zuvor hatten sie die Kleine ins Bett gebracht. Schon nach den wenigen Tagen, die Gwynn im Haushalt der Hogarths verbracht hatte, liebte sie das Kind. Und die Nanny war auch gar nicht so schlimm, wie sie anfangs befürchtet hatte. Sicher, sie war barsch. Aber sie ließ sie auch ungehindert mit Josephine spielen – das Einzige, was sie von ihrer Angst um Siobhan ablenkte. Und Gwynn störte es auch nicht, dass die Nanny Erwachsenen gegenüber wortkarg war. So befand sie sich wenigstens nicht in der Gefahr, versehentlich etwas von ihrer Zeit in dem Bordell zu verraten.

Aus dem Nebenzimmer war plötzlich Josephines Weinen zu hören. Nanny Hawthorne erhob sich ächzend aus ihrem Stuhl. »Kleine Lady, was ist denn?«, hörte Gwynn sie gleich darauf sagen.

»…fant«, schluchzte Josephine.

Das Spielzeug, das Victoria ihrem Patenkind geschenkt hatte, war zu Josephines liebstem Kuscheltier avanciert. Beim Zubettgehen war Josephine so müde gewesen, dass sie das Fehlen gar nicht bemerkt hatte. Bestimmt war es im Wohnzimmer liegen geblieben. Dort hatte Lady Hogarth mit ihrem Töchterchen am frühen Abend gespielt.

»Soll ich nach unten gehen und im Wohnzimmer nach dem Elefanten suchen, Nanny Hawthorne?« Gwynn trat an die Tür zu Josephines Zimmer.

»Ja, tu das. Deine Beine sind jünger als meine. Bevor sie das Spielzeug nicht hat, wird die kleine Lady ganz bestimmt keine Ruhe geben. Ach, sie ist viel zu verwöhnt.« Was, wie Gwynn mittlerweile wusste, zu den ständigen Klagen der Nanny gehörte. Wobei sie das Kind selbst auch gehörig verhätschelte.

Gwynn eilte die Treppe hinunter. Das große, elegante Stadthaus mit seinen seidenen Tapeten und schönen Möbeln war immer noch etwas beängstigend für sie. Im Wohnzimmer brannte eine Stehlampe, sie warf einen Lichtkreis auf das Sofa. Ja, dort zwischen zwei Kissen lag der Elefant. Gwynn hatte das Spielzeug eben an sich genommen, als sie aus dem angrenzenden Speisezimmer Stimmen hörte. Die von Lord und Lady Hogarth und noch eine andere. Die von Mr. Ryder, wie sie jetzt erkannte.

Die Tür war nur angelehnt. Ob Mr. Ryder etwas über Siobhan herausgefunden hatte? Gwynn schlich näher. Durch die Ritze sah sie Lady Hogarth, ihren Gatten und Mr. Ryder an dem mit kostbarem Porzellan und Silber gedeckten Tisch sitzen. Der Schein brennender Kerzen fiel direkt auf Mr. Ryders Gesicht. Er wirkte erschöpft, fast verzweifelt. Eine eiserne Klammer legte sich um Gwynns Herz und presste es zusammen. Sie wich zurück und lehnte sich gegen die Wand.

»Jeremy, könnte es nicht doch sein, dass es Zufall ist, dass Sir Arthur jetzt der Korruption beschuldigt wird?«, sagte Lord Hogarth nun. »Er hat sich ja früher schon mächtige Feinde gemacht.«

»In wenigen Wochen hätte er doch sowieso seinen Posten als Leiter von Scotland Yard aufgegeben. Nein, ich bin überzeugt, die Razzien im Frauenhändlermilieu haben zur Amtsenthebung des Commissioners geführt.« Mr. Ryders Stimme klang bitter und tonlos. »Jemand mit großer Macht und beträchtlichem Einfluss fürchtet die Razzien und hat sehr schnell gehandelt.«

»Denkst du, der Innenminister könnte in den Menschenhandel verstrickt sein?« Lady Hogarth' Stimme klang ungläubig.

»Das nicht, aber er ist sehr leicht beeinflussbar.«

»Und wer von Rang und Namen denkst du, könnte auf Sir Justin eingewirkt haben?« Wieder sprach Lord Hogarth.

»Ich tappe völlig im Dunkeln. Ebenso, was den Ort betrifft, an dem Siobhan gefangen gehalten wird. Ich habe die Themse und den Grand Union Canal, ausgehend von der Mile End Road, innerhalb eines bestimmten Radius gründlich abgesucht. Nirgendwo konnte ich das rote Haus entdecken.«

Nein … Gwynn drückte die Hand gegen den Mund, um nicht aufzuschreien. Tränen rannen ihr über das Gesicht, sie schluchzte lautlos in sich hinein.

Das ferne, leise Weinen eines Kindes brachte sie wieder zu sich. Verwundert stellte sie fest, dass sie einen Spielzeugelefanten im Arm hielt. Lady Josephine … Sie wollte der Kleinen ja das Stofftier bringen. Sie wischte sich die Tränen von den Wangen und schlüpfte aus dem Raum.

Niemals würde sie Siobhan aufgeben.

FÜNFUNDZWANZIGSTES KAPITEL

Ein alter Mann saß Victoria in der Kutsche gegenüber. Gramgebeugt, die zittrige Hand um einen Stock geklammert. Der einstmals gute Anzug war schäbig und abgetragen. Nur der sorgfältig gestutzte weiße Bart wies darauf hin, dass der bemitleidenswerte Alte sich, trotz aller widrigen Umstände, noch einen Rest von Würde bewahrt hatte.

»Hopkins, wollen Sie sich das wirklich antun?«, fragte Victoria. »Noch können wir umkehren.«

»Mit Verlaub, auf gar keinen Fall, Miss Victoria. Mein Entschluss, Nachforschungen in dem Armenhaus zu betreiben, steht felsenfest.« Hopkins schüttelte den Kopf.

Er hatte ein Zimmer in der Nähe des Kingsbridge Terminus gemietet und sich dort – unter anderem mithilfe eines falschen Bartes – in den gescheiterten Börsenmakler Hilarius Knowland verwandelt. In seiner Aufmachung hätte er im eleganten Shelbourne Hotel für beträchtliches Aufsehen gesorgt. Victoria wusste nicht genau, wie Hopkins dazu gekommen war, aber er besaß ein gefälschtes Dokument des Magistrats von Dublin, das ihm einen Platz in dem Armenhaus in der North Brunswick Street zuwies.

»Wir finden auch einen anderen Weg, als dass Sie sich in dieses Abenteuer stürzen …«

»Wie ich Ihnen schon mehrfach darlegte, Miss Victoria, habe ich in meinem Leben schlimmere Situationen gemeistert, als ein paar Tage in einem Armenhaus zu verbringen. Etwa diverse Reisen als junger Diener mit meinen jeweiligen Dienstherren in südliche Länder. In den Herbergen hat es von Kakerlaken und Skorpionen nur so gewimmelt. Und dies war nur eines von vielen Übeln.«

Für Hopkins stellte das britische Empire den Inbegriff der Zivilisation dar. Gegen alle anderen Länder, vor allem die in südlichen Gefilden, hegte er ein tief sitzendes Misstrauen.

Victoria sparte sich den Hinweis, dass er mittlerweile ja nicht mehr der Jüngste war, denn sie wollte ihn nicht verletzen. »Wenn die Umstände in dem Armenhaus zu beschwerlich für Sie werden, kehren Sie bitte umgehend in das Shelbourne Hotel zurück«, insistierte sie stattdessen.

»Gewiss ... Gewiss ...« Hopkins' Miene war deutlich anzusehen, dass dieser Fall bestimmt nicht eintreten würde. Gleich darauf beugte er sich vor und spähte zum Fenster der Kutsche hinaus. »Wir nähern uns der North Brunswick Street, Miss Victoria. Ich sollte nun wirklich aussteigen. Wenn mich jemand aus dem Armenhaus in einer Kutsche sieht, wird dies meine Glaubwürdigkeit doch empfindlich schmälern.«

»Nun gut ...« Victoria seufzte.

Schweren Herzens blickte sie ihrem Butler nach, der gleich darauf, auf seinen Stock gestützt, mühsam die Straße entlanghumpelte. Sie hoffte, dass sein Aufenthalt in dem Armenhaus ein gutes Ende nahm.

»Nanny Hawthorne, ich wünsche Ihnen einen schönen Nachmittag«, sagte Gwynn höflich zu der alten Kinderfrau. Lady Hogarth beabsichtigte, eine Freundin zu besuchen, und ihre kleine Tochter und die Nanny sollten sie begleiten.

»Leg dich hin, Mädchen, und ruh dich aus.« Nanny Hawthorne bedachte sie mit einem prüfenden Blick. »Du siehst aus, als hättest du dir eine Erkältung eingefangen, so blass, wie du bist. Schon gestern Abend ist mir das aufgefallen.«

»Das werde ich tun, Nanny Hawthorne.«

Josephine winkte ihr fröhlich zu, ehe sie an der Hand der Kinderfrau aus dem Spielzimmer trippelte, wegen des kalten Wetters in ein Mäntelchen eingemummt.

»Auf Wiedersehen, kleine Lady ...« Ein Gefühl der Wärme stieg in Gwynn auf, nur um sofort tiefer Angst zu weichen.

Sie lief in ihre Kammer unter dem Dach. Durch das Gaubenfenster beobachtete sie, wie der Daimler vor dem Haus vorfuhr und Lady Hogarth, die Nanny und Josephine darin Platz nahmen. In der Ferne, unter einem herbstlichen Dunstschleier, lag die City von London. Dort, irgendwo in dieser ihr völlig unbekannten Stadt, wurde Siobhan gefangen gehalten.

Gwynn schlüpfte in den Mantel, den Victoria ihr gegeben hatte, und setzte den Hut auf. Dann lief sie die Hintertreppe hinunter und öffnete die Tür zur ersten Etage, wo die Schlafräume der Herrschaft lagen. Sie lauschte angestrengt. Kein Geräusch war zu hören. Lord Hogarth war tagsüber ohnehin oft außer Haus, und die anderen Dienstboten hielten sich am frühen Nachmittag meist in den Räumen im Souterrain auf, wo sie nach dem Mittagessen eine kurze Pause machten.

Lady Hogarth' Schlafzimmer war ein lichter, in Cremetönen gehaltener Raum. Sie war schon einmal dort gewesen, um Josephine zu ihr zu bringen. In einem Schrank mit Glastüren standen kostbare chinesische Teller und Schalen. Gwynn hatte sich über das Geschirr in einem Schlafraum gewundert, was ihr deutlich anzusehen gewesen war. Lady Hogarth hatte gelacht und ihr erklärt, dies sei derzeit Mode. Sie habe nun einmal eine Schwäche für kostbares Porzellan. Deshalb mache sie diese Mode mit.

Die adlige Dame war wirklich sehr nett, sie ließ sie gar nicht spüren, dass sie ein Dienstmädchen war. Gwynn überkam ein ganz schlechtes Gewissen, als sie zur Kommode hastete. In einem Schälchen aus Jade hatten Ohrringe und Armbänder gelegen. Nun war es leer. Sie biss sich auf die Lippen. Eilig zog sie die Schubladen der Kommode auf und durchwühlte sie. In einem Kästchen lagen einige Geldscheine und Münzen, die sie in ihre Manteltasche stopfte.

Gwynn wollte das Schlafzimmer schon wieder verlassen, als sie auf dem kleinen Schreibtisch Papier und Schreibgerät entdeckte. *Es tut mir leid, ich muss Siobhan suchen. Ich zahle das Geld zurück*, schrieb sie rasch.

In der Halle hielt sich niemand auf. Gwynn rannte die Vordertreppe hinunter und riss die Eingangstür auf. Auf dem Weg die Auffahrt entlang hatte sie Angst, dass jemand sie vom Haus aus sehen und ihr nachkommen würde. Doch sie erreichte ungehindert das Tor und die Straße. Blindlings hastete sie weiter.

Die Straße mündete in eine breitere. Die Backsteinhäuser waren schön, die Waren in den Läden in den Erdgeschossen wirkten luxuriös. Gwynn fühlte sich eingeschüchtert. Sie hatte plötzlich keine Ahnung mehr, wo sie sich befand. Panisch blickte sie sich um.

»Kann ich Ihnen helfen, Miss?« Eine Blumenfrau an einer Straßenkreuzung sprach sie an.

»Was ist näher von hier – die Themse oder der Kanal?« Sie registrierte jäh, dass sie ja gute Kleidung trug und offenbar für jemand »Besseres« gehalten wurde.

»Nun, der Grand Union Canal natürlich, falls Sie den meinen.«

»Wie komme ich denn bitte dorthin?«

»Immer die Straße runter, bis zur U-Bahn-Haltestelle Hampstead. Dort nehmen Sie die Bahn Richtung City. An der Haltestelle Chalk Farm verlassen Sie die Tube und geh'n die Chalk Farm Road entlang. So stoß'n Sie direkt auf den Kanal.«

Gwynn bedankte sich. Irgendwo an dem Kanal konnte sie sich bestimmt ein Ruderboot mieten – in Irland war sie oft auf dem Meer in der Nähe ihres Zuhauses gerudert. Es musste ihr einfach gelingen, Siobhan zu finden.

Die Fenster von Charleston House waren hell erleuchtet. Brennende Fackeln säumten die Auffahrt und warfen ihren flackernden Schein in die Herbstnacht. Der Vollmond stand am sternenklaren Himmel und übergoss das Anwesen mit seinem silbrigen Licht. Victorias Sinn fürs Malerische fand die Szenerie wunderschön. Aber sie fragte sich auch sarkastisch, ob selbst die Gestirne Clarissa zu Diensten waren, indem sie ihr halfen, das Gebäude und den Park märchenhaft zu illuminieren.

Vor dem Portal riss ein livrierter Diener den Wagenschlag auf und half ihr aus der Kutsche. Trotz ihres samtenen, pelzbesetzten Abendmantels fror Victoria, denn die Nacht war sehr frisch. In der Halle übergab sie den Mantel einem anderen Diener. Die hohen Fenstertüren zum Park reflektierten ihr Spiegelbild. Sie trug ein schokoladenfarbenes Unterkleid aus Spitze und darüber ein seidenes, mit Stickereien und Pailletten verziertes Übergewand und war mit ihrem Aussehen ganz zufrieden.

»Madam …« Ein Unterbutler wies sie mit einer Verbeugung in den Korridor mit den kostbaren Gemälden an den Wänden, dem sie schon bei ihrem letzten Besuch gefolgt war. Hoffentlich gelang es ihr, Lord und Lady Grattan in ein Gespräch zu verwickeln. Victoria hatte Stunden in der Gilbert Library, der öffentlichen Bibliothek in der Great Brunswick Street, verbracht und die irischen Tageszeitungen studiert. In keiner einzigen Zeile war vermerkt, dass Lord Grattan in seinem Wahlkreis unterwegs gewesen war. Was mehr als merkwürdig war, schließlich legten Politiker großen Wert darauf, dass solche Besuche ausführlich publiziert wurden.

Etwa sechzig Menschen hielten sich in dem Wohnzimmer auf – so viel zu der kleinen Abendgesellschaft mit Freunden. Clarissa plauderte mit einigen Gästen, Lord Wimbourne stand ein Stück entfernt bei einer Gruppe von Herren. Ja, die Lady und der Marquess schienen wie geschaffen füreinander. Clarissa blond, Lord Wimbourne dunkelhaarig, beide äußerst gut aussehend und elegant. Der maßgeschneiderte Frack des Marquess saß perfekt und betonte seine Arroganz. Clarissas Abendkleid aus dunkelrotem Samt war mit seinem scheinbar einfachen Schnitt, wie man es von ihr kannte, von einer hinreißenden Eleganz, ihr rubinenbesetzter Schmuck war ein Vermögen wert.

Nun hatte Clarissa Victoria bemerkt und kam auf sie zu. »Victoria, Sie sehen so hübsch aus«, erklärte sie liebenswürdig. Was Victoria ihren nun doch beträchtlichen Leibesumfang wieder sehr bewusst machte. »Jemand sagte mir kürzlich, dass Sie malen. Ach, ich glaube, Ihre Großtante Lady Glenmorag war es. Darf ich Ihnen Lord Conway vorstellen? Er ist ein großer Förderer der National Gallery of Ireland.«

Victoria murmelte ein paar höfliche Worte und lehnte den Aperitif ab, den ihr ein Diener auf einem Tablett kredenzte. Während der Lord sich ausschweifend über die neuesten Erwerbungen der Gallery ausließ, sah sie sich suchend um. Sie entdeckte Lady Craven, die wieder ein theatralisch geschnittenes Kleid trug, und ihren Gatten, anscheinend fest entschlossen, sich jeder Unterhaltung zu verweigern. So, wie er das Sherryglas abwehrend vor sich hielt. Lord und Lady Grattan konnte sie nirgends ausmachen.

Aber da … Dem Himmel sei Dank! Jetzt betraten die beiden hinter einem jungen, sehr fashionablen Paar den Raum und wurden von Clarissa begrüßt. Täuschte sie sich, oder wirkte Lady Grattan etwas angespannt?

»Wenn Sie mich bitte kurz entschuldigen würden«, sagte Victoria rasch zu dem Lord und eilte durch den Raum.

Lady Grattan blickte in ihre Richtung und wandte sich dann abrupt einigen Damen zu. Ganz bestimmt hatte sie sie wahrgenommen und beschlossen, sie demonstrativ zu übersehen.

Victoria murmelte eine Verwünschung. Irgendwie musste sie es schaffen, im Laufe des Abends das Eis zu brechen und Lady Grattan in ein Gespräch verwickeln.

Frustriert ging Jeremy auf die Eingangstür seines Zuhauses auf der Piccadilly zu. Kutschen mit brennenden Laternen fuhren an ihm vorbei, die Scheinwerfer eines Automobils durchschnitten den Regen. Noch einmal war er im Innenstadtbereich mit dem Motorboot die Themse entlanggefahren, in der Hoffnung, die Rotbuche – während ihn ein anderes Schiff passiert oder ihn sonst etwas abgelenkt hatte – übersehen zu haben. Doch wieder war seine Suche nach dem roten Haus vergebens gewesen.

»Jeremy!«, nahm er eine aufgeregte Frauenstimme wahr, und er drehte sich um. Constance eilte auf ihn zu. Erst jetzt bemerkte er den Daimler der Hogarths am Straßenrand. »Jeremy, mein Gott, wie gut, dass du endlich nach Hause kommst. Ich habe stundenlang versucht, dich telefonisch zu erreichen.« Constance' Gesicht war ganz blass vor Sorge. »Gwynn ist verschwunden. In meinem Schlafzimmer habe ich eine Nachricht von ihr gefunden. Sie will Siobhan suchen. Nanny Hawthorne hat sie gestern nach unten geschickt, um ein Spielzeug von Josephine zu holen. Sie muss unser Gespräch mit angehört haben.«

»Weißt du, wie lange Gwynn schon weg ist?«

»Wahrscheinlich seit dem frühen Nachmittag. Ich habe einen Besuch gemacht, und Josephine und die Nanny waren dabei. Gegen sechs Uhr kamen wir nach Hause, da habe ich die Nachricht gesehen.«

»Hat sie Geld?«

»Sie hat ungefähr fünf Pfund aus meiner Kommode genommen. Sie hat geschrieben, dass sie es mir zurückzahlen wird. Ach, die Ärmste muss völlig verzweifelt sein.«

Er hatte Gwynn versprochen, Siobhan zu finden, und bis jetzt hatte er es nicht geschafft. Jeremy schob die bedrückenden Gedanken beiseite. Ihnen konnte er sich auch später noch widmen. »Hat Gwynn irgendwann einmal erwähnt, dass sie rudern kann?«

»Ich weiß nicht …« Constance stockte. »Warte … Doch,

einmal, ich war gerade zufällig in der *nursery*, hat Josephine ihren Spielzeugelefanten in eine Schachtel gesetzt, einen Löffel auf und ab bewegt und gesagt ›rudern‹. Sie ist mit Louis und mir kürzlich Boot gefahren auf dem See im Hyde Park, das hat sie sehr beeindruckt. Und Gwynn hat ihr dann erzählt, dass sie in Irland oft gerudert ist.«

»Dann traue ich Gwynn zu, dass sie sich ein Ruderboot gemietet hat. Ich war den ganzen Tag auf der Themse unterwegs, ich hätte ihr dort irgendwo begegnen können. Wir sollten deshalb erst einmal an den Ufern des Grand Union Canal nach ihr suchen. Jetzt, bei Nacht, muss sie irgendwo angelegt haben.«

»Ich verständige die Diener. Louis wird sich bestimmt auch an der Suche beteiligen.«

»Ich fahre bis Camden mit dir und sehe mich schon einmal um. Wir können uns dann alle an der Camden Road treffen, dort, wo sie den Kanal überquert.«

Jeremy stieg mit Constance in den Daimler. Während der Chauffeur das Automobil startete, hoffte er inständig, wenigstens Gwynn zu finden – wo er doch bisher bei Siobhan versagt hatte.

Victoria saß am Rand der Tanzfläche und beobachtete die Paare, die sich zu der Musik drehten. Auch während des Dinners – alle Speisen waren selbstredend vom Feinsten gewesen – hatte sich keine Gelegenheit ergeben, mit Lady Grattan zu sprechen. Sie hatte an der Tafel nicht weit entfernt von ihr gesessen, sie aber weiter ignoriert. So viel zu Clarissas Meinung, dass Lady Grattan ein großzügiger, nicht nachtragender Mensch war.

»Danke, nein, ich tanze nicht!« Victoria wehrte höflich,

aber entschieden den jungen Mann ab, der sich nun vor ihr verbeugte. Wenn Jeremy sie begleitet hätte, wäre das anders gewesen. Mit ihm hätte sie liebend gern getanzt. Ohne ihn war ihr nicht danach zumute.

Lord Wimbourne führte Clarissa zur Tanzfläche, und einen Moment beobachtete Victoria die beiden. Ihre Bewegungen harmonierten perfekt, immer wieder blickten sie sich tief in die Augen. Ja, zwischen den beiden knisterte es. Was Clarissa jedoch nicht davon abgehalten hatte, Victoria erneut nach Jeremy zu fragen. Vielleicht gehörte sie ja zu den Frauen, die es einfach nicht ertrugen, wenn nicht alle Männer sie anbeteten.

Victoria entdeckte Lady Grattan, die wie sie selbst die Tanzenden beobachtete, auf der anderen Seite des Ballsaals. Sie beschloss, noch einen letzten Versuch zu unternehmen, mit ihr ins Gespräch zu kommen, und stemmte sich aus dem Sessel hoch. Meine Güte, sie wurde immer schwerfälliger! Lady Grattan wandte sich brüsk ab. Würde sie ihr schon wieder entwischen? Dummerweise versperrte ein Diener, der ein Tablett voller Champagnergläser trug, Victoria kurz den Weg und die Sicht. Der junge Mann stammelte eine Entschuldigung, während sie sich hastig umsah. Lady Grattan war in den angrenzenden Speisesaal gegangen. Sie schritt zielstrebig auf eine Fenstertür zu und trat auf die Terrasse hinaus, als hätte sie lange mit sich gerungen und wäre jetzt zu einem unwiderruflichen Entschluss gelangt. Was wollte sie in der kalten Herbstnacht dort draußen?

Victorias Neugier war geweckt, und sie lief ihr nach. Die Terrasse war menschenleer. Unterhalb der Balustrade ergoss sich Wasser in breiten Kaskaden zu einem See. Im Mondlicht wirkte es wie flüssiges Silber. Schwarz und erhaben zeichneten sich die Ausläufer der Wicklow Mountains vor dem Nachthimmel ab. Victoria ignorierte die Kälte. Wo war nur Lady Grattan? Sie konnte sich doch nicht in Luft ausgelöst haben.

Auf einmal nahm sie eine Bewegung ganz in der Nähe des Sees wahr. Dort musste die Lady sein! So schnell es ihr die hochhackigen Seidenschuhe erlaubten, eilte Victoria die Rasenfläche hinunter. Gerade noch rechtzeitig sah sie, wie die ältere Dame in einen schmalen Weg zwischen kahlen Bäumen einbog. Ein Bach murmelte zwischen Gräsern und Farnen vor sich hin. Plötzlich glaubte sie, geflüsterte Worte und ein unterdrücktes Lachen zu hören. Es drang aus einem Pavillon zu ihr herüber. Lady Grattan steuerte darauf zu.

Dann ertönten ein erschrockener Aufschrei und Lady Grattans zornige Stimme. »Habe ich es mir doch gedacht, dass du dich wieder mit diesem Flittchen triffst. Hältst du mich für so dumm, Ernset, dass ich nicht bemerkt habe, wie ihr euch den ganzen Abend lang verliebt angelächelt habt? Und Sie …«, dies war offenbar an das »Flittchen« gerichtet, »… verschwinden auf der Stelle. Sonst werde ich Ihren Gatten über Ihr Verhältnis mit meinem Mann informieren!«

»Valérie, ich bitte dich!«, versuchte Lord Grattan seine Frau zu besänftigen.

»Gehen Sie!« Wieder Lady Grattan, empört und schneidend.

Gleich darauf kam eine Frau schluchzend aus dem halb von Pflanzen überwucherten Pavillon gestürzt. Victoria wich hastig zurück. Natürlich, jetzt erinnerte sie sich wieder an die junge, hübsche Frau, die neben Lord Grattan an der Tafel im Speisesaal gesessen hatte. Sie war so mit Lady Grattan und ihren eigenen Gedanken beschäftigt gewesen, dass sie auf die beiden gar nicht geachtet hatte.

»Meine Liebe, nun beruhige dich doch bitte ... Es ist nicht so, wie du denkst.« Dies war Lord Grattan.

»Ach ja? Und wie soll ich die Tatsache deuten, dass du dich vor unserem Aufenthalt auf Castle Fota tagelang in einem Hotel in Clifden eingemietet hast, während du angeblich in deinem Wahlkreis unterwegs warst?«

»Du hast mir nachspioniert? Was erlaubst du dir ...« Lord Grattans Stimme bebte vor Entrüstung. Aber noch etwas anderes schwang darin mit. War es Angst? Victoria wünschte sich, sie hätte das Gesicht des Lords sehen können, das Mondlicht gab jedoch nur die Silhouetten des Paares zwischen den Säulen preis.

»Ich habe einen Privatdetektiv damit beauftragt, nach dir zu suchen, denn deine Affären und Heimlichtuereien habe ich satt. Der biedere, konservative Politiker ... Mich kannst du nicht mehr täuschen. Auf gar keinen Fall werde ich mehr unter einem Dach mit dir leben.« Nun eilte auch Lady Grattan an ihr vorbei.

Der Lord zündete sich eine Zigarette an. Der Rauch wehte bis zu Victoria. Plötzlich wurde ihr bewusst, wie kalt es war. Sie zitterte, so durchgefroren war sie. Aber sie wagte es nicht, ihren Platz zu verlassen. Auf keinen Fall wollte sie riskieren, dass der Lord sie bemerkte. Dann endlich erlosch die Zigarette, und Lord Grattan verließ den Pavillon. Er stapfte, einen langen Schatten hinter sich herwerfend, zum Herrenhaus hinauf.

Victoria wartete noch einige Minuten, bis sie ihm folgte. Sie wollte ganz sicher sein, dass er sich nicht mehr im Park aufhielt. Nun zitterte sie auch vor Anspannung. Sie musste unbedingt herausfinden, wann genau Lord Grattan sich in Clifden aufgehalten hatte. Vielleicht war er ja tatsächlich Kathleens Mörder.

Gwynn kauerte sich hinter das Gerümpel, das jemand in dem Hinterhof, in dem sie Schutz suchte, abgestellt hatte. Es bot ihr einen notdürftigen Schutz gegen den Regen. Ihr war eiskalt, und sie war völlig erschöpft. Ihr ganzer Körper schmerzte von der ungewohnten körperlichen Anstrengung des Ruderns. In der Ferne hörte sie das Geräusch fahrender Züge. Von der Straße schallte das Gebrüll eines Betrunkenen zu ihr. Am Nachmittag hatte sie sich in der Nähe der Camden Road ein Boot gemietet und war damit nach Osten gefahren, bis der Kanal – zu ihrer Überraschung und ihrem Erschrecken – in der Nähe eines großen Bahnhofs geendet hatte.

Ihr war nichts anderes übrig geblieben, als umzukehren. Bei der hereinbrechenden Dunkelheit war sie nicht viel weiter als bis zu ihrem Ausgangspunkt gelangt. Sie hatte das Boot an Land gezogen und unter einem Gebüsch versteckt und sich dann diesen Schlafplatz gesucht. Ein Bett in einer Herberge zu mieten war ihr zu gefährlich und zu teuer. Sie würde das Geld, das sie von Lady Hogarth »geliehen« hatte, noch dringend brauchen, wenn sie Siobhan gefunden hatte.

Tränen der Verzweiflung stiegen ihr in die Augen. Es war ihr alles so einfach erschienen, als sie blindlings losgerannt war. Aber sie hatte ja nicht die geringste Ahnung, wo genau dieser Kanal entlangführte. Und dann gab es ja auch noch den großen Fluss, die Themse. Sie musste sich irgendwo eine Karte von London kaufen, um sich zu orientieren.

Schließlich dämmerte Gwynn ein. Im Halbschlaf saß sie mit Siobhan in einem Ruderboot auf dem Meer. An der Küste stand das kleine Anwesen ihrer Eltern. Ein heller, Geborgenheit verheißender Ort vor der düsteren Bergkette der Wicklow Mountains.

»Gwynn …« Sie schreckte auf. Ja, jemand rief ihren Namen. Der Schein einer Taschenlampe fiel durch den Regen und huschte über das Gerümpel. Zwischen den Brettern sah sie einen Diener von Lord und Lady Hogarth. »Gwynn …«

Sie war nahe daran, sich bemerkbar zu machen. Aber sie schämte sich zu sehr wegen des gestohlenen Geldes. Noch einmal ließ der Diener den Schein der Taschenlampe über den Hof wandern. Dann rief er jemandem auf der Straße »Hier ist sie nicht« zu und ging davon.

Irgendwie überstand sie die Nacht. Bei Anbruch des Morgens kroch sie unter dem Gerümpel hervor. Sie war nun doch völlig durchnässt, denn es hatte ohne Unterbrechung geregnet. Sie fror erbärmlich, und der Hunger bohrte sich wie ein Messer in ihren Magen. Kraftlos stolperte sie auf die Straße hinaus. Ganz in der Nähe waren Fenster erleuchtet. Sie gehörten zu einem Lokal. Die Wärme, die es verhieß, war verlockend. Außerdem musste sie etwas essen, sonst würde sie bald zu schwach zum Rudern sein.

In dem Fenster neben der Eingangstür erblickte Gwynn ihr Spiegelbild. Ihr Hut war verbeult, der Mantel schmutzig. Hastig versuchte sie, ihr Haar zu ordnen und sich einen Fleck von der Wange zu wischen. Doch sie unterschied sich nicht sehr von den Gästen, überwiegend Fuhrleute und Straßenkehrer, wie sie aus ihrer Kleidung und ihren Gesprächen schloss. Sie bestellte einen Tee und ein belegtes Brot und setzte sich in einen Winkel, wo sie mit gesenktem Kopf ihre spärliche Mahlzeit verschlang.

Danach fühlte sie sich ein bisschen besser. Sie war auch wieder zuversichtlicher, was ihre Suche nach Siobhan betraf. Als Nächstes, ehe sie das Boot aus dem Versteck holte, würde sie eine Karte von London kaufen. Der Kellner sagte ihr auf ihre schüchterne Frage hin, dass sie bestimmt in einem der Läden im Bahnhof Primerose Hill einen Stadtplan erhalten würde, und beschrieb ihr den Weg.

Als wäre ihr das Schicksal gewogen, hatte nun auch der Regen nachgelassen. Sogar die Sonne kam zwischen den Wolken hervor. Gwynn war der breiten Straße ein Stück gefolgt, als ein Mann aus dem Eingang eines Backsteinhauses trat. Sie verspürte eine jähe Ahnung von Gefahr und wich zurück, erkannte, dass der Mann ein Hausknecht aus der Mile End Road war. Doch es war zu spät. Er hatte sie im selben Moment erkannt wie sie ihn. Ehe sie sich noch aus ihrer Erstarrung befreien und fliehen konnte, hatte er sie gepackt und in das Haus gezerrt.

»Ihr Name ist also Hilarius Knowland.« Am Vortag hatte der stämmige Aufseher das Dokument, das Hopkins' Bedürftigkeit bewies, gelangweilt zur Seite gelegt. Hopkins hatte die ersten Aufnahmeprozeduren hinter sich gebracht – etwa das Baden in einer nicht sehr sauberen Zinkwanne. Er hatte sich mit dem Gedanken getröstet, dass er in Italien Ähnliches erlebt hatte. Danach war ihm die grobe Armenhauskluft ausgehändigt worden. »Glauben Sie ja nicht, dass Sie sich hier auf die faule Haut legen können. Nichtstun wird nicht geduldet. Was für einen Beruf hatten Sie denn?«, fuhr der Aufseher mit der Befragung fort.

»Ich war Börsenmakler«, erwiderte Hopkins demütig.

»Nun ja, mit Aktien werde Sie hier nicht handeln. Haben Sie in Ihrem Leben auch mal was Nützliches gemacht?« Der Aufseher lehnte sich auf seinem Stuhl zurück und trommelte mit den Fingern auf die Tischplatte.

»Ich kann gut kochen.«

»Kochen … Als Börsenmakler …«

»Ja, meine Eltern besaßen ein Wirtshaus in Arklow. In meiner Jugend musste ich oft in der Küche helfen. Die Freude am Zubereiten von Speisen ist mir geblieben.« Hopkins besann sich darauf, dass er sich besser weniger gewählt ausdrücken sollte.

»Für wie viele Leute haben Sie denn in Ihrer Jugend gekocht?« Der Aufseher wirkte plötzlich interessiert.

»An Sonntagen manchmal für zweihundert Personen.«

»Und Sie würden es sich zutrauen, eine große Küche zu organisieren? Für etwa sechshundert Menschen?«

Hopkins schluckte kurz. »Ja, doch …«

»Mitkommen, Mister.« Der Mann sprang auf, stapfte aus dem Raum und durch einen langen Korridor. Hopkins humpelte ihm auf seinen Stock gestützt hinterher. Am Ende des Flures befand sich eine riesige Küche mit zwei Herden und vier Feuerstellen. Etwa zwei Dutzend Männer und Frauen in Anstaltskluft saßen an schmutzigen Tischen und schnitten Kohlköpfe und Kartoffeln klein. Es stank nach angebranntem Essen. Zwei Ratten balgten sich um ein Stück Fleisch. Hopkins wollte lieber nicht wissen, woher die Flecken auf dem Boden rührten.

»Von mir aus können Sie Ihr Glück versuchen, Mister. Schlimmer kann's sowieso nicht mehr werden.«

»Gibt es denn keinen Koch?«

»Doch, aber der liegt seit zwei Tagen mit einer Lungenentzündung danieder.«

»Dann bräuchte ich die Schlüssel zur Speisekammer.«

»Nee, nee, so läuft das nicht, Alterchen. Sie sagen mir, was Sie brauchen, und ich händige es Ihnen dann aus.« Der Aufseher schüttelte den Kopf.

»Wenn ich nicht selbst über die Nahrungsmittel bestimmen kann, übernehme ich die Aufgabe nicht.«

»Wo denken Sie denn, dass Sie sind, Mister? Sie haben hier überhaupt nichts zu bestimmen. Entweder Sie tun, was ich Ihnen sage, oder Sie packen Ihre Sachen und verhungern auf der Straße.«

Hopkins wies unbeeindruckt auf eine Mäusefamilie, die um einen Tisch herumwuselte. »Außerdem müssen sofort ein paar Katzen angeschafft werden. Und sorgen Sie bitte für Putzzeug.«

Das Gesicht des Aufsehers wurde puterrot, Hopkins fürchtete schon, zu weit gegangen zu sein.

»Nun, die Sauberkeit ist wirklich verbesserungswürdig.« Der Armenhausdirektor Osiah Bowen hatte die Küche soeben betreten und wandte sich an den Aufseher. Unwillkürlich senkte Hopkins den Kopf, aber Bowen beachtete ihn gar nicht. »In einer Woche findet die halbjährliche Inspektion des Armenhauses statt. Wir wollen doch einen guten Eindruck machen. Schaff ein paar Katzen an, und stell Leute zum Putzen frei.«

»Wie Sie wünschen, Sir.« Der Aufseher nahm Haltung an. »Und das Essen könnte auch wohlschmeckender sein. Einige Damen haben dies bei der letzten Inspektion angemerkt.« Mr. Bowen wedelte mit der Hand, um den Gestank zu vertreiben.

»Ja, Sir, ich kümmere mich darum.«

Mr. Bowen nickte dem Aufseher noch einmal zu, dann stolzierte er davon.

»Eine Inspektion ... Dazu zählen bestimmt viele feine Leute, nicht wahr?«, ließ sich Hopkins vorsichtig vernehmen.

»Das hat Sie nicht zu interessieren!«, schnauzte der Aufseher ihn an. »Und was die Schlüssel zur Speisekammer betrifft ... Die können Sie vergessen.«

SECHSUNDZWANZIGSTES KAPITEL

In der Halle des Shelbourne Hotels blätterte Victoria die Nachmittagsausgabe der *Irish Times* durch. Sie war nervös, denn sie wartete auf einen Anruf McEvoys. Am Morgen hatte sie mit ihm telefoniert, ihm von dem belauschten Gespräch im Park erzählt und ihn gebeten, sich unter einem Vorwand in den Hotels von Clifden nach Lord Grattan zu erkundigen.

Die Abendgesellschaft auf Charleston House fand natürlich in der Zeitung Erwähnung, und Clarissa wurde als strahlend schöne junge Witwe beschrieben. Auch Lord Wimbourne wurde namentlich genannt. Ob er und Clarissa ein Verhältnis hatten? Victoria hielt dies für ziemlich wahrscheinlich.

»Madam, ein Anruf ist für Sie eingegangen. Sie können ihn in Kabine 3 entgegennehmen.« Ein Page war zu ihr getreten.

Endlich! Aufgeregt erhob Victoria sich und eilte zu den Telefonkabinen, die seitlich der Rezeption untergebracht waren.

»Mr. McEvoy, danke, dass Sie zurückrufen. Wie geht es Ióseph?«, sprudelte sie hervor.

»Der Junge hält sich ganz wacker.«

»Das ist immerhin eine gute Nachricht. Konnten Sie denn etwas über Lord Grattan herausfinden?«

»Ja, er ist in Clifden im Ocean Hotel abgestiegen. Und zwar vom 12. bis 15. Oktober.« McEvoys Stimme klang gelassen wie immer. »Laut dem Personal ging er häufig im Moor auf die Jagd.«

»Lord Grattan könnte also jener Mann sein, den Ióseph am 13. Oktober in der Nähe des verlassenen Weilers gesehen hat. Ist es denn ganz sicher, dass er am 15. Oktober wieder abgereist ist? In diesem Fall käme er ja nicht als Kathleens Mörder infrage.«

»Er reiste zumindest aus dem Ocean Hotel ab. Darüber, wo sich der Lord in den nächsten Tagen aufhielt, konnte ich leider noch nichts herausfinden. Mrs. Bredon-Ryder, ich werde morgen nach Dublin kommen. Ich schlage vor, dass wir uns treffen und gemeinsam überlegen, wie wir weiter vorgehen könnten.«

»Das ist eine gute Idee … Möchten Sie gegen vier Uhr ins Shelbourne Hotel kommen?«

»Sehr gern, und, Madam, unternehmen Sie bitte bis dahin nichts auf eigene Faust.«

»Nein, das werde ich nicht.«

Wieder fühlte Victoria sich gerührt von McEvoys Sorge und verdrehte gleichzeitig innerlich ein bisschen die Augen. Wie auch immer … Sie musste unbedingt mit Hopkins sprechen.

Victoria war froh, dass sie daran gedacht hatte, sich von Mrs. Evans alte Kleidung zu leihen. In ihrem fadenscheinigen Mantel, dem zerbeulten Hut und den abgetragenen Schuhen fiel sie unter den Passanten auf der North Brunswick Street nicht auf. Noch nicht einmal die Straßenkinder beachteten sie. Ihre gute Kleidung hatte sie in einem Schließfach im Kingsbridge Terminus verstaut, wo sie sich auf der öffentlichen Toilette umgezogen hatte. Sonst hätte sie sich über die Maskerade amüsiert. Aber dazu waren die Umstände zu ernst.

Das Kleine schien jedenfalls über ihren Ausflug in das Armenviertel nicht sehr erfreut zu sein, denn es war sehr unruhig. Es wollte sie wohl an Jeremys Warnung, vorsichtig zu sein, gemahnen.

Ich passe schon auf uns auf, sagte Victoria in Gedanken. *Hier ist es nicht schlimmer als im Londoner East End, und dort bin ich ja auch öfter unterwegs.*

»He, hier können Sie nicht einfach so rein, Lady.« Vor dem Eingang des Armenhauses trat ihr ein Wächter in den Weg. »Sind Sie hier untergebracht?«

»Ich möchte gern meinen Onkel Mr. Knowland besuchen«, sagte Victoria gespielt schüchtern und blickte ihn mit großen Augen an. »Er ist vor Kurzem hier aufgenommen worden.«

»Mr. Knowland, gut, dann kommen Sie mal mit.«

Anscheinend hatte Hopkins eine gewisse Bekanntheit erreicht, obwohl er sich erst seit einem Tag in dem Armenhaus aufhielt. Was ein gutes oder ein schlechtes Zeichen sein mochte. Der Wächter führte sie eine Treppe hinunter in das Souterrain und dort in eine große Küche. Katzen tigerten hier herum, der Boden blitzte vor Sauberkeit. Auch die Arbeitstische waren geschrubbt. Männer und Frauen in Armenhauskleidung schälten Kartoffeln, schnitten Rüben in Scheiben oder kneteten Teig.

»Mr. Knowland, Besuch für Sie!«, rief der Wächter und ging wieder seiner Arbeit nach.

Hopkins, der, auf seinen Stock gestützt, den Inhalt eines Kessels auf einer Feuerstelle inspizierte, drehte sich um. Er wirkte erschöpft, doch er strahlte Zufriedenheit aus. Er hatte, fand Victoria, Ähnlichkeit mit einem Feldherrn nach einer siegreich geschlagenen Schlacht.

»Meine liebe Nichte, wie reizend von dir, deinen armen alten Onkel nicht zu vergessen.« Hopkins dirigierte Victoria zu einem abseits gelegenen Tisch.

»Wie ist es Ihnen ergangen, Hopkins?«, raunte sie.

»Nun, es stellte eine gewisse Herausforderung dar, die hygienischen Zustände in dieser Küche zu verbessern. Aber ich glaube doch sagen zu können, dass ich in der kurzen Zeit schon einige Erfolge erzielt habe. Auch wenn natürlich noch viel zu tun bleibt.«

»Und die Katzen?«

»Der Ratten und Mäuse wegen. Gift hielt ich für zu bedenklich.«

Wie auf Kommando sprang ein großer schwarzer Kater direkt vor sie auf den Tisch. »Kusch, wirst du wohl!«

Hopkins scheuchte das Tier weg und drohte ihm mit seinem Stock. Der Kater ließ sich auf einer Bank nieder und beobachtete ihn mit schief gelegtem Kopf, als wollte er sich ein Bild von ihm machen. Victoria unterdrückte ein Lächeln. Als Vogelliebhaber und Birdwatcher war Hopkins kein Freund von Katzen.

»Lord Grattan hielt sich am 13. Oktober in Clifden auf. Er könnte der Mann sein, den Ióseph im Moor gesehen hat. Das wollte ich Ihnen mitteilen, Hopkins.«

»Das ist gut zu wissen, Miss Victoria. Dem offiziellen Komitee, das die Anstalt beaufsichtigt, gehört Lady Grattan, anders als in Rathdrum, nicht an. Das habe ich inzwischen vom Personal erfahren. Die Leute sind glücklicherweise mitteilsamer als der fürchterliche Aufseher. Es existiert jedoch noch eine Gruppe von Wohltätern, die das Armenhaus unterstützen und es auch regelmäßig besuchen. Möglicherweise zählt die Dame dazu.«

»In diesem Fall könnte Lord Grattan über seine Gattin auch hier unauffällig Zugang haben.«

»Allerdings ... Ich bin zuversichtlich, während der nächsten Tage mehr darüber herauszufinden. Heute Nacht habe ich übrigens Mr. Bowens Büro einen Besuch abgestattet.« Der Kater begann sich nun ausgiebig zu putzen, ließ Hopkins jedoch weiter nicht aus den Augen.

»Das heißt, Sie sind in das Büro eingebrochen?«

»Das Schloss mittels eines Dietrichs zu öffnen war ein Kinderspiel. Leider konnte ich dort nichts herausfinden, was uns irgendwie weiterhilft. Nirgendwo war Kathleens, Gwynns oder Siobhans Name erwähnt. Es ist, als hätten sie niemals in dem Armenhaus gelebt. Mr. Bowen hat alle Spuren sorgfältig verwischt.«

»Seien Sie bloß vorsichtig, Hopkins. Diese Männer sind skrupellos.«

»Selbstverständlich werde ich vorsichtig sein.« Ein wildes Kreischen ließ ihn zusammenzucken. Der Kater hatte sich mit einem raubtierhaften Satz auf eine Ratte gestürzt, die sich, angelockt von den Düften aus den Kochtöpfen, aus einem Loch gewagt hatte. Sie wehrte sich verzweifelt, nur um gleich darauf mit durchgebissenem Genick auf dem Boden liegen zu bleiben. Victoria wandte den Blick ab. »Du liebe Güte. Ich werde das gleich beseitigen.« Hopkins seufzte. »Um auf Kathleen zurückzukommen. Sie lebte ja, das ist eines der wenigen Dinge, die wir über sie wissen, in einem Armenhaus im County Donegal. Ich hatte gehofft, über die Register der hiesigen Anstalt zu erfahren, in welchem. Eine Hoffnung, die sich leider zerschlagen hat. Deshalb habe ich überlegt, ob es sinnvoll sein könnte, alle Armenhäuser im County Donegal unter einem Vorwand anzuschreiben und so nach Kathleen zu forschen.«

»Das ist eine gute Idee, das werde ich übernehmen.« Victoria nickte zustimmend.

»Vielleicht sollten Sie die Briefe besser postlagernd schicken, damit niemand Ihre Adresse erfährt. Gibt es denn Neuigkeiten von Mr. Ryder?«

»Er konnte Siobhan immer noch nicht aufspüren. Und irgendwie habe ich das Gefühl, dass noch mehr vorgefallen ist, etwas Schlimmes, das er mir in seinen Telegrammen nicht mitteilt.«

»Miss Victoria, ich glaube, das bilden Sie sich nur ein«, erklärte Hopkins beruhigend.

Nein, ich bilde mir bestimmt nicht ein, dass in London irgendetwas Schlimmes vorgefallen ist, dachte Victoria und ging geistesabwesend in Richtung Kingsbridge Terminus. Sie und Jeremy waren eng miteinander verbunden. Selbst auf die große Entfernung spürte sie, dass ihn etwas stark belastete. Sie hatte auch schon versucht, ihn in ihrer Wohnung anzurufen, hatte ihn jedoch nie angetroffen. Ob sie einmal mit Constance telefonieren sollte? Vielleicht wusste die Freundin ja etwas.

An einer Straßenecke blieb Victoria stehen und ließ einen Leiterwagen voller Bierfässer passieren. Ein kräftiger Wind wehte, die tief hängenden, dunklen Wolken kündeten von baldigem Regen. Sie hielt ihren Hut fest, damit er nicht mit dem welken Laub davongewirbelt wurde. Hoffentlich würde sie den Bahnhof noch im Trockenen erreichen. Ihr

Rücken machte sich wieder einmal schmerzhaft bemerkbar. Ach, sie sehnte sich nach ihrem Hotelzimmer und einem warmen Bad.

Auf der gegenüberliegenden Straßenseite stand eine große Frau, die einen groben Umhang trug und einen Korb in der Hand hielt. Wie Victoria ging sie nun, da die Straße frei war, los. Eine neue Windböe blähte den Umhang und wehte die Kapuze zurück. Victoria lächelte die Frau verständnisvoll an, doch diese beachtete sie nicht. Mit einem ärgerlichen Laut zog sie die Kapuze wieder tief in die Stirn. Für einen Moment hatte Victoria einen Blick auf ihr Gesicht erhascht. Ungläubig sah sie ihr nach. Doch auch die Größe stimmte und die stolze Art, wie die Frau sich bewegte.

Nein, sie hatte sich nicht getäuscht. Die Frau war Clarissa. Was tat sie in dieser Verkleidung in Dublins Armenviertel? Etwas Gutes hatte das sicher nicht zu bedeuten. Victoria wich einem Eselskarren aus und eilte ihr durch den jäh einsetzenden Regen hinterher. Clarissa lief ein Stück die Queen Street entlang und bog dann in eine Seitenstraße ein, wo sie in einem Hauseingang verschwand. Victoria wartete einen Moment. Dann folgte sie ihr in das Gebäude.

Drinnen war es fast dunkel. Denn die Fenster im Treppenhaus waren mit Brettern vernagelt. Weiter oben hörte Victoria Schritte auf den Holzstufen. Sie fasste nach dem Geländer und orientierte sich an dem Geräusch, erschrak, als ihre Hand plötzlich ins Leere griff. Vom Treppenabsatz fiel ein wenig Licht herunter. Das Geländer existierte über eine Länge von mehreren Metern nicht mehr. Neben ihr gähnte der Treppenschacht. Sie sah hoch, und genau in diesem Augenblick schlüpfte Clarissa in eine der Wohnungen.

Sollte sie sich oberhalb im Treppenhaus verbergen?

Nein, die Gefahr, dass jemand aus den darüberliegenden Stockwerken herunterkam, war zu groß. Victoria tastete sich an der Wand entlang zurück ins Erdgeschoss. Draußen rannte sie zu einer nahen Toreinfahrt, die ihr Schutz vor dem prasselnden Regen bot.

Es dauerte eine ganze Weile, bis Clarissa das Haus verließ. Victoria fror, ihre Kleidung war ganz klamm von der feuchten Luft. Sie wartete, bis Clarissas Gestalt um eine Straßenecke verschwunden war, dann lief sie wieder zu dem Gebäude. Sie hatte einen Plan, und sie hoffte, dass er aufgehen würde.

Eine Frau öffnete die Tür der Wohnung, die Clarissa zuvor betreten hatte. Direkt dahinter befand sich eine Küche, in der zwei Betten standen. Eine Karbidlampe, die von einer abbröckelnden Stuckrosette herabhing, verbreitete spärliches Licht.

Graue Strähnen durchzogen das Haar der Frau. Ihre Schürze schien nur von Flicken zusammengehalten zu werden, an den Füßen trug sie grobe Holzpantinen. Ihre Oberlippe war eingefallen, als ob sie keine Zähne mehr hätte. Auf dem Boden hockten zwei Jungen, vielleicht vier und sechs Jahre alt. Sie schoben ein Holzstück hin und her und ahmten dabei die Geräusche einer Eisenbahn nach.

»Madam? Kann ich Ihnen irgendwie helfen?«

Die Frau musterte Victoria fragend, aber nicht unfreundlich. Sie sprach mit einem starken irischen Akzent.

»Entschuldigen Sie, dass ich Sie störe.« Victoria besann sich gerade noch rechtzeitig darauf, ihrem Oberklassenenglisch den breiteren Tonfall der Mittelschicht zu verleihen. Sonst wäre sie mit ihrer ärmlichen Kleidung völlig unglaubwürdig gewesen. »Vorhin habe ich in der Nähe des Kingsbridge Terminus eine Frau gesehen. Sie hat einen Schal verloren. Und eben, hier in der Straße, sah ich die Frau wieder. Sie kam aus diesem Haus. Ich rief ihr nach, aber wegen des Regens hat sie mich nicht gehört. Ich habe auch schon an die Türen in den unteren Stockwerken geklopft. Aber niemand kennt sie.« Victoria zeigte der Irin den Wollschal, den ihr Mrs. Evans in Kincraighie House gegeben hatte. Für jemanden, der in Armut lebte, war so ein Schal viel wert.

»Sie sind ja 'ne sehr ehrliche Haut.« Die Irin lächelte sie an, in ihrer oberen Zahnreihe klaffte tatsächlich eine große Lücke. »Dann wird der Schal wohl Mrs. Beringer gehören. Ich heb ihn für sie auf.«

»Das ist nett von Ihnen ... Oh ...« Victoria fasste an den Türsturz, als wäre ihr plötzlich schwindlig geworden. »Hätten Sie vielleicht ein Glas Wasser für mich?«

»Klar, meine Liebe. Ach, Sie erwarten ja was Kleines. Setzen Sie sich doch.« Die Irin rückte ihr einen Schemel zurecht und reichte ihr eine Blechtasse mit Wasser. In einem der Betten richtete sich ein mageres Mädchen auf und blickte Victoria neugierig an. Zuvor hatte sie es gar nicht bemerkt. Offensichtlich war das Kind krank. Victoria schätzte es auf zwölf oder dreizehn Jahre. Sein Gesicht war ganz rot und geschwollen, als ob es Mumps hätte. Sie war heilfroh, dass sie die Krankheit als Kind ebenfalls gehabt hatte und nun immun dagegen war.

»Leg dich wieder hin, Doreen. Da gibt's nichts zu sehen.« Die Irin wandte sich erneut Victoria zu. »Sie hat den Ziegenpeter, unsere Doreen.«

Also hatte sie mit ihrer Vermutung richtig gelegen. »Danke für das Wasser ...« Victoria trank langsam. Die beiden kleinen Jungen waren auf dem Boden herangerutscht. »Ham Sie vielleicht 'n Bonbon für uns, Ma'am?«, fragte nun der größere der beiden.

»He, Ciaran, wirst du wohl still sein?« Die Mutter drohte ihm mit der Hand.

»Das macht doch nichts. Nein, leider habe ich kein Bonbon.« Victoria schüttelte den Kopf. Für den Fall, dass sie etwas Geld brauchen würde, hatte sie allerdings ein paar Münzen eingesteckt. Sie holte einen halben Penny aus ihrer Manteltasche und reichte ihn dem Jungen. »Das ist für dich und deine Geschwister.«

Der Junge strahlte sie an. »Danke, Ma'am.«

»Das wär' jetzt wirklich nicht nötig gewesen.« Doch auch die Mutter schien sich zu freuen. »Im wievielten Monat sind Sie denn, Liebes?«

»Fast im achten.«

»Na, dann haben Sie's ja nicht mehr so sehr lange bis zur Geburt. Bei meinen sechsen ging's immer ganz leicht.«

»Es tut gut, das zu hören. Es ist mein erstes Kind.« Victoria lächelte.

»Glauben Sie mir, anstrengend wird's erst danach.« Die Irin seufzte und deutete auf die Jungen, aber nun huschte auch ein Lächeln um ihren eingefallenen Mund.

»Die Frau, die den Schal verloren hat, kommt mir irgendwie bekannt vor«, schwindelte Victoria. »Aber ich kann mich beim besten Willen nicht daran erinnern, woher.«

»Mrs. Beringer hilft seit ein paar Monaten in der Suppenküche in der Queen Street mit. Dorther kennen wir sie. Sie hat's nicht leicht im Leben gehabt, sie ist Witwe. Aber das hält sie nicht davon ab, sich für andere Leute einzusetzen.«

An dieser Geschichte stimmt immerhin, dass Clarissa Witwe ist, dachte Victoria sarkastisch.

»Und heute ist Mrs. Beringer eigens wegen Doreen gekommen und hat Hühnerbrühe und Eier für sie gebracht.« Die Irin nickte in Richtung des Mädchens.

»Tatsächlich?«

»Ja, und den Doktor hat sie auch bezahlt. Mrs. Beringer is' ein echter Engel für uns.«

»Das hört sich wirklich so an.«

Victoria konnte es nicht glauben.

SIEBENUNDZWANZIGSTES KAPITEL

Ein kleiner Junge stand mit seiner Nanny am Ufer des Sees im Saint Stephen's Green Park und ließ ein Papierboot auf dem Wasser schwimmen. Trotz der Kälte waren recht viele Menschen in der Grünanlage mit den zwei Wasserflächen und dem schönen Baumbestand unterwegs. Victoria hatte McEvoy gebeten, mit ihr einen Spaziergang von dem nahen Shelbourne Hotel aus zu unternehmen.

»Ich kann einfach nicht glauben, dass sich Clarissa aus uneigennützigen Motiven als Florence Nightingale betätigt«, schloss sie. Sie fand das so absurd, dass sie einfach jemandem ihr Herz hatte ausschütten müssen.

»Vielleicht ist Lady Clarissa Davitt ja doch ein besserer Mensch, als Sie denken.« McEvoy lächelte ein wenig.

»Weshalb sollte Sie dann unter falschem Namen in der Suppenküche tätig sein?« Unwillkürlich war Victoria stehen geblieben.

»Möglicherweise, um Ihre Großmut zu verschleiern?« McEvoy fing Victorias ungläubigen Blick auf und hob die Hände. »Ja, Sie haben recht. Es ist wirklich seltsam.«

»Beim Dinner auf Castle Fota hat sie sich abfällig über arme Menschen geäußert, hat behauptet, jeder sei seines Glückes Schmied. Ich würde ihr zutrauen, dass sie die Lebensverhältnisse in dem Armenviertel ausspioniert, um Notleidenden zu schaden. Sie hat enge Kontakte zu konservativen Politikern wie Lord Grattan. Ich halte es zum Beispiel für denkbar, dass sie solchen Männern ein Rüstzeug an die Hand geben will, um staatliche Hilfen noch restriktiver zu handhaben.«

»Ja, das wäre eine Erklärung. Darf ich fragen, weshalb Sie allein in dem nicht ganz ungefährlichen Viertel unterwegs waren?« McEvoy sah Victoria aufmerksam an.

»Ich habe Hopkins, meinen Butler, in dem Armenhaus in der North Brunswick Street besucht und war gerade auf dem Rückweg, als ich Clarissa begegnete.«

»Verzeihen Sie, ich verstehe nicht ... Ihr Butler hielt sich in dem Armenhaus auf? Weshalb hat er Sie denn dann nicht begleitet?«

Ein Schwan watschelte nun ans Ufer und breitete seine Schwingen aus, der kleine Junge drückte sich ängstlich an seine Nanny. Gleichzeitig betrachtete er den mächtigen Vogel fasziniert. Ob sie so auch einmal mit ihrem Kind am Ufer eines Sees kauern, Schwäne und Enten beobachten, vielleicht ein Papierboot schwimmen lassen würde?

»Oh, das habe ich Ihnen ja noch gar nicht erzählt. Hopkins hat sich unter falschem Namen in das Armenhaus einweisen lassen.«

»Das meinen Sie jetzt nicht ernst, Madam!« McEvoy war völlig perplex.

»Es ist die Wahrheit. Ich konnte es ihm einfach nicht ausreden. Er hofft, so mehr über die Frauenhändler zu erfahren.«

»Ihr Butler ist mehr als ungewöhnlich.«

»Ja, das ist er. Er hat meinem Vater gelegentlich bei der Aufklärung von Mordfällen assistiert. Wenn mein Vater bei Fällen, mit denen er als Gerichtsmediziner befasst war, Zweifel an der Arbeit der Polizei hatte, hat er ja selbst ermittelt. Seit damals ist Hopkins ein begeisterter Kriminalist.«

»Konnte er denn in dem Armenhaus etwas herausfinden?«

»Bislang nur, dass der Direktor Mr. Bowens äußerst vorsichtig ist und sämtliche Spuren verwischt hat. Kathleen, Gwynn und Siobhan tauchen in keinem Register auf. Es ist, als hätten sie nie existiert. Und das gilt sicher für alle Frauen, die von dem Armenhaus aus ahnungslos in Londoner Bordelle geschickt wurden.«

»Ja, das ist leider mehr als wahrscheinlich.« McEvoy nickte. Langsam gingen sie weiter.

Der kleine Junge begann zu weinen. Wahrscheinlich würde die Nanny ihn schnell beruhigen können. Dennoch fühlte Victoria sich plötzlich ganz trostlos. Sie musste an Kathleens Leichnam im Moor denken, ihren brutal geschändeten Körper, und an Gwynn, die wegen ihrer Schwester völlig außer sich gewesen war.

McEvoy berührte Victorias Arm, als hätte er ihre Traurigkeit bemerkt. »Ich werde auch nach den Hintermännern suchen. Ich verfüge über gewisse Kontakte. Seien Sie unbesorgt. Diese Verbrechen bleiben nicht ungesühnt.«

»Von welchen Kontakten sprechen Sie?«, fragte Victoria überrascht.

»Einem vertrauenswürdigen Netzwerk.«

»Wie kann ich das verstehen?«

»Nun …« McEvoy zögerte kurz, sprach dann jedoch weiter, als wäre er zu einer Entscheidung gelangt. »Wie Sie wissen, habe ich Mitglieder der Irischen Republikanischen Bruderschaft vor Gericht verteidigt. Meine Beziehung zu der Vereinigung reicht jedoch weiter.«

»Gehören Sie der Bruderschaft selbst an?«

»Ich beteilige mich nicht an Aktionen, bei denen Menschen zu Schaden kommen könnten. Aber ich übermittle Nachrichten, verhelfe Männern, die von der Polizei gesucht werden, zur Flucht. Das bin ich diesem Land einfach schuldig. Die Iren haben genug unter dem englischen Joch gelitten. Sie sollen endlich frei sein.«

Also hatte Jeremy mit seiner Vermutung, dass McEvoy der Irischen Republikanischen Bruderschaft nahestand, doch recht gehabt.

»Habe ich Sie mit meinem Geständnis schockiert, Mrs. Bredon-Ryder?« McEvoys Blick bat um Absolution.

»Nein, und ich werde auch nichts davon verraten.« Victoria schüttelte den Kopf. »Ich bin einfach nur dankbar, dass Sie mir helfen.«

Hopkins durchquerte die Eingangshalle des Armenhauses. Er hatte gerade das Abdecken im Speisesaal der Männer überwacht – in dem riesigen Raum saßen zweihundert Bewohner Reihe um Reihe hintereinander an Tischen, die gerade einmal so breit wie die Teller waren – und überlegt, wie überaus dumm es war, dass alle Männer gleich große Portionen erhielten, egal, ob sie nun jung und immer hungrig waren oder alt und nicht mehr viel Appetit hatten, als der Aufseher seinen Weg kreuzte. Auch der schwarze Kater schlich am Fuß der Treppe herum. Hopkins' Begeisterung, die beiden zu sehen, hielt sich sehr in Grenzen. Doch da er den Aufseher schon traf, konnte er ihn auch ansprechen.

»Sir«, er humpelte dem Mann in den Weg, »in der Gerste, die gestern geliefert wurde, befanden sich viele Spelzen und Steinchen. Auf einem der Säcke stand der Preis. Ein Shilling pro Zentner ist für diese schlechte Qualität viel zu teuer. Das gleiche gilt für die Linsen. Außerdem waren viele Kohlköpfe faulig.«

»Seit wann hat ein Börsenmakler Ahnung von Lebensmittelpreisen?« Der Aufseher schnaubte verächtlich.

»Ich habe mich auf dem Markt erkundigt. Die Nahrungsmittel, die für das Armenhaus eingekauft werden, sind überteuert.« Hopkins hätte dies auch ohne einen Besuch auf dem Markt gewusst. Ganz gewiss hatte der Aufseher Absprachen mit den Händlern getroffen und steckte einen Teil des Geldes in die eigene Tasche.

»Ich hab Sie fürs Kochen engagiert, Mister. Das ist alles, was Sie zu interessieren hat. Kapier'n Sie endlich mal, dass Sie hier nichts zu melden haben.« Der Mann stapfte die Treppe hinauf, und Hopkins wandte sich dem Korridor zum Souterrain zu. Was für ein widerlicher Kerl! Er war noch nicht weit gekommen, als er plötzlich einen Aufschrei hörte und dann ein Poltern. Hastig drehte er sich um. Der Aufseher fiel die Stufen hinunter. Hopkins sah gerade noch einen schwarzen Schatten um die Ecke huschen. Nur seine langjährige Tätigkeit als Butler ließ ihn dem Mann auf die Füße helfen.

»Dieser verdammte Kater, immer schleicht er Ihnen hinterher. Wenn ich ihn erwische, ziehe ich ihm das Fell über die Ohren«, heulte der Aufseher, ließ sich mit schmerzverzerrtem Gesicht auf eine Stufe sinken und massierte seinen Knöchel.

Hopkins wollte klarstellen, dass er den Kater nun wirklich nicht abgerichtet hatte, ihm zu folgen, doch die Briefe, die dem Mann bei seinem Sturz aus der Hand gefallen waren und die nun verstreut auf den Steinplatten lagen, hielten ihn davon ab. Sie waren sämtlich an den Direktor Mr. Bowen adressiert.

»Oh, Sir, es tut mir außerordentlich leid …«, beteuerte er gespielt bestürzt, »ich hoffe sehr, dass Sie sich nicht ernstlich verletzt haben. Dürfte ich Ihnen meinen Stock leihen? Nein, Sie benötigen ihn nicht? Aber wäre es vielleicht eine Hilfe für Sie, wenn ich Mr. Bowen die Post überbringe? Gewiss ist das Treppensteigen jetzt schmerzhaft für Sie.«

»Ja, kümmern Sie sich meinetwegen um die Post«, knurrte der Aufseher.

Wie wäre es mit einem Danke?, dachte Hopkins. Keinerlei Manieren hatte der Kerl.

Rasch, ehe der Mann es sich anders überlegte, klaubte er die Briefe zusammen und humpelte, so schnell es ihm sein angebliches Gebrechen erlaubte, die Stufen hinauf. Auf dem Treppenabsatz, außer Sichtweise des Aufsehers, der immer noch vor sich hin fluchte, blätterte er die Post durch. Einige Briefe im üblichen Format, ein großer Umschlag, auf dem als Absender ein Armenhaus im Städtchen Donegal stand … Er konnte unmöglich alle Briefe zurückhalten und sie heimlich öffnen, das würde auffallen, aber wenn er …

Kathleen hatte irgendwo in einem Armenhaus in der gleichnamigen Grafschaft Donegal gelebt. Das Risiko, diesen einen Brief an sich zu nehmen, könnte sich lohnen. Kurz entschlossen schob Hopkins den großen Umschlag unter seine Jacke. Dann setzte er seinen Weg zu Mr. Bowens Büro fort.

Erst spät am Abend fand Hopkins die Zeit und die Gelegenheit, den Umschlag unbemerkt zu öffnen. Er hatte sich mit einer Schüssel kochend heißen Wassers in einen Verschlag hinter der Küche zurückgezogen, wo leere Körbe und Säcke aufbewahrt wurden. Dort hielt er das Kuvert so lange in den Dampf, bis sich die Gummierung zu lösen begann. Mit seinem Taschenmesser half er etwas nach. Hopkins war sehr zuversichtlich. Er hatte Übung in so etwas. Ganz sicher würde niemand bemerken, dass er sich an dem Kuvert zu schaffen gemacht hatte.

Zwischen Sackhüllen, die auf einem der Regale lagen, nahm er ein grünliches Schillern wahr. Dort hockte der Kater und beobachte ihn wieder einmal. Seine Miene – sofern man bei Katzen von so etwas sprechen konnte – wirkte geradezu triumphierend.

»Gut«, sagte Hopkins seufzend, »du hast dir einen Fisch verdient. Aber glaub nur nicht, dass wir beide jetzt Freunde werden.«

Er zog den Inhalt vorsichtig aus dem Kuvert – vier Schwarz-Weiß-Fotografien. Eine, die größte, zeigte eine Gruppe von etwa dreißig jungen Frauen in dunklen Kleidern und weißen Schürzen vor der Fassade eines tristen Gebäudes. Zwei Frauen waren mit einem kleinen Kreuz und Nummern markiert. An der unteren Kante des Bildes standen noch einmal die Nummern und Namen: Eliza McGovern und Annie Wood. Auf den übrigen drei Fotografien waren die beiden noch einmal zu sehen, nun von Nahem. Die eine hatte sehr dunkles Haar, die andere helles. Beide waren außergewöhnlich hübsch.

Hopkins überlief eine Gänsehaut. Hatten sie vielleicht die ganze Zeit über einen falschen Denkansatz verfolgt? Vielleicht wurden die zur Prostitution ausersehenen Frauen gar nicht von Mitgliedern der Armenhauskomitees oder Förderern vor Ort entdeckt. Möglicherweise trafen die Männer, die hinter dem Frauenhändlerring standen, anhand von Bildern ihre Auswahl. Wer mochte die Fotografien nur aufgenommen haben?

Völlige Dunkelheit umgab Gwynn. In dem Keller roch es feucht und modrig, sie hatte jedes Zeitgefühl verloren. In dem Haus in der Nähe des Bahnhofs Primerose Hill hatte man sie in einen Verschlag gesperrt und dann in der Nacht in einer Kutsche hierhertransportiert. Seither hatte sie keinen ihrer Peiniger mehr zu Gesicht bekommen. Auch zu essen und zu trinken hatte sie nichts erhalten. Ob man sie hier sterben lassen wollte? Über den Hunger war sie hinweg, sie spürte ihn kaum noch. Aber der Durst quälte sie.

»Raus mit dir, du Miststück.«

Sie musste kurz weggedämmert sein. Der Hausknecht beugte sich über sie und zog sie auf die Füße. Er zerrte sie grob eine steile Treppe hinauf und in einen Korridor. Geblendet von der jähen Helligkeit schloss sie die Augen. Sie wurde in einen Raum gestoßen, prallte mit der Hüfte gegen ein Möbelstück und jammerte vor Schmerzen auf.

»Lass dir das eine Warnung sein. Du wirst noch viel Schlimmeres erleiden, wenn du mir nicht die Wahrheit sagst.« Diese Stimme kannte sie. Gwynns Magen verwandelte sich in einen Klumpen aus Eis. Der Schließer lehnte in dem von einer Gaslampe erhellten Raum an einer Wand und betrachtete sie nachdenklich. Auf seinen Wink hin wurde sie von dem Hausknecht auf einen Stuhl gedrückt.

»Wo warst du, seit du aus der Mile End Road geflohen bist?« Seine Stimme war scharf wie ein Peitschenhieb.

»Ich … Ich …« Gwynns Zunge klebte an ihrem ausgetrockneten Gaumen. »Ich hab mich an verschiedenen Orten in der Stadt versteckt.«

»Tatsächlich? Und wo hast du die gute Kleidung her und das Geld, das man in deinem Rock gefunden hat?«

»Ich hab's gestohlen. Das Geld und die Kleider. In einem Laden …«

»In deinem Kittel hätte man dich doch niemals in ein feines Geschäft gelassen.«

»Es …« Ihre Stimme klang ganz heiser. Sie schluckte, versuchte, Zeit zu gewinnen. »Es war ein Laden, wo's gebrauchte Kleider gibt. Ich hab mich reingeschlichen und erst einmal versteckt.«

Der Schließer musterte sie mit kalten Augen. Nein, er glaubte ihr ganz sicher kein Wort. Auf einen weiteren Wink von ihm hin verließ der Hausknecht den Raum. Erschöpft ließ Gwynn den Kopf hängen. Was würden sie nun mit ihr anstellen? Aber sie würde die Menschen, die ihr geholfen hatten, nicht verraten. Hoffentlich würde sie bald ohnmächtig werden, bald sterben …

»Gwynn!«

Siobhans Schrei fuhr ihr durch und durch. Gwynn hoffte noch, sie hätte sich getäuscht, ihre kleine Schwester stünde nicht dort in der Tür, im Griff des Hausknechts. Doch sie war es. Ihr engelhaftes Gesicht blass, die blauen Augen vor Überraschung und Schrecken weit aufgerissen.

Im nächsten Moment hatte der Schließer Siobhan gepackt und ihre Hand ergriffen. Er bog ihren kleinen Finger zurück.

»Also, wo warst du? Sag endlich die Wahrheit, oder deine Schwester wird dafür bezahlen!«

Siobhan stöhnte vor Schmerzen und krümmte sich, als der Schließer den Finger weiter und weiter bog.

»Ich …«

Bestimmt würden Victoria Bredon-Ryder und Lord und

Lady Hogarth dafür büßen müssen, wenn sie sie verriet. Die Männer, für die der Schließer arbeitete, würden es nicht dulden, dass man ihre Pläne durchkreuzte. Und die kleine Josephine war so verletzlich.

Dann ein grässliches Knacken, als der Fingerknochen brach. Siobhan schrie auf, halb ohnmächtig hing sie in den Armen des Schließers.

»Und?«, blaffte der Schließer. »Hast du es dir überlegt, oder muss ich weitermachen?«

Halb irre vor Entsetzen sah Gwynn, wie der Schließer einen anderen Finger packte.

»Ich …« Sie wollte ihm alles verraten. Doch nun hob Siobhan den Kopf. Tränen rannen über ihre Wangen. Schon immer hatten sie sich auch ohne Worte verständigen können. Nein, tu es nicht, Gwynn, beschwor sie ihr Blick. Trotz der Schmerzen war er auch voller Zorn. Verrate ihnen nichts!

»Ich hab die Kleider und das Geld gestohlen.«

Hatte sie das wirklich gesagt? Gwynn erwartete, das furchtbare Knacken des brechenden Fingers zu hören, und gleich darauf Siobhans Schmerzensschrei.

Doch der Schließer wandte sich an den Hausknecht. Er deutete auf Gwynn. »Schaff sie wieder in den Keller. Die Herren müssen entscheiden, was mit ihr geschehen soll.«

Was übersah er nur? Jeremy starrte auf den Stadtplan von London, der ausgebreitet auf dem Schreibtisch in der Bibliothek lag. So oft hatte er ihn in den vergangenen Tagen studiert, dass er den Verlauf der Themse und des Grand Union Canal mittlerweile aus dem Gedächtnis hätte nachzeichnen können.

Nicht nur was Siobhan betraf, hatte er versagt, auch Gwynn konnte er nicht finden. Alles, was er bislang in Erfahrung gebracht hatte, war, dass sie in der Nähe der Camden Road ein Ruderboot gemietet hatte und dann, am Vortag, kurz nach Tagesanbruch, in einem Gasthof auf der Chalk Farm Road gesehen worden war. Laut einem Kellner wollte sie sich in der Primrose Hill Station eine Karte von London kaufen. Doch in den entsprechenden Läden konnte sich niemand an sie erinnern. Vorausgesetzt, Gwynn hatte ihren Plan nicht geändert – und das glaubte Jeremy nicht –, war sie irgendwo zwischen dem Gasthof und dem Bahnhof wie vom Erdboden verschwunden. Ob sie überfallen worden war? Oder gar Schlimmeres? Eine andere plausible Erklärung gab es nicht.

Wenn Sir Arthur noch Commissioner von Scotland Yard wäre, ließen sich Haus-zu-Haus-Befragungen auf der Chalk Farm Road durchführen. Vielleicht hatte jemand etwas beobachtet. Oder die Bewohner eines Gebäudes waren einem Nachbarn irgendwie verdächtig erschienen. Aber Sir Arthur war seines Amtes enthoben worden. Auf Betreiben jener Männer, die Frauen als Prostituierte in Bordelle lockten und sie dann aus einer perversen sexuellen Lust demütigten und folterten.

Erst an diesem Tag hatten die Zeitungen wieder ausführlich über Lord Lyson berichtet und ihn als Inbegriff eines englischen Aristokraten gelobt – integer, bescheiden und ganz seiner Tätigkeit als Botschafter in Ägypten verpflichtet. Jeremy hatte plötzlich einen üblen Geschmack im Mund. Er ging in die Küche, um sich ein Glas Wasser zu holen, als er Big Ben zehn Mal schlagen hörte.

Geistesabwesend blieb er an der Spüle stehen, bemerkte kaum, dass das Wasser über den Rand des inzwischen vollen Glases rann. Das Schlagen einer Uhr ... Victoria hatte bei Gwynn noch einmal nachgehakt, wie Mary, jene Prostituierte, die in das rote Haus gebracht worden war, die Fahrzeit in der Kutsche habe bestimmen können. Und Gwynn hatte geantwortet, dass sie sich am Schlagen von zwei Kirchturmuhren orientiert habe. Einer in Stepney, und einer anderen in der Nähe des roten Hauses.

Was, wenn eine der Uhren nicht richtig funktioniert hatte und die Entfernung, die die Kutsche zurückgelegt hatte, deshalb viel größer war, als er vermutet hatte? Dies würde endlich erklären, warum er das rote Haus bisher weder an der Themse noch am Grand Union Canal gefunden hatte. Vielleicht lag es ja an einem ganz anderen Fluss oder Wasserweg.

Die Redaktion des *Spectator* in der Fleet Street war von Gaslampen erhellt. Etliche Kollegen verfassten hier spät in der Nacht ihre Artikel für die Morgen- oder die Nachmittagsausgaben. Vor einer guten Stunde hatte Jeremy den Reverend von St. Dunstan's in Stepney herausgeklingelt. Der anglikanische Pfarrer hatte damit gerechnet, spät in der Nacht zu einem Notfall gerufen zu werden, und war entsprechend irritiert und verärgert gewesen, als Jeremy ihn nach Unregelmäßigkeiten an der Kirchturmuhr in den vergangenen eineinhalb Jahren gefragt hatte. Er hatte sich auf die nötigsten Erklärungen beschränkt. Laut den Versicherungen des Geistlichen war die Uhr vor fünf Jahren das letzte Mal repariert worden und hatte seitdem einwandfrei funktioniert. Dann hatte er die Tür des Pfarrhauses zugeschlagen.

Jeremy entdeckte einen Kollegen von den lokalen Nachrichten in dem Großraumbüro. Er war gerade dabei, einen Artikel in seine Schreibmaschine zu tippen.

Jeremy setzte sich auf den Rand des Schreibtisches. »Peter, ist dir irgendetwas darüber bekannt, dass in den letzten achtzehn Monaten eine Londoner Kirchturmuhr nicht funktioniert hat?«

»Da bist du an der falschen Adresse. Ich bin kein Uhrmacher und kein Glöckner. Außerdem … Solltest du nicht deine Flitterwochen in Irland verbringen?« Auch Peter Cummings, ein behäbiger Mann in den Dreißigern, schaute ihn an, als hätte er den Verstand verloren.

»Es gab Probleme mit den Handwerkern in unserer Wohnung. Aber … wenn eine Kirchturmuhr für längere Zeit ausgefallen sein sollte, hätte das doch bestimmt für Ärger in der Umgebung geführt. Viele Menschen sind nun einmal auf das Schlagen der Glocken angewiesen.«

»Von den südlichen Stadtteilen Londons weiß ich da nichts.« Cummings blickte demonstrativ auf seinen Notizzettel, um klarzumachen, dass er in Eile mit seinem Artikel war. »Herbert Cahn hätte dir wahrscheinlich etwas zum Norden sagen können …«

»… aber er hat den *Spectator* vor ein paar Wochen verlassen und arbeitet nun in Edinburgh für ein schottisches Blatt.«

»Genau … Es bleibt dir wahrscheinlich nichts anderes übrig, als dich durch unser Archiv zu wühlen.« Cummings zuckte gleichmütig mit den Schultern.

»Fällt dir wirklich nichts ein?«, insistierte Jeremy. »Ich weiß, meine Frage nach der Kirchturmuhr hört sich albern an. Aber es ist wirklich äußerst wichtig für mich zu erfahren, ob es da Probleme gab.«

»Recherchierst du für eine Geschichte?«

»Nein, es geht um etwas Privates. Eine Frau ist in Gefahr. Das ist auch der wahre Grund, weshalb ich in London bin. Mehr kann ich dir im Moment leider nicht sagen.«

Cummings blickte Jeremy nachdenklich an. »Aber daraus könnte ein Artikel werden?«

»Ja, vielleicht eine wirklich große Sache. Ich würde dir auch alle Informationen überlassen.«

»Du hast einen guten Riecher für Geschichten. Versprochen, dass ich die Informationen bekomme?«

»Ja, versprochen.« Jeremy nickte.

»Herbert hatte da diesen Informanten. Offiziell ein Scherenschleifer. Inoffiziell ist er in einige krumme Sachen verwickelt. Wie auch immer … Er kommt in der Stadt herum und ist eine wahre Nachrichtenbörse. Du müsstest ihn am Nachmittag im Green Man in Spitalsfield treffen. Dort in der Nähe wohnt er nämlich. Den Nachnamen weiß ich nicht, aber sein Vorname ist Robby.«

ACHTUNDZWANZIGSTES KAPITEL

In einer Kutsche passierte Victoria das südliche Tor des Phoenix Parks. Dahinter erstreckte sich die mehrere Meilen lange Chesterfield Avenue, die die riesige Grünanlage schnurgerade durchschnitt. Sogar einen Zoo gab es auf dem Gelände. Einige Reiter, die den regenlosen Morgen zu einem Ausritt nutzten, waren unterwegs, ebenso Spaziergänger. Wie im Londoner Hyde Park sah man sich hier und wurde gesehen. Auch Clarissa und der Marquess of Wimbourne ritten hier gelegentlich aus, wie Victoria sich sarkastisch erinnerte.

Vor einer guten Stunde, im Frühstücksraum des Shelbourne Hotels, war der Portier an ihren Tisch getreten und hatte ihr einen Zettel überreicht. Ein Straßenjunge habe die Nachricht für sie überbracht, hatte der stets überaus reservierte Mann etwas indigniert erklärt. Die Nachricht war von Hopkins gewesen. Er bat sie, sich um zehn Uhr am Wellington Monument mit ihm zu treffen. Zu ihrer großen Verwunderung hatte er auch geschrieben, sie solle bitte ihre Zeichensachen mitbringen.

Schon als die Kutsche vor dem riesigen Obelisken hielt, der zu Ehren von Arthur Wellesley, dem ersten Duke of Wellington und Sieger der Schlacht von Waterloo, errichtet worden war, entdeckte Victoria ihren Butler. Er kauerte, seinen Stock in der Hand, auf einer Parkbank, die etwas zurückgesetzt unter Bäumen stand. Sie hatte keine Zeit gehabt, sich ärmlich zu kleiden. Aber es würde wohl hoffentlich niemandem auffallen, wenn eine schwangere Dame der Oberschicht, erschöpft und ermüdet, neben einem alten Herrn in einem schäbigen Mantel Platz nahm.

Zu ihrer Erleichterung wirkte ihr Butler munter und wohlauf.

»Wie überaus günstig, Miss Victoria, dass meine Nachricht Sie rechtzeitig erreicht hat.« Hopkins neigte höflich den Kopf. »Ich habe gestern Nacht eine erstaunliche und erschreckende Entdeckung gemacht, die ich Ihnen so bald wie möglich zeigen wollte.« Er holte einige Schwarz-Weiß-Fotografien aus einem Umschlag.

»Mein Gott ...« Victoria schlug die Hand vor den Mund, als sie erkannte, dass die Bilder junge Frauen zeigten. »Wie sind Sie denn an diese Aufnahmen gelangt, Hopkins?«

Victoria grauste es, als sie die Kreuze neben den beiden jungen Frauen auf der Gruppenaufnahme sah und die Nummern, als wären sie keine Menschen, sondern Dinge, die man in einem Katalog bestellen könnte, und ihre arglosen, hübschen Gesichter auf den kleineren Bildern.

»Durch eine Verkettung glücklicher Umstände.«

»Es wirkt so, als hätte jemand angesichts der Fotografien eine Auswahl getroffen.«

»Oder jemand hat schon vor Ort eine Wahl getroffen und die Bilder sollen den oder die Empfänger darüber informieren. Wie auch immer ... Ich vermute, dass Mr. Bowen, der Direktor des Armenhauses, die Bilder weiterleiten soll. An die Hintermänner des Frauenhändlerrings oder auch direkt an die Freier.«

»Möglicherweise handelt es sich um dieselben Personen.«

»Auch dies ist nicht ausgeschlossen.« Hopkins seufzte. »Könnten Sie die Gesichter von Eliza McGovern und Annie Wood abzeichnen, Miss Victoria? Ich fürchte, ich kann die Bilder nicht länger zurückhalten. Das Fehlen des Briefes könnte sonst auffallen.«

»Ja, natürlich.« Victoria holte ihren Block und einen Bleistift aus ihrer Tasche und fertigte schnell einige Skizzen an. Wieder wurde ihr ganz kalt bei der Vorstellung des Schicksals, das Eliza und Annie zugedacht war. Sie würde alles tun, um sie davor zu bewahren. »Wer mag die jungen Frauen nur fotografiert haben?«

»Diese Frage habe ich mir seit gestern Nacht auch immer wieder gestellt. Als Absender auf dem Kuvert ist das Armenhaus des Städtchens Donegal angegeben. Es könnte lohnend sein, der dortigen Anstalt einen Besuch abzustatten. Leider dürfte es Aufsehen erregen, wenn ich ein, zwei Tage lang dem Armenhaus in der North Brunswick Street fernbleibe, um dorthin zu reisen.« Hopkins verstaute die Bilder wieder in dem Umschlag. »Gibt es denn Nachrichten von Mr. Ryder?«

»Nur dass er weiterhin nach Siobhan sucht. Ich mache mir wirklich Sorgen und bin überzeugt, dass er mir etwas verschweigt.«

Victorias Versuche, Jeremy in ihrer Wohnung ans Telefon zu bekommen, waren nach wie vor vergeblich gewesen, und im Heim der Hogarths in Hampstead hatte sie auch nur den Butler angetroffen.

»Wenn Mr. Ryder nach Irland kommt, wird er sich gewiss um das Armenhaus in Donegal kümmern.«

»Ja, bestimmt.« Victoria nickte.

Die Gesichter von Eliza McGovern und Annie Wood

schienen sie von dem Skizzenblock bittend und vorwurfsvoll anzusehen. Sollte sie nicht doch selbst die Reise nach Donegal unternehmen?

In der Telefonkabine des Shelbourne Hotels hielt Victoria den Hörer umklammert. Sie stellte sich vor, wie das Fräulein von der Vermittlung die Nummer ihrer Wohnung in London wählte, wie das Klingeln durch die vertrauten Räume schallte. Ach, hoffentlich würde Jeremy es registrieren und das Gespräch entgegennehmen! Sie sehnte sich so danach, seine Stimme zu hören. Im Verlauf der Unterhaltung würde sich sein Tonfall ändern, je nachdem, ob er lächelte oder nachdenklich oder ärgerlich über etwas war – es wäre fast so, als säße er ihr gegenüber. Sie wollte mit ihm über die Fotografien sprechen, die Hopkins gefunden hatte, und die Implikationen, die sich daraus ergaben. Vielleicht, dies würde sie einer Entscheidung entheben, würde er ja tatsächlich sehr bald in Dublin eintreffen.

»Madam …?« Nur die Frage des Fräuleins klang jetzt durch den Hörer. »Leider konnte ich das Telefonat nicht vermitteln.«

»Dann versuchen Sie es bitte mit folgender Londoner Nummer.« Victoria nannte der Telefonistin die von Constance und Louis in Hampstead. Vielleicht würde sie ja wenigstens dort Glück haben.

»Einen Augenblick, Madam.«

»Ja, bitte?«, tönte gleich Constance' Stimme an Victorias Ohr.

Sie neigte dazu, Telefonate selbst entgegenzunehmen und dies nicht Jenkins zu überlassen. Auch wenn der Butler darüber, wie Victoria vermutete, nicht sehr erfreut war.

»Constance, dem Himmel sei Dank, dass ich wenigstens dich antreffe«, sagte Victoria hastig. »Seit Tagen versuche ich vergeblich, Jeremy zu erreichen. Außer knappen Telegrammen habe ich nichts von ihm gehört.«

»Die Suche nach Gwynn nimmt ihn sehr mit.«

»Du meinst, die nach Siobhan.«

»Nein ... Hat Jeremy dir etwa nicht mitgeteilt, dass Gwynn verschwunden ist?« Es knackste und rauschte in der Leitung, und für einige Augenblicke konnte Victoria nicht verstehen, was die Freundin sagte. »Sir Arthur wurde wegen angeblicher Korruption seines Postens als Leiter von Scotland Yard enthoben, man hat ihn von jetzt auf gleich vom Dienst suspendiert. Vermutlich wegen der Razzia in dem Bordell in der Mile End Road. Jeremy ist deswegen völlig außer sich und macht sich große Sorgen.«

Ihr Gefühl hatte sie also nicht getrogen. Wieder wurde es Victoria ganz kalt, und sie sah die anklagenden Gesichter von Eliza und Annie vor sich.

Victoria stand in der Schlange am Postlagerschalter im Hauptpostamt in der Sackville Road. Bis zur Abfahrt des Zuges nach Donegal war noch ausreichend Zeit. Deshalb hatte sie beschlossen, im Postamt nachzufragen, ob vielleicht schon Armenhausdirektoren aus dem gleichnamigen County auf ihre Briefe zu Kathleen geantwortet hatten. Vielleicht ließe sich das ja mit ihrer Reise in den Verwaltungssitz der Grafschaft verbinden.

Sie musste einfach versuchen herauszufinden, wer die beiden jungen Frauen fotografiert hatte. Diese Person würde sie zu Kathleens Mörder führen. Davon war sie fest überzeugt. Victoria hatte mit dem Gedanken gespielt,

McEvoy zu bitten, sie zu begleiten, hatte sich dann jedoch dagegen entschieden. Jeremy würde sicher alles andere als glücklich darüber sein, dass sie nach Donegal fuhr. Wenn McEvoy, der ja tatsächlich ein Mitglied der Irischen Republikanischen Bruderschaft war, sie begleitete, würde dies ihren Mann noch mehr aufbringen.

»Madam, was kann ich für Sie tun?« Der Beamte hinter dem Schalter sah sie fragend an.

Victoria hatte gar nicht bemerkt, dass sie an der Reihe war. Sie nannte dem rothaarigen Iren ihren Namen und bekam drei Briefe ausgehändigt. Draußen, unter dem hohen Säulenvorbau, blieb sie stehen und riss den ersten der Briefe auf. Der Armenhausdirektor von Ballyshannon bedauerte es sehr, keine Frau namens Kathleen O'Failin zu kennen. Das Gleiche galt für den Direktor der Anstalt in Letterkenny. Der letzte der drei Briefe stammte aus dem Städtchen Donegal.

Ja, schrieb der Direktor, ein Mr. Grenville, von September 1906 bis April 1907 habe eine gewisse Kathleen O'Failin in dem Armenhaus gelebt. Bis er sie dann auf die Empfehlung eines anonymen Wohltäters hin nach Dublin geschickt habe. In der Anstalt in der North Brunswick Street könne man ihr gewiss über Miss O'Failins weiteren Lebensweg Auskunft geben.

Geistesabwesend verfolgte Victoria, wie ein Schwarm Tauben die Lord-Nelson-Säule gegenüber dem Hauptpostamt umkreiste. Es konnte kein Zufall sein, dass Kathleen in demselben Armenhaus gelebt hatte, in dem auch Eliza und Annie untergebracht waren.

Jeremy steuerte das Motorboot aus der Schleuse, dort, wo der River Brent in den Grand Union Canal mündete. Es war schon dämmrig. Ein herber Geruch von welkendem Laub lag über dem Wasser, und über den Ufern hingen Nebelfetzen. Im Green Man in Spitalsfield hatte er mit dem Scherenschleifer namens Robby gesprochen. Es hatte ihn ein Bestechungsgeld von einem Pfund gekostet. Dann erst war der kleine Mann mit dem unsteten Blick bereit gewesen, seine Frage zu beantworten. An der Kirche St. Stephen's in Ealing hatte im Februar zwei Wochen lang die Turmuhr die falsche Zeit geschlagen. Eine gute Stunde war sie nachgegangen. Die anschließende Reparatur hatte nur dazu geführt, dass die Uhr einige Monate lang ganz ausgefallen war. Wahrscheinlich hatte die alte Prostituierte das Schlagen nur ein einziges Mal vernommen – und dann mit der falschen Zeit. Also war sie zwei Stunden lang mit der Kutsche unterwegs gewesen und hatte eine doppelt so weite Entfernung von der Mile End Road zurückgelegt. Bisher hatte er immer in einem viel zu kleinen Umkreis nach dem roten Haus gesucht.

Der River Brent schlängelte sich durch Felder und Wiesen, hinter denen kleine viktorianische Häuser mit hübschen Gärten zu erkennen waren. Der Wind wehte an diesem Abend von Osten, was Jeremy die Glockenschläge erst spät hören lassen würde – vorausgesetzt, Robby hatte ihn nicht angelogen. Die Bebauung wurde spärlicher und wich immer weiter von den Ufern zurück. Nun verlief der Fluss durch eine ausgedehnte Grünfläche, auf der alte Bäume wuchsen. Irgendwo bellte ein Hund. Das Licht einer Fahrradlampe flackerte durch die Dämmerung, die erleuchteten Fenster jenseits der Wiesen bildeten gelbe Lichtpunkte.

Rauch von einem Narrowboat, das am Ufer festgemacht

war, wehte über das Wasser. Der Schiffer drehte sich neugierig zu dem ungewohnten Motorboot um. Jeremy blickte auf seine Armbanduhr. Jetzt mussten eigentlich bald Glockenschläge zu hören sein. Er stellte den Motor ab, lauschte. Es war plötzlich so still, dass er glaubte, seinen eigenen Herzschlag zu vernehmen. Ganz in der Ferne ratterte ein Zug über Gleise. Und nun – fünf tiefe Glockenschläge.

Mit gedrosseltem Motor fuhr er weiter. Der Fluss machte einen Bogen. Die Häuser rückten wieder an die Ufer heran. Ein Windstoß wehte Blätter über das Wasser. Auf dem Boden des Motorboots blieben einige liegen. Jeremy bückte sich, nur um gleich darauf scharf die Luft einzuziehen. Es war das Laub einer Rotbuche.

Fast gleichzeitig sah er die riesige Krone vor dem inzwischen fast dunklen Himmel aufragen. Wieder stellte er den Motor ab. Eine hohe Mauer umgab das Areal, auf dem der Baum stand. Das Haus war hinter dem Geäst nur undeutlich zu erkennen, doch es schien groß zu sein. Zuerst dachte er, es wäre dunkel und verlassen, dann nahm er da und dort einen schwachen Lichtschimmer am Rand von geschlossenen Fensterläden wahr. Jeremy umklammerte den Bootsrand. Er hatte den Ort, an dem Siobhan gefangen gehalten wurde, gefunden.

Von der blauen Lampe mit der weißen Aufschrift POLICE tropfte der Regen. Hinter dem Fenster im Erdgeschoss sah Jeremy den wachhabenden Sergeant an einem Schreibtisch sitzen. Er war nun doch nervös. Vom Fluss aus war es unmöglich gewesen, unbemerkt in das rote Haus einzudringen. Kaum hatte er den Motor des Bootes abgestellt, waren zwei wütend bellende Hunde an der Mauer des Anwesens hochgesprungen. Der Lautstärke nach zu schließen riesige Tiere. Mit der Vorderseite des Gebäudes verhielt es sich nicht besser. Die Eingangstür war massiv, die Fenster in den beiden unteren Stockwerken waren zudem mit Gittern gesichert. Deshalb hatte er beschlossen, auf die Dienstmarke und den Polizeiausweis zurückzugreifen, die ihm Sir Arthur einige Wochen zuvor ausgehändigt hatte.

»Sir?«

Der Sergeant, ein drahtiger Mann in den Fünfzigern, blickte Jeremy höflich, aber nicht sonderlich interessiert an. Ealing war ein wohlhabender Vorort von London und nicht für eine hohe Kriminalitätsrate berüchtigt. Wahrscheinlich erwartete er, einen Taschendiebstahl oder einen Einbruch gemeldet zu bekommen.

»Inspector Francis Soyer von Scotland Yard.« Jeremy zeigte dem Sergeant Marke und Dienstausweis. Er sprach ruhig und im Befehlston, auch wenn ihm in der warmen Wachstube der Schweiß ausbrach. »Ich muss eine Razzia in einem Bordell in der Ruislip Road durchführen und benötige vier Männer als Unterstützung.«

»Auf der Wache sind wir im Moment nur zu dritt, Sir.« Der Sergeant und die beiden jungen Constables waren aufgestanden und nahmen Haltung an.

»Dann holen Sie zwei Polizisten von der Straße.«

»Natürlich, Sir.« Der Sergeant trat vor die Tür und stieß mit einer Trillerpfeife einen durchdringenden Pfiff aus. »Geht's um das Haus mit der Blutbuche im Garten, Sir?«, fragte er dann.

»Ja.« Jeremy nickte.

»Es gab immer mal Gerüchte, dass dort ein Bordell untergebracht wär. Aber was Konkretes lag nicht vor.«

Gott sei Dank, dies verlieh seinem Vorhaben Plausibilität. Trotzdem fürchtete Jeremy, der Sergeant könnte doch noch zum Telefon greifen und sich in Scotland Yard erkundigen, ob die Razzia tatsächlich angeordnet worden war. Einige bange Minuten verstrichen, bis zwei weitere Constables in der Wache erschienen, die Uniformen durchnässt vom Regen.

»Kann jemand von Ihnen mit einer Pistole umgehen?«, wandte sich Jeremy an die Polizisten.

»Ich, Sir.« Der Sergeant trat vor. »Ich war beim Militär.«

»Das ist gut.« Jeremy händigte ihm eine Waffe samt Munition aus. Er hatte sie sowie eine Stange Dynamit vor ein paar Stunden von einem Mann im East End erhalten, den er von seiner Arbeit bei der Geheimabteilung kannte und der ihm einen Gefallen schuldig war. Er selbst hatte seine Pistole dabei. »Sie und Sie kommen ebenfalls mit.« Er wies auf einen breitschultrigen Constable, der eben noch in den Straßen patrouilliert hatte, und die beiden aus der Wache. Alle machten einen robusten und beherzten Eindruck.

Jeremy erklärte den Männern, wie er vorzugehen beabsichtigte. Als sie die Wache verließen und in die wartenden Kutschen stiegen, schlug die Uhr von St. Stephen's die erste Morgenstunde.

Die Dynamitstange explodierte. Die Eingangstür des roten Hauses flog auf. Jeremy hatte sich entschieden, auf diese rabiate Weise in das Gebäude einzudringen, da er keinen Durchsuchungsbefehl vorzuweisen hatte.

»Polizei!« Durch Rauch und herabrieselnden Schutt stürmte er mit gezogener Pistole in das Haus, den Sergeant dicht an seiner Seite.

»Verdammtes Pack!« Durch den Qualm kam ein sehr

großer, bulliger Mann die Treppe heruntergerannt. In seiner Hand blinkte etwas Metallisches. Eine Kugel pfiff dicht an Jeremys Kopf vorbei.

Jeremy schoss. Der Mann stieß einen Schmerzensschrei aus und stürzte die Stufen hinunter. Noch im Fallen richtete er die Waffe wieder auf die Polizisten, sein Gesicht eine Fratze aus Wut und Hass. Eine Kugel des Sergeants traf ihn in die Brust, und er blieb reglos am Fuß der Stufen liegen.

Drei weitere Männer drängten in die Eingangshalle.

»Hände hoch und an die Wand mit euch!«, brüllte Jeremy.

Einer ging mit einem Messer auf den Sergeant los. Der breitschultrige Constable hieb es ihm mit dem Schlagstock aus der Hand. Im Garten tobten die Hunde. In dem Handgemenge sah Jeremy eine weitere Klinge aufblitzen. Er versetzte dem Angreifer einen Boxhieb in den Magen, der den Mann zusammenbrechen ließ. Der dritte Kerl ließ seinen Dolch fallen und hob die Hände.

Jeremy stieg über den Toten hinweg und eilte die Treppe hinauf. Eine halb nackte Frau lugte in die Halle hinunter. Sie versuchte, vor Jeremy zu fliehen, und schrie panisch, als er sie festhielt.

»Sie haben nichts zu befürchten. Wo finde ich Siobhan?«

Sie starrte ihn stumm an, zitterte am ganzen Körper.

»Siobhan, wo ist sie?«, wiederholte Jeremy. »Ich will ihr nichts Böses.«

»Dort ...« Endlich deutete die Frau auf eine Tür am Ende des Korridors.

Als Jeremy in das Zimmer hastete, presste sich ein blondes Mädchen an die Wand und blickte ihn tief verstört an. Sie hielt ihre Hände, von denen ein Finger bandagiert war, abwehrend von sich gestreckt.

»Siobhan.« Jeremy atmete aus und vollführte eine beruhigende Geste. »Sie sind doch Siobhan, nicht wahr? Ich bin kein Feind. Gwynn hat mir von Ihnen erzählt. Ich will Sie befreien.«

»Gwynn? Gwynn hat Ihnen von mir erzählt?«

Die Stimme des Mädchens war so leise, dass Jeremy Mühe hatte, es zu verstehen. Auf dem Korridor waren die Stimmen der Polizisten zu hören.

»Ja, nachdem sie aus dem Bordell in der Mile End Road geflohen ist.«

»Die Männer haben Gwynn wieder in ihre Gewalt gebracht.«

»Woher wissen Sie das?«

»Ich hab sie gesehen. Der Schließer hat mir … wehgetan, damit Gwynn ihm verrät, wer ihr nach der Flucht geholfen hat. Aber Gwynn hat nichts gesagt. Ich wollte das nicht.«

O Gott, anscheinend hatte man dem Mädchen deshalb den Finger gebrochen. »Siobhan, wissen Sie, wo man Gwynn gefangen hält?«

»Ich hab sie … danach nicht mehr gesehen.« Siobhans Augen füllten sich mit Tränen. »Ich hab solche Angst, dass sie Gwynn getötet haben.« Nun zitterte sie am ganzen Leib.

»Das Haus wird durchsucht. Wenn Gwynn hier gefangen gehalten wird, werden wir sie finden«, sagte Jeremy sanft. »Kommen Sie mit nach unten, Siobhan.«

Er legte ihr eine Decke um die Schultern und führte sie zur Tür.

»Warten Sie …«, flüsterte sie dann und blieb stehen. »Der … der Ring …«

»Wovon sprechen Sie?«

Siobhan huschte zum Bett und machte sich an der Matratze zu schaffen.

»Siobhan …«, drängte Jeremy.

Was auch immer sie gesucht hatte, sie schien es gefunden zu haben, denn nun folgte sie Jeremy, ohne zu zögern.

Unten in der Halle hatte man den Toten beiseitegeschafft und den anderen Männern Handschellen angelegt. »Sir«, der Sergeant trat auf ihn zu, »die Huren befinden sich in dem Raum dort hinten. Falls Sie sie vernehmen möchten. Im Keller hat ein Constable leider eine Tote gefunden.« Er deutete auf Stufen, die von der Eingangshalle nach unten führten. »Die Frau scheint dort gefangen gehalten worden zu sein.«

Siobhan schrie gellend auf und brach zusammen. Schluchzend, die Arme um die Knie geschlungen, blieb sie auf dem Boden sitzen.

Hatte er Siobhan gerettet und war bei Gwynn zu spät gekommen? Jeremy wollte es einfach nicht glauben. Er rannte in den Keller hinunter. Der Schein seiner Taschenlampe glitt über feuchte Wände. Am Ende des Ganges stand ein junger Polizist neben einer Öffnung, die mit einem Gitter und einem Vorhängeschloss versperrt war.

»Dort drin, Sir.« Die Stimme des jungen Mannes klang ganz brüchig.

»Gwynn …« Jeremy bückte sich und leuchtete mit der Taschenlampe durch die Öffnung. »Gwynn …« Ja, sie lag dort auf dem Lehmboden, die Augen eingefallen, und regte sich nicht. »Holen Sie mir ein Brecheisen oder ein anderes Werkzeug, mit dem ich das Schloss aufbekomme«, herrschte Jeremy den Constable an.

»Sir …« Er lief davon.

Gwynn trug die Kleider von Victoria, jetzt waren sie ganz schmutzig und zerrissen. Der Raum hinter dem Gitter war so niedrig, dass höchstens ein Kind aufrecht darin hätte stehen können. Es stank nach Moder und nach Exkrementen. Man hatte Gwynn wie ein Tier eingesperrt.

Jeremy wurde eine schwere Metallstange in die Hand gedrückt. Voller Wut und Trauer hieb er damit auf das Vorhängeschloss ein, bis es zerbrach. Er riss das Gitter auf, kniete sich neben die junge Frau.

»Gwynn …«

Konnte er einen ganz schwachen Puls an ihrem Hals fühlen, oder bildete er sich das nur ein, weil er es sich so sehr wünschte? Er hob sie hoch, trug sie in den Kellergang und die Stufen hinauf. Leblos lag sie in seinen Armen.

»Gwynn!« In der Halle riss sich Siobhan von dem Polizisten los, der sie stützte. Sie stürzte zu Jeremy, streichelte schluchzend Gwynns Gesicht und rief wieder und wieder ihren Namen.

Noch niemals hatte Jeremy sich so elend gefühlt. Er wollte Siobhan sagen, dass Gwynn tot war, aber er brachte die Worte nicht über die Lippen.

»Was für ein Jammer, Sir.« Der Sergeant nahm seine Mütze ab und senkte den Kopf.

»Aber … Gwynn … Gwynn lebt!« Siobhan griff nach Jeremys Arm. Ihre Augen waren auf einmal riesengroß.

»Nein, Sie täuschen sich, Siobhan.«

Doch nun sah auch Jeremy, dass Gwynns Lider flatterten, und er hörte sie flüstern.

»Siobhan … Siobhan …«

Jeremy verließ das Zimmer, in dem ein Arzt und Constance sich um Gwynn kümmerten. Das Haus in Hampstead mit seiner kostbaren Einrichtung und den dicken Teppichen, die die Schritte dämpften, erschien ihm, erschöpft wie er war, seltsam irreal. Er hatte den Sergeant angewiesen, die drei Verhafteten nach Scotland Yard bringen zu lassen. Er hatte keine Ahnung, ob man sie dort vernehmen und festhalten würde. Möglicherweise ließ man sie bald wieder frei. Wichtiger war ihm jedoch im Moment, dass er die zur Prostitution gezwungenen Frauen in Sicherheit wusste. Denn sie waren in der Obhut eines Pfarrers, der sich um Frauen kümmerte, die Opfer von Menschenhändlern geworden waren.

Leise klopfte Jeremy an Siobhans Tür. »Kann ich kurz hereinkommen?«

Auf ihr »Ja, Sir« hin betrat er den Raum.

Siobhan saß, in einen von Constance' seidenen Morgenröcken gehüllt, auf dem Bett und blickte ihm angstvoll entgegen.

»Der Arzt ist davon überzeugt, dass es Gwynn bald besser gehen wird«, sagte Jeremy behutsam. »Sie wäre fast verdurstet, deshalb bekommt sie jetzt Mineralien und Salze eingeflößt.« Einen oder gar zwei weitere Tage in dem Keller hätte Gwynn wohl nicht überlebt. Aber das musste Siobhan jetzt nicht wissen.

»Siobhan«, Jeremy ließ sich auf einem Stuhl ihr gegenüber nieder, »wissen Sie etwas über die Männer, die Ihnen und Gwynn all das angetan haben?«

»Der Schließer … Ist er tot?«

»Falls Sie einen sehr großen, bulligen Mann meinen, dann ja. Er wurde vorhin bei dem Schusswechsel getötet.« Jeremy wartete einen Moment. »Und die anderen Männer? Die Freier, zu denen man Sie und ihre Leidensgenossinnen gebracht hat?«

»Sie wissen …?«

»Ja, ich weiß.« Jeremy nickte.

Siobhan begann zu zittern. »Sie trugen immer Masken. Ich hab nie ein Gesicht gesehen.«

»Hatten sie vielleicht charakteristische Stimmen, oder hatte einer von ihnen einen Akzent?«

»Sie sprachen alle wie Engländer, so wie feine Leute es tun.«

»Wie jemand aus der Oberschicht?«

»Ja … Und ich hab einem von ihnen das hier abgenommen.«

Siobhan griff unter das Kissen und hielt ihm einen Ring entgegen. Vorsichtig nahm er ihn in die Hand. Das Licht der Nachttischlampe fiel darauf. Der Ring war groß und eckig, und auf der Vorderseite war etwas eingraviert. Ein Tier? Jeremy hielt unwillkürlich den Atem an, als er das geflügelte Pferd erkannte.

NEUNUNDZWANZIGSTES KAPITEL

Nebel hing in den Straßen von Donegal. Die mittelalterliche Burg neben dem Hotel wirkte düster und abweisend. An diesem Novembermorgen schien es gar nicht hell werden zu wollen. Victoria fühlte sich wie gerädert. Während der Nacht hatte sie kaum ein Auge zugetan. Die Sorge um Gwynn und Siobhan hatte sie wach gehalten, und sie hatte immer wieder an Ióseph denken müssen, der unschuldig im Gefängnis saß – für einen Mord, den ein reicher und mächtiger Mann begangen hatte. Ein Mann, der über den Einfluss verfügte, selbst dem Commissioner von Scotland Yard seinen Posten zu nehmen.

Wie so oft, wenn sie angespannt war, hatte das Kleine darauf reagiert und war sehr unruhig gewesen. Kaum war sie eingenickt, hatte es sie durch seine Bewegungen geweckt. Auch jetzt machte es sich wieder mit einem Tritt bemerkbar.

»Ist ja gut … ist ja gut …«, flüsterte Victoria zärtlich.

Am Vorabend, nach ihrer mehrstündigen Zugfahrt, waren schon alle Geschäfte in Donegal geschlossen gewesen. Die Gruppenaufnahme der jungen Frauen vor dem Armenhaus hatte ein großes Format und musste deshalb mit einer entsprechenden Kamera aufgenommen worden sein, was darauf hinwies, dass ein professioneller Fotograf sie angefertigt hatte. Denn diese Kameras waren nicht ganz leicht zu bedienen. Deshalb hatte Victoria beschlossen, den einzigen örtlichen Fotografen aufzusuchen und ihn auszuhorchen.

Sie hatte eben die Ladentür geöffnet, als plötzlich Trillerpfeifen schrillten und ein Trupp Polizisten über den kleinen Marktplatz hetzte. Offenbar verfolgten sie jemanden.

»Lieber Himmel, da machen die Engländer wieder mal Jagd auf einen von der Bruderschaft.«

Die große, knochige Frau hinter der Theke verzog den Mund. Es war klar, wem ihre Sympathien galten.

Donegal war eine arme Grafschaft, in der die Landbesitzer nach wie vor zu brutalen Methoden griffen, um Pächter und Kleinbauern von ihrem Grund und Boden zu vertreiben. Auf der Zugfahrt hatte Victoria immer wieder einmal Häuser ohne Dach und mit eingeschlagenen Türen und Fenstern gesehen. Kein Wunder, dass die Irische Republikanische Bruderschaft hier Zulauf hatte. Die Angestellte oder Inhaberin schien nun zu registrieren, dass Victoria, gut gekleidet wie sie war, möglicherweise auch zu den Engländern gehörte. Sie bemühte sich um eine freundliche Miene und fragte, was sie für Victoria tun könne.

»Fertigt dieses Atelier gelegentlich Fotografien von Bewohnern des hiesigen Armenhauses an?«, tastete Victoria sich vor.

»Ja, der Direktor beauftragt mich öfter damit.« Die Frau nickte.

»Oh, tatsächlich?«

Victoria war ja selbst Fotografin, aber es gab nicht viele Frauen, die diesen Beruf ausübten, und hier, in dieser abgeschiedenen Gegend, hätte sie erst recht keine vermutet.

Wieder war in der Ferne das Schrillen von Trillerpfeifen zu hören.

»Ich hab das Geschäft vor fünf Jahren von meinem verstorbenen Mann übernommen und mir das meiste selbst beigebracht.« Die Frau hatte wohl Victorias überraschte Miene wahrgenommen und lächelte.

»Ich bin wegen einer Fotografie hier, die erst kürzlich aufgenommen wurde und eine Gruppe von jungen Frauen vor dem Armenhaus zeigt. Ich bin eine Freundin von Lady Dunbrody, die zu den Gönnern des Armenhauses gehört.« Victoria hatte dies von den Besitzern des Hotels erfahren, ebenso, dass die Lady eine alte Dame war, die ihr Anwesen nicht mehr oft verließ. »Lady Dunbrody hat gehört, dass es diese Aufnahme gibt, und sie möchte gern eine haben. Sie fühlt sich ja den in Not geratenen jungen Frauen sehr verbunden.«

»Lady Dunbrody hat wie immer eine Aufnahme von uns erhalten.«

»Oh …« Victoria murmelte innerlich eine Verwünschung. »Dann muss sie ihre Fotografie verlegt haben.«

»Für drei Penny mache ich Ihnen gern einen Abzug. Das ist die neueste Aufnahme.« Die Inhaberin öffnete eine Schublade und zog eine Kopie des Bildes heraus, das in dem Brief an Mr. Bowen gelegen hatte.

»Das muss die Fotografie sein, von der Lady Dunbrody sprach.« Victoria nickte. »Ich zahle schon im Voraus. Vielen Dank für Ihre Mühe.« Sie schob die Münzen über die Ladentheke, denn sie würde die Aufnahme ja nicht abholen. Was konnte sie nur weiter fragen, ohne das Misstrauen der Inhaberin zu erregen?

»Das Bild wurde übrigens schon einmal nachgeordert«, hörte sie diese unvermittelt sagen.

»Ja?« Victoria bemühte sich, sich ihre Aufregung nicht anmerken zu lassen. »Wahrscheinlich von einem anderen Gönner?«

»Nein, von einem englischen Journalisten. Er arbeitet für eine Zeitung in Manchester, welche, das hab ich vergessen. Meine Tochter Mollie hat ihn bedient. Er sagte, er würde an einer Serie über Armenhäuser schreiben und habe die Erlaubnis von Mr. Grenville, dem Direktor der hiesigen Anstalt, die Fotografie zu verwenden. Hoffentlich lässt er sich von den Honoratioren nicht einwickeln, hab ich zu meiner Tochter gesagt. Meine Mutter hat als Kind selbst eine Zeit lang in einem Armenhaus gelebt. Seitdem mögen die Zustände besser geworden sein, aber gut sind sie noch lange nicht.«

»Mein Gatte ist auch Journalist und hat Kontakte nach Manchester«, behauptete Victoria. »Erinnern Sie sich denn noch an den Namen des Mannes, oder können Sie ihn vielleicht beschreiben?«

»An den Tagen, als er hier war, lag ich mit einer Grippe im Bett.« Die Inhaberin schüttelte den Kopf. »Meine Mollie könnte Ihnen wahrscheinlich weiterhelfen. Aber sie kommt erst am Abend aus Letterkenny zurück. Sie besucht dort ihre Tante. Ach, eines fällt mir noch ein. Mollie sagte, der Journalist wäre schon mal hier gewesen und habe damals auch um den Abzug eines Gruppenbildes gebeten. Er scheint schon länger an den Artikeln zu arbeiten. Na ja, hoffentlich wird was draus.«

»Hat Ihre Tochter erwähnt, wann der Journalist das erste Mal hier war?«

»Ja, letztes Jahr, kurz vor oder nach dem Tag des heiligen Patrick.«

Der Gedenktag des irischen Nationalheiligen war am

17. März und neben Weihnachten, Ostern und Pfingsten das höchste Fest der irischen Katholiken. Wenige Wochen später, im April, hatte Kathleen auf die Empfehlung eines anonymen Gönners hin das Armenhaus in Donegal verlassen und war in die Anstalt in der North Brunswick Street gekommen. So hatte es Mr. Grenville in seinem Brief geschrieben. Wer war nur der angebliche Journalist? Sie musste unbedingt Eliza und Annie sprechen. Vielleicht konnten sie ihr ja einen Hinweis geben.

Jeremy überzeugte sich, dass ihm niemand gefolgt war. Dann erst betrat er die neugotische Kirche am Rand der City. Er hatte plötzlich Angst, dass Sir Arthur seiner Bitte, sich hier mit ihm zu treffen, nicht nachgekommen war. Doch als er ein Stück den Mittelgang entlanggeschritten war, unter der im Stil der Arts-and-Crafts-Bewegung mit Pflanzenornamenten bemalten Decke, sah er den früheren Commissioner in einem Seitenschiff in einer Bank sitzen.

»Sir …« Jeremy ließ sich neben ihm nieder.

Er wollte Sir Arthur sagen, wie froh er war, dass er ihn nicht im Stich gelassen hatte, dass er trotz all seiner eigenen Probleme gekommen war, doch er ließ es sein. Sir Arthur hasste jeglichen Gefühlsüberschwang. Sein Gesicht war grimmig, die Stirn wie in mühsam unterdrücktem Zorn gerunzelt. Er hatte dem Staat immer treu gedient, und es musste ihn bis in die Grundfesten erschüttert haben, dass sich hochrangige Beamte gegen sein Land wandten und zum Werkzeug von Verbrechern geworden waren.

»Weshalb wollten Sie mich sprechen, Ryder?« Sir Arthurs Stimme klang barsch wie immer.

Jeremy holte den Ring, den Siobhan ihm gegeben hatte,

aus der Innentasche seines Mantels. »Kennen Sie vielleicht den Besitzer, Sir?«, fragte er.

»Woher haben Sie den Ring?«

»Er gehört einem der Männer, die Frauen zur Befriedigung ihrer Lust foltern und quälen.«

»Sind Sie sich da völlig sicher, Ryder?«

»Ja, Sir, das bin ich. Ich habe ihn von einer misshandelten und missbrauchten jungen Frau erhalten. Sie ist fast noch ein Kind.« Sir Arthur schwieg. »Sie kennen den Besitzer, Sir?«, sagte Jeremy schließlich leise.

Vorne im Altarraum machte sich jetzt eine ältere Frau am Blumenschmuck zu schaffen. Die große Metallvase schepperte, als sie Astern und Dahlien hineinsteckte und sie dabei drehte. Das Geräusch hallte laut in der Kirche wider.

»Der Ring ist mir einmal bei einem Fest aufgefallen. Es ist ein so ungewöhnliches Motiv. Und sein Besitzer sagte, ihm gefalle die Idee der Unsterblichkeit, die das geflügelte Pferd symbolisiere.« Jeremys Herz begann, schneller zu schlagen. Gespannt wartete er darauf, dass Sir Arthur den Namen nannte. Der frühere Commissioner gab sich endlich einen Ruck. »Das Fest fand vor einigen Jahren im Londoner Palais Lord Lysons statt und …«

»Lord Lyson gehört auch zu … jenen Männern.«

Sir Arthur erbleichte. »Der Mann, der diese Nation in Ägypten vertritt?«

»Ja …«

»Der Ring gehört dem Marquess of Wimbourne.« Sir Arthurs Stimme klang gequält.

Jeremy benötigte einen Moment, um diese Information zu verarbeiten. »Dem Staatssekretär im Innenministerium?« Er konnte es nicht glauben.

Sir Arthurs »Ja« klang wie ein Fluch.

»Aber … ich habe überprüft, wer zu den engen Freunden Lord Lysons zählt. Der Marquess gehört nicht dazu.«

»Es gab immer wieder einmal Gerüchte, dass beide einer Art Loge angehören.«

»Den Freimaurern?«

»Viel älter und unappetitlicher.« Sir Arthur schüttelte den Kopf. »Es ist eine Vereinigung, die eine Art Mithras-Kult praktiziert. Die Wiedergeburt durch das Blut eines heiligen Opfertieres. Ich habe auf diese Gerüchte nie etwas gegeben.«

Männer, die sich für über Recht und Gesetz stehend hielten und ihre Ziele skrupellos verfolgten, beschützt von mächtigen Freunden. Jeremy hatte plötzlich Angst.

Das Armenhaus von Donegal lag etwas außerhalb der Stadt zwischen einem Friedhof und einer Kornmühle. Es hatte zwei massive Seitengiebel und drei kleine Giebel auf dem Dach, deren Spitzen Victoria unwillkürlich an die gezackten Zähne eines Raubfisches erinnerten. Ein kalter Wind wehte vom Meer landeinwärts, der den Nebel mittlerweile vertrieben hatte. Unter der dichten Wolkendecke wirkte die Landschaft grau und öde. Die meisten Felder waren abgeerntet. Sie zu bebauen musste harte Arbeit sein – davon kündeten die vielen Steinhaufen an den Enden der Furchen.

Victoria überlegte noch, wie sie am besten nach Annie Wood und Eliza McGovern fragen sollte, ohne sich an den Direktor zu wenden, als eine Frau, einen großen Wäschekorb auf die Hüfte gestützt, aus dem Haus trat. Sie hatte ein spitzes Gesicht und eine lange Nase, aber ihre Augen blickten freundlich. Ihrem weißen Häubchen und dem blauen Umhang nach zu schließen gehörte sie zum Personal.

»Können Sie mir bitte sagen, wo ich Eliza McGovern und Annie Wood finde?«, wandte Victoria sich an die Frau. »Die beiden wurden mir als tüchtig und fleißig empfohlen. Ich bin auf der Suche nach zwei Dienstmädchen.«

»Eliza und Annie arbeiten auf einem Rübenacker auf der anderen Seite der Stadt. In der Nähe des ehemaligen Franziskanerklosters, falls Sie wissen, wo das ist.«

»Ich habe es auf dem Stadtplan gesehen.« Victoria nickte.

»Ja, die beiden sind wirklich nette und anständige Mädchen.« Die Frau lächelte. »Falls Sie sie als Dienstmädchen einstellen wollen, sollten Sie sich beeilen, Madam. Denn heute habe ich gehört, dass ihnen ein anonymer Gönner die Reise nach Dublin bezahlt. Von dort sollen sie an gute Familien in London vermittelt werden.«

Victorias Mund wurde ganz trocken. Wer auch immer die von Mr. Bowen weitergeleiteten Fotografien erhalten hatte, hatte sehr schnell reagiert. Sie bedankte sich und eilte durch die kleine Stadt.

Die Ruinen der Abtei konnte sie schon von Weitem sehen. Sie befanden sich oberhalb einer Meerenge und waren von einem verlassenen Friedhof umgeben. Da und dort stand noch ein irisches Rundkreuz zwischen schiefen Grabsteinen. Die Bögen des ehemaligen Kirchenschiffes gaben den Blick auf das Gelände jenseits der Abtei frei. Hinter einer halb verfallenen Umfriedungsmauer arbeitete eine Gruppe von Menschen auf einem Feld.

Victoria bahnte sich ihren Weg durch hohes Gras und überwucherte Steine. In das salzhaltige Meeresaroma mischte sich der herbe Geruch von feuchter Erde und Rübenkraut.

»Ich würde gern Eliza McGovern und Annie Wood sprechen«, wandte sie sich an einen vierschrötigen Mann, der am Feldrand stand und Rüben aus einem Korb in einen Karren lud. Anscheinend war er der Vorarbeiter.

»He, Eliza und Annie«, brüllte er über das Feld, »die Dame hier will sich mit euch unterhalten.« Mit dem leeren Korb lief er wieder aufs Feld.

Zwei junge Frauen richteten sich auf und kamen dann, Hacken in den Händen, über den Acker zu ihr gelaufen. Sie trugen Kopftücher aus grobem Leinen, ihre Gesichter waren verschwitzt und schmutzig von der Feldarbeit. Trotzdem war unverkennbar, wie hübsch sie waren. Annie hatte kastanienbraunes Haar, ein Kranz langer Wimpern umgab ihre großen grünen Augen. Um Elizas ebenmäßiges, zartes Gesicht fielen dunkle Locken. Victoria malte sich aus, was ein Leben als Prostituierte aus ihnen machen würde, und ihr wurde ganz kalt.

»Ja, Madam?« Die beiden blicken sie freundlich und neugierig an.

»Mein Name ist Victoria Bredon-Ryder«, stellte sie sich vor. »Ich habe vor ein paar Tagen Fotografien von Ihnen gesehen, in Dublin. Wissen Sie, wer die Bilder aufgenommen hat?«

»Ein vornehmer Herr, ein Journalist aus England«, erwiderte Annie. Sie fragte nicht, warum Victoria das wissen wollte. Wieder einmal bewirkten ihre gute Kleidung und ihr Oberschichtsakzent, dass ihr ohne Weiteres geantwortet wurde.

»Was meinen Sie mit ›vornehm‹?«

»Nun, so wie der Herr sprach und wie er gekleidet war, wirkte er wie ein Adliger auf der Jagd.«

»Er trug einen Tweed-Anzug?«

»Ja, genau.« Annie nickte. »Er hat gesagt, er würd' an einem Artikel über Armenhäuser schreiben, dafür bräuchte er die Bilder. Wenn wir nichts dagegen hätten. Was sehr höflich von ihm war.«

»Ich hab dann später zu Annie gesagt, vielleicht bietet uns ja jemand wegen der Bilder eine Rolle als Schauspielerin an, und wir werden berühmt.« Eliza lachte.

»Wie sah der Journalist denn aus? Können Sie ihn mir beschreiben?«

»Er war sehr groß und dunkelhaarig.« In Elizas Wangen bildeten sich Grübchen. »Und er sah sehr gut aus. Na ja, auch wenn uns niemand als Schauspielerin haben will, meint es das Schicksal anscheinend gut mit uns. Heute Morgen hat uns die Hauswirtschafterin gesagt, dass wir nach Dublin reisen dürfen. Wahrscheinlich können wir Dienstmädchen in London werden.« Sie strahlte vor Stolz. Vermutlich würde sie die gute Nachricht an diesem Tag jedem erzählen.

»Dienstmädchen in der Hauptstadt ... Und ich hab immer gedacht, auf uns wartet nur ein Leben als Arbeiterin in einer Weberei in Donegal oder als Magd auf einem Bauernhof.« Auch Annie wirkte ganz beglückt.

Victoria schluckte beklommen. »Annie, Eliza ... Es tut mir so leid ... Aber ich muss Ihnen etwas sagen. Man hat Sie ... belogen. Auf Sie wartet in London keine Stelle als Dienstmädchen. Man wird Sie in ein Bordell schaffen und zur Prostitution zwingen.«

Die beiden jungen Frauen starrten Victoria stumm an. Dann schüttelte Eliza ungläubig den Kopf. »Aber das kann nicht sein ... Es gab schon einmal eine junge Frau in dem Armenhaus, etwa so alt wie wir. Sie hieß Kathleen. Auch sie erhielt dieses Angebot.«

»Kathleen war besonders hübsch wie Sie beide. Sie war für ein ganz bestimmtes Bordell vorgesehen. Die Freier dort ... es verschafft ihnen Lust, Frauen zu quälen und zu demütigen. Kathleen gelang es zu fliehen. Ich habe sie kurz kennengelernt. Vor ein paar Wochen wurde sie …« Victoria hielt einen Moment inne, suchte nach den richtigen Worten. Dann entschied sie, Annie und Eliza die ganze Wahrheit zu erzählen. »Sie wurde in einem Moor bei Clifden brutal vergewaltigt und ermordet.«

Aus den Gesichtern der zwei jungen Frauen war alle Farbe gewichen.

»Aber … aber was sollen wir jetzt tun?«, fragte Eliza.

»Denken Sie sich einen Vorwand aus, nicht nach Dublin zu reisen. Und wenn das nicht möglich sein sollte, treten Sie auf gar keinen Fall die Fahrt nach London an.« Victoria holte ihre Börse aus ihrer Handtasche und nahm drei Pfund heraus. »Hier, falls Sie Geld brauchen sollten.« Sie drückte ihnen die Scheine in die Hand. Wortlos und wie unter Schock nahmen Eliza und Annie das Geld entgegen. »Ich wünsche Ihnen viel Glück!« Victoria wollte die beiden nicht länger von ihrer Arbeit abhalten, der Vorarbeiter sah auch schon neugierig zu ihnen herüber.

»Mir ist noch etwas zu dem Journalisten eingefallen, Madam«, sagte Annie plötzlich.

»Ja …?«

»Er besaß ein Automobil. So etwas sieht man hier selten. Sehr elegant und leuchtend rot war der Wagen, und die Kotflügel waren ganz schwarz. Ich hab mir noch vorgestellt, wie schön es sein müsste, darin durch die Gegend zu fahren.«

Die beiden jungen Frauen hatten den angeblichen Journalisten als dunkelhaarig, groß und gut aussehend beschrieben. Ein leuchtend rot lackiertes Automobil mit schwarzen Kotflügeln … Mit dem Gefühl, als wäre es nicht sie selbst, die dies täte, als handelte jemand ganz anderes an ihrer

Stelle, holte Victoria einen Zeichenblock aus ihrer Handtasche und skizzierte das Gesicht eines Mannes.

»Ja, genau, das ist der Journalist«, sagten Annie und Eliza wie aus einem Munde, als sie fertig war.

Wer ihr von der Zeichnung entgegenblickte, war kein anderer als David McEvoy.

DREISSIGSTES KAPITEL

Ein Page half Victoria vor dem Shelbourne Hotel aus der Kutsche. Ein anderer nahm sich ihres kleinen Koffers an. Die Nacht war kalt und klar. Zwischen den Bäumen im Saint Stephen's Green Park schimmerten die beiden Seen wie dunkles Glas. Dort war sie vor wenigen Tagen arglos mit McEvoy spazieren gegangen. Hatte ihm ihr Herz ausgeschüttet … Ein Teil von ihr weigerte sich immer noch zu glauben, dass McEvoy sie belogen und benutzt hatte, dass er in den Frauenhandel involviert und möglicherweise sogar Kathleens Mörder war.

Gleichzeitig wusste sie jedoch, dass dies – so schrecklich und brutal es auch sein mochte – wahr war. McEvoy hatte ihr gesagt, dass er an Mitglieder der Irischen Republikanischen Bruderschaft Nachrichten übermittelte. So kam er im Land herum. Er wirkte vertrauenerweckend, konnte schnell die Sympathien von Menschen gewinnen. Das hatte sie selbst bitter erfahren. Es musste ihm wie ein Geschenk des Himmels erschienen sein, als sie in seiner Kanzlei in Galway aufgetaucht war, um ihn als Strafverteidiger für Ióseph zu engagieren. So hatte er genau jeden ihrer Schritte verfolgen können.

»Madam …« In der Hotelhalle eilte der Portier auf Victoria zu. »Im Laufe des Tages sind zwei Telegramme für Sie eingetroffen.« Er überreichte ihr die beiden Umschläge.

Ob sie von Jeremy waren? Und wenn ja, welche Nachrichten würde er ihr wohl übermitteln? Victoria konnte nicht warten, bis sie auf ihrem Zimmer war. Sie riss das Kuvert des früher abgesendeten Telegramms auf.

Siobhan und Gwynn frei. Beide bei Constance und Louis in Hampstead in Obhut stand auf dem Papierstreifen, der auf das Formular geklebt war. Die beiden waren in Sicherheit! Tränen der Erleichterung schossen Victoria in die Augen.

Vermute, der Marquess of Wimbourne ist Kathleens Mörder. Reise noch heute nach Dublin ab. Alles Weitere morgen, lautete der Text des zweiten Telegramms.

Zwischen der Befreiung von Gwynn und Siobhan musste Jeremy auf etwas gestoßen sein, das ihn dies annehmen ließ. Selbstsicher und arrogant, eine Ausstrahlung wie ein spanischer Konquistador, ein Stadtpalais in London, Güter in Irland, reich und mächtig … Ein Mann, der sich über Gesetze erhaben fühlte und sich nahm, was er haben wollte … Ja, dies alles traf auf Lord Wimbourne zu.

Das Geräusch eines Automobils ließ Victoria zusammenzucken und aus dem Fenster blicken. Ein rot lackierter Wagen parkte vor dem Hotel. Victoria stürzte zu den Aufzügen. Auf keinen Fall durfte McEvoy sie in Reisekleidung sehen!

Mit wild klopfendem Herzen betrat Victoria kurz darauf erneut die Halle. Sie war kaum in ihrem Zimmer angelangt, als ein Page an die Tür geklopft und ihr gesagt hatte, dass Mr. McEvoy sie zu sprechen wünsche. In Windeseile hatte sie Mantel und Handschuhe ausgezogen, den Hut abgesetzt und das Reisekostüm gegen ein Tageskleid eingetauscht Dann war sie nach unten gegangen.

McEvoy saß in einem der tiefen Ledersessel und erhob sich nun höflich. Für einen Moment konnte sie es kaum glauben, dass dieser sensible Mann mit dem galanten Wesen mitgeholfen hatte, junge Frauen einem grauenvollen Schicksal zu überantworten.

»Mr. McEvoy, was für eine schöne Überraschung, Sie zu sehen.«

Victoria zwang sich zu einem Lächeln. Es kostete sie Überwindung, dem Strafverteidiger ihre Hand zur Begrüßung zu reichen, und am liebsten hätte sie sie an ihrem Rock abgewischt.

»Verzeihen Sie, dass ich Sie so spät noch störe, Madam …« Er stockte. »Geht es Ihnen nicht gut?« Seine Stimme klang aufrichtig besorgt wie immer.

Sie musste sich zusammennehmen, durfte sich ihre Gefühle nicht anmerken lassen. »Heute macht mir mein Zustand leider zu schaffen.« Betont schwerfällig ließ sie sich in einem Sessel nieder. Ein Ehepaar, die Dame in einem eleganten Kleid, kam vom Speisesaal in die Halle. Eigentlich hätte sie auch dort dinieren müssen. »Deshalb habe ich auf meinem Zimmer gegessen«, ergänzte Victoria rasch. »Es war mir zu anstrengend, mich zum Dinner umzukleiden.«

»Ich werde gleich wieder gehen. Ich dachte nur, was ich Ihnen mitzuteilen habe, würde Sie wirklich interessieren. Deshalb wollte ich nicht bis morgen warten.« McEvoy beugte sich vor. »Sie wissen ja inzwischen, dass ich über gewisse Kontakte verfüge. Sie waren so irritiert darüber, dass Lady Clarissa Davitt, unter falschem Namen und verkleidet, Arme besuchte. Deshalb beauftragte ich jemanden, sie zu beschatten. Das Geheimnis um ihr seltsames Benehmen ließ sich nicht lüften. Aber Lady Clarissa wurde zweimal dabei beobachtet, wie sie am frühen Morgen das Palais des Marquess of Wimbourne verließ.«

McEvoy köderte sie mit dieser Information, wollte so sicherstellen, dass sie ihm weiter vertraute. »Ich hatte schon vermutet, dass die beiden eine Affäre haben. Aber es ist sehr interessant, dies nun bestätigt zu bekommen.« Wieder zwang sich Victoria zu einem Lächeln. »Danke, dass Sie deshalb extra gekommen sind.«

»Es war mir ein Vergnügen. Sobald ich weitere Informationen habe, werde ich es Sie umgehend wissen lassen, Madam.« McEvoy verneigte sich und zögerte kurz. »Dürfte ich Sie vielleicht in den nächsten Tagen zu einer Fahrt in meinem Automobil einladen? Die Küste nördlich von Dublin ist sehr schön. Natürlich nur, wenn Ihr Gatte nichts dagegen hat.«

»Sehr gern, sofern es mir wieder besser geht.«

»Dann wünsche Ihnen baldige gute Besserung.« McEvoys Lächeln war voller Verständnis und Mitgefühl.

Victoria blickte ihm nach, wie er das Hotel verließ, zu seinem Automobil ging und dann davonfuhr. Während sie mit ihm gesprochen hatte, war das Kleine ganz still gewesen, als hätte es ihre innerliche Erstarrung gespürt. Erst jetzt bewegte es sich wieder.

Ja, sie war nicht überrascht, dass Clarissa und der Marquess ein Liebespaar waren. Aber – der Gedanke durchfuhr sie so jäh, dass sie zusammenzuckte – möglicherweise wusste sie jetzt, weshalb Clarissa in dem Armenviertel unterwegs gewesen war.

Jeremy fühlte, wie das Schiff in den Wellen vibrierte. Er lag mit offenen Augen in seiner Kabine und starrte in die Dunkelheit. Es war schlimm genug, dass ein Mann wie Lord Lyson England als Botschafter in Ägypten vertrat. Dass jedoch der Marquess of Wimbourne, ein Staatssekretär im Innenministerium, zu einer Bande von Verbrechern gehörte, dass er, ein Mörder und Vergewaltiger, im Herzen der Regierung agieren konnte, ließ Jeremy an allem zweifeln, woran er bislang geglaubt hatte.

Mittlerweile war er überzeugt davon, dass der Marquess und andere Männer aus seinem Umfeld die Auflösung der Geheimabteilung von langer Hand geplant hatten. Sie mussten befürchtet haben, dass die Agenten dem Frauenhandel und ihrem anderen Treiben auf die Spur kommen könnten, und hatten beschlossen, dem vorzubeugen.

Irgendwann fiel graues Morgenlicht durch das Bullauge in die Kabine. Die Morgendämmerung war angebrochen. Jeremy stand auf – er würde sowieso keinen Schlaf mehr finden. Er wusch sich und kleidete sich an. Allmählich konnte er die Küstenlinie im Süden Dublins erkennen. Ein kleiner Leuchtturm an der Einfahrt des Hafens von Kingstown warf noch immer seine Strahlen über das Wasser.

Im Korridor vor den Kabinen erklang jetzt die Stimme des Stewards. Er klopfte an die Türen und brachte den Passagieren den Morgentee. Jetzt war Jeremy an der Reihe. Er öffnete.

»Guten Morgen, Sir.«

Jeremy wich zurück, um den Steward mit seinem Tablett voller Tassen und Kannen einzulassen. Zu spät bemerkte er den Mann hinter ihm. Er wollte nach seiner Pistole greifen, doch ehe er sie zu fassen bekam, traf ihn ein Schlag am Hinterkopf, der ihn ohnmächtig zu Boden stürzen ließ.

Es nieselte unablässig. Trotz ihres Schirms war Victorias Mantel ganz klamm, ihre ausgetretenen Schuhe waren völlig durchnässt. Da sie sich wieder als Hopkins' Nichte ausgegeben hatte, trug sie die alten Sachen, die Mrs. Evans ihr in Kincraighie House gegeben hatte. Victoria konnte sich nicht erinnern, Hopkins jemals aufrichtig entsetzt erlebt zu haben. Bis sie ihm jetzt eröffnen musste, dass McEvoy die Fotografien von Annie Wood und Eliza McGovern aufgenommen hatte und er – ein angesehener Strafverteidiger – mit den Frauenhändlern paktierte.

Hopkins stimmte mit ihr überein, dass es am besten war, wenn er vorerst in dem Armenhaus blieb und auch Victoria nicht aus dem Hotel abreiste. Sonst würden sie nur Verdacht erregen. Sobald Jeremy in Dublin eintraf, wollten sie beschließen, was im Weiteren zu tun sein würde. Viel Zeit verging bis dahin ohnehin nicht mehr.

Über eine Sache nur musste Victoria noch Klarheit gewinnen. Sie bog in die Queen Street ein und lief zu dem Gebäude, das Clarissa als Mrs. Beringer aufgesucht hatte. Ein wenig Licht sickerte in das Treppenhaus und enthüllte da und dort abgebröckelten Stuck und stumpf gewordenen Marmor an den schimmligen Wänden. Zu ihrer Erleichterung hörte sie es drinnen in der Wohnung rumoren. Sie war also nicht umsonst gekommen.

»Oh, Tag, Madam, ham Sie etwa wieder was gefunden, was Sie bei mir abgeben wollen?« Die Irin öffnete Victoria und schenkte ihr ein zahnloses Lächeln.

»Ich möchte nur schnell ein paar Bonbons für Ihre Jungen vorbeibringen und Tee für Ihre kranke Tochter.«

»Heilige Jungfrau, das ist aber nett von Ihnen. Los, bedankt euch bei der Dame«, fuhr sie ihre Söhne an, die sich an sie drängten.

»Danke, Ma'am …« Die beiden Jungen rissen Victoria die Tüte aus der Hand und kauerten sich mit ihrer Beute neben den Herd.

»Wie geht es denn Ihrer Tochter?«

»Ach, schon viel besser. Der Tee wird ihr aber trotzdem guttun. Bedank dich auch, Doreen.« Die Irin drehte sich zu dem Bett um.

»Danke schön, Madam.«

Das Mädchen richtete sich auf. Die Schwellung in seinem Gesicht war merklich zurückgegangen. Es war sehr hübsch … Victoria wurde übel. Ja, jetzt wusste sie, warum Clarissa in dem Armenviertel unterwegs gewesen war.

Draußen auf der Straße lehnte sie sich zitternd gegen die Hauswand, glaubte, keine Luft zu bekommen. Sie hatte Clarissa nie gemocht. Sie hielt sie für selbstsüchtig und kalt und hatte ihr ohne Weiteres zugetraut, den Armen durch ihre Besuche unter falschem Namen schaden zu wollen. Aber dass sie für Lord Wimbourne nach Mädchen suchte, die er und seine Kumpane mit ihren abartigen sexuellen Neigungen dann schändlich missbrauchten, war etwas ganz anderes.

Jeremy hatte diese Frau einmal geliebt, sie zärtlich berührt, umarmt und geküsst. Victoria fühlte Jeremy – und auch sich selbst – beschmutzt.

Jeremys Kopf schmerzte, als würde er gleich zerspringen. Etwas steckte in seinem Mund, machte ihm das Atmen schwer. Vergebens versuchte er, das Ding auszuspucken. Er wollte seine Hand an seinen Mund führen, doch er konnte seine Arme nicht bewegen. Jetzt realisierte er das Geräusch eines Motors und die Erschütterung, die seinen Körper immer wieder schmerzhaft gegen Holz stoßen ließ. Er lag gefesselt in einer Truhe, die an einem Automobil befestigt war. Voller Entsetzen erinnerte er sich wieder – er war in seiner Schiffskabine niedergeschlagen worden, befand sich nun in der Hand seiner Feinde.

Jeremy kämpfte gegen die Panik an, die ihn zu überwältigen drohte. Er durfte nicht aufgeben, musste einen klaren Kopf bewahren. Beim Versuch, mit den Fingern an die Knoten der Fesseln um seine Handgelenke zu kommen, merkte er, dass die Seile ihm das Blut abschnürten und seine Hände ganz taub waren. Er wollte sich drehen, gegen den Deckel der Truhe treten. Doch dazu war es viel zu eng.

Das Automobil musste durch Dublin fahren. Rings um ihn toste der Verkehr. Jeremy hörte das Räderrollen von Kutschen und das Klappern von Pferdehufen. Eine Straßenbahn kam mit kreischenden Bremsen zum Stehen. Stimmen drangen an sein Ohr und wurden von anderen Geräuschen verschluckt. Dann wurde der Lärm weniger, verebbte schließlich ganz. Dafür wurde das Brummen des Automobilmotors lauter. Der Wagen fuhr über eine längere Strecke bergauf, bis er schließlich anhielt.

Gleich darauf wurde die Truhe geöffnet. Hände packten ihn und zerrten ihn nach draußen. Seine Beine waren so gefühllos, dass er zu Boden sackte. Er fühlte Kies an seiner Wange. Die Binde um seine Augen verrutschte etwas. Er nahm eine hohe, beschnittene Hecke wahr und ein Haus im Stil eines Cottages. Dann wurde er wieder gepackt und über den Kies geschleift.

Seine Feinde sollten mit ihm anstellen, was sie wollten. Aber Victoria und dem Kind durfte nichts geschehen.

EINUNDDREISSIGSTES KAPITEL

Der Saint Stephen's Green Park auf der anderen Straßenseite verschwand hinter einer Regenwand. Müde ließ Victoria die Stirn gegen das Fenster sinken. Seit Stunden schon schaute sie immer wieder nach draußen, hoffte, Jeremy aus einer Kutsche steigen zu sehen. Doch mittlerweile war es später Nachmittag, und er war noch nicht im Hotel. Wo er nur blieb? Ein Fährschiff von Liverpool gab es noch, das am Abend im Hafen Kingstown anlegen würde. Sie glaubte jedoch nicht, dass er damit noch kommen würde. Ob ihm etwas zugestoßen war? Was sollte sie nur tun? Außer Hopkins kannte sie niemanden in Dublin, dem sie vertrauen konnte.

Ein Klopfen ließ sie herumwirbeln und zur Tür eilen. Sie riss die Tür auf – und wich zurück. Clarissa stand draußen im Korridor. Regentropfen perlten von ihrem Hut und ihrem Mantel. War sie gekommen, um sie auszuhorchen? Sie durfte sich ihr gegenüber nicht verraten.

Verwundert nahm Victoria noch wahr, dass, anders als sonst, kein strahlendes Lächeln Clarissas Gesicht erhellte. Ja, sie wirkte gehetzt, fast panisch, als sie ihren Arm packte. »Victoria, Lord Wimbourne hat Jeremy entführen lassen.« Ihre Stimme war sehr hoch und schrill, überschlug sich. »Er wird Ihren Mann foltern, um herauszufinden, was er über den Frauenhändlerring weiß, und ihn dann umbringen. Kommen Sie mit. Ich weiß, wo Jeremy gefangen gehalten wird. Wir müssen ihn retten.« Sie zog Victoria zur Tür.

Einen Moment lang war Victoria völlig überrumpelt, und sie hätte Clarissa fast geglaubt, so überzeugend war deren panisches Verhalten. Aber Clarissa spielte ja wieder einmal nur eine Rolle und wollte sie ganz sicher in eine Falle locken. Sie stieß sie von sich weg.

»Ach, und Sie denken wirklich, dass ich so dumm bin, Ihnen zu glauben? Ich weiß, dass Sie Lord Wimbournes Geliebte sind und sich verkleidet in dem Armenviertel herumtreiben, um ihm und seinen perversen Kumpanen schöne junge Frauen zuzuführen.«

»Victoria, ich kann Ihnen das alles später erklären. Wenn Sie mir nicht vertrauen wollen, werde ich Jeremy allein retten.« Clarissa drehte sich um, als wollte sie aus dem Zimmer stürzen.

»Nein, Sie bleiben hier.« Victoria hatte den kleinen Tisch vor dem Fenster erreicht, wo Hopkins' Pistole lag. Sie nahm die Waffe in die Hand und richtete sie auf Clarissa. In einem log diese Frau nicht – das wusste sie mit entsetzlicher Klarheit –, Jeremy befand sich in Lord Wimbournes Gewalt. »Sie werden mir jetzt sagen, wo Jeremy gefangen gehalten wird, und ich werde die Polizei verständigen.«

»Denken Sie denn, ich hätte mich nicht an die Polizei gewandt, wenn von ihr Hilfe zu erwarten wäre?« Clarissa lachte bitter auf. »Hohe Polizeibeamte paktieren mit Lord Wimbourne und seinem Kreis. Niemand würde uns glauben.«

Auch Sir Arthur war ja von seinem Posten entfernt worden, weil er eine Gefahr für den Marquess und seine Komplizen darstellte. Wahrscheinlich sagte Clarissa in diesem Punkt sogar die Wahrheit.

»Dann werden Sie mich zu Jeremy bringen.«

»Victoria, ich stehe auf Ihrer Seite.«

»Nennen Sie mir einen Grund, weshalb ich Ihnen glauben sollte …«

»Ich liebe Jeremy. Ich würde alles für ihn tun.«

Die Selbstverständlichkeit, mit der Clarissa dies sagte, raubte Victoria fast den Atem. Wieder war sie einen Moment lang versucht, ihr Glauben zu schenken. Aber dann besann sie sich darauf, dass alle Beteiligten ein großes Lügennetz gewoben hatten.

»Tatsächlich? Das hat Sie aber nicht davon abgehalten, Jeremy wegen eines Millionärs zu verlassen und die Geliebte des Marquess zu werden«, erwiderte sie kalt.

»Es war nicht so, dass ich mich von Jeremy getrennt habe, weil ich ihn nicht liebte …«

»Ach ja? Wollen Sie mir erzählen, dass Ihre Familie Sie dazu überredet hat, weil ein amerikanischer Millionär nun einmal eine viel bessere Partie ist als der Sohn eines Anwalts aus der Provinz? Und dass Sie, aus verarmtem Adel stammend und jung und naiv wie Sie waren, sich dem Wunsch Ihrer Eltern gebeugt haben? Ich glaube Ihnen kein Wort.«

»Meine Familie musste mich nicht überreden. Es war meine Entscheidung. Ich hatte es satt, arm zu sein, und Davitts Reichtum hat mich geblendet.«

»Wie schön, dass Sie ausnahmsweise einmal ehrlich sind.«

»Das war aber nicht der wahre Grund, weshalb ich mich gegen Jeremy entschieden habe.«

»Oh, ich höre …«

»Ich hatte Angst davor, Jeremy zu sehr zu lieben.« Clarissa wirkte auf einmal traurig. »Das habe ich erst später begriffen.«

Die Furcht davor, jemandem zu nahe zu sein, sich an einen anderen Menschen zu verlieren, war Victoria nur zu vertraut. Deshalb war auch sie, obwohl sie Jeremy schon lange liebte, eine ganze Weile davor zurückgeschreckt, eine Beziehung mit ihm einzugehen. Aber es konnte einfach nicht sein, dass Clarissa genauso empfunden hatte. »Und der Marquess? Waren Sie von seinem Reichtum auch geblendet? Und wagen Sie es bloß nicht, mir zu erzählen, dass Sie bis zum heutigen Tag nichts von seinem verbrecherischen Tun gewusst haben.«

»Oh, genau deshalb bin ich seine Geliebte geworden.« Clarissas Stimme klang ganz sachlich.

Wieder verschlug es Victoria den Atem, und sie starrte Clarissa nur an.

»Schon während meiner Ehe mit Davitt habe ich mich in einen anderen Mann verliebt, in Michael O'Mahoney. Für Davitt war ich nur eine Trophäe. Er wollte sich mit meiner Schönheit schmücken. Für mich hat er sich gar nicht interessiert. Michael liebt mich. Er ist der Führer der amerikanischen Geheimgesellschaft Clan na Gael, die – wie die Irische Republikanische Bruderschaft – für die Unabhängigkeit Irlands kämpft. Michael ist katholisch und verheiratet. Auch nach Davitts Tod gab es keine Chance für uns, zu heiraten und unsere Beziehung legal zu machen. Aber durch Michael wurde das Schicksal Irlands und das seiner Menschen auch zu meiner Mission.«

»Das haben Sie bei dem Dinner auf Castle Fota aber sehr gut zu verbergen gewusst.«

»Nun, ich hatte eine Rolle zu spielen.« Clarissa zuckte mit den Schultern. »Michael hat gute Kontakte zur alten Heimat seiner Familie. Ihm kamen Gerüchte zu Ohren, dass arme irische Mädchen in englischen Bordellen verschwanden. Und er erhielt einen Hinweis, dass Wimbourne, ein Adliger und mächtiger Beamter im Innenministerium, dahinterstecken könnte. Ich beschloss, dem auf den Grund zu gehen.«

»Sie haben sich einem Mann hingegeben, den Sie für einen Verbrecher hielten?« Victoria wusste nicht, ob – falls Clarissa die Wahrheit sagte, was sie immer noch bezweifelte – sie sie bewundern oder verabscheuen sollte.

»Leidenschaft zu heucheln war auch nur eine Rolle. Sie hatte nichts mit mir zu tun. Und Wimbourne kam die Affäre gelegen, weil er so seine wahren Neigungen verschleiern konnte. Wir haben in gewisser Weise beide von unserer Verbindung profitiert.«

Wie konnte Clarissa nur so nüchtern darüber sprechen? Victoria wurde einfach nicht klug aus ihr. »Sie haben sich in diesen Michael O'Mahoney verliebt, Sie haben ein Verhältnis mit einem Mann begonnen, den Sie für einen Verbrecher halten, und dennoch behaupten Sie, Jeremy zu lieben und alles für ihn zu tun?«

»Ja, auf Castle Fota habe ich begriffen, dass ich Jeremy – trotz meiner Gefühle für Michael – immer noch liebe.« Clarissas Gesicht war wieder ganz weich geworden. »Er wird immer meine große Liebe bleiben.« Sie senkte den Kopf und schwieg, nur um Victoria gleich darauf herausfordernd anzusehen. »Ich gebe es nicht gern zu, aber ich glaube, mit Ihnen, Victoria, ist Jeremy viel glücklicher, als er es mit mir jemals hätte werden können. Sie müssen sich jetzt entscheiden, ob Sie mir um Jeremys willen vertrauen wollen oder nicht. Wir dürfen keine Zeit mehr verlieren.«

»Wo ist Jeremy, und woher wissen Sie, wo Wimbourne ihn gefangen hält?«

Hatte Jeremy doch recht daran getan, Clarissa zu lieben? War sie mutig und auf ihre Art aufrichtig oder doch nur eine begnadete Lügnerin? Sie war sich so unsicher.

»Er wird in einem Cottage außerhalb der Stadt festgehalten. Ich habe ein Gespräch belauscht. Da ich schon zweimal mit Wimbourne dort war, kenne ich den Weg. Wenn wir Glück haben, ist Wimbourne mit Jeremy allein. Aber wie auch immer die Situation sein wird, unsere Chancen, Jeremy zu retten, werden viel größer sein, wenn Sie mir vertrauen und wir gemeinsam handeln.« Clarissa blickte Victoria stolz an. »Ich weiß, dass Sie mich nicht mögen, und ich hätte Sie mir umgekehrt auch nicht gerade zur Freundin auserkoren. Aber wir beide lieben Jeremy, und nur um ihn geht es jetzt.«

Das gab den Ausschlag. Hätte Clarissa schluchzend Tränen vergossen, hätte Victoria immer noch an ihrer Aufrichtigkeit gezweifelt. So aber ließ sie die Pistole sinken und nickte.

»Gut. Ich vertraue Ihnen.«

»Wir fahren mit meinem Automobil.« Vor dem Hotel eilte Clarissa auf einen eleganten grünen Wagen zu. Der Hoteldiener, der den Motor hatte laufen lassen, sprang vom Fahrersitz, und Clarissa nahm seinen Platz ein. Chauffieren konnte sie also ebenfalls. Aber Victoria war einfach nur froh, dass sie so schneller als mit einer Kutsche waren.

Clarissa lenkte den Wagen auf die Straße. Der Regen hatte nachgelassen, der Wind trieb die dunklen Wolkenberge ins Landesinnere. Über dem nahen Meer schimmerte der Himmel blau.

Sie durchquerten das Stadtzentrum in Richtung Norden, passierten das Trinity College und preschten über eine Brücke auf die andere Seite des River Liffey. Clarissa fuhr schnell und dennoch sicher, überholte Kutschen und Leiterwagen und scherte jetzt knapp vor einem entgegenkommenden, hupenden Automobil wieder vor einem Pferdegespann ein. Um ihren Mund lag ein harter, verbissener Ausdruck.

O Gott, hoffentlich kamen sie noch rechtzeitig … Wimbourne würde vor keiner Grausamkeit zurückschrecken. Victoria war ganz schlecht vor Furcht um Jeremy.

Sie ließen die Stadtgrenze von Dublin hinter sich. Felder und Wiesen breiteten sich vor ihnen aus. Cottages und kleine Dörfer glitten an ihnen vorbei. Da und dort tauchte das Meer hinter Windungen der Straße auf, hell und gleißend im Licht der tief stehenden Sonne. Im Gegenlicht wirkten die Hügel entlang der Küste ganz schwarz.

Clarissa beschleunigte den Wagen noch mehr. »Seit wann hatten Sie mich eigentlich im Verdacht, mit Wimbourne zu paktieren?«

»Eigentlich erst seit gestern. Gewissheit glaubte ich dann heute zu haben, als ich noch einmal die irische Familie in der Queen Street aufgesucht habe, wo Sie vorgaben, Mrs. Beringer zu heißen.«

»Durch meine Arbeit in der Suppenküche und die Besuche bei den Armen habe ich gehofft zu erfahren, wie der Frauenhandel organisiert ist. Auf welche Weise die Mädchen und jungen Frauen nach London gelockt werden …«

»Das habe ich mir inzwischen gedacht. Gehört Lord Grattan auch zu dem Kreis um Wimbourne? Wissen Sie etwas darüber?«

»Ja, er zählt dazu.«

Ob *er* Kathleen im Moor entdeckt und dies an Wimbourne weitergegeben hatte, oder war es doch McEvoy gewesen?

Clarissa warf Victoria einen raschen Blick von der Seite zu, ehe sie sich wieder auf die nun enge, kurvenreiche Straße konzentrierte. Hohe Hecken, die an manchen Stellen zu einem Tunnel zusammengewachsen waren, wuchsen an den Seiten. Was Victorias Gefühl der Beklemmung verstärkte.

»Ich habe mich wirklich sehr gewundert, als Sie mich in Charleston House besuchen kamen. Sie sind nämlich eine sehr schlechte Schauspielerin, Victoria. Ihre plötzlichen Sympathien für mich waren nicht glaubhaft.«

»Das hatte ich befürchtet.«

»Aber dann erfuhr ich durch einen Spitzel von Clan na Gael, dass Sie sich eines jungen Mann angenommen haben, der des Mordes verdächtigt wird, und dass Sie versuchen, seine Unschuld zu beweisen. Ich ließ Nachforschungen über das Opfer anstellen und erfuhr so, dass die junge Frau in dem Armenhaus in der North Brunswick Street lebte und mit dem Versprechen auf eine Stelle als Dienstmädchen nach London gelockt wurde. Das erklärte mir einiges.«

»Wussten Sie schon länger, dass Jeremy auch nach Kathleens Mörder suchte?«

»Nun, Clan na Gael hat gewisse Hinweise erhalten, dass er nicht nur Journalist ist … Außerdem hätte Jeremy Sie bei dieser Suche niemals allein gelassen. Er hätte Sie auf jeden Fall unterstützt.« Clarissa sagte das ganz sachlich.

Wieder wurde Victoria von der Panik erfasst, dass sie zu spät kommen könnten. Wie um sich selbst Halt zu geben, schlang sie die Arme um ihren Leib. Das Kind war reglos, als wäre es in eine Starre gefallen.

Es wird alles gut, es wird alles gut …, wiederholte Victoria in Gedanken ein ums andere Mal.

Sie passierten jetzt eine niedrige Steinmauer am Straßenrand. Das Automobil kam in einer Kurve, die noch nass vom Regen war, kurz ins Schlingern und streifte die Mauer, doch Clarissa gelang es mühelos, den Wagen auf der Fahrbahn zu halten. Im Westen schien die Sonne unter der Wolkenwand hervor, übergoss den Himmel mit einem blendenden Gelb. Möwen kreisten über dem Meer, das weit unter der Straße an einen Sandstrand brandete. Die Gegend wurde immer einsamer, die Straße wand sich höher.

Victoria fragte sich schon, wie lange die Fahrt noch dauern würde, als Clarissa die Geschwindigkeit verringerte und den Wagen schließlich abwärts rollen ließ.

»Dort ist Wimbournes Cottage«, sagte sie. Auf einer Landzunge, zur Straße hin von hohen, beschnittenen Hecken fast vollständig abgeschirmt, lag ein zweistöckiges, weiß gekalktes Gebäude. Das Strohdach war weit heruntergezogen, auf beiden Giebelseiten standen Schornsteine. Aus einem stieg Rauch in den Himmel. Jenseits einer ausgedehnten Rasenfläche fiel das Grundstück zum Meer hin ab. Im Garten blühten noch Herbstblumen. Dem äußeren Anschein nach eine Idylle … Die Furcht ließ Victorias Herz wie rasend schlagen.

Clarissa stellte den Wagen am Straßenrand ab. Sie hielt plötzlich eine Waffe in der Hand, wo auch immer sie die hergenommen hatte. Wieder hatte ihr Gesicht einen harten, entschlossenen Ausdruck.

»Haben Sie Ihre Waffe auch griffbereit?«

»Ja«, Victoria nickte. Ihre Finger schlossen sich um den Schaft der Pistole. Ihr war eiskalt, und das Blut dröhnte in ihren Ohren.

»Dann lassen Sie uns gehen.«

Sie stiegen aus dem Wagen und liefen zu einem hohen,

schmiedeeisernen Tor in der Hecke. Clarissa sperrte es mit einem Schlüssel auf.

»Woher haben Sie …?«

»Von Wimbourne, als ein Liebesbeweis.«

Eine vor Nässe glänzende Auffahrt erstreckte sich, gerahmt von Blumen- und Staudenbeeten, bis zu dem Cottage. Plötzlich gellte der Schmerzensschrei eines Mannes durch die Stille.

Der Anblick, der sich Victoria bot, ließ sie erstarren. Die tief stehende Sonne fiel vom Meer her durch die Fenster des Cottages und erhellte das Erdgeschoss wie mit einer Vielzahl von Lampen. Jeremy war an einen Holzbalken gefesselt. Brandwunden bedeckten seinen nackten Oberkörper. Er schrie voller Qual, als Wimbourne ein brennendes Holzstück an seine Haut hielt. Sein geschundener Körper zuckte. Dann sank sein Kopf leblos auf seine Brust.

»Nein …«

Victoria rannte zum Portal. Sie rüttelte an der Klinke, entschlossen, das Schloss notfalls aufzuschießen, doch die Tür ließ sich öffnen. Sie stand in einer kleinen Halle. Gegenüber befand sich eine weitere Tür. Sie stieß sie auf. Der Gestank verbrannten Fleisches ließ sie würgen.

Oh, Jeremy, schluchzte sie in ihrem Inneren. Wimbourne fuhr zu ihr herum. Sie richtete die Waffe auf ihn und schoss, ohne nachzudenken. Das brennende Holzscheit fiel ihm aus der Hand und auf den Steinboden. Wimbourne hielt sich mit schmerzverzerrtem Gesicht die Schulter und stierte sie an. Victoria dachte, er würde taumeln oder zurückweichen. Doch mit einem Wutschrei, der kaum noch etwas Menschliches hatte, stürzte er sich auf sie. Victoria prallte gegen einen Tisch, zu überrumpelt und zu geschockt, um noch einmal zu zielen.

Plötzlich stand Clarissa neben ihr. Sie schoss und schoss. Wimbournes Brust färbte sich rot. Er krümmte sich und brach schließlich zusammen.

Victoria ließ ihre Pistole fallen. Sie rannte zu Jeremy, wollte ihn berühren, ließ jedoch ihre Hände sinken, da sie Angst hatte, ihm neue Schmerzen zu bereiten.

»Jeremy …« Sie weinte, als er die Augen öffnete. »Jeremy, es ist vorbei …«

»Victoria …« Seine Lippen formten ihren Namen. »Ich … ich hab ihnen nichts verraten.«

»Das weiß ich doch.« Sie lächelte ihn unter Tränen an. Wie konnte sie ihn nur von diesem Balken befreien? Und wo war Clarissa?

»Pass auf!«

Jeremys entsetzter Aufschrei ließ sie herumwirbeln. Victoria benötigte einen Moment, um zu begreifen, was sie sah. Clarissa lag am Boden, McEvoy hatte sie niedergeschlagen. Er stand über sie gebeugt, einen Schürhaken in der Hand. Im nächsten Moment bückte er sich und griff nach Clarissas Pistole.

»Mrs. Bredon-Ryder«, sein Blick war nachdenklich auf Victoria gerichtet, seine Stimme klang sehr ruhig, »Sie kommen mit mir.«

»Nein!« Jeremys Schrei schnitt ihr ins Herz.

»Sie kommen mit, ohne sich zu wehren, sonst …« McEvoy richtete die Waffe auf Jeremy.

»Ja, es ist gut. Ich komme mit … Ich komme …« Victoria blickte Jeremy an, der sich verzweifelt gegen seine Fesseln wehrte, versuchte ihm stumm zu sagen, dass sie ihn liebte. McEvoy band ihr die Hände mit einem Tuch auf den Rücken und führte sie nach draußen. Die Sonne war untergegangen. Bis auf einen schmalen gelben Streifen im Westen war der Himmel dunkel. In weiter Ferne warf ein Leuchtturm seine Strahlen über das Meer. »Haben Sie Kathleen im Moor gesehen und an Wimbourne verraten oder war es Lord Grattan?«

»Ich habe sie gesehen. Ich war … jagen.«

»Mein Gott, McEvoy, warum haben Sie das getan? Warum haben Sie all die Mädchen und jungen Frauen an Wimbourne und seine perversen Kumpane ausgeliefert? Sie mussten doch wissen, was ihnen bevorsteht!«

»Ich … brauchte Geld.«

»Sie sind ein renommierter Strafverteidiger, kommen aus einer guten Familie …«

Er grinste. »Ich habe Spielschulden, und Automobile sind eine teure Leidenschaft.«

So einfach war die Erklärung. Victoria empfand nur noch Ekel. »Was haben Sie mit mir vor?«, stieß sie hervor. »Sagen Sie schon!«

»Ich habe Ihnen ja einmal gesagt, dass ich noch keine Frau getroffen habe, die ich wirklich geliebt habe. Sie hätte ich lieben können, Victoria.«

McEvoy strich ihr sanft über die Wange. Die Berührung und die Zärtlichkeit in seiner Stimme ließen sie schaudern. War er noch zurechnungsfähig?

»McEvoy, bitte, ich bin in anderen Umständen, lassen Sie mich um meines ungeborenen Kindes willen gehen«, flehte sie.

»Seien Sie still! Ich will nichts mehr hören.«

Jetzt war sein Tonfall hart und brutal. Der jähe Wechsel seiner Stimmungen steigerte ihre Angst nur noch.

Er führte sie seitlich am Cottage entlang. Hinter einer hohen Hecke verborgen stand McEvoys Automobil. Sie musste etwas tun … Sie durfte sich nicht von ihm verschleppen lassen ... Sie und ihr Kind würden sterben. Aber was ...? Ihre Hände waren gefesselt, und die fortgeschrittene Schwangerschaft machte sie so unbeweglich ...

»O Gott ...« Victoria schrie gequält auf. Sie krümmte sich und ließ sich gegen die Karosserie sinken. »O Gott ... Das Kind ...« Einen Moment wirkte McEvoy verunsichert. Doch dann bückte er sich und betätigte die Motorkurbel. Nichts tat sich, und Victoria hoffte schon, der Motor würde nicht anspringen, doch im nächsten Moment durchlief ein Zittern das Automobil. »McEvoy, bitte ...«

Wieder schrie sie gequält auf. Er packte sie und stieß sie grob auf den Beifahrersitz. Dann nahm er hinter dem Lenkrad Platz. Das Automobil fuhr langsam los.

Wenn sie doch nur die Hände frei hätte, dann könnte sie versuchen, in das Lenkrad zu fassen. Oder McEvoy irgendwie angreifen ... Aber sie hatte die Hände nicht frei ...

Plötzlich wurde die Beifahrertür aufgerissen, und jemand zog sie aus dem Fahrzeug. Jeremy ... Zusammen mit ihm kam sie auf dem Rasen zu liegen.

»Beweg dich nicht!« Er schützte sie mit seinem Körper.

McEvoy fluchte. Eine Kugel schlug dicht über ihnen in die Wand des Cottages ein. Jeremy schoss zurück. Das Automobil schlingerte, beschleunigte dann jedoch und raste die Auffahrt entlang. Noch einmal schoss Jeremy. Dann hatte der Wagen das Tor passiert.

»Victoria, bist du verletzt? Haben die Wehen eingesetzt?« Er beugte sich über sie, nahm sie in seine Arme.

Sie schmiegte sich an ihn. »Nein, das habe ich nur vorgetäuscht. Wie ... wie konntest du dich befreien?«

»Clarissa ... Sie hat meine Fesseln gelöst. Sie war nur kurz bewusstlos. Aber ich glaube, es geht ihr nicht gut. Wir sollten hineingehen und nach ihr schauen. Und dann Hilfe holen.«

Die Scheinwerfer des Automobils waren jetzt oben auf dem Hügel zu sehen. Gleich darauf ertönte ein Geräusch, als ob Metall gegen Stein schrammte. Licht zuckte hin und her, als der Wagen zu schlingern begann. Dann erhob er sich in die Luft, ein Schatten vor dem Sternenhimmel, nur um ganz plötzlich aus ihrem Blickfeld zu verschwinden. Unwillkürlich stieß Victoria einen Schrei aus. Er war noch nicht ganz verklungen, als eine Explosion zu hören war und eine Feuersäule in die Dunkelheit schoss.

Der Butler von Charleston House führte Victoria wieder durch den langen Korridor, an dessen Wänden die kostbaren Gemälde in den vergoldeten Rahmen hingen. Der Anblick des spanischen Konquistadors ließ sie an Lord Wimbourne denken und an den entsetzlichen Moment, als er sich schreiend vor Wut auf sie gestürzt hatte. Noch immer erschien ihr die vergangene Nacht wie ein entsetzlicher Albtraum.

»Madam …«

Der Butler öffnete Victoria die Tür des Wohnzimmers. Der heftige Regen des vergangenen Tages hatte die Luft gereinigt, und die Berge der Wicklow Mountains jenseits des Parks wirkten ganz nah. Clarissa erhob sich von einem Sofa. Anders als sonst war sie nicht perfekt gekleidet und frisiert. Sie trug eine Art Morgenmantel aus bestickter Seide, ihr Haar hing ihr offen über den Rücken. Trotzdem war sie – wie Victoria nun ohne Neid feststellte – wie immer sehr schön. Ohne Vorbehalte erwiderte sie Clarissas Lächeln.

»Wie geht es Jeremy?«

»Er hat Fieber, wegen der Brandwunden. Aber der Arzt hat mir versichert, dass er sich bald erholen wird. Hopkins, mein Butler, kümmert sich um ihn. Bei ihm ist er in guten Händen.«

»Ihr Butler, der sich in das Armenhaus in der North Brunswick Street eingeschmuggelt hat?«

»Ja, woher wissen Sie ...?«

Am Morgen hatte Hopkins die Anstalt auf ihre Nachricht hin verlassen. Ein wohlhabender Verwandter würde Hilarius Knowland bei sich aufnehmen, so die Begründung. Mit Lord Wimbourne war der Kopf des Frauenhändlerrings tot. Aber noch empfahl es sich, vorsichtig zu sein.

»Ich habe meine Kontakte und Informanten.«

Ein Wolkenschatten fiel auf die Wicklow Mountains, nur um gleich darauf wieder zu weichen. »Ich bin gekommen, um mich zu bedanken«, sagte Victoria. »Sie haben Jeremy das Leben gerettet. Sobald es ihm besser geht, wird er Sie auch selbst aufsuchen.«

»Es macht Ihnen nichts aus, wenn Jeremy zu mir kommt?« Clarissa hob die Augenbrauen.

»Sollte es das?«

»Nein, Sie können unbesorgt sein ...« Clarissa schüttelte den Kopf und ging zu einem Tisch, von dem sie ein kleines Paket holte. »Geben Sie das Jeremy bitte von mir. Es sollte seine Rückversicherung gegenüber dem Innenminister sein, sodass Ióseph aus dem Gefängnis freikommt.«

»Was enthält es denn?«

»Fotografien und Briefe, die beweisen, dass Wimbourne die treibende Kraft des Frauenhändlerrings war. Namen von Männern, die mit ihm die Frauen benutzt haben.«

»Wie sind Sie daran gelangt?«

»Ich wusste, dass es einen Safe in Wimbournes Cottage gibt, und habe vermutet, dass er solche Dinge darin aufbewahrt. Gestern Nacht, gleich nachdem wir wieder in Dublin waren, habe ich einen meiner Kontakte verständigt, und der Mann hat den Safe aufgebrochen. Es musste ja geschehen, bevor Wimbournes Leiche gefunden wurde.« Clarissa schwieg einen Moment. »McEvoys Tod wurde in den Nachmittagszeitungen übrigens als ein tragischer Autounfall vermeldet.«

»Davon habe ich noch gar nichts gehört«, erwiderte Victoria leise. Als sie nach Charleston House gekommen war, war sie sich noch nicht ganz sicher gewesen. Aber nun wusste sie, dass sie das Richtige tat. »Würden Sie mir und Jeremy die Freude bereiten und die Patin unseres Kindes werden, zusammen mit Lord und Lady Hogarth?«, fragte sie.

Clarissa wirkte überrascht und fast ein bisschen verlegen. »Ich fühle mich geehrt, und, ja, ich würde sehr gern Patin werden.« Dann lächelte sie. »Aber glauben Sie nicht, Victoria, dass es angemessen wäre, dass wir dann vom Sie zum Du wechseln?«

»Ja, das wäre es wirklich.« Victoria erwiderte ihr Lächeln.

EPILOG

Die Schaufenster auf der Oxford Street waren mit Tannengrün und Sternen geschmückt. Auf den Gehsteigen drängten sich jetzt, kurz vor Weihnachten, die Menschen. Auch Victoria hatte noch ein paar Einkäufe erledigt. Erst am Vortag war sie – nach zwei Wochen, die sie mit Jeremy in Kincraighie House verbracht hatte – wieder nach London zurückgekehrt. Sie lächelte vor sich hin. Hopkins war mit den Weihnachtsvorbereitungen beschäftigt. Ihre Wohnung duftete nach Plumpudding und Keksen, Schinken und Braten. In ein oder zwei Tagen würde der Weihnachtsbaum geliefert werden.

Am Morgen hatte sie unabsichtlich ein Gespräch zwischen Hopkins und Mrs. Dodgson mit angehört. Die beiden hatten sich darüber ausgetauscht, wie schön es war, dass dann im nächsten Jahr ein kleines Kind die brennenden Kerzen am Weihnachtsbaum bestaunen würde.

»Ich mag Weihnachten sehr, Mr. Hopkins«, hatte Mrs. Dodgson gesagt, »aber am schönsten ist es doch, wenn ein Kleines mit dabei ist.« Und Hopkins hatte ihr vollauf zugestimmt.

In ungefähr vier Wochen würde ihr Kind auf die Welt kommen. Obwohl sie immer noch ein bisschen Angst davor hatte, sehnte sie die Geburt langsam herbei. Sie wünschte sich, ihr Baby endlich in den Armen halten zu können, denn sie fühlte sich immer schwerfälliger. Kurz fing sie ihr Spiegelbild in einem Schaufenster auf. *Kugelrund*, dachte sie in einer Mischung aus Amüsement und Selbstironie.

Aber sie wollte sich nicht beklagen. Immer wenn sie das Kleine in sich spürte, war sie einfach nur glücklich, dass es all das Schreckliche in Wimbournes Cottage unbeschadet überstanden hatte und dass Jeremy lebte.

Amerikanische Zeitungen bringen neue Enthüllungen, schrien ihr die Überschriften auf den Titelseiten vor einem Laden entgegen. *Englischer Aristokrat in Frauenhandel verwickelt*. Seit einigen Tagen beherrschten diese Meldungen nun schon die gesamte englische Presse.

Mit den Fotografien und anderen Unterlagen aus dem Safe Lord Wimbournes hatten Jeremy und Sir Arthur, der inzwischen rehabilitiert worden war und seinen Posten als Commissioner von Scotland Yard wiedererhalten hatte, den Rücktritt des Innenministers erwirken können. Ióseph war unschuldig gesprochen und aus dem Gefängnis entlassen worden, und etwa vierzig junge Mädchen und Frauen, allesamt Opfer des Frauenhändlerrings, waren aus Londoner Bordellen befreit worden. Doch wie immer hatte die englische Regierung alles vertuschen wollen. Was ihr dieses Mal nicht gelungen war, dank Clarissa. Sie hatte die amerikanische Presse mit Informationen versorgt. Begierig hatten die dortigen Zeitungen das Thema aufgegriffen, und da es nun einmal in der Welt publik gemacht worden war, berichtete nun auch die englische Presse ausführlich darüber.

Ein uniformierter Türsteher ließ Victoria ins Ritz ein. Auch die Eingangshalle war weihnachtlich dekoriert. Victoria übergab einem Diener ihren Mantel sowie ihre Päckchen und ging dann in den Palm Court, wo traditionell der Afternoon Tea serviert wurde. Victoria liebte den lichten, eleganten Raum, dessen Glasdach sich über Palmen und üppigem Blumenschmuck wölbte und in dem Marmor, vergoldeter Stuck, ein muschelförmiger Brunnen mit einer ebenfalls vergoldeten Nymphe und Kristallleuchter eine luxuriöse Atmosphäre verbreiteten. Sie kam nicht oft hierher, aber wenn, dann genoss sie es.

Sie entdeckte Constance an einem Tisch ganz in der Nähe der breiten Treppe, die in den oberen Teil des Palm Court führte. »Ich habe schon Tee und Scones und Sandwiches und kleine Kuchen bestellt«, sagte Constance, nachdem sie sich begrüßt hatten. »Ich hoffe, das ist dir recht.«

»Oh, sehr, du weißt ja, in der letzten Zeit bin ich ständig kurz vorm Verhungern. Ich schätze, das Kleine ist schon ein wahres Schwergewicht.«

Dankbar registrierte Victoria, dass nun zwei Kellner den Tee und eine Etagere voller Köstlichkeiten an ihren Tisch brachten. Der Earl Grey entfaltete sein Aroma in den Tassen aus hauchdünnem Porzellan. Einige Minuten gaben sie sich ganz dem Schwelgen in den Leckereien hin. Dann legte Constance die Kuchengabel beiseite.

»Ich habe vorhin wieder die Titelseiten der Zeitungen gesehen. Wird Jeremy in die Geheimabteilung zurückkehren?«

»Darüber ist er sich noch nicht im Klaren. Er hat sich einige Monate Zeit zum Überlegen ausbedungen. Es hat ihn sehr schockiert, dass die Regierung keine Skrupel hatte, Lord Wimbournes Verbrechen zu vertuschen.«

»Lord Grattan hat Selbstmord begangen, habe ich sagen hören.«

»Ja, das stimmt.« Victoria nickte. Nach den ersten Veröffentlichungen hatten sich einige der Männer aus Wimbournes Kreis umgebracht. Lord Lyson war irgendwo im Nahen Osten verschollen.

»Wirst du froh sein, falls Jeremy tatsächlich nicht wieder für die Geheimabteilung arbeitet?« Constance' Stimme klang sanft.

»Ach, ich weiß es nicht. Einerseits ja, diese Tätigkeit ist ja alles andere als ungefährlich, andererseits liebt Jeremy sie wirklich, und er hat damit viel Gutes bewirken können. Ich mache mir im Moment, ehrlich gesagt, gar nicht so viele Gedanken darüber. Die Geburt ist mir erst einmal wichtiger.«

»Das kann ich gut verstehen.« Constance lächelte sie an. »Du wirkst so, als ob es dir gut gehen würde.«

»Ja, abgesehen davon, dass ich mir allmählich wie ein Elefant vorkomme und ständig zur Toilette muss.« Victoria lachte.

»Das war bei mir im letzten Monat auch so. Wie war denn deine und Jeremys Woche in Kincraighie House, und wie geht es Ióseph?«

»Ióseph fühlt sich, hatte ich den Eindruck, bei den Gärtnern dort ganz wohl, es macht ihm Freude, im Gewächshaus zu arbeiten. Danke noch einmal, dass du das ermöglicht hast. Im Frühjahr will er wieder in seine Hütte zurückkehren, jetzt im Winter ist es bestimmt gut für ihn, unter Menschen zu sein. Mrs. Evans bemuttert ihn, und Daisy hat, so scheint es mir, ein Auge auf ihn geworfen. Wann immer er deprimiert ist, muntert sie ihn auf.«

»Wirklich? Wie schön.«

»Sie hat sich sehr oft bei ihm im Gewächshaus aufgehalten. Ióseph ist ja ziemlich schüchtern, aber in Daisys Gegenwart taut er ein bisschen auf. Er schnitzt auch wieder. Ich finde seine kleinen Holztiere sehr ausdrucksstark.

Vielleicht gibt es Interessenten dafür. Ich werde mich bei Händlern in London erkundigen.« Das Holzpferdchen, das Victoria aus der Hütte gerettet hatte, hatte Ióseph ihr für das Kleine geschenkt. Bestimmt würde ihr Söhnchen oder Töchterchen gern damit spielen.

»Wie gut, wenn aus all dem Schlimmen, das Ióseph erlebt hat, irgendwann etwas Glückliches erwachsen würde«, sagte Constance herzlich.

»Für Jeremy und mich waren diese Tage tatsächlich so etwas wie Flitterwochen. Einmal sind wir sogar gesegelt.« Der Tag war kalt, aber sonnig gewesen. Auf den Wellen an der Küste der Grünen Insel entlangzujagen, mit Jeremy an ihrer Seite – diese Stunden würde sie nie vergessen. »Wie geht es Gwynn und Siobhan denn?«, fragte sie dann. »Ich will Gwynn unbedingt in den nächsten Tagen besuchen, und ich freue mich darauf, Siobhan kennenzulernen.«

»Gwynn ist wirklich gern Josephines Kindermädchen. Es tut ihr so gut, mit der Kleinen zusammen zu sein. Es hilft ihr, über die Zeit in dem Bordell hinwegzukommen. Siobhan hat immer wieder einmal Angstzustände und ist noch sehr niedergeschlagen. Sie hilft ab und zu in der Küche, die Köchin hat sie in ihr Herz geschlossen und unter ihre Fittiche genommen. Aber sie ist stark. Ich bin zuversichtlich, dass sie das Erlebte überwinden wird.«

»Das hoffe ich auch«, sagte Victoria leise.

Sie hatte einige der Fotografien gesehen, die Lord Wimbourne in seinem Safe aufbewahrt hatte. Bilder, die zeigten, wie Frauen gequält wurden. Es graute ihr schon bei der bloßen Erinnerung daran, und Siobhan hatte all das erleiden müssen.

Constance merkte, wie es ihr ging, und drückte ihre Hand. »Ich weiß, die Zeit in dem Bordell wird für Gwynn und Siobhan nie ganz vorbei sein, es werden Narben bleiben. Aber sie haben die Chance, ein neues Leben zu beginnen. Dabei werden Louis und ich ihnen nach Kräften helfen.«

»Jeremy und ich ebenfalls …« Victoria brach ab.

Ihre Großtante Hermione durchschritt die Glastüren am Eingang des Palm Court. In ihrem mauvefarbenen Nachmittagskleid und dem dazu passenden breitkrempigen, federgeschmückten Hut war sie wie immer eine beeindruckende Erscheinung. Hoffentlich sah die Großtante sie nicht! Aber natürlich entdeckte Lady Glenmorag sie sofort und eilte zu ihrem Tisch.

»Victoria … Lady Hogarth …« Sie nickte Constance höflich, wenn auch spürbar kühl zu, reichte Victoria die Wange zum Kuss und musterte sie dann. »Meine Güte! Dein Zustand macht sich ja schon mehr als bemerkbar. Es werden doch wohl keine Zwillinge werden! Findest du nicht, dass es an der Zeit ist, die Öffentlichkeit zu meiden?«

Großtante Hermione ging – entsprechend der Hochzeit im vergangenen Sommer – von einem späteren Geburtstermin aus.

Victoria seufzte. »Eine Schwangerschaft ist keine Krankheit, die man verbergen müsste.«

»Nun, der Ansicht bin ich schon. Und bitte, wenn du dieses … Wort schon gebrauchen musst, sprich es weniger laut aus.« Lady Glenmorag blickte alarmiert um sich, um zu prüfen, ob jemand das Gespräch mit angehört hatte. Dann winkte sie einer älteren Dame zu, die in der Nähe des Brunnens saß. »Eine gute Freundin, mit der ich verabredet bin, die Duchess of Hereford.« Victoria sprach ein stilles Dankgebet, dass sie die Großtante nicht einladen musste, bei ihnen am Tisch Platz zu nehmen. »Kürzlich habe ich übrigens Lady Grattan getroffen, die du ja auch kennst«, fuhr Großtante Hermione fort. »Die Arme ist am Boden zerstört. Ach, wie tragisch, dass das Leben ihres Gatten so enden musste. Und wie überaus unglücklich, dass sich die näheren Umstände nicht verheimlichen ließen. Das finde ich ja noch am schlimmsten von allem.«

Lady Glenmorag spielte auf den Selbstmord an. Nun, wahrscheinlich würde, dank der amerikanischen Presse, bald noch viel Fürchterlicheres über den Lord bekannt werden. Großtante Hermione nickte ihnen noch einmal zu und wandte sich zu Victorias Erleichterung zum Gehen.

In diesem Moment durchzuckte sie ein jäher Schmerz, so heftig, dass sie aufstöhnte und sich krümmte. Ihre Großtante fuhr herum und starrte sie schockiert an.

»Victoria.« Constance beugte sich erschrocken vor und fasste nach ihrer Hand. »War das etwa …?«

Victoria wollte antworten, doch eine neue Wehe überrollte sie. Sie konnte nur nicken.

Sogar Lady Glenmorag begriff. »Das ist doch wohl nicht dein Ernst! Du musst sofort nach Hause.«

»Dazu ist es, fürchte ich, zu spät. Ich … brauche … ein Bett. Hier im Hotel … Sofort!« Sie klammerte sich am Tisch fest.

Lady Glenmorag erbleichte. »Bring, um Himmels willen, das Kind nicht hier, mitten im Palm Court, zur Welt.« Sie stürzte zu einem Kellner und sprach leise auf ihn ein.

»Ich lasse Jeremy verständigen.« Constance drückte Victorias Hand und lächelte sie aufmunternd an. »Es wird alles gut!«

»Jeremy … soll sich … beeilen …«

Victoria spürte, wie die Fruchtwasserblase platzte. *Nein! Hoffentlich schaffe ich es noch aus dem Palm Court*, war alles, was sie noch denken konnte.

Victoria lief neben Jeremy vorsichtig die Treppe zu ihrer Wohnung hinauf. Sie trug ihr schlafendes Töchterchen, das in eine warme Decke gehüllt war, im Arm. Nur das kleine Gesicht war zu sehen. Die winzige Nase, die geschlossenen Augen mit den langen Wimpern und der Mund, der sich jetzt ganz kurz öffnete, wie im Verlangen nach ihrer Brust oder im Versuch, einen Laut zu formen.

Georgina Constance Clarissa Ryder, dachte Victoria zärtlich. *Bei deiner Ankunft auf der Welt hast du für einen ziemlichen Wirbel gesorgt*. Jeremy hatte es gerade noch rechtzeitig ins Ritz geschafft, wo man Victoria hastig in einem der Zimmer untergebracht hatte. Nur er und Constance waren bei der Geburt anwesend gewesen. Das Kind war so schnell gekommen, dass die Hebamme und der Arzt, eiligst verständigt vom Personal, erst eingetroffen waren, als Jeremy sein Töchterchen schon auf Victorias Brust gelegt hatte. Da sie bei der Geburt ziemlich viel Blut verloren hatte, hatte sie einige Tage zur Beobachtung in einer kleinen privaten Klinik verbracht. Heute, am Weihnachtstag, hatte sie endlich nach Hause gehen dürfen.

Im dritten Stock öffneten Hopkins und Mrs. Dodgson die Wohnungstür, als hätten sie ihr Kommen erahnt. »Miss Victoria, Mr. Ryder und Miss Georgina, willkommen zu Hause«, verkündete Hopkins. Er gab sich ausnahmsweise einmal keine Mühe, seine Gefühle zu verbergen, und strahlte über das ganze Gesicht.

»Oh, ist die Kleine hübsch.« Mrs. Dodgson beugte sich gerührt vor. »Sie wird bestimmt einmal so schön wie ihre Mutter.«

»Ganz bestimmt wird sie das.« Jeremy lächelte Victoria an. »Und ihren eigenen Kopf hat sie auch, das hat sie ja mit der verfrühten Geburt bewiesen.«

Das elektrische Licht erlosch, nur um gleich darauf von einem anderen, wärmeren Schein ersetzt zu werden – er fiel aus dem Wohnzimmer in den Korridor. Dort brannten die Kerzen am Weihnachtsbaum. Georgina öffnete die Augen und blinzelte. Hatte sie tatsächlich einen winzigen Moment lang gelächelt? Victoria fasste nach Jeremys Hand. Sie war einfach nur glücklich.

Ende

NACHWORT

Im *Zedernhaus* reiste Victoria nach Indien, wo der Wunsch nach Unabhängigkeit vom britischen Empire zu Beginn des 20. Jahrhunderts immer stärker wurde. Das Gleiche gilt für das Irland des Jahres 1908. Die *Home Rule*, die Forderung nach einem eigenen Parlament für Irland und einer von Großbritannien unabhängigen Regierung, war und ist ein zentrales Thema der irischen und britischen Geschichte in der zweiten Hälfte des 19. und zu Beginn des 20. Jahrhunderts.

Dieser Wunsch beschränkte sich nicht auf die katholische Bevölkerung. Auch britischstämmige anglikanische Iren kämpften vehement für die Unabhängigkeit des Landes. So etwa Charles Stewart Parnell, eine prägende Persönlichkeit der irischen Politik – wie es in einer Unterhaltung zwischen Victoria und David McEvoy zur Sprache kommt. Charles Stewart Parnell wurde 1846 als Sohn einer britischstämmigen anglikanischen Familie von Landadligen im County Wicklow geboren und scheiterte letztlich als Politiker an seiner langjährigen Affäre mit einer verheirateten Frau.

Großbritannien – oder England, wie man bis weit ins 20. Jahrhundert noch gesagt hatte – behandelte Irland viele Jahrhunderte lang wie eine Kolonie. Schon im 12. Jahrhundert, unter Henry II., kam Irland unter englische Herrschaft. Ein großer Teil der Insel wurde von Familien beherrscht, die sich im Laufe der kommenden Jahrhunderte immer weniger als Untertanen der Krone empfanden. Henry VIII., im 16. Jahrhundert das Oberhaupt der englischen Staatskirche, schlug eine Rebellion der katholischen Großgrundbesitzer blutig nieder.

Während der folgenden Jahrhunderte wurden die gälisch-katholischen Iren immer rechtloser. Strafgesetze – *Penal Laws* – traten in Kraft. Die gälisch-katholischen Iren (im Gegensatz zu den englisch-protestantischen Iren) durften kein Land erwerben, kein Amt bekleiden und ihre Religion nicht ausüben. Sie durften nicht wählen. Katholische Landbesitzer mussten ihr Land zu gleichen Teilen unter ihren Söhnen aufteilen, was zu Flächen führte, die viel zu klein waren, um eine Familie zu ernähren. Einen Ausweg bot allenfalls die Konversion zum Protestantismus. In diesem Fall durfte das Land dann an den ältesten Sohn vererbt werden. Hohe Pachtzahlungen an englische Großgrundbesitzer taten ein Übriges – ein Großteil der Bevölkerung verarmte.

Im Jahr 1800 verlor Irland sein Parlament und damit seine letzte Eigenständigkeit, das Land wurde nun von London aus regiert; bis 1800 hatten Irland und Großbritannien zwei Nationen unter einer Krone gebildet. Die adligen Parlamentsmitglieder, die mit ihren Familien große Stadtpalais nördlich des River Liffey bewohnt hatten, kehrten Dublin mehr und mehr den Rücken. Erst zog der Mittelstand, dann zogen die Armen in die ehemals vornehmen Gebäude ein.

Wo sich, wie es Victoria und Hopkins erleben, auch 1908 noch, inmitten der Slums der Stadt, verblichene Überreste des ehemaligen Reichtums fanden.

1845 brach die große Hungersnot in Irland aus, verursacht durch die Kartoffelfäule. Während der kommenden vier Jahre bis 1849 starben eine Million Iren an Hunger oder den Folgen der Unterernährung, etwa eine Million Menschen wanderten in die USA aus. Die konservative Regierung in London unter Premierminister Robert Peel versuchte, die Hungersnot mit Getreideankäufen in den USA zu bekämpfen. Diese Versuche schienen anfangs erfolgreich. Doch 1847 vernichtete die Kartoffelfäule eine weitere Ernte, und die Whigs (die Vorläufer der liberalen Partei), die mittlerweile die Konservativen in London in der Regierung abgelöst hatten, setzten Peels Hilfsprogramm aus. Der Schatzkanzler Charles Trevelyan betrachtete die Hungersnot gar als eine gerechte Strafe für ein »gottloses und aufrührerisches Volk«. Er vertraute – wie seine Regierung – auf die freien Kräfte des Marktes und war der Meinung, dass staatliche Hilfen die ohnehin faulen Iren nur noch arbeitsscheuer machen würden. Ansichten, wie sie etwa auch Lady Clarissa Davitt während des Dinners auf Castle Fota vertritt.

Als die Whig-Regierung das Ausmaß der Katastrophe erkannte, reagierte sie viel zu spät und viel zu zögerlich. Aus Furcht, den freien Markt zu behindern, wurde weiterhin Getreide von Irland nach England ausgeführt, statt im Land verteilt zu werden. 1850 hatte sich die irische Bevölkerung von acht Millionen auf sechs Millionen reduziert. Ganze Landstriche, vor allem in den westlichen Countys Mayo, Sligo, Galway und Donegal, waren entvölkert. Massengräber, wie jenes, auf das Victoria in dem verlassenen Dorf stößt, waren und sind an vielen Orten zu finden. Nicht selten wurden die vielen Toten, um ihrer Herr zu werden, auch einfach im Sand der Strände verscharrt.

1858 gründete sich die Irish Republican Brotherhood (IRB), die sich zum Ziel setzte, die Briten aus Irland zu vertreiben und eine irische Republik zu errichten. In den USA entstand in diesen Jahren die Fenian Brotherhood, auch Fenians genannt, die ebenfalls für eine freie Republik Irland kämpfte. Innerhalb dieser Organisationen gab es Untergruppen, wie etwa Clan na Gael.

1867 töteten drei Angehörige der IRB einen englischen Polizisten in Manchester, sie wurden gehängt. Infolge des Gerichtsprozesses erwachte in England ein Bewusstsein für die vielerorts immer noch katastrophale Lage in Irland; weite Teile der Bevölkerung waren verarmt und litten Hunger. Pächter mussten stets fürchten, von den englischen Großgrundbesitzern von ihren Höfen vertrieben zu werden. Die Liberalen unter Premierminister William Gladstone brachten 1870 ein Gesetz durchs Parlament, das die irischen Bauern schützen sollte. Doch das Oberhaus lehnte das Gesetz ab, weshalb es nicht in Kraft treten konnte. 1879 führte eine neue Hungersnot zur Gründung der National Land League, die für gerechte Pachtzahlungen kämpfte. Es kam zu Verhaftungen von Mitgliedern der National Land League, renitente Pächter wurden von ihrem Land vertrieben.

1880 wurde William Gladstone wieder Premierminister, nachdem zwischenzeitlich die Konservativen die Regierung gestellt hatten. Er erwirkte einen gewissen gesetzlichen Schutz für irische Pächter und setzte sich für die *Home Rule*, die Eigenständigkeit Irlands im Rahmen des Empire, ein; allerdings bewilligte er auch ein Gesetz, das Polizei und Gerichten große Freiheiten einräumte, Dissidenten zu verhaften und in Haft zu behalten. 1882 wurden der Chief Secretary von Irland, der Minister für Irland, Lord Frederick Cavendish, und sein Under Secretary in Dublin von Mitgliedern der Irischen Republikanischen Bruderschaft im Phoenix Park ermordet. Viele Liberale lehnten nun die *Home Rule* ab – darauf bezieht sich Jeremy bei seinem Streit mit Victoria über die Berechtigung und die Ziele der Irischen Republikanischen Bruderschaft.

1869 waren alle Strafgesetze, die die katholische Bevölkerung diskriminierten, endgültig zurückgenommen – ein Prozess, der knapp hundert Jahre vorher, im Jahr 1778, begonnen hatte.

Von 1891 bis 1903 entstanden Gesetze, nun auch von den Konservativen mitgetragen, die es irischen Pächtern ermöglichen sollten, das Land, das sie bebauten, zu erwerben. Große Summen an staatlichen Geldern wurden dafür bereitgestellt. Das Angebot wurde von vielen irischen Bauern angenommen. Die Situation der irischen Arbeiter blieb jedoch weiterhin prekär, und Mitglieder der IRB blieben unter Bedingungen inhaftiert, die heute als Folter bezeichnet würden, wie etwa Einzel- und Dunkelhaft. Dublin hatte die höchste Kindersterblichkeit Großbritanniens.

Im September 1914 wurde die *Home Rule* schließlich Gesetz, nur um für die Dauer des Ersten Weltkrieges sofort wieder ausgesetzt zu werden. Dies führte zum gewaltsamen Aufstand an Ostern 1916 in Dublin. Ende 1921 wurde dann der Anglo-Irische Vertrag zur Gründung des irischen Freistaates geschlossen, mit dem der englische König als Staatsoberhaupt anerkannt wurde. Nordirland blieb Teil Großbritanniens. Die Irish Republican Army – die Nachfolgeorganisation der IRB – erkannte den Vertrag nicht an.

Für sie waren die Anhänger des Freistaates Verräter. Was einen Bürgerkrieg auf dem Gebiet der heutigen Republik Irland zur Folge hatte, der im April 1923 endete. 1937 erhielt Irland die Souveränität. 1949 wurde es unabhängige Republik und trat aus dem Commonwealth aus.

Die wechselvolle irische Geschichte schlägt sich auch in Straßennamen und der Benennung von Plätzen und öffentlichen Gebäuden nieder. Etliche Straßen in Dublin, die Victoria durchquert, heißen heute anders als 1908. Der Kingsbridge Terminus in Dublin wurde 1966, im Zuge der Fünfzig-Jahr-Feierlichkeiten nach dem Osteraufstand 1916, in Heuston Station umbenannt. Die O'Connell Street in Dublin hieß bis 1924 Sackville Street. Die Lord-Nelson-Statue am Ende der Sackville Street gegenüber dem Hauptpostamt von Dublin fiel in den Sechzigerjahren einem Bombenanschlag zum Opfer. Die Gilbert Library wurde erst 1909 eröffnet. Sie heißt heute Dublin Public Library und liegt in der Pearse Street; 1908 hieß die Straße Great Brunswick Street.

Das Denkmal Lord Dunkellins auf dem Eyre Square in Galway wurde 1922 als Ausdruck der Tyrannei der Landlords zerstört. Dort, wo heute die Kathedrale von Galway steht, befand sich 1908 das Gefängnis der Grafschaft.

Das Shelbourne Hotel in Dublin gab und gibt es; bei der Innenausstattung habe ich mir Freiheiten genommen.

In Dublin existierten unter anderem Armenhäuser in der Kilmainham Lane und in der North Brunswick Street. Auch in Donegal und Rathdrum gab es Armenhäuser. Ich habe mich an die historischen Fakten gehalten, was die Umstände betrifft, wie Menschen in den Armenhäusern leben mussten, etwa dass Kinder im Alter von zwei Jahren von ihren Müttern getrennt wurden.

Das Schicksal Kathleens, Gwynns und Siobhans hat einen realen Hintergrund. Der Journalist William Stead prangerte 1885 in einer Reihe von Artikeln mit dem Titel *The Maiden Tribute of Modern Babylon* in der *Pall Mall Gazette* die Kinderprostitution an. Vor allem in Großstädten wurde mit Minderjährigen gehandelt. Da das britische Innenministerium einen Skandal fürchtete, bat es, die Veröffentlichung der Artikel zu verhindern. William Stead widersetzte sich dem jedoch.

Auch Josephine Butler, englische Sozialreformerin, Feministin, Ehefrau und Mutter von vier Kindern, kämpfte in den 1880er-Jahren vehement gegen Kinderprostitution und Frauenhandel.

Der Marquess of Wimbourne, Lord Grattan, Lord Lyson und ihre verbrecherischen Machenschaften sowie der Innenminister Lord Justin Villiers entstammen meiner Fantasie.

Victoria entscheidet sich für den Nachnamen Bredon-Ryder. In Familien der Aristokratie und der Oberschicht in Großbritannien gab es zu der Zeit, in der *Das verborgene Cottage* spielt, doppelte oder auch dreifach zusammengesetzte Nachnamen (in sehr seltenen Fällen sogar vierfach zusammengesetzte Nachnamen); meist, damit in Familien ohne einen männlichen Erben der Familienname bei der Heirat der Töchter erhalten blieb. Victoria hätte also diese Option wählen können.

Die Geheimabteilung von Scotland Yard, für die Jeremy arbeitet, ist vom britischen Inlandsgeheimdienst MI5 inspiriert, der – in der Realität – erst 1909 gegründet wurde.

1901 entwickelte der deutsche Bakteriologe Paul Uhlenhuth einen Test, mit dem erstmals menschliches von tierischem Blut unterschieden werden konnte. Dies ist der Hintergrund für Victorias Bedauern, als das Blut an Ióseph Kleidung als menschlich verifiziert werden konnte.

Eine Zeitung *Morning Star* gab es 1908 noch nicht.

Queen Victoria brachte das vorletzte und letzte ihrer neun Kinder mithilfe von Chloroform zur Welt, worauf sich Victoria und Lady Constance Hogarth in einer Unterhaltung beziehen. Zur damaligen Zeit bedeutete das Narkosemittel eine große Erleichterung für die Gebärenden, weshalb es von Kirchenmännern unter dem Verweis auf die Bibelstelle *… unter Schmerzen sollst du deine Kinder zur Welt bringen …* abgelehnt wurde.

Die Charing Cross, Euston und Hampstead Railway – die Vorgängerin der Northern Line – wurde damals Hampstead Tube genannt.

Von 1885 bis 1935 gab es die Connemara Railway – von Clifden nach Galway. Die Züge verkehrten zweimal am Tag in jede Richtung. Hier habe ich mir, was die Häufigkeit der Zugfahrten und den Fahrplan betrifft, Freiheiten genommen. Das Gleiche gilt für die Zugverbindungen von Dublin nach Donegal, der Stadt, die 1908 der Verwaltungssitz der gleichnamigen Grafschaft war.

In englischen Eisenbahnzügen wurden die Abteile Anfang des 20. Jahrhunderts direkt vom Bahnsteig aus betreten, nicht, wie in deutschen Zügen üblich, von einem Gang im Wagen. Motorboote gab es um 1900 schon. Allerdings noch nicht in großen Mengen. Ein britisches Pfund 1908 entsprachen in etwa hundertzwanzig bis hundertdreißig heutigen Pfund.

Einige Meilen entfernt von Clifden gibt es das Derrygimlagh-Moor. Der verlassene Weiler mit der Kirchenruine und den Massengräbern ist meine Erfindung, ebenso wie Kincraighie House. Architektur und Lage von Castle

Fota sind von Kylemore Abbey in der Grafschaft Galway inspiriert. Lady Clarissas gemietetes Anwesen Charleston House hat Powerscourt Gardens bei Enniskerry südlich von Dublin als reales Vorbild. Den wunderschönen Blick auf die Wicklow Mountains, den man von dieser Gartenanlage aus hat, durfte ich selbst schon an einem sonnigen Oktobertag im vergangenen Jahr erleben.

Pauline Peters

DANK AN …

… wie immer meinen Mann Hartmut Löschcke für Geduld in schwierigen Schreibphasen, klärende Gespräche über den Roman und unseren Urlaub in Irland im vergangenen Jahr.

… meine Lektorin Melanie Blank-Schröder für ihr Interesse an und ihre Begeisterung für Victoria.

… meine Textredakteurin Margit von Cossart für ihre hilfreichen Anmerkungen und Nachfragen, die *Das verborgene Cottage* zu einem besseren Buch gemacht haben.

… meine Freundin und Kollegin Mila Lippke für die vielen inspirierenden Gespräche über Literatur und Filme.

… meinen Agenten Bastian Schlück für die langjährige gute Zusammenarbeit.